JANET CHAPMAN

Wogen der Leidenschaft

Buch

Ist der umwerfend attraktive Schiffsmagnat Ben Sinclair tatsächlich der Vater des fünfzehnjährigen Michael, wie in dem anonymen Brief behauptet wird, den er eines Tages erhält? Um der Sache auf den Grund zu gehen, übergibt er kurzerhand die Geschäfte an seinen Bruder und kehrt nach sechzehn Jahren in die Wälder von Maine zurück. Emma Sands, Michaels Tante, die ihn nach dem Verschwinden seiner Mutter allein aufgezogen hat, erkennt Ben auf den ersten Blick. Und es ist auch nicht zu bestreiten, dass Michael Ben wie aus dem Gesicht geschnitten ist. Doch was fällt ihm ein, nach so langer Zeit einfach wiederaufzutauchen, als sei nichts geschehen? Niemals wird die temperamentvolle Blondine ihren Neffen diesem selbstgefälligen Mann überlassen, auch nicht, wenn er ein ungeahntes Feuer der Leidenschaft in ihr entfacht …

Autorin

Seit sie denken kann, hat Janet Chapman sich Geschichten ausgemalt, und daher ist das Schreiben von Romanen – viele davon wurden bereits mit Preisen ausgezeichnet – ihre größte Leidenschaft. Mit ihrer Zeitreise-Saga schrieb sie sich direkt auf die Spitzenplätze der *New-York-Times*-Bestsellerliste. Janet Chapman lebt mit ihrem Mann, ihren zwei Söhnen, drei Katzen und einem Elchbullen, der sie regelmäßig im Garten besucht, in Maine.

Von Janet Chapman bei Blanvalet bereits erschienen:

Das Herz des Highlanders (36507) · Mit der Liebe eines Highlanders (36508) In den Armen des Schotten (37096) · Mein verräterisches Herz (37424) · Zur Liebe verführt (37466) · Lockruf der Highlands (37637)

Janet Chapman

Wogen der Leidenschaft

Roman

Aus dem Amerikanischen
von Anke Koerten

blanvalet

Die Originalausgabe erschien 2010
unter dem Titel »Tempt me if you can« bei Pocket Star Books,
A Division of Simon & Schuster, Inc., New York

Verlagsgruppe Random House FSC-DEU-0100
Das für dieses Buch verwendete FSC®-zertifizierte
Papier *München Super Extra* liefert
Arctic Paper Mochenwangen GmbH.

1. Auflage
Deutsche Erstausgabe Januar 2012 bei Blanvalet Verlag,
einem Unternehmen der
Verlagsgruppe Random House GmbH, München

Umschlaggestaltung: © Johannes Wiebel | punchdesign, München, unter
Verwendung von Motiven von Shutterstock und
von Franco Accornero via Agentur Schlück GmbH
Redaktion: Sabine Wiermann
LH · Herstellung: sam
Satz: Buch-Werkstatt GmbH, Bad Aibling
Druck und Bindung: GGP Media GmbH, Pößneck
Printed in Germany
ISBN: 978-3-442-37840-1

www.blanvalet.de

Prolog

Benjamin Sinclair blickte zu seinen zwei Brüdern auf, die sich als eindrucksvoll vereinte Front vor seinem Schreibtisch aufgebaut hatten. Seit sie eingetreten waren, hatten sie kein Wort geäußert. Das war auch nicht nötig. Sinclairs blufften niemals und drückten sich nie vor einer Verantwortung.

Wohl wissend, dass er das Büro nicht verlassen konnte, ehe er nicht mit dem Grund für seine miserable Stimmung herausgerückt war, zog Ben wortlos eine Briefkarte aus einem Umschlag auf dem Schreibtisch, schob sie ihnen zu und wartete, seinen Blick unverwandt auf die Wand gegenüber gerichtet, während die beiden die kurze, knappe Nachricht auf der schlichten weißen Karte lasen.

Sam Sinclair griff nach dem Umschlag, warf einen Blick auf den Poststempel und sah dann Ben an.

»Das ist ja schon vor über drei Wochen gekommen.«

»So lange hat es gedauert, bis ich herausgefunden habe, ob es stimmt.«

»Und … stimmt es?«, fragte Jesse.

Ben senkte den Blick auf die anonyme Nachricht, die ihn dermaßen aus dem Gleichgewicht gebracht hatte.

Mr Sinclair, Sie haben einen Sohn. Er ist fünfzehn und

heißt Michael. Es wird Zeit, dass Sie kommen und ihn kennenlernen.

Der Poststempel stammte aus Medicine Gore, Maine.

»Die Ermittler, die ich engagiert habe, halten es für wahr«, gab Ben leise zurück. Der Blick seiner graublauen Augen ruhte wieder auf seinen Brüdern.

»Der Junge heißt Michael Sands. Er lebt bei seiner Tante. Die Zeit stimmt.« Er schob ihnen einen dicken Ordner zu.

»Die Ermittler haben ein Foto beigelegt. Sagt mir, was ihr davon haltet.«

Sam klappte den Ordner auf. Er und Jesse starrten das acht-mal-zehn cm große Foto an.

»Mein Gott«, stieß Jesse mit einem Blick auf Ben heiser hervor.

»Das könnte ein Foto von dir vor neunzehn Jahren sein.« Wieder sah er Ben an.

»Er hat deine Augen.«

Sam, der älteste der drei Sinclairs, ließ sich seufzend auf einen Stuhl vor dem Schreibtisch sinken. Jesse, der jüngste, griff nach dem Foto, ehe er sich auf dem zweiten Stuhl niederließ.

»All die Jahre, die Bram uns bekniet hat, wir sollten heiraten und Kinder in die Welt setzen ...« Sam schüttelte den Kopf, »... und dabei hatte er die ganze Zeit über einen Enkel in Maine.«

»Verdammt, wie ist das möglich? Wieso wusstest du nicht, dass du ein Kind gezeugt hast?«, fragte Jesse.

»Es muss in dem Sommer passiert sein, als du in den

Bergen von Maine gegen die großen Abholzungen protestiert hast. Wir haben vermutet, dass du dich dort oben verliebt hättest. Als du zurückgekommen bist, war deine Stimmung dermaßen schlecht, dass du kein Wort gesagt hast.«

»Ich habe gegen den Bau eines Staudammes protestiert«, erläuterte Ben.

»Das Mädchen war Kelly Sands. Ich habe sie gebeten, mit mir nach New York zu kommen, sie aber hat nur gelacht und gesagt, ich solle zum Teufel gehen. Nicht die entfernteste Andeutung, dass sie schwanger sein könnte.«

»Wusste sie, wer du bist?«, fragte Sam.

»Wer dein Großvater war?«

»Ich habe ihr nicht verheimlicht, dass meine Familie vermögend ist, habe daraus aber auch keine große Sache gemacht.« Er zuckte mit den Schultern.

»Ich glaube, sie hat mich nie mit großem Reichtum in Verbindung gebracht.«

Jesse schnaubte.

»Andernfalls hätte sie bei dir angeklopft, als sie ihre Schwangerschaft entdeckt hat, da kannst du sicher sein.«

»Fragt sich nur, warum sie jetzt plötzlich anklopft.« Sam schüttelte den Kopf.

»Fünfzehn Jahre – eine so lange Zeit verstreichen zu lassen, bis man einem Mann eröffnet, dass er einen Sohn hat.«

»Der Brief stammt nicht von ihr«, sagte Ben.

»Die Ermittler haben herausgefunden, dass Kelly Sands vor zehn Jahren verschwunden ist. Ihre jüngere Schwester hat Michael allein großgezogen.«

Schweigen senkte sich über die Brüder. Ben ballte die Hände zu Fäusten, als er den Blick nach innen richtete und sich in Gedanken auf jenen längst vergangenen Sommer konzentrierte, als jugendlicher Idealismus ihn in den Norden gezogen hatte … in die Arme einer schönen, aber letzten Endes harten und unnachgiebigen jungen Frau. Lange verschütteter Schmerz kam an die Oberfläche; Reue, Kummer und Zorn kämpften in Ben, während er abermals versuchte, sich an den Gedanken zu gewöhnen, dass er einen fünfzehnjährigen Sohn hatte.

»Und was gedenkst du in der Sache zu unternehmen?«, fragte Sam.

Wieder in die Gegenwart zurückversetzt, bedachte Ben seine Brüder mit einem knappen Lächeln.

»Ich habe die Absicht, meinen Sohn kennenzulernen, wie diese Mitteilung es mir rät.«

»Und?«, fragte Jesse.

»Und während meine Ermittler feststellen, wohin Kelly Sands verschwunden ist, bin ich entschlossen, dafür zu sorgen, dass *Emma* Sands zutiefst bereut, dass sie mich nicht sofort kontaktiert hat, als ihre Schwester Michael in ihrer Obhut gelassen hat. Sobald man Kelly gefunden hat, werde ich dafür sorgen, dass *sie* noch mehr Grund zur Reue hat – nicht nur weil sie mir meinen Sohn vorenthalten hat, sondern auch weil sie ihn einer Neunzehnjährigen überlassen hat.«

Sam schüttelte den Kopf, noch ehe Ben geendet hatte.

»Das kannst du nicht.« Sich vorbeugend stützte er seine Ellbogen auf die Knie.

»Ich bin sicher, dass der Junge seine Mutter und seine Tante liebt. Wenn du an ihnen Vergeltung übst, ruinierst du jede Chance, mit Michael eine Beziehung aufzubauen.«

»Er hat recht, Ben.« Jesse stand auf und warf das Foto auf den Schreibtisch.

»Vermutlich hat man Michael gesagt, dass sein Vater tot wäre. Lass dein Urteilsvermögen nicht von Zorn trüben, und überlege dir lieber, wie du mit dem Jungen am besten eine Beziehung aufbaust.«

Auch Ben stand auf.

»Das habe ich mir bereits überlegt. Ich reise morgen ab und trete einen zweiwöchigen Urlaub im Emma Sands Sport-Camp an – zur Vogeljagd. In Medicine Creek Camps checke ich unter dem Namen Tom Jenkins ein.«

Nun stand auch der sichtlich beunruhigte Sam auf.

»Du kannst doch nicht einfach unter anderem Namen auftauchen. Die Tante des Jungen wird dich auf den ersten Blick erkennen.«

Ben strich sich über den adrett gepflegten Bart, den er sich seit einer Woche wachsen ließ.

»In sechzehn Jahren habe ich mich ziemlich verändert. In jenem Sommer in Maine war Emma erst vierzehn. Wenn ich Kelly besucht habe, ist Emma immer im Wald verschwunden. Sie kann unmöglich wissen, wer ich bin. Sobald ich mit Michael auf einigermaßen gutem und vertrautem Fuß stehe, werde ich eine Möglichkeit finden, mich zu outen.«

»Das gefällt mir nicht«, brummte Sam.

»Irgendjemand im Ort wird dich sicher erkennen. Hast du vergessen, was an dem Tag passiert ist, als du Medicine Gore verlassen hast? Das FBI mag ja zu dem Schluss gekommen sein, dass du mit dem Anschlag auf den Damm nichts zu tun hattest, doch wurden die Schurken nie gefunden, die ihn in die Luft gejagt haben. Vielleicht sind die Einheimischen noch immer der Meinung, dass du an Charlie Sands' Tod schuld bist.« Er trat an den Schreibtisch.

»Nimm wenigstens Jesse mit.«

»Jesse wird während meiner Abwesenheit Tidewater International führen. Wir sind dabei, fünf neue Frachtschiffe zu kaufen, und müssen noch die Einzelheiten ausarbeiten.«

»Verdammt, Ben«, entfuhr es Sam, »du solltest dir alles sehr gründlich überlegen.«

»Seit drei Wochen denke ich an nichts anderes.« Ben steckte die Nachricht in den Umschlag und legte ihn und das Foto in den Ordner, den er sich unter den Arm klemmte.

»Entschuldigt mich jetzt, ich muss packen.«

Sam ging um den Schreibtisch herum und vertrat ihm den Weg.

»Dann nimm wenigstens Ronald mit.«

Ben stieß ein kurzes, spöttisches Lachen aus.

»Mit einem Chauffeur aufzukreuzen, der aussieht wie ein Schläger … da macht man gleich den richtigen Eindruck. Nein, das ist mein Problem, das ich auf meine Art lösen werde.« Er berührte Sams Arm.

»Keine Angst, großer Bruder, ich kann selbst auf mich aufpassen.«

Ben hielt auf dem Weg zur Tür inne und drehte sich zu Sam um.

»Ach, da fällt mir unsere kleine Wette ein … es ging darum, ob du Willa zur Ehe überreden könntest und sie zwei Monate nach der Hochzeit schwanger sein würde. Obwohl du in beiden Punkten gewonnen hast, bin ich der Meinung, dass deine und Jesses Millionen in einen Trust für Michael eingebracht werden sollten, da Brams erster Enkel mit einem Abstand von fünfzehn Jahren gewonnen hat.«

Damit trat Ben hinaus auf den Korridor und ging die Treppe hinauf. Sein Lächeln erlosch, als er an die bevorstehende Fahrt in den Norden und in die Wälder Maines dachte.

1

So sicher, wie im Winter Schnee fallen würde, würde Tom Jenkins Ärger machen. Das traf auf die meisten ihrer Gäste aus der Großstadt zu, aber üblicherweise hatten sie so viel Anstand, tatsächlich *anzukommen*, ehe sie bei ihr alles auf den Kopf stellten. Tom Jenkins aber hatte es nicht mal bis Medicine Creek Camps geschafft, und schon machte er sie rasend.

Der Mann hatte sich verirrt.

Emma war ernsthaft versucht, es dabei zu belassen.

Es blieb beim Vorsatz … in Wahrheit lief sie eine der Forststraßen entlang, die ihren Anteil des Waldes wie ein Spinnennetz durchzogen, und versuchte sich ins Gedächtnis zu rufen, warum sie diesen Beruf so liebte. Emma fand sich seufzend mit der Tatsache ab, dass sie, wenn sie Tom Jenkins gefunden hatte, lächelnd erklären würde, es wäre allein ihre Schuld, dass er sich verirrt hatte, worauf sie ihn sicher in seiner Hütte einquartieren würde.

Doch als sie um eine Kurve des Forstweges bog, blieb sie vor Überraschung wie angewurzelt stehen. Vier Männer, die sie für ihre Freunde gehalten hatte, prügelten auf ihren verirrten Gast ein.

Es war eine wüste Schlägerei mit zerfetzter Kleidung,

blutigen Gesichtern und aufgewühltem Schotterboden. Das heftige Keuchen der Männer verriet, dass sie schon eine ganze Weile andauerte. Das ungünstige Kräfteverhältnis ließ nur einen Ausgang zu. Ihr verirrter Gast wurde von zwei stämmigen Holzarbeitern festgehalten, während der dritte versuchte, ihn bewusstlos zu schlagen.

Nur war der Mann nicht Tom Jenkins. Emma erkannte sofort, dass sich hinter dem vielen Blut, dem Bart und der Maske des Schmerzes jener Mann verbarg, den zu töten sie sich geschworen hatte, wenn sich jemals die Chance ergab.

Er hätte nicht hier sein dürfen, nicht in ihrem Wald, und er hätte diesen schönen Oktobernachmittag nicht zu einem weiteren schwarzen Tag in ihrem Leben machen sollen. Sogar die Sonne hatte sich hinter einer Wolke verzogen. Das Frösteln, das sie jetzt überlief, hatte nichts mit der Temperatur zu tun.

Er war sechzehn Jahre älter als damals, doch sie hätte ihn mitten in einem Blizzard bei null Sichtweite erkannt. Er war größer, seine Schultern waren breiter, doch er war es. Und selbst in der Gewalt zweier kräftiger Holzfäller wirkte der Mann ihrer Albträume gefährlicher als ein in die Enge getriebener Wolf.

Benjamin Sinclair war wieder da.

Wieder landete ein Hieb auf seinem schutzlosen Oberkörper. Sein dumpfer Schmerzenslaut ließ Emma zusammenzucken.

Emma nahm ihre Flinte von der Schulter, löste die Sicherung und drückte ab.

Ein hallender Schuss, eine Lawine prasselnder Schrotkugeln, und die allgemeine Aufmerksamkeit galt ihr. Drei Männer ließen sich zu Boden fallen, ihr Opfer sank auf die Knie. Der Mann mit den prügelnden Fäusten fuhr mit vor Schreck geweiteten Augen herum. Emma nahm den Moment wahr, als er sie erkannte, weil seine Miene sich verdunkelte und sein Schock sich in einen wilden Blick verwandelte.

»Verdammt, Emma. Warum schießt du auf uns?«

»Durham, ich sorge dafür, dass dein Privatkrieg vertagt wird.«

Durham Bragg spuckte vor Benjamin Sinclair aus, der sie wie benommen anstarrte. Seine blutigen Züge konnten von seinem entsetzten Blick nicht ablenken. Seine übrigen Angreifer lagen wie umgestürzte Kegel um ihn herum und spähten mit aufgerissenen Augen unter ihren Armen hervor, die sie als Deckung über ihre Köpfe hielten. Emma blickte Durham an und wartete mit der Geduld des erfahrenen Jägers.

Ihr alter Freund knurrte einen Fluch, den sie nicht mehr gehört hatte, seit ihr Vater tot war.

»Verdammt, Emma Jean! Wenn du neutral bleiben willst, hältst du dich hier raus. Wir haben mit diesem Baumschützer ein Wörtchen zu reden, ehe wir ihn zu seinen Kumpanen zurückschicken.« Durham wandte sich wieder seinem Opfer zu.

Emma schob eine neue Schrotladung nach und hob den Lauf, als die drei anderen Männer Anstalten machten aufzustehen. Sofort ließen sie sich wieder fallen.

»Er ist kein Umweltschützer, Durham. Er ist einer meiner Gäste. Er hat zwei Wochen Waldhuhnjagd gebucht.«

Durham fuhr blitzschnell herum und sah sie an.

»Emma! Sieh ihn doch an – seine Aufmachung sagt alles. Und ich schwöre, dass ich sein Gesicht schon irgendwo gesehen habe, wahrscheinlich auf einem dieser verdammten Greenpeace-Poster.« Durham deutete auf den Mann, der auf seinen Knien schwankte.

»Der Kerl sieht aus wie aus einem Katalog für Freizeitkleidung.«

»Er heißt Tom Jenkins«, sagte Emma.

»Stanley Bates hat ihn am Painted Rock aussteigen lassen und ihm den Weg nach Medicine Creek Camps beschrieben.«

Durham warf dem knienden Opfer einen zögernden Blick zu.

»Bates könnte nicht mal einer verdammten Brieftaube den Weg beschreiben«, sagte er mit enttäuschtem Knurren. Er strich sich seufzend über die Stirn.

»Der Teufel soll mich holen, aber ich kenne diesen Burschen von irgendwoher.« Er sah Emma nachdenklich an.

»Er könnte sich als dein Gast ausgeben und trotzdem ein Umweltschützer sein. Vogeljagd ist vielleicht nur eine Tarnung.«

»Umweltkämpfer verirren sich nicht im Wald.«

»Verdammt, Emma Jean. Dein Vater hätte nie eine Flinte auf mich gerichtet.«

»Selbst verdammt«, konterte Emma.

»Du hast einen meiner Gäste verprügelt. Geh nach Hause, und lass Mr Jenkins in den nächsten Wochen in Frieden. Ich dulde nicht, dass man meine Gäste belästigt.«

Benjamin Sinclair, dieser Heuchler und Täuscher, regte sich zögernd. Emma ignorierte ihn, bis Durham sich widerstrebend zu einem zustimmenden Nicken herbeiließ. Dann sah sie zu den anderen drei Männern hin, die sich wieder aufgerappelt hatten und sie mit finsteren Blicken bedachten, während sie sich den Schmutz abklopften.

Sie richtete den Flintenlauf auf sie.

»Ich möchte auch Ihr Einverständnis, Gentlemen.«

Sie sahen ihre Flinte an, dann Durham und als Nächstes sie. Schließlich nickten sie. Emma ließ die Sicherung klicken, senkte die Waffe und schaute Benjamin Sinclair an.

Sein rechtes Auge war verschwollen, das linke kaum sichtbar. Seine Lippe war aufgeplatzt, Blut floss in sein dunkles Bartgestrüpp. Und jetzt versuchte er aufzustehen, wobei er seine Rippen umfasste. Schließlich half Durham ihm mit dem Mitgefühl eines hungrigen Bären, der sein Abendessen packt. Benjamin Sinclair stöhnte unter Schmerzen auf und sah Durham mit seinem offenen Auge feindselig an.

»Waidmannsheil, Kamerad«, murmelte Durham und schlug seinem Opfer auf die Schulter, worauf dieses ein paar taumelnde Schritte machte. Durham deutete auf seine Kumpels und ging den Weg entlang. Neben Emma blieb er stehen.

»Gib bloß acht, Mädchen. Der Kerl schlägt zu, wie ich es noch bei keinem Sportsfreund erlebte habe«, brummte er, seinen Kiefer reibend.

Emma riss in gespieltem Erstaunen ihre Augen auf.

»Soll das heißen, dass er wirklich versucht hat, sich zu verteidigen?«

Durham ging nicht darauf ein.

»Emma Jean Sands, du solltest es besser wissen, als rumzulaufen und eine Waffe auf Leute zu richten, geschweige denn das verdammte Ding abzufeuern.«

»Und du weißt, dass Gewalt diesen Krieg nicht beenden wird. Weißt du noch, wie es letztes Mal war? Es hat Tote gegeben.«

Aus Durhams Gesicht wichen alle Anzeichen von Zorn. In seinen Augen stand Schmerz, als er eine große Hand ausstreckte und sie sanft auf ihre Schulter legte.

»Ich weiß, Kleine.« Sie drehte sich um und sah zu Benjamin Sinclair hin.

»Bei dem da könntest du recht haben. Jetzt sieht er eher verloren als bedrohlich aus, oder?«, setzte er mit befriedigtem Lächeln hinzu.

Ohne sich noch einmal umzublicken, gingen Durham und seine Schläger zu seinem zerbeulten Pick-up. Der Wagen startete mit heulendem Motor, die Räder ließen Schotter aufsprühen und schickten eine Staub- und Dreckwolke in die Luft.

Emma begutachtete ihr Opfer. Durham irrte sich gewaltig. Egal wie zerschlagen und zerschrammt Benjamin Sinclair sich jetzt präsentierte, stellte er doch eine Bedrohung dar, wie sie größer nicht sein konnte.

Schließlich nahm sie ihren ganzen Mut zusammen und ging langsam auf ihn zu.

»Ich hoffe, Sie sind Tom Jenkins.«

Dieser Lügner sah ihr direkt in die Augen und nickte.

»Also, Mr Jenkins, Medicine Creek Camps liegt sechs Meilen in der Gegenrichtung.«

»Gibt es einen Grund dafür, dass Sie mich heute Morgen nicht am Flughafen abgeholt haben?«, brummte er, wobei er unverkennbar Schmerzen litt, und sah sie aus seinem offenen Auge unfreundlich an.

»Ich war heute weit draußen nördlich der Stadt und musste zwei verirrte Kanufahrer retten, die in meinem Camp Ferien machen.«

»Wurden sie auch zusammengeschlagen, bevor Sie sie gefunden haben?«

»Nein, sie waren nur halb abgesoffen. Ich habe sie auf einer kleinen Insel am nördlichen Ende des Medicine Lake entdeckt. Da haben sie eng aneinandergedrückt gehockt, nachdem ihr Kanu gekentert war.« Emma lächelte gezwungen.

»Aber sie waren auch nicht wie Models aus einem Katalog für Sportbekleidung gestylt.«

Seinem noch finsterer werdenden Blick nach zu schließen, hielt er diese Bemerkung für höchst unpassend. Höchste Zeit, Benjamin Sinclair zusammenzuflicken und aus Medicine Gore – und von Michael – fortzuschaffen, so rasch der nächste stadtauswärts fahrende Lastwagen ihn mitnehmen konnte. Emma klemmte ihre Flinte unter den Arm und ging näher.

»Sie brauchen einen Arzt. Kommen Sie, Mr Jenkins. Mein Wagen steht ein Stück weiter.«

»Holen Sie die Karre.«

Seine Worte wurden mehr geknurrt als gesprochen, und sofort empfand Emma Zerknirschung. Benjamin Sinclair – oder Tom Jenkins, bis sie bereit war, ihm ins Gesicht zu sagen, dass er ein Lügner war – litt große Schmerzen. »Es ist nicht weit, und ich denke, dass man Sie nicht allein lassen darf.«

Sogar vor Schmerzen zusammengesunken war er ein gutes Stück größer als sie. An diesen Mann wollte sie keine zehn Meter heran. Verletzte Tiere waren gefährlich, und im Moment sah Benjamin Sinclair aus, als würde er zum Frühstück Kätzchen verzehren.

Emma hob seinen Rucksack und seinen eleganten Waffenkoffer hoch. Sie rümpfte die Nase, als sie metallischen Blutgeruch vermischt mit Staub roch. Die Sonne schien wieder, die Vögel zwitscherten, doch die Temperatur in ihrem Herzen war permanent gefallen.

Michaels Vater war gekommen.

»Wie weit ist es bis zum Wagen?«

»Mindestens eine gute Meile«, sagte sie und wuchtete seinen Rucksack auf ihre Schulter.

»Tut mir leid, aber es werden noch mehr Holzarbeiter auf der Heimfahrt vorbeikommen. Wir sollten zusammenbleiben, denke ich.«

Er griff nach seinem Waffenkoffer und benutzte ihn als Stütze.

»Eine sehr freundliche Stadt haben Sie da. Gehen Sie voraus, Miss …?«

Der Mann wollte offenbar die Komödie beibehalten. Doch er war schwer zusammengeschlagen und wusste nicht, dass sie wusste, wer er war, und sie hatte eine sehr wirksame Trumpfkarte in der Hand. Sie brauchte nur jemandem in der Stadt zu eröffnen, wer ihr Gast war, und alle würden sich wie eine wilde Meute auf ihn stürzen.

Als Benjamin Sinclair vor sechzehn Jahren die Stadt verlassen hatte, hatte er keine Freunde zurückgelassen – nur ein schwangeres junges Mädchen, eine Stadt voller Bürgerwehrfreiwilliger und einen Toten.

Emma schenkte ihm ein trügerisch freundliches Lächeln.

»Ich bin Emma Sands vom Medicine Creek Camp. Ach, übrigens … willkommen in Maine, Mr Jenkins.«

Benjamin Sinclair ging den Weg entlang, doch schaffte er keine zehn Schritte, als seine Beine nachgaben und er auf ein Knie fiel.

Verdammt. Sie würde ihn stützen müssen, um ihm zu ihrem Wagen zu helfen.

Sie erwartete, dass er sich wie die falsche Schlange anfühlte, die er war; kalt, schleimig und eklig. Doch als Emma ihre Schulter unter seine schob, fühlte sie solide männliche Muskeln. Der elektrische Funke, der sie durchschoss, ließ sie fast zurückzucken.

Offenbar spürte auch er es. Er richtete sich auf und erstarrte. Wieder sah er sie finster an, und Emma fühlte sich wie ein Stück Wild, gefangen im Licht glänzender grauer Augen, die jenen Michaels exakt glichen.

Konnte er sich an sie erinnern?

Natürlich konnte er. Der Mann hätte keinen Aufenthalt in Medicine Creek gebucht, wenn er nicht gewusst hätte, wo sein Sohn lebte.

Der idealistische junge Mann, den sie aus der Zeit vor sechzehn Jahren im Gedächtnis behalten hatte, war gefährlich und intelligent gewesen, wenn auch ein wenig überspannt. Emma, damals erst vierzehn, hatte ihn zum Idol erhoben, da er auch kühn, gut aussehend und charismatisch gewesen war. Ihre ältere Schwester war in ihrer Naivität in sein Bett gehüpft, und das Ergebnis dieser Leichtfertigkeit war Michael. Und jetzt würde der Junge nach all den Jahren dem Mann begegnen, der ihn und seine Mutter ohne einen Blick zurück bedenkenlos verlassen hatte.

»Haben Sie hier Wurzeln geschlagen, Miss Sands, oder warten Sie, bis ich verblute, damit Sie sich die Mühe eines Prozesses ersparen?«

Emma packte ihn hinten am Gürtel und ging los.

»Es ist nicht meine Schuld, dass Sie zusammengeschlagen wurden, Mr Jenkins. Meine Verantwortung beginnt erst im Camp.« Sie schnaubte.

»Wenn Fremde hier wie Naturschützer ausgerüstet herumlaufen, dürfen sie sich nicht wundern, wenn man sie irrtümlich verprügelt.«

Emma sah, dass er nun stirnrunzelnd an seiner Kleidung hinunterblickte, ehe er wieder die Forststraße ins Auge fasste, auf der sie dahinhumpelten. Sein Arm, der um sie lag, wurde fester, und sie verschob seinen Rucksack auf ihrer Schulter, worauf er seinen Griff lockerte.

»Die Kerle haben mich zusammengeschlagen, weil ihnen meine Aufmachung nicht zugesagt hat?«

»Im Moment herrscht hier in der Gegend eine gewisse Spannung. Umweltschützer, meist von außerhalb des Staates, wollen ein Abholzungsverbot in unseren Wäldern durchsetzen. Nun bangen hier alle um ihre Jobs und um ihre Lebensweise.«

Allmächtiger! Und das alles erklärte sie dem größten Umweltschützer, den man sich denken konnte. Bei seinem Aufenthalt vor sechzehn Jahren war Benjamin Sinclair mit Unterstützung des Sierra-Clubs gegen das Aufstauen des Flusses zur Energiegewinnung aufgetreten. Er war seiner Aufgabe still, aber dennoch wirkungsvoll nachgekommen. Der nahezu fertiggestellte Damm war nicht wieder neu errichtet worden, nachdem er in die Luft geflogen war – zusammen mit ihrem Vater.

»Verdammt. Sie haben die Luft aus meinen Reifen gelassen.«

Ben blickte auf und sah einen schmutzigen, roten Pick-up mit einem Kanu auf dem Dachgepäckträger und vier platten Reifen. Jetzt fiel ihm wieder ein, warum er diese Stadt hasste.

»Reizende Freunde haben Sie«, stieß er zähneknirschend hervor.

Die Frau neben ihm seufzte.

»Die Revanche für den Schrotkugelhagel.«

Seine sichtlich widerwillige Retterin öffnete die Tür an der Beifahrerseite, und Ben schob sich stöhnend auf den Sitz. Das Sitzen war eine Erleichterung, eine noch größere Erleichterung aber war es, der beunruhigenden Berührung Emma Sands' entronnen zu sein. Wortlos sah er zu, als sie seinen Rucksack und den Waffenkoffer auf die Ladefläche warf, um den Wagen herumging und die Tür an der Fahrerseite öffnete. Dann legte sie ihre Flinte vorsichtig auf die Ablage hinter seinem Kopf und fing an, unter seinem Sitz zu kramen.

Limodosen und leere Chipstüten kamen zum Vorschein, gefolgt von Schokoriegelhüllen und einer Taschenlampe, sodann ein Paar Handschuhe, ein schmutziges Handtuch, leere Gewehrbehälter, Schrotkugelpackungen, ein Feldstecher und ein Erste-Hilfe-Koffer. Ohne den Koffer zu beachten, atmete sie erleichtert auf, als sie eine noch ungeöffnete Whiskeyflasche hervorzog. Diese warf sie ihm zu und griff nach dem Handtuch. Ohne ein Wort zu sagen, knallte sie nun die Tür zu und lief los, den Weg entlang.

Es war ihr sichtlich etwas über die Leber gelaufen. Ben hoffte, dass es die vier platten Reifen waren, die ihr die Laune verdarben, und nicht der Umstand, dass sie wusste, wer er war.

Er sah, dass sie an einer kleinen Wasserfläche stehen

blieb und den zerschlissenen, dreckigen Lappen eintauchte.

Es hatte ihn fast umgehauen, als Durham sie Emma genannt hatte. Die Emma Sands seiner Erinnerung war ein stilles, schüchternes Ding gewesen, das sich mehr im Wald herumtrieb als unter Menschen.

Diese Frau – dieses schießwütige, Feuer speiende Mannweib war Lichtjahre von dem jungen Mädchen seiner Erinnerung entfernt. Doch was Ben vor allem aus dem Gleichgewicht brachte, war seine Reaktion auf sie. Der elektrische Schlag, den er verspürt hatte, als sie sich unter seine Schulter stemmte, hatte ihn fast umgeworfen.

Emma Sands war sehr hübsch geworden und hatte sich überhaupt gut herausgemacht. Laut seinen Ermittlern hatte sie nie geheiratet und Michael allein großgezogen, seitdem Kelly vor zehn Jahren mit einem Mann durchgebrannt war.

Ben wusste, dass Emma Buschpilotin war, eine Lizenz als Maine Guide besaß und dass sie die Inhaberin von Medicine Creek Camps war. Er wusste auch, dass Michaels Name neben ihrem im Grundbuch erschien und dass ihr Unternehmen, das geführte Touren und Lagerleben anbot, sehr erfolgreich war. Man konnte sehen, dass sie an den Wert guter Ausrüstung glaubte. Ihre Cessna Stationair war nicht eben billig, der Wagen, in dem er jetzt saß, war das neueste Modell, und das Camp selbst stand auf tausend Morgen erstklassigem Waldland.

Leider hatten seine Ermittler Ben aber nicht genau erklären können, wo Medicine Creek Camps wirklich lag. Sie hatten auch verabsäumt, ein Foto Emmas beizulegen, und zu erwähnen vergessen, dass ihre Beine ihr bis in die Achselhöhlen reichten, dass ihr langes Haar im Nacken zu einem armdicken Pferdeschwanz zusammengefasst war und ihre sonnengebräunte, makellose Haut aufregend grüne Augen umrahmte.

Hatte sie ihm den Brief geschrieben?

Und wenn ja, warum jetzt?

Ben glaubte nicht, dass sie ihn erkannt hatte. Er war stärker geworden, auch härter, und sein Bart würde ihn davor schützen, dass ihn im Ort jemand erkannte.

Ben, der beobachtete, wie sie sich vom Wasser aufrichtete, erwartete, sie würde ihm das Gesicht waschen wie einem Vierjährigen. Doch sie stand nur da, starrte über die Wasserfläche und blickte dann zum Himmel hoch. Schließlich drehte sie sich um.

Verdammt … jetzt sah sie noch wütender aus als zuvor.

Ben beobachtete sie, als sie zurück zum Pick-up ging, in Gedanken und offenbar mit einer Entscheidung ringend. An der Fahrertür zögerte sie und blickte zurück zum Wasser, während sie geistesabwesend das Tuch in ihren Händen auswrang.

Plötzlich schien sie einen Entschluss gefasst zu haben.

Was immer es war, Ben sah ihr an, dass ihre Entscheidung ihr nicht gefiel, ihr Entschluss aber feststand. Sie glitt auf den Sitz neben ihm und griff nach dem Mikro des Sprechfunkgerätes, das am Armaturenbrett befestigt war.

»Kommen, Mikey. Melde dich«, sagte sie ins Mikro, »ich brauche einen Flug nach Hause.«

»Wo ist deine Karre?«, kam sofort eine Männerstimme durch das Mikro.

»Hast du sie zu Schanden gefahren, Nemmy?«

Mikey? Konnte diese tiefe männliche Stimme Michael gehören?

Ben stockte beinahe der Atem.

»Nein. Ich habe vier platte Reifen, und mein tragbarer Kompressor ist im Schuppen. Du musst Mr Jenkins und mich holen. Wir sind unten am Smokey Bog.«

»Heiliger Strohsack! Der Sportsfreund hat es so weit geschafft? Zu Fuß?«

»Sieht so aus, Mikey. Also, komm und hole uns. Mr Jenkins braucht einen Arzt.«

Sie hielt das Mikro offen und warf Ben einen dunklen Blick zu.

»Du wirst fliegen müssen, damit wir von hier aus direkt ins Krankenhaus können.«

»So schlimm hat es ihn erwischt?«

Sie sah Ben unverwandt an. Ihre Augen waren wie dunkle, aufgewühlte Jade, die ihn an Gletschereis denken ließ.

»Schlimm genug, aber er wird überleben. Du kannst auf dem kleinen See hier landen.«

»Ausgeschlossen, Boss. Crazy Larry ist zu Hause, und wenn der mich fliegen sieht, wird er wieder beim FAA anrufen. Und auf dem Tümpel kann ich nicht landen. Er ist viel zu klein.«

Ben erstarrte. Wollte sie den Jungen zu einem gefährlichen Unternehmen überreden?

Womöglich zu einem illegalen?

»Michael, hier kannst du mit geschlossenen Augen landen. Setze einfach Alice auf den Pilotensitz. Larry wird nicht erkennen, dass nicht ich es bin.«

»Könnte ich nicht rüberfahren und euch holen? Dann kannst du Mr Jenkins nach Millinocket ausfliegen.«

Emma, die ihre Hand ausstreckte und den nassen Lappen auf Bens Stirn drückte, schüttelte den Kopf.

»Nein. Steig einfach in den verdammten Flieger und starte.«

»Mist.«

»Noch etwas, Mikey.«

»Ja?«

»Wenn ich sehe, dass die Wasserruder beim Anflug ausgefahren sind, wirst du morgen die Maschine blitzblank polieren.«

»Ach, Nemmy, ich habe es nur einmal vergessen.«

»Und es hat dich einen Monatslohn gekostet, wenn ich mich recht erinnere. Jetzt beeile dich, bevor unser Gast das Bewusstsein verliert und wir ihn zur Maschine tragen müssen.«

»Roger, Boss. Ich gehe schon an Bord.«

Emma Sands hängte das Mikro in die Halterung.

»Es dauert nicht mehr lange, Mr Jenkins. Michael

wird uns holen. Dann bringen wir Sie zu einem Arzt.«
Als sie sich mit müdem Seufzen zurücklehnte, zeigte ihr ein Blick, dass die noch ungeöffnete Whiskeyflasche auf seinem Schoß lag.

»Der Whiskey wird Ihnen guttun, Mr Jenkins.«

»Meine Hände sind unbrauchbar. Ich kann die Flasche nicht öffnen.«

Sie nahm die Flasche und schraubte den Verschluss auf. Er versuchte einen Schluck, konnte aber nicht einmal die Flasche fassen. Verdammt, er hatte sich mit aller Kraft verteidigt. Seine geschwollenen Handknöchel waren der Beweis.

»Sie werden sich neu einkleiden müssen, wenn Sie sich weiterhin auf diesen Waldwegen herumtreiben wollen«, sagte sie, ohne den Blick von seinen nutzlosen Händen zu wenden.

Die leise Belustigung in ihrem Ton ließ ihn jäh aufblicken, doch hatte er nur Zeit, den Mund zu öffnen, ehe sie ihm die Flasche an die Lippen hielt. Der starke Whiskey verbrannte seinen blutigen Mund und floss durch seine Kehle, um sich wie flüssige Glut im Magen zu sammeln. Verdammt, wie gut sich das anfühlte. Sie war trotz ihrer spröden Fürsorge eine großzügige Retterin. Geduldig wartete sie, bis er genug hatte und mit geschlossenen Augen den Kopf an die Kopfstütze lehnte. O Gott, er spürte schon, dass der Whiskey sich in jeden einzelnen schmerzenden Muskel in seinem Körper verteilte. Wund und benommen, wie er war, hatte er gar nicht gemerkt, wie sehr er fror.

Ben öffnete die Augen einen Spaltbreit, sodass er sehen konnte, wie hinter dem Berg, der ihnen am nächsten war, die Sonne unterging. Lange Schatten fielen über den Wald und machten die Oberfläche des kleinen Sees zu einem undurchschaubaren Gemisch aus stillem Wasser, Baumstämmen und Wellengekräusel.

Sein Sohn sollte *hier* landen? Mit einem Wasserflugzeug?

Lautes Motorengeräusch eines Flugzeuges über ihm ließ Ben zusammenzucken. Verdammt. Eher würde er auf allen vieren ins Krankenaus kriechen, als Michael in Gefahr zu bringen. Das wollte er eben Emma sagen, als er das Funkgerät knistern hörte.

»Hilf mir, Nem.«

»Das deichselst du allein, Mikey.«

Ben wollte nach dem Mikro greifen, um dem Jungen zu sagen, er solle den Landeanflug abbrechen und sich nach Hause trollen, aber Emma entzog es seiner Reichweite und sah ihn ungehalten an.

»Er schafft das«, herrschte sie ihn an.

»Michael ist ein besserer Buschpilot als jeder andere hier in der Gegend. Die Wasserfläche ist groß genug, und er ist so geschickt, dass er im Schlaf hier landen könnte.«

»Wenn ihm etwas passiert, Miss Sands, werde ich Sie mit diesem Funkkabel erdrosseln.«

Sie starrte ihn lange an und schenkte ihm dann ein seltsames Lächeln.

»Versuchen Sie es doch.«

»Geben Sie ihm Anweisungen.«

»Nein.«

»Nem, sag mir alles an«, kam Michaels Stimme wie ein Echo über das Sprechgerät.

»Wenn du an deinem sechzehnten Geburtstag deinen Alleinflug machen möchtest, dann solltest du wissen, wie es geht, Mikey. Ich werde dann nämlich nicht über Funk zu erreichen sein.«

Ben hörte einen enttäuschten Seufzer über das Sprechgerät.

»Ich fliege seit zwei Jahren allein.«

»Und ich musste die Schwimmer nur einmal ersetzen«, gab sie zurück.

»Sieh zu, dass es kein zweites Mal nötig ist. Achte auf die Felsen.«

Sie warf das Mikro auf das Armaturenbrett und stieg aus. Ben spürte, dass jeder Muskel in ihrem Körper auf Aktion lauerte. Ihre Schultern waren gestrafft, ihre Augen wie Laser auf die rasch sinkende Maschine gerichtet, die die Baumwipfel zu streifen schien. Mit geballten Fäusten stand sie fest und unerschütterlich da, scheinbar entschlossen, ihren Neffen allein durch Willenskraft herunterzulotsen.

Die Lady, die so nassforsch Anweisungen gab, hatte Angst?

Ben wollte sie umbringen, ehe das hier vorbei war.

Er konnte zwei Köpfe durch die Windschutzscheibe der Maschine sehen, aber Alice war entweder ein sehr tapferer oder ein sehr dämlicher Passagier. Michael pilotierte und schien sich sehr gut zu machen. Er hatte die Triebwerke gedrosselt, flog aber noch immer schnell wie ein Falke, der auf seine Beute niederstößt. Er zögerte jetzt nicht und bat nicht um Hilfe, bei Gott. Und seine Wasserruder waren eingeklappt.

Michael Sands setzte die Stationair so sanft auf Smokey Bog auf, dass einem Adler die Tränen gekommen wären. Ben wischte das Blut ab, das über seine Wange floss, nur um festzustellen, dass seine zitternde Hand mehr nass als rot war.

Verdammt, er war stolz auf den Jungen. Michael machte etwas, das die meisten Männer nicht konnten, und er machte es großartig. Emmas Stolz auf ihn war gerechtfertigt, wenn dies ein Beispiel für die Reife und das Selbstvertrauen des Jungen war.

Ohne auf seinen protestierenden Körper zu achten, stieg Ben aus und ging langsam auf den Jungen zu. Die erste Begegnung mit seinem Sohn wollte er auf Augenhöhe und in angemessener Haltung hinter sich bringen.

2

Emma beobachtete voller Stolz, wie ihr Neffe die Cessna auf das schlammige Ufer zusteuerte. Sie hatte keinen Moment bezweifelt, dass er hier landen konnte; Mikey war der fähigste junge Mann, den sie kannte.

Er würgte den Motor ab und bedachte sie durch die Windschutzscheibe hindurch mit einem schiefen Lächeln, dann griff er nach Alices Mütze und schob die dunkle Brille über ihre Nase herunter. Sichtlich stolz auf sich, kletterte er aus der Maschine und balancierte über den Schwimmer, um mit katzenhafter Geschmeidigkeit aufs Ufer zu springen. Noch nicht ganz sechzehn, war Mikey schon fast einen Meter achtzig groß.

Plötzlich blieb er stehen und starrte den blutigen Mann an, der auf sie zuhinkte.

Das war nicht gut. Michael Sands war viel zu intelligent, um den Vater nicht zu erkennen, dem er nie begegnet war, über den er aber vermutlich alles wusste. Der Junge besaß einen Computer; wie groß war die Wahrscheinlichkeit, dass seine Neugierde ihn per Internet zu Benjamin Sinclair geführt hatte?

Ihre Schwester hatte mit ihm nie über seinen Vater gesprochen, doch hatte dies den Jungen nicht davon abgehalten, Fragen zu stellen. Und nach Kellys Verschwinden, als Michael fünf gewesen war, hatte Emma jede einzelne dieser Fragen mit aller Sorgfalt und allem Mut, die ihr zu Gebote standen, beantwortet. Sie hatte Benjamin Sinclair nicht als Ungeheuer hingestellt; sie hatte Michael nur gesagt, dass sein Vater jung und verwirrt gewesen war. Und ja, er hatte gut ausgesehen; ja, er war groß; und ja, er war so intelligent wie Mikey.

Das kann ja sehr interessant werden, dachte Emma, als sie sah, wie die beiden einander anstarrten. Sie kannte Mikey und wusste, er würde sich nicht anmerken lassen, dass er wusste, wer Tom Jenkins wirklich war. Und ihr Gast schien ebenso entschlossen, die Täuschung aufrechtzuerhalten.

Mikey streckte mit festem Blick eine Hand aus.

»Willkommen in Maine, Mr Jenkins.«

Benjamin Sinclair, der auf diese Geste mit völliger Sprachlosigkeit reagierte, wich unsicher einen Schritt zurück. Er sah aus, als sähe er sich einem Gespenst gegenüber.

Wie? Der Mann, der ihre Familie auseinanderreißen konnte, bekam es plötzlich mit der Angst zu tun?

Mikey stand noch immer mit ausgestreckter Hand da, und was Emma sah, als sie in sein Gesicht blickte, würde auf ewig in ihrem Gedächtnis eingegraben bleiben. Mikey war nicht verletzt oder wütend oder auch nur erstaunt. Er trat einfach vor, griff nach Bens Hand und legte sie über seine Schulter, während er die Mitte seines Vaters umfasste und ihn stützte.

»Mr Jenkins, Sie sehen einigermaßen katastrophal aus. Meine Tante hat recht. Sie müssen zum Arzt. Kommen Sie. Ich helfe Ihnen in die Maschine. Hol sein Zeug aus dem Wagen, Nem. Ich habe ihn im Griff.«

Emma merkte, dass auch sie einen Schritt zurückgewichen war. Ihr Verstand war wie benebelt und ihr Herz fast gebrochen, beim Anblick des einzigen Menschen auf der Welt, den sie zärtlich liebte und der jenem Menschen zu Hilfe kam, der sie vernichten konnte.

Endlich waren sie wieder in Medicine Creek Camps zurück und ihr Gast in einem der im Erdgeschoss gelegenen Zimmer ihres Hauses untergebracht, bis oben voll mit schmerzstillenden Mitteln. Michael säuberte die Cessna von den Blutspuren, die ihr Passagier hinterlassen hatte, und Emma lag ausgestreckt auf ihrem Ruhesessel, eine eiskalte Bierflasche in der Hand, über den Augen einen heißen, feuchten Waschlappen.

Für einen wortkargen Mann konnte ihr ramponierter Gast eine reiche Auswahl an Worten finden, wenn er wollte – das hatte sie zu spüren bekommen, als Michael Alice aus der Maschine geholt hatte. Benjamin hatte geflucht, dass sie rote Ohren bekommen hatten, als er entdeckte, dass Mikeys Kopilotin eine alte Schaufensterpuppe mit Hut, Perücke und Fliegerbrille war. Er hatte getobt und gefragt, wie man ein Kind in die unvorstellbare Lage bringen konnte, auf einer Pfütze zu landen, die so klein war, dass das Deck eines Flugzeugträgers daneben riesig aussah.

Michael, gesegnet sei sein gutes Herz, hatte Ben seelenruhig erklärt, dass Crazy Larry darauf aus war, ihn der FAA zu melden, ehe er sechzehn wurde und seinen Pilotenschein machen konnte. Daraufhin hatte Ben – sehr wortreich – erwidert, dass man sie beide dem Jugendamt melden sollte. Emma hatte den kleinen Wortwechsel schließlich beendet, indem sie ihrem wütenden Gast mit der Flinte in den Rücken stieß, worauf er sich stumm, aber zornrot auf den Passagiersitz setzte.

Alice trieb nun mit dem Gesicht nach unten im Smokey Bog, in den Ben sie geworfen hatte.

So viel zu ihrem Ruf. Es war zwar nicht so, dass ihr Sport-Camp nicht ein paar Kritiker überstehen konnte, Emma aber war stolz auf ihr Unternehmen, das sie und Mikey aus den roten Zahlen gebracht hatten. Die damals noch sehr junge Emma hatte ihre Schwester überreden können, Medicine Creek Lodge mit dem Geld zu kaufen, das sie von der Versicherung nach dem Tod ihres Vaters bekommen hatten. Sie und Kelly hatten Lodge und Camp gemeinsam gemanagt, bis Kelly Emma ohne Vorwarnung ganz plötzlich mit einer stattlichen Hypothek und einem Fünfjährigen, den es nun großzuziehen galt, im Stich gelassen hatte.

Michael war als alter Mann im Körper eines Säuglings zur Welt gekommen und sah weiser aus als Gottvater persönlich. Zum Glück war er ein braves Baby gewesen – er hatte geschlafen, wenn es Zeit dafür war, hatte pünktlich zu laufen begonnen und mit seinem frühreifem Gebrabbel dafür gesorgt, dass ihnen die Köpfe brummten. Als Mikey fünf war, hatte Emma sich gefragt, ob er die Schule besuchen oder dort unterrichten würde.

Es gab buchstäblich nichts, was der Junge nicht konnte. Emma konnte sich vorstellen, dass er mit dreißig über die Welt gebieten würde. Um Michael war eine so große Ruhe, eine Einfühlungsgabe und Einsicht, so tief, das sie nur ehrfürchtig staunen konnte – und zuweilen fast eingeschüchtert war.

Als Michael zehn wurde, wunderte sie sich nicht mehr und hatte gelernt, sich mit der Tatsache abzufinden, dass sie mit einem erwachsenen, wenn nicht gar alten Mann zusammenlebte. Hatten die Umstände sie zum Familienoberhaupt gemacht, so war Michael so etwas wie ein guter Onkel.

Und jetzt, mit fünfzehn, ließ Mikey ihr großzügig die Illusion, dass sie das Sagen hatte, wenngleich er es sich zur Gewohnheit gemacht hatte, ihr bei Gelegenheit Anweisungen zu geben – meist, wenn sie müde oder frustriert oder ratlos war. Und wie eine gute Tante hörte sie immer auf ihn und ließ sich herumkommandieren oder verwöhnen, was eben im Moment angebracht war.

Emma nahm den Waschlappen von ihren Augen und gönnte sich eben einen Schluck Bier, als sie hörte, dass die Hintertür zugeschlagen wurde.

»Schläft er endlich?«, fragte Mikey, als er das Wohnzimmer betrat.

Emma faltete den Waschlappen sorgfältig zusammen, während sie zusah, wie er schweigend durch den Raum auf sie zukam und sich über sie beugte, groß und schlaksig und doch mit einer gewissen Anmut.

»Unser Patient schläft wie ein Murmeltier.«

Michael schnaubte.

»Ein Murmeltier mit Raubtierfängen. Draußen am Smokey Bog dachte ich schon, du würdest ihm gehörig die Meinung sagen.«

»Hast du seine Klauenabdrücke vom Armaturenbrett wegbekommen?«

»O Gott, Nem. Man möchte meinen, ein erwachsener Mann könnte ein wenig Aufregung verkraften, ohne gleich durchzudrehen – es war zwar knapp, aber du hast uns heil in die Luft gekriegt.«

»Er hatte gerade eine wüste Prügelei überstanden und wollte nicht in zwölf Meter Höhe eine Fichte zieren.«

Michael grinste.

»Du hast ja auch nur einen ganz winzigen Ast gestreift.« Er runzelte die Stirn, als er den Waschlappen sah.

»Wieder Kopfschmerzen?«

»Nein. Ich entspanne mich nur. Sind alle für die Nacht in ihren Hütten untergebracht?«

Er nickte.

»Hütte drei möchte wieder bei Tagesanbruch hinaus. Offenbar hat das kleine Schwimmabenteuer die Typen nicht entmutigt.« Er sah sie mit trügerisch unschuldigem Blick erwartungsvoll an.

»Ich könnte mir den Tag von der Schule frei nehmen und die Vogeljäger aus Hütte fünf führen. Jemand sollte hierbleiben und Mr Jenkins im Auge behalten. Da seine Wortwahl mich verderben könnte, solltest du Krankenschwester spielen.«

Emma schüttelte den Kopf.

»Schule wird nicht geschwänzt. Und wenn ich mit diesem verwundeten ... Bären im Haus bleibe, bringe ich ihn wahrscheinlich um. Außerdem habe ich eben angerufen und verabredet, dass Durham morgen Hütte fünf führt. Wenn er für mich arbeitet, wird er vielleicht keinen Unfug machen.«

»Unglaublich, dass diese Abholzungsdebatte in Gewalt ausartet. Es gäbe bessere Möglichkeiten, um das Problem zu lösen. Die Typen hätten Mr Jenkins ernstlich verletzen können.«

»Drei gebrochene Rippen, eine Gehirnerschütterung und eine Kniezerrung sind keine Lappalie.«

Michael ging daran, ein Feuer im Kamin zu machen. Mit dem Rücken zu ihr fragte er:

»Kommt Mr Jenkins dir nicht bekannt vor, Nem?«

»Warum?«

Der Junge zog die Schultern hoch und hielt ein brennendes Streichholz an sein Werk.

»Aus keinem besonderen Grund. Ich dachte nur, er könnte vielleicht schon früher mal hier gewesen sein.«

»Ich kann mit Sicherheit sagen, dass Medicine Creek Camps nie das Vergnügen seiner Anwesenheit hatte.«

»Du willst ihn hier im Haupthaus behalten?«

»Eine Weile. Hast du damit ein Problem?«

Er legte Scheite auf die knisternden Späne.

»Kein Problem. Aber im Moment hast du viel um die Ohren. Und wenn ich in der Schule bin, bist du ganz allein, rennst in alle Richtungen und versuchst, es jedem Sportsfreund recht zu machen, der ein paar Vögel jagen möchte.« Er sah sie besorgt an.

»Und nächste Woche beginnt die Jagd auf Elche.«

Emma warf ihm den Waschlappen zu und stand auf.

»Dann wird es Zeit, dass du mir hilfst, unserem Pitiful ein orangefarbenes Band um den Hals zu legen.«

Er fing den Waschlappen locker auf und richtete sich auch auf.

»Ich werde mich hüten, dem dämlichen Vieh auch nur nahe zu kommen. Eine zielgenaue Kugel wäre ein Segen für ihn. Er schafft es nie über den Winter.«

»Sicher schafft er es. Pitiful ist ja nicht dumm.«

»Nein? Der Dummkopf ist in dich verliebt. Ein zweijähriger Elch sollte den Unterschied zwischen einer Frau und einer Elchkuh kennen. Ihm fehlt es im Oberstübchen, Nemmy.«

»Ich glaube, letzten Herbst hat ihn eine Kugel gestreift. Deshalb ist seine rechte Geweihstange in diesem Jahr nicht nachgewachsen«, brachte sie zur Verteidigung ihres Lieblings vor.

»Und ich glaube, er hat einen Holzlaster gerammt. Nem, finde dich damit ab, dass er zur Landplage wird. Er wühlt in den Mülltonnen und will ständig in die Küche.«

»Ihm schmeckt, was ich koche.«

»Und er hat gestern eines der Boote unter Wasser gedrückt, als er an Bord gehen wollte.«

»Wir müssen Schutzmaßnahmen gegen die dummen Touristen ergreifen, Mikey. Ich mache ihm einen Kuchen aus Hafermehl und Zuckerrübensirup, und während er frisst, kannst du ihm die Schleife um den Hals legen.«

Emma überließ es ihrem Neffen, sich diese angenehme Aufgabe auszumalen, und ging, um nach ihrem Gast zu sehen, ehe sie sich schlafen legte. Tom Jenkins hatte seine Decken in totale Unordnung gebracht und sie weggeschoben, so dass er fast entblößt dalag.

Für einen Städter war der Mann erstaunlich fit. Seine gewölbte Brust wies dunkle Prellungen auf, die einen Schwächeren umgebracht hätten. Lautlos beugte Emma sich über ihn und zog die Decken bis an sein Kinn. Sorgfältig strich sie ihm das Haar aus der Stirn und befühlte seine Stirn nach Fieber, wobei sie einen Verband über der linken Braue freilegte.

Willkommen in Medicine Creek Camps, Sinclair. Na, haben wir das versprochene Abenteuer geboten?

Sie richtete sich auf und drehte sich um, um das Fenster neben seinem Bett einen Spaltbreit zu öffnen und die nach Kiefern duftende Herbstluft einzulassen, in der Hoffnung, die Kühle würde dafür sorgen, dass seine Decken dort blieben, wo sie hingehörten. Der Vollmond schien hell und warf einen Lichtstreifen auf den See so, wie vor zwei Stunden, als sie gelandet waren. Wieder eine Premiere für ihren Gast, eine, gegen die er Einwände vorgebracht hatte. Aber wieder hatte Michael ihm in aller Ruhe erklärt, es bestünde kein Grund zur Besorgnis, seine Tante hätte schon jahrelang Nachtlandungen auf mondhellen Seen bewerkstelligt.

Die Lichter in Hütte drei erloschen. Emma lehnte ihren Kopf an das Glas und sog den Geruch dessen ein, was in den letzten fünfzehn Jahren ihr persönlicher Himmel gewesen war. Sie fragte sich, wie himmlisch Medicine Creek Camps ohne Michael sein würde.

Auch wenn Ben ihn nicht in das neue Leben entführte, das ihm zustand, würde Mikey aufs College gehen und dann weiter, größeren und besseren Zielen entgegen. Und sie würde hier sein, bereit, ihn in die richtige Richtung zu stoßen oder zu ziehen – und auf seine Rückkehr als erwachsener Mann warten.

Heute hatten die Räder sich zu drehen begonnen, alles würde sich verändern.

»Warum nennt der Junge Sie Nemmy?«

Emma drehte sich nicht um, weil er ihre Tränen nicht sehen sollte.

»Weil er als Zweijähriger Tante Emma für zu schwierig befand. Er hat den Namen auf Nemmy verkürzt, und dabei ist es geblieben. Ich hoffe, dass er dies auf meinen Grabstein meißeln lässt.«

»Wo ist seine Mutter?«

»Fort.«

»Und sein Vater?«

»Hoffentlich tot.«

Ein Moment Stille.

»Sie haben ihn allein großgezogen?«

Sie drehte sich zu ihm um.

»Nein, Mr Jenkins. Michael hat mich erzogen.«

»Ein ungewöhnlicher Junge.«

»An Michael ist nichts Jungenhaftes, Mr Jenkins. Er ist meist älter als wir alle zusammen. Machen Sie niemals den Fehler, meinen Neffen zu unterschätzen, wenn Sie Wert auf seine Achtung legen.«

»Die Sie offenbar besitzen.«

Emma nickte.

»Ja, und es hat mich viele frustrierende Jahre gekostet, sie zu gewinnen. Haben Sie je versucht, einem Kind beizubringen, dass es krabbeln soll, wenn es doch laufen möchte? Oder haben Sie sich bemüht, einem Fünfjährigen zu erklären, warum er zur Schule gehen und Fingermalerei lernen muss, wenn er doch wissen möchte, wie Flugzeuge sich in der Luft halten? Oder einem Siebenjährigen mit dem IQ eines Genies einzureden, dass es eine grandiose Aufgabe ist, in einer Schulaufführung einen Baum darzustellen?«

»Nein.«

»Dann sollten Sie einem Vierzehnjährigen zu erklären versuchen, dass er nicht in die Stadt fahren und einkaufen oder Gäste aus Bangor einfliegen kann, wenn wir knapp an Personal sind. Oder trösten Sie ein tieftrauriges Kind, nachdem seine Mutter gegangen ist, und dann tröstet das Kind Sie. Ich habe Michaels Achtung errungen, indem ich ihn niemals, niemals unterschätzt habe.«

»Ich will es mir merken, Miss Sands.«

Emma ging an die Tür und warf einen Blick zurück zum Bett.

»Tun Sie das, Mr Jenkins.«

Ben saß an dem riesengroßen Küchentisch und sah Michael zu, der sich in der Küche hin und her bewegte, bis der Junge sich schließlich ihm gegenübersetzte.

»Woher hat Medicine Creek Camps seinen Namen?«, fragte Ben in die Stille hinein.

»Von dem Nebel, der manchmal im Winter über dem Fluss liegt, wenn er doch eine dicke Eisschicht tragen sollte.«

»Gibt es hier heiße Quellen?«

»Früher vielleicht. Jetzt ist das Wasser nur ungewöhnlich warm, gespeist von tief im Granit entspringenden Quellen. Medicine Gore wurde im frühen neunzehnten Jahrhundert von schwedischen Siedlern gegründet. Damals muss das Wasser wohl viel wärmer gewesen sein.«

»Hast du diese Quellen jemals gesehen?«

Michael biss ein Riesenstück von seinem Sandwich ab, kaute langsam und spülte es mit einem halben Glas Milch hinunter.

»Es sind eigenwillige Wunder. Sie sind nur aktiv, wenn sie bei Laune sind, Nemmy hat mich einmal ins Quellgebiet des Medicine Creek mitgenommen.« Er sah Ben mit nicht zu deutenden, abschätzenden grauen Augen an.

»Da war ich acht.« Wieder schob er die Schultern hoch und hob sein Sandwich an den Mund.

»In Maine gibt es keine geothermischen Aktivitäten«, sagte er, ehe er wieder abbiss.

Ben wartete, bis das ganze Sandwich vertilgt war, ehe er die nächste Frage stellte.

»Wer hat die Lodge erbaut?«

Michael stand auf und ging zum Kühlschrank, dem er einen Eimer Eiscreme entnahm, den er auf die Theke stellte. Dann nahm er zwei Schüsseln aus dem Schrank und löffelte einen Berg Eis in beide.

»Indianerstämme aus der Umgebung sind hierhergekommen und haben im Winter im Bach gebadet. Sie haben wohl geglaubt, der Nebel besäße Heilkräfte. Aus diesem Grund haben vermutlich die ersten Siedler hier das Haus gebaut.« Er sah Ben mit schiefem Lächeln an.

»Und Stadtleute mit Geschichten über angebliche Heilquellen angelockt.«

Michael kam mit den zwei vollgehäuften Schüsseln, aus denen die Löffel wie Schornsteine aus dem Eis ragten, an den Tisch. Eine Schüssel schob er vor Ben hin und setzte sich mit der anderen.

»Essen Sie, Mr Jenkins. Das Eis wird Ihrem Mund guttun. Es hilft gegen Schwellungen.«

Ben starrte die Schüssel an und fragte sich, wie er diese Riesenportion bewältigen sollte.

»Deine Tante hat also das Haus gekauft und die neuen Hütten gebaut?«

»Meine Tante und meine Mutter.«

Der Junge schob sich einen Löffel mit einer großen Eisportion in den Mund. Noch nicht bereit, das Thema Mutter aufzugreifen, griff Ben nach seinem Löffel und machte sich über seine eigene geradezu monströse Portion her. Tatsächlich, das Eis tat seinem Mund gut und glitt angenehm die Kehle hinunter.

Während sie wortlos weiterlöffelten, blickte Ben sich in der großen Küche um. Alles wies Altersspuren auf, war aber geradezu klinisch sauber. Im Hintergrund stand ein blitzblanker alter Holzherd, dessen Rohr in der massiven gemauerten Trennwand verschwand. Lange Thekenflächen hatten im Laufe der Zeit ihre Musterung eingebüßt oder waren zerschrammt. Eine Spüle, so groß, dass man eine Kuh darin hätte baden können, prangte unter einer Fensterfront, die Ausblick auf den Medicine Lake gewährte und Wasser und Berge in greifbare Nähe rückte. Und auf dem Fensterbrett über der Spüle erstreckte sich nach beiden Richtungen eine bunte Sammlung an Steinen, Moos, knorrigen Zweigen und Einmachgläsern voller Sand, Glasscherben und Kiesel.

In der alten, aber offensichtlich gut in Schuss gehaltenen Lodge, die mehr Heim als Herberge war, wurden die in der Wildnis gesammelten Schätze eines Kindes liebevoll aufbewahrt und zur Schau gestellt.

Michael war vor einer knappen Stunde von der Schule nach Hause gekommen. Er hatte im Herd ein kleines Feuer entfacht und dann angefangen, seinen großen, noch im Wachsen begriffenen Körper mit Essen anzufüllen. Und er hatte nicht zu essen aufgehört, seit Ben hereingehinkt war und sich gesetzt hatte.

»Deine Tante kocht kein Dinner?«

Er musste warten, bis Michael geschluckt hatte.

»Manchmal. Meist koche ich.« Der Junge ließ unvermittelt ein Lächeln aufblitzen, als gelte es, ein ängstliches Kind zu beruhigen.

»Wir essen in einer Stunde, Mr Jenkins. Meist vergisst Nem das Mittagessen, deswegen wird sie einen Bärenhunger haben. Hoffentlich mögen Sie Wild.«

Ben wusste nicht, was ihn mehr störte – dass von Michael erwartet wurde, sich selbst zu versorgen, oder dass der Junge es sich zur Aufgabe machte, Emma zu versorgen. Er hätte nach der Schule Football spielen und nicht kochen sollen. Oder er hätte am Telefon hängen und sich mit Freunden verabreden sollen, anstatt sinnlosen Smalltalk mit einem Fremden zu machen.

»Hast du hier viele Freunde?«

Michaels Blick verriet Ben, dass er sich einer Linie näherte, die nicht überschritten werden durfte. Er stemmte sich vom Tisch hoch, knöpfte seine Manschetten auf und krempelte die Ärmel auf. Dann nahm er seine leere und Bens halb volle Schüssel, brachte sie zur Spüle und ließ sie mit warmem Seifenwasser volllaufen.

»Ich habe mich mit Gästen aus der ganzen Welt angefreundet«, sagte er schließlich mit dem Rücken zu Ben.

»Mit vielen habe ich noch Briefkontakt. Für nächsten Sommer bin ich nach Deutschland eingeladen, von einer Familie, die vergangenen Sommer hier die Ferien verbracht hat.«

»Und, fährst du hin?«

»Nein. Nicht ohne Nemmy.« Er drehte sich um und durchbohrte Ben mit ernstem Blick.

»Meine Tante ist das Einzige, das mir wichtig ist, Mr Jenkins. Ich würde mein Leben geben, um sie zu beschützen, und meine Seele, um sie glücklich zu sehen.«

Verdammt, woher hatte er das?

»Ist das deine Standardwarnung für alle … männlichen Gäste?«

Michael warf ihm den nächsten ernsten Blick zu, dann drehte er sich zur Spüle um und machte das Wasser aus.

»Nicht für alle. Nur für möglicherweise gefährliche.«

»Und du hältst mich für eine Gefahr?« Ben konnte es nicht fassen. Er mochte eine Gefahr darstellen, doch nicht in der Art, auf die Michael anspielte. Aber wie kam es, dass der Junge überhaupt etwas gespürt hatte?

»Ja, ich glaube, Sie stellen eine dar, Mr Jenkins. Aber ich glaube nicht, dass Ihnen klar ist, wie sehr.«

Ben stand auf, hinkte zum Herd und hielt seine Hände über die heiße Platte. Es war in der Küche plötzlich richtig kalt geworden.

Emma Sands war eine schöne Frau, wenn man strahlende Gesundheit und Energie anziehend fand. Auch wenn man Direktheit und Mut mochte, passte sie in das Schema. Die Frau hatte Nerven aus Stahl. War sie nicht gestern mit einem beladenen Flugzeug in einem Tümpel gestartet und war auf einem dunklen See damit gelandet? Dass ein Mensch so fliegen konnte … Ben hatte Todesangst ausgestanden, war aber zugleich verdammt beeindruckt gewesen.

Also, warum stellte er für Emma Sands eine Bedrohung dar?

Eine sexuelle Bedrohung etwa?

Gestern hatte sie sich auf dem Weg zum Truck unter seinem Arm gut angefühlt. Sie hatte nach Wald und nach Schießpulver gerochen und nach einem Tier, das er nicht identifizieren konnte. Das hatte ihn aber nicht davon abgehalten, sich zu fragen, was sie tun würde, wenn er ihr die Flinte aus der Hand nehmen und sie küssen würde.

Ben hatte diesen bizarren Gedanken seinem Bemühen zugeschrieben, sich von den Schmerzen abzulenken. Doch gestern Abend hatte er nicht viel Schmerzen gelitten, als sie in sein Zimmer gekommen war und ihm ihre sanfte Hand auf die Stirn gelegt hatte. Sie hatte köstlich und frisch gerochen, als sie sich über ihn gebeugt und ihn berührt und dabei nicht nur sein Bewusstsein geweckt hatte.

Deshalb hatte er sie still beobachtet und sich über die merkwürdige Stimmung gewundert, in der sie zu sein schien. Fast hatte sie … bekümmert gewirkt.

Obwohl entschlossen, die Frau zu hassen, hatte Ben gestern instinktiv das Verlangen verspürt, sie zu trösten und ihre Traurigkeit zu vertreiben. Auch hatte er sich gewünscht, ihr würde bewusst werden, dass sie sich mit einem fast nackten Mann im Raum befand, dass es draußen dunkel und kalt war, in seinem Bett aber warm und einladend.

Verdammt. Er wollte sich nicht zu jemandem hingezogen fühlen, der ihm so viel weggenommen hatte. Zu jemandem, der hoffte, er wäre tot, wie sie selbst gesagt hatte. Aber Michael war sein Sohn, und er hatte nicht die Absicht, sich von ein bisschen dummer Lust alles vermasseln zu lassen.

»Ihr beide habt euch heute keine Wortgefechte geliefert, oder?«, fragte Michael neben Ben und fast auf Augenhöhe mit diesem.

Seine Miene musste ziemlich finster wirken, wurde Ben klar, weil die Haltung des Jungen so abwehrend war.

»Nein. Mit einem Schatten zu kämpfen ist nicht einfach. Einmal habe ich die Maschine starten und wieder landen hören, dann einige Male einen Lastwagen kommen und wieder losfahren, doch eigentlich war ich den ganzen Tag mir selbst überlassen.«

Noch immer lag Michaels nachdenklicher Blick auf ihm. Plötzlich wechselte seine Miene, und er lächelte Ben schief an. »Sehr klug von ihr, denke ich. Verwundete Tiere sind zu ihren Rettern nicht immer sehr nett.«

Dann drehte sich der Junge um und ging hinaus, so wenig besorgt wie Emma, dass er allein blieb. Zwar hatte es Ben nichts ausgemacht, den ganzen Tag allein zu sein. Er hatte sich meist in Michaels Zimmer aufgehalten, hatte dagesessen und sich umgesehen und sich über den Kind-Jungen gewundert, der ihm in manchen Dingen fremd war, in anderen aber sehr ähnlich.

Emma Sands hatte recht, Michael war für sein Alter sehr alt – ein Rätsel aus Jugend und Selbstvertrauen und Gelassenheit. Er besaß wie ein Erwachsener die Fähigkeit, hinter die Fassade eines Menschen zu blicken; was seinen Appetit betraf, war er aber ein Halbwüchsiger. Der Junge war für sein Alter groß, mit dunkelbraunem Haar, das einen Haarschnitt dringend nötig hatte, und weichem Bartflaum, der einen leichten Schatten über sein Gesicht legte.

Emma war es gewesen, nicht Ben, die Michael seinen ersten Rasierapparat in die Hand gedrückt hatte. Es war seine Tante und nicht sein Vater gewesen, die mit Michael wahrscheinlich schon über Mädchen und sicheren Sex und das Wunder junger Beziehungen gesprochen hatte. Und es war Emma, die der Junge im Herzen trug.

Es war höllisch, seinem Sohn so nahe zu sein und ihn nicht berühren zu können. Ihm nicht erklären zu können, dass er ihn sofort zu sich geholt hätte, wenn er von seiner Existenz gewusst hätte, oder dass er seine Mutter vor sechzehn Jahren geheiratet hätte. Er hätte alles anders gemacht, wenn er gekonnt hätte.

Ben humpelte zurück in sein Zimmer, entschlossen, einen Weg zu finden, Teil von Michaels Leben zu werden. Er würde seinem Verlangen, Emma zu strafen, oder Kelly zu finden und sie zur Rechenschaft zu ziehen, nicht nachgeben dürfen. Ihm war nun klar, wie dumm er gewesen war zu glauben, er könnte seinen Sohn haben und Vergeltung dazu. Sam hatte recht. Ein Junge verließ nicht die Frau, bei der er fünfzehn Jahre gelebt hatte, um mit einem neuen Vater ein neues Leben anzufangen. Auch würde er nicht aufhören, eine Mutter zu lieben, nur weil sie ihn verlassen hatte. Michael war damals erst fünf gewesen, doch hatte er Kelly gewiss mit kindlicher Liebe im Gedächtnis bewahrt.

Das bedeutete, dass Ben Michael nur ganz behutsam für sich fordern durfte, um ihn sich nicht völlig zu entfremden.

Im Laufe der nächsten Woche hatte Ben jede Menge Zeit, sich seine Vorgehensweise zu überlegen. Man ließ ihn allein, damit er sich erholen und das Gelände von Medicine Creek Camps erkunden konnte. Tagsüber war Michael in der Schule, abends lernte er oder kochte oder reparierte einen widerspenstigen Generator. Emma hatte drei ihrer sechs Hütten vermietet, und wenn sie nicht mit ihren Gästen unterwegs war, war sie mit Vorbereitungen für die Elchjagd-Saison beschäftigt, die nächsten Montag beginnen sollte. Ben wurde zu einem stummen, vergessenen Möbelstück, während er langsam gesundete und sich, nicht weiter verwunderlich, in seinen Sohn verliebte.

Auch wurde er sich Emmas zahlreicher Reize unangenehm bewusst. Tatsächlich wurde ihm die Hose knapp, wenn sie davonmarschierte, die langen Beine in abgetragenen, knappen Jeans, die ein köstlich gerundetes Hinterteil umspannten. Und die Abende konnte er kaum erwarten – dann kam sie in sein Zimmer, öffnete das Fenster, legte die Hand auf seine Stirn, um zu fühlen, ob er Fieber hatte, und zog ihm die Decke bis ans Kinn hoch. Nach jenem ersten Abend sprach er nicht mehr mit ihr. Er lag mit geschlossenen Augen da, während in ihm Wut und Lust kämpften.

Es war eine lange Woche.

3

»Mistkerl!«

Emma hörte ein lautes tierisches Schnauben. Da wusste sie, dass Benjamin Sinclairs erste Begegnung mit Pitiful stattgefunden hatte. Sie steckte ihre Brieftaube zurück in den Käfig und lief zur Vorderseite des Hauses. Wenn Pitiful in Spiellaune war, würde Ben sofort wieder im Bett landen. Diesmal mit mehr als nur ein paar angeknacksten Rippen.

Es gab einen lauten Krach, wieder einen Fluch, dann hörte man Hufgeklapper, als Emma um die Ecke bog und mit Benjamin Sinclair zusammenprallte. Der Mann zögerte keine Sekunde. Er klemmte sie einfach unter seinen Arm und suchte die nächste Deckung, die zufällig der Werkzeugschuppen war.

Unter seinem Arm wie ein Hafersack hüpfend, dämmerte es Emma, wie sich gebrochene Rippen wirklich anfühlten. Sie geriet vollends außer Atem, als sie gegen die Innenwand des Schuppens geworfen wurde und völlige Dunkelheit sie umfing. Die gebrüllten Flüche ihres Retters waren nur mehr gemurmelte Verwünschungen, hatten aber nur an Lautstärke und nicht an Farbigkeit verloren.

Emma fragte nicht, ob er seine Rippen wieder verletzt hatte, da ihr klar war, dass man nur schwer atmen und fluchen und sprechen zugleich konnte. Plötzlich erbebte der Schuppen, als wäre er von einem Lastwagen gerammt worden. Von der anderen Seite der Tür war lautes Keuchen zu hören.

»Da draußen tobt ein irrer Elchbulle, Miss Sands. Er hat nur eine Geweihstange, und um den Hals trägt er eine große orangefarbene Schleife. Er hat mich angegriffen, als ich die hintere Veranda heruntergekommen bin.«

Wieder erzitterte die Schuppentür. Ben trat zurück und drückte Emma gegen einen rostigen Wassertank, offenbar in dem Bestreben, sie vor Ungemach zu schützen.

Emma war nach Lachen zumute, wagte es aber nicht, dem Drang nachzugeben. O Gott, wie groß er war! Und wie warm. Und er roch auch noch angenehm. Ein wahres Glück, dass es im Schuppen dunkel war, da seine breiten Schultern das Licht blockierten und er ihr Erröten nicht sehen konnte. Sie hatte das Gefühl, dass es im Schuppen von Minute zu Minute wärmer wurde.

»Das ist doch unser Pitiful, Mr Jenkins.«

Als er sie konsterniert anblickte, spiegelte sich in seinen Augen das durch das verstaubte Fenster einfallende Licht.

»Woher hätte ich das wissen sollen? Ich stand tief in Gedanken da, als dieses Tier wie ein Irrer aus dem Wald stürmte. Laut röhrend, mit rollenden Augen und wehender orangefarbener Halsschleife ist er auf mich zugestürmt.«

»Es ist Pitiful«, wiederholte sie.

»Das sagten Sie eben! Er muss Zeckenfieber haben. Man muss ihn erlegen.«

Emma schnaubte bei dem Versuch, ihr Lachen zu unterdrücken.

»Kommt nicht in Frage, Mr Jenkins. Das ist mein zahmer Hauselch.« Er sah sie an, als wäre *sie* die Irre, dann fluchte er wieder.

Ein neuer Stoß ließ den Schuppen erzittern, und Ben drehte mit einem Ruck den Kopf zur Tür hin. Der Riegel drohte im nächsten Moment nachzugeben. Er blickte um sich, um sie plötzlich auf den Wassertank zu setzen, als wäre sie ein Sack voller Federn.

»Kriechen Sie ganz nach hinten«, sagte er und griff nach einem an der Wand lehnenden zerbrochenen Ruder.

»Wenn er hier eindringt, kann er uns mit seiner Geweihstange töten.«

Emma bog sich vor Lachen.

»Verdammt! Werden Sie bloß nicht hysterisch. Wenn das verrückte Biest hereinkommt, kriechen Sie aus dem Fenster, Emma.«

Sofort wurde sie ernst, als sie sah, dass er sie mit allen Mitteln zur Vernunft bringen wollte. Sie machte den Mund auf, um ihm alles zu erklären, als die Tür nachgab, der Rahmen splitterte und die Tür aus den Angeln gerissen wurde. Ben fuhr mit erhobener Waffe herum und stellte sich zwischen sie und die drohende Gefahr.

Emma entriss ihm das Ruder und warf es hinter sich.

»Was zum ...«

»Pitiful! Du Schlimmer, du! Schluss jetzt!«

Der erschrockene Elch legte den Schädel schräg und sah sie mit einem Auge an. Dann stieß er ein Röhren aus, dass die Dachsparren erzittern ließ.

Emma schob sich am Rücken ihres Retters vorbei und sprang vom Wassertank.

»Pitiful? Du bist sofort still. Raus jetzt, du blödes Vieh! Rasch! Hinaus mit dir!«

Pitiful sah so zerknirscht drein, wie es einem Elch nur möglich war. Mit seiner orangefarbenen Halsschleife und der einzelnen schweren Geweihstange, die ihm den Schädel seitlich beschwerte, wirkte er reumütiger als ein Kind, das beim Plündern der Keksdose erwischt wird. Erschrocken über ihre Schelte wich er einen Schritt zurück, schüttelte den Kopf und rannte dann zurück in den Wald. Erdklumpen wirbelten hinter ihm hoch, prasselten gegen den Schuppen und trafen Ben direkt mitten auf seine wogende Brust.

Wortlos klaubte Emma den Schmutz von seinem teuren Leinenhemd.

Nach einem neugierigen Blick, das seinem Gesicht galt, schaute sie rasch wieder hinunter und wischte eifrig den restlichen Schmutz ab, wobei sie sich mit Mühe ihr Lachen verbeißen musste.

Sie verlor den Kampf. Das Bild seines wilden dunkelbraunen Haargestrüpps, der geröteten Wangen und erschrocken geweiteten Augen brannte sich unauslöschlich in ihr Gedächtnis ein. Ein Kichern entschlüpfte ihr, ehe sie es zurückhalten konnte.

Dann knallte die zerbrochene Tür zu, und sie war zwischen ihr und einer harten, unnachgiebigen Brust eingeklemmt.

Es sah aus, als wäre Benjamin Sinclair gar nicht amüsiert.

»Ich bin eben um zehn Jahre gealtert, und Sie finden das komisch?«

Emma schüttelte heftig den Kopf und blickte nicht von seiner Brust auf, die wie eine tiefwurzelnde Eiche unter einem Sturm erbebte. Zwei große Hände legten sich auf ihre Schultern. Die Daumen berührten sich fast an ihrer Kehle.

»Das ist gut. Weil ich nichts Komisches daran finde, von einem übergeschnappten Elch fast umgebracht zu werden.« Er benutzte seine Daumen, um ihr Kinn anzuheben.

»Sie etwa?«

Emma nahm ihren Mut zusammen und hob ihren Blick. Sofort wünschte sie, sie hätte es unterlassen. Benjamin Sinclair befand sich nun ganz sicher nicht mehr im Schockzustand. Seine Augen waren zusammengekniffen, seine Kinnlinie steinhart.

Das Geräusch krachender Äste und ein jämmerliches Röhren drangen aus dem Wald.

Ein lauter, ungeduldiger Seufzer wehte über ihren Kopf, so heftig, dass ihr Haar davon berührt wurde.

»Sehen Sie mich an.«

Sie wollte es nicht, aber die zwei Daumen wurden dringlicher. Emma blickte wieder auf ... in die Augen eines Mannes, dessen Prioritäten sich plötzlich geändert hatten.

»Nicht, Mr Jenkins.«

Sein Mund senkte sich, als hätte sie nichts gesagt. Seine Lippen, die eben noch so hart gewirkt hatten, berührten sanft die ihren. Seine Hände umfassten ihren Kopf und hielten sie gerade so fest, dass er den Kuss vertiefen konnte. Dann neigte er ihren Kopf zurück und benutzte seine so praktischen Daumen, um ihren Mund zu öffnen und mit seiner Zunge einzudringen.

Wärme. Unheilige Hitze. Emmas Knie wurden weich, sie fasste nach seinem Hemd, um unter seinem wollüstigen Angriff Halt zu finden. Die Welt drehte sich um sie, die Hütte war plötzlich von einer Ladung sinnlicher Energie erfüllt. Verdammt, der Mann konnte küssen. Jeder Nerv, den er berührte, alles, von den Knien bis zu ihrem Haar, erwachte knisternd zum Leben, als Emma darum kämpfte, die Leidenschaft, die sich in ihr aufbaute, zu zügeln.

Er kam, um mir meinen Neffen wegzunehmen.

Er ist groß und beängstigend und gar nicht nett.

Sie legte ihre Arme um seine Mitte und stellte sich auf die Zehenspitzen, wandte den Kopf und berührte mit ihrer Zunge die seine.

Wieder ertönte Pitifuls Röhren. Es war dieser melancholische Laut, der Emma wieder in die Realität versetzte. Sie befreite ihren Mund und lehnte die Stirn an Bens Kehle. Ihre Augen waren geschlossen, und ihr Herz schlug so heftig, dass ihre Rippen schmerzten.

»Nicht, Ben«, bat sie.

In seinem Körper erstarrten alle Muskeln. Er hielt den Atem an, und Emma spürte sein Herz mit so großer Kraft schlagen, dass sie es mit der Angst zu tun bekam.

»Wie haben Sie mich eben genannt?«

Sie blickte auf und begegnete seinem graublauen Blick.

»Ben, Michaels Vater. Der Mann, der gekommen ist, um mir meinen Neffen zu nehmen.«

Plötzlich wurde sie wieder gegen die Wand gedrückt, alle Anzeichen von Leidenschaft waren erloschen.

»Seit wann wissen Sie es?«

»Seit ich Sie auf dem Forstweg gefunden habe.«

Seine Hände legten sich wieder auf ihre Schultern, und seine verdammten Daumen hoben ihr Kinn wieder an.

»Weiß Michael es?«

»Vermutlich.«

Er rammte eine Faust in die Wand über ihrem Kopf, so dass der ganze Schuppen erbebte. Sie schloss die Augen, als sie diese Hand wieder spürte, die sich um ihre Kehle legte.

»Mein Sohn wurde mir vor fünfzehn Jahren gestohlen – und Sie, Miss Sands, sind für die letzten zehn Jahre direkt verantwortlich. Sagen Sie mir, warum ich Sie nicht hassen sollte.«

»Weil Sie damit Ihren Sohn für immer verlieren würden, Mr Sinclair.«

Er stieß sich ab und rückte ab, versetzte dem Wassertank einen Tritt und drehte sich wieder zu ihr um.

»Warum haben Sie nie versucht, mich zu finden, nachdem Kelly verschwunden ist?«

»Weil Michael noch nicht bereit war, Sie kennenzulernen. Er war ja erst fünf. Hätten Sie von mir erwartet, ein Kind mit einem Vater zusammenzubringen, der es vor der Geburt verlassen hatte, wenn das Kind eben von seiner Mutter im Stich gelassen wurde? Michael brauchte vor allem Stabilität. Er brauchte *mich*.«

»Ich habe ihn nicht verlassen. Ich wusste nichts von seiner Existenz! Ich wusste nicht, dass Kelly schwanger war! Warum haben Sie mich nicht später kontaktiert?«

Emma starrte ihn nur an.

»Verdammt! Wofür halten Sie sich eigentlich? Für den lieben Gott, der in mein Leben eingreift?«

»Ihre Identität wurde ihm nie verheimlicht. Ich habe erwartet, dass Michael selbst mit Ihnen in Verbindung treten würde, wenn er erst erwachsen wäre. Die Entscheidung liegt bei ihm, nicht bei mir.«

Emma drehte sich um und öffnete die Tür, dann warf sie einen Blick zurück.

»Ich weiß nicht, ob ich Ihnen glaube. Kelly hat gesagt, sie hätte Ihnen die Schwangerschaft gestanden. Es hätte Sie nicht gekümmert, hat sie behauptet. Aber ich weiß, dass Sie einen sonderbaren, sehr wertvollen Sohn haben, Mr Sinclair. Und wenn Sie jemals etwas tun sollten, um Michael wehzutun, werde ich Sie aufspüren und umbringen.«

Ben musste seinen ganzen Mut zusammennehmen, um an jenem Abend die Küche zu betreten. Fast hätte er den Rückzug angetreten, als er sah, dass nur für zwei Personen gedeckt war und dass Michael bereits an seinem Platz saß.

Der Junge wusste, wer er war. Vielleicht. *Vermutlich*, hatte Emma gesagt. Wahrscheinlich hatte Michael die letzten sieben Tage gewusst, dass der Unmensch, der vor sechzehn Jahren seine Mutter verführt hatte und dann auf und davon gegangen war, ihm täglich am Tisch gegenübergesessen hatte.

Wie hatte er das nur gemacht? Wie schaffte es ein Fünfzehnjähriger, einem Vater, den er nie zuvor gesehen hatte, in die Augen zu schauen, mit ihm zu plaudern, über die Geschichte des Hauses, seine Probleme mit einem Generator, seine Schularbeiten und das Wetter, über ganz alltägliche Dinge. Sinnlose, belanglose Konversation.

»Leistet deine Tante uns heute nicht Gesellschaft?«

»Nemmy ist nicht da.«

Ben blieb hinter seinem Stuhl stehen und sah seinen Sohn an.

»Aber ihr Wagen steht draußen. Ebenso das Flugzeug.«

Der Junge starrte ihn an. Seine Augen waren ein ruhiger grauer Ozean von unauslotbarer Tiefe.

»Sie ist in den Wald gegangen.« Er brachte Bens Teller zum Herd und füllte ihn.

Ben zog seinen Stuhl hervor und setzte sich.

»Was heißt das … sie ist in den Wald gegangen?«

Michael stellte einen Teller mit Stew und Klößen vor ihn hin.

»Es heißt; dass sie aufgewühlt und beunruhigt ist.« Er setzte sich und griff nach seiner Gabel. Seine Arme ruhten auf dem Tisch, als er Ben mit noch immer ruhiger, aber fragender Aufmerksamkeit anschaute.

»Wissen Sie zufällig, was ihr Sorgen machen könnte, Mr Sinclair?«

Ben griff zu seiner Gabel.

»Sie hat dir gesagt, wer ich bin.«

»Nein. Das weiß ich, seit Sie am Smokey Bog auf mich zugekommen sind.«

Ben sah mit einem Ruck zu Michael auf.

»Warum dann die ganze Woche so tun als ob? Warum hast du nichts gesagt?«

»Sie haben sich entschieden, unter falschem Namen zu kommen. Es lag an Ihnen, den Anfang zu machen.«

Ben atmete tief durch und seufzte schwer.

»Aber als ich angekommen bin, konnte ich mich nicht entscheiden, diesen ersten Schritt zu tun. Ich wusste nicht, wie ich es schaffen sollte, auf dich zuzugehen und zu sagen: ›Hi, ich bin dein Vater.‹« Er zuckte mit den Schultern.

»Ich weiß noch immer nicht, was ich sagen soll.«

Die Andeutung eines Lächelns zuckte um Michaels

Mundwinkel, als er sich auf seinem Stuhl zurücklehnte und die Arme verschränkte.

»Sie hätten ja sagen können, wie froh Sie wären, mich endlich kennenzulernen.«

Ach verdammt … dieser Junge – dieses Mann-Kind – schien ihn nicht abzulehnen, sondern freute sich, seinen Vater kennenzulernen.

»*Du* hast mir den Brief geschickt.«

»Welchen Brief?«

Nun, irgendjemand musste diesen verdammten Brief an ihn geschickt haben.

»Vor etwa einem Monat habe ich einen Brief bekommen, ohne Unterschrift, aus Medicine Gore. Darin stand nur, dass ich einen Sohn hätte und dass ich … dass ich kommen und ihn kennenlernen sollte.«

»Und deshalb sind Sie da.«

»Ich wäre schon eher gekommen, wenn ich von dir gewusst hätte.«

Er beugte sich auf seinem Stuhl vor.

»Ich wäre nie fortgegangen, wenn ich gewusst hätte, dass es dich gibt.«

»Ich habe den Brief nicht geschickt.«

»Könnte es deine Tante getan haben?«

Michael stieß mit der Gabel in sein Stew.

»Unsinn. Nicht Nem. Sie hasst Sie bis aufs Blut.«

»Das habe ich schon gemerkt. Mike, glaubst du mir? Dass ich dich nicht im Stich gelassen habe?«

Der Junge zog die Schultern hoch, als er sich den nächsten Bissen gönnte.

»Wahrscheinlich … da ich weiß, wie Kelly war. Sie konnte sehr … selbstsüchtig und unbedacht sein.«

Diese Eigenschaften waren es, die Ben gestört hatten, so dass er eigentlich erleichtert gewesen war, als Kelly vor sechzehn Jahren seinen Vorschlag abgelehnt hatte, mit ihm nach New York zu gehen.

»Könnte Kelly den Brief geschickt haben?«

Der Junge überlegte, dann schüttelte er den Kopf.

»Nicht sehr wahrscheinlich. Meine Mutter hat seit über zehn Jahren nichts mehr von sich hören lassen. Und Sie haben gesagt, der Poststempel wäre aus Medicine Gore gewesen.« Er sah zu der Fensterreihe über der Spüle, als wolle er alle dort aufgereihten Geschenke in Augenschein nehmen. Ben sah, dass eine Andeutung von Schmerz über sein Gesicht huschte, ehe er sich wieder ihm zuwandte.

»Nem muss ihn geschrieben haben.«

»Aber warum? Sie liebt dich. Sie würde nicht riskieren wollen, dass du mit mir gehst.«

»Weil sie mich wirklich liebt. Weil diese Abholzkampagne ihr große Angst einjagt. Sie würde alles tun, um mich in Sicherheit zu wissen.«

Ben senkte den Blick.

»Ich weiß von Emmas Vater.« Dann sah er wieder seinen Sohn an.

»Dein Großvater ist kurz vor deiner Geburt ums Leben gekommen.«

Michael starrte direkt in Bens Augen.

»Jemand hat den Damm in die Luft gejagt, den die

Papierindustrie baute. Grampy Sands wurde von der Flut erwischt.«

Ben nickte.

»Es ist an dem Tag geschehen, als ich fortgegangen bin.«

»Ja. An dem Tag, als Sie verschwunden sind.«

Während er in seine eigenen, jüngeren Augen starrte, wurde Ben plötzlich klar, was Mike andeutete.

»Du glaubst, ich hätte mit dieser verdammten Explosion etwas zu tun?« Er schloss die Augen und strich sich über das Gesicht.

»O Gott. Du und Emma und Kelly … ihr alle glaubt, Charlie Sands' Tod ginge auf mein Konto?«

»Das glaubt die ganze Stadt.«

»Guter Gott.«

»An Ihrer Stelle würde ich den Bart behalten und nicht weiter aufzufallen versuchen.«

»Ich habe es nicht getan. Ich habe den verdammten Damm nicht gesprengt!«

»Also die Holzarbeiter waren es ganz sicher nicht.«

»Auch die Umweltschützer nicht. Das wäre kontraproduktiv gewesen. Die Flut hätte das Land überschwemmt, das sie zu retten versucht haben.«

Ben stand auf und ging zur Theke. Die Hände auf die Spüle gestützt blickte er aus dem Fenster. Draußen war außer Dunkelheit nichts zu sehen. Er sah nur das Spiegelbild der Küche vor sich, Michael, der mit dem Rücken zu ihm saß, die Arme auf der Tischplatte. Ohne sich umzudrehen, sagte Ben:

»Mike, ich schwöre dir, dass ich den Damm nicht gesprengt habe. Und es wäre mir nicht verborgen geblieben, wenn etwas in dieser Art geplant worden wäre.«

»Mich müssen Sie nicht überzeugen, sondern die Leute aus der Gegend. Sechzehn Jahren sind eine lange Zeit, in der ein Verdacht sich richtig festsetzen kann.«

Ben drehte sich um und sah seinen Sohn an, der nun seinen Blick auf ihn richtete.

»Charlie Sands war dein Großvater. Deshalb musst du mehr als alle anderen überzeugt werden.«

»Ich bin es schon.«

»Einfach so? Du weißt ja nichts von mir.«

Michael stand auf und näherte sich Ben selbstsicheren Schrittes. Dicht vor ihm blieb er stehen.

»Ich weiß alles über Benjamin Sinclair«, sagte er leise.

»Ich kann Ihnen sagen, wie Ihr Großvater Abram aus dem Nichts sein Schifffahrtsunternehmen aufgebaut hat. Und ich kann Ihnen sagen, was Sie persönlich netto wert sind. Aber vor allem kann ich Ihnen sagen, dass mein Vater vor sechzehn Jahren nie davongegangen wäre, wenn er den Tod eines Menschen verschuldet hätte.«

Ben konnte ihn nur anstarren, reglos vor heiliger Scheu.

Blinder Glaube. Kindliche Loyalität. Und das Vertrauen eines jungen Mannes in das, was er aus Tatsachen, Zahlen und Geschichte folgern konnte.

Und vielleicht mit ein wenig Nachhilfe von Emma

Sands? Trotz ihres Hasses hatte sie es fünfzehn Jahre lang zuwege gebracht, den Vater ihres Neffen nicht in Grund und Boden zu verdammen. Sie hatte seine Identität nicht verraten, als er angekommen war, und sie hatte sich die ganze letzte Woche nicht eingemischt. Sie hatte einfach zugelassen, dass sie ihren eigenen Weg bis zu diesem Moment gehen konnten – und war dann im Wald verschwunden, um ihnen diesen Augenblick zu ermöglichen.

»Michael … was wünschst du dir?«

»Einen Vater.«

Er drohte in einem Sumpf der Emotionen unterzugehen. Ben zwang sich zu aufrechter Haltung, trotzdem setzte ein Beben ein, das tief innen anfing und immer weiter nach außen drang.

Dieser Junge erschreckte ihn zu Tode. Er war zur Vaterschaft nicht bereit, verdammt, bis zu diesem Augenblick hatte er es nicht wirklich für möglich gehalten. Von dem Moment an, als er den Brief gelesen hatte, war Ben sicher gewesen, dass alles nur ein Traum sein konnte – dass er sich ein längst verlorenes Kind zusammenfantasiert hatte, weil er etwas brauchte, an das er sich nach dem Tod seines Großvaters klammern konnte.

Ben merkte, dass er starr wie eine Statue dastand, schweißnass, ins Leere starrend. Michael saß wieder am Tisch und aß schweigend sein Abendessen.

Leise wie sein Sohn ging Ben zurück und setzte sich.

»Mike, ich wäre nicht fortgegangen, wenn ich von dir gewusst hätte. Meine Güte, nie wäre ich auf den

Gedanken gekommen, dass Kelly schwanger sein könnte. Sie wirkte so … sie machte den Eindruck, als wüsste sie, was sie tat«, schloss er im Flüsterton, während ihm die Hitze in den Nacken stieg. Er rutschte unbehaglich auf seinem Sitz hin und her.

»Es ist keine Rechtfertigung, aber ich war kaum neunzehn. Ich dachte damals, ich hätte die Welt im Griff, und mein ganzes Leben läge vor mir.« Er beugte sich vor.

»Ich habe sie gebeten, mit mir zu kommen, aber sie wollte nicht.«

Schließlich blickte Michael auf. Ein trauriges Lächeln lag auf seinen Zügen.

»Ich liebe meine Mutter sehr, Mr Sinclair, und habe mich schon vor langer Zeit mit ihrer Art und ihrem Verhalten abgefunden. Aber der Anker, der mich und meine Welt festgehalten hat, war immer schon Emma.«

»Und nun befürchtest du, dass sie allein zurückbleiben wird, wenn du mit mir nach New York kommst.«

Michael nickte.

»Ja. Das ist aber nicht das einzige Problem.«

»Was ist es?«

»Erinnern Sie sich an den Typ, der am Mittwochabend hier aufgekreuzt ist?«

Ben schnaubte.

»Galen irgendwie. Seine Aufdringlichkeit erinnert an Pitiful.«

»Also, Galen Simms wäre zu gern ein ernsthafter Bewerber um die Gunst meiner Tante. Deshalb war er so ekelhaft zu Ihnen. Es hat ihm gar nicht gepasst, dass Sie hier im Haupthaus einquartiert wurden.«

»Wenn Emma ihn heiratet, ist sie nicht allein.«

»Ihm liegt nicht so sehr an Nemmy als vielmehr an Medicine Creek Camps und dem Ruf meiner Tante als Tourenführerin«, sagte Michael.

»Simms besitzt ein paar Camps an einem See zwölf Meilen nördlich von hier. Während unser Unternehmen floriert, schreibt er rote Zahlen. Eigentlich sucht er eine Geschäftsführerin als Ehefrau.«

»Deine Tante ist scharfsichtig genug, um das zu erkennen. Außerdem machte sie nicht den Eindruck, als wäre sie in Simms verliebt.«

»Aber Nem zieht eine Heirat vielleicht in Erwägung, damit ich nicht das Gefühl bekomme, ich wäre verpflichtet, bei ihr zu bleiben. Sie weiß ja nicht, dass ich sie mitnehmen werde, falls ich mit Ihnen gehe.« Er warf ihm über den Tisch ein Lächeln zu.

»Auch wenn sie um sich tritt und schreit.«

Ben zwinkerte, dann strich er mehrmals über sein Gesicht, wie um seine Verblüffung abzustreifen.

»Wie bitte?«

»Sie sind endlich gekommen, und es wird für mich Zeit, aus Medicine Gore wegzugehen. Aber ohne Nem gehe ich nicht – und wenn ich die Cessna, alle Hütten und die ganzen tausend Morgen anzünden müsste.«

4

Ben starrte seinen Sohn sprachlos an.

»Sobald wir zu Hause sind, kann sie wie ich ein neues Leben beginnen. Sie haben doch ein großes Haus, oder?«

Zu Hause. Der Junge wollte nach Hause. Dies zu hören genügte, dass Ben kalter Schweiß ausbrach.

»Hast du diesen kleinen Plan zufällig mit deiner Tante besprochen?«

Michael ging auf Bens Frage nicht ein.

»Dann wird sie nicht schreiend um sich treten, sondern ihre Flinte holen.« Ben stand auf und stützte die Hände auf den Tisch.

»Michael, man kann einer erwachsenen Frau nicht sagen, was sie tun und lassen soll. Ich weiß, dass du nicht gern an die Tatsache erinnert wirst, dass du erst fünfzehn bist. Aber dein Gefühl für Autorität ist völlig verkümmert.«

Auch Michael stand auf.

»Kommen Sie mit. Ich muss Ihnen etwas zeigen.«

Ben fasste nach der Kante des Tisches, da er ihn umkippen wollte, doch dann schloss er die Augen und zählte bis zehn. Es lief gar nicht gut.

Schließlich folgte er Michael durch den großen Raum

in Emmas Zimmer. Er blieb im Eingang stehen und sah Michael zu, der an ein Fenster ging und zum oberen Fensterrahmen griff, wobei er den Vorhang beiseiteschob und die Kante entlangtastete. Als seine Hand wieder zum Vorschein kam, hielt er einen Schlüssel in den Fingern. Er ging an eine längliche, sehr abgegriffen wirkende schmucklose Truhe, die er aufsperrte.

»Michael …«

»Kommen Sie. Das müssen Sie sehen.«

Ben warf schuldbewusst einen Blick nach hinten in den großen Raum, dann betrat er Emmas privates Refugium, als der Junge den Deckel der Truhe anhob.

Auf den ersten Blick schien sie angefüllt mit Rüschenzeug und anderem Kram … Deckchen, feines Bettzeug, ein von Hand gefertigter Quilt. Daneben gab es Dinge für den Haushalt, eine Teekanne mit passender Zuckerdose und Milchkännchen, eine dunkelgrüne Kerze, ein paar Trockenblumen, eine Kristallvase.

»Hier bewahrt meine Tante ihre Träume auf.« Michael hob den Quilt an und zog einen silbernen Bilderrahmen hervor.

»Den hat sie in Portland erstanden, als sie und Kelly mich an meinem fünften Geburtstag dorthin mitgenommen haben. Nem hat gesagt, er wäre für ihr Hochzeitsfoto.«

Liebevoll über den Rahmen streichend, lächelte Michael.

»Ich habe gesagt, sie könnte niemals heiraten, weil ich nicht zulassen würde, dass ein Mann sie mitnehmen würde.« Er blickte auf, und Ben wich einen Schritt vor dem Schmerz zurück, den er in den Augen des Jungen sah.

»Sie mir geantwortet, ich sollte keine Angst haben, weil sie nur einen Mann heiraten würde, der es wert sei, geliebt zu werden, und dass ein solcher sehr schwer zu finden wäre.«

Er tat den Rahmen wieder unter den Quilt und strich über den Inhalt der Truhe. Er berührte alles und brachte nichts in Unordnung.

»Sie hat gesagt, sie hätte die Truhe seit ihrem zehnten Lebensjahr. Ich war oft bei ihr, wenn sie etwas gefunden hat, das ihr ins Auge sprang. Sie hat es gekauft, nach Hause gebracht, und dann ist es verschwunden. Es hat lange gedauert, bis ich entdeckt habe, dass sie ihre Schätze in dieser Truhe hortet.«

»Michael, warum zeigst du mir das? Viele junge Mädchen legen eine Ausstattungstruhe an. Alle planen für den Tag, an dem sie ein eigenes Heim haben werden.«

»Nemmy hat mit diesen Anschaffungen Schluss gemacht, nachdem Kelly gegangen war. Als wir einmal in einem Laden waren und ich sie dabei ertappt habe, dass sie ein Porzellanding anstarrte, habe ich gefragt, warum sie es nicht kaufte. Sie hat gesagt, es gäbe keinen Grund mehr.«

Der Junge klappte langsam den Deckel zu und sah Ben an. Sein Blick war von Gefühlen umwölkt.

»Ich habe mehrere Jahre gebraucht, bis ich erkannt

habe, was sie wollte. Jetzt werde ich dafür sorgen, dass ihr Traum sich erfüllt.«

»Sucht sie die Schuld bei sich, weil deine Mutter fortgegangen ist?«

»Irgendwie fühlt Nem sich für alles verantwortlich. Wenn ein Gast mit der Erwartung kommt, eine Bootsladung Fische zu fangen, und es regnet die ganze Woche, fühlt sie sich verantwortlich. Wenn ich bei einer Fahrt in die Stadt erwischt werde, ist es Nems Schuld, nicht meine. Wenn ich den Flieger auf einem Felsenufer lande und die Schwimmer ruiniere, geschieht es nur, weil sie als Fluglehrerin versagt hat.« Michael hob die Arme und ließ sie wieder sinken.

»Wahrscheinlich glaubt sie, sie hätte etwas tun können, um Kelly am Davonlaufen zu hindern.«

»Und zur Strafe hat sie ihren Traum von einem eigenen Heim aufgegeben? Aber das ist ihr Heim.« Ben zeigte auf die Truhe.

»Diese Sachen sollten in Gebrauch genommen werden.«

Michael schüttelte den Kopf.

»Nein. Nems Traum war keine ziellose Hoffnung. Ich glaube, er war auf einen ganz bestimmten Mann gerichtet. Und jetzt ist mir klar, dass sie ihn schon geliebt hat, als ich noch nicht geboren war.«

»Wer soll das sein?«

Der Junge legte den Kopf schräg und sah Ben direkt an. Er schwieg so lange, dass Ben schon glaubte, er würde nicht antworten.

»Glauben Sie, Sie könnten meine Tante finden, ohne sich zu verirren, wenn ich eine Karte skizziere?«

Das war keine Antwort!

Und er würde auch keine bekommen, wie Ben klar war. Der Junge stand im Begriff, ihm das Problem seiner Tante aufzuhalsen, und würde ihm keinen Hinweis geben.

Es sollte ein Test sein. Michael wollte sehen, ob er als Sohn Anrecht auf die Hilfe seines Vaters hatte. Er wollte wissen, ob sein Vater willens war, den Kampf aufzunehmen – nicht für ihn, sondern mit ihm.

Ben würde also Emma Sands aufspüren und herausfinden müssen, in wen die Frau verliebt war, und sie sodann mit dem Kerl verheiraten. Erst dann würde er seinen Sohn für sich beanspruchen können.

Verdammt, von dem Jungen hätte der weise Salomon noch etwas lernen können.

»Kommt darauf an, schätze ich. Hat deine Tante ihre Flinte mit dabei?«, fragte er nach einiger Überlegung.

»Ja.«

»Und diesen durchgeknallten Elch?«

»Vermutlich.«

Ein teuflischer Test. Eine Herausforderung von wahrhaft heroischen Ausmaßen.

»Hast du einen Kompass, den du mir leihen könntest? Und einen Schlafsack?«

Das Lächeln, das Ben erntete, hätte die Sonne zu blenden vermocht.

Der kalte, feuchte Waldboden, den sie durch ihre wollene Hose hindurch spürte und den sie als sehr unangenehm empfand, war nichts im Vergleich zu der Wut, die Emma erfüllte, während sie Zeugin des Frevels wurde, der an ihrem geliebten Wald begangen wurde.

Drei Baumschützer trieben metallene Stacheln in die Bäume. Sechs Mann, die so gar nicht aussahen wie die schicken Umweltschützer, die seit zwei Monaten das State House, den Sitz des Parlaments, belagerten und die Abendnachrichten beherrschten. Diese Männer hier waren verkommene, abstoßende Schurken, die ihre Ziele mit ihren eigenen Methoden zu erreichen versuchten.

Bäume mit Spießen zu spicken war eine Form von Vandalismus, die sie vom Hörensagen kannte, ein Problem, das sie bislang nicht zu spüren bekommen hatte, da es vor allem die Wälder im Nordwesten des Bundesstaates betraf. Nun aber ging es um hiesige Holzfäller, Bekannte und Freunde, die bei der Arbeit schwer gefährdet waren, wenn ihre Motorsägen auf diese Spieße trafen. Bei der ersten Berührung würden die Sägen zerspringen, Geschosse aus scharfen, spitzen Kettenteilen würden sich in ungeschütztes Fleisch bohren. Unschuldige, schwer arbeitenden Männern drohte Verstümmelung und schlimmstenfalls der Tod.

Emma besaß selbst tausend Morgen erstklassiges Waldland und hatte in den vergangenen zehn Jahren das Gelände um Medicine Creek Camps ständig vergrößert. Das alles sollte Michael einmal erben. Die Entscheidungen der Regierung bezüglich der Abholzungen würden letzten Endes auch sie betreffen, doch konnte sie in diesem Fall nicht Partei ergreifen. Sie verkaufte Stammholz aus ihrem Wald an die Papierfabriken und Sägewerke, doch achtet sie darauf, wo und was geschlagen wurde.

Das reichte den Umweltschützern nicht. Sie würden sich erst zufriedengeben, bis sie für das gesamte Waldland ein Verbot, Bäume zu fällen, durchgesetzt hatten. Diesmal galten ihre Aktionen ausgedehnteren Abholzungen in diesem Bereich. Emma aber befürchtete, es wäre nur der erste von vielen kalkulierten Schritten, die dazu führen sollten, dass Millionen Morgen von Waldland in Schutzgebiete oder Nationalparks umgewandelt würden.

Heute Morgen aber war sie in eigener Sache unterwegs. Ihr Ziel war eine kristallklare Quelle mit dem besten Trinkwasser weit und breit, als sie das Echo metallischer Schläge gegen Holz hörte. Ein deutliches Geräusch, das im Wald widerhallte, und sie hatte gut zwanzig Minuten gebraucht, um die Geräuschquelle zu finden.

Jetzt war sie nass und fror und wurde zunehmend wütender, während sie die Typen beobachtete. Aber sie konnte nicht einfach in die Gruppe hineinstürmen wie bei Bens Rettung. Diese Männer waren von auswärts, keine Nachbarn, und sahen nicht so aus, als würden sie es schätzen, entdeckt zu werden.

Aber einfach fortgehen konnte sie auch nicht. Es war

ausgeschlossen, sämtliche verletzte Bäume zu kennzeichnen, und es gab auch keine Möglichkeit, dass die Holzfäller mit Metalldetektoren alle diese mit Eisen gespickten Bäume aufspüren konnten.

Sie konnte die Kerle erschrecken und verscheuchen. Aus der Deckung heraus die Luft mit Vogelschrot füllen, damit sie glaubten, ein ganzer Trupp stürme heran. Vielleicht konnte sie Pitiful finden und ihn dazu bringen, dass er eine bedrohliche Nummer wie am Vortag bei Ben abzog.

Emma überprüfte ihre Flinte und vergewisserte sich, dass Kammer und Magazin geladen waren, dann fasste sie nach ihrer Tasche. Ja, sie hatte genügend Munition, um rasch nachzuladen. Sie schulterte den Gewehrkolben, zielte zehn Fuß über die Köpfe der Männer und entsicherte die Waffe.

Da legte sich eine große, kräftige Hand auf ihre und dämpfte das Klicken des Sicherungshebels. Eine zweite Hand bedeckte ihren Mund, als ein erdrückendes Gewicht auf ihr landete und sie auf den feuchten Waldboden drückte.

Emma geriet nicht leicht in Panik, nun aber kämpfte sie wild darum, ihren schweren Angreifer loszuwerden, der ihr die Flinte entriss und ihrer Reichweite entzog. Sie wurde grob an der Schulter gepackt und umgedreht. Noch immer festgenagelt und mit bedecktem Mund, gab Emma den Kampf auf, als sie in die eisengrauen Augen eines wutentbrannten Benjamin Sinclair aufblickte.

Er sagte nichts. Nicht einmal ein Fluch kam ihm über die Lippen.

Sie selbst war so baff, dass auch sie keinen herausbrachte. Das Gesicht, das sie ganz dicht vor sich sah, gehörte keinem Stadtmenschen, keinem Manager. Sie sah einen Mann, der bereit für den Kampf war und nicht die Absicht hatte, sie gewinnen zu lassen.

Er rollte sich von ihr herunter und packte ihre Flinte und ihren Rucksack. Mit der anderen Hand hielt er sie an ihrer Jacke fest und zog sie mit einem raschen, kraftvollen Ruck auf die Beine. Dann zerrte er sie mit sich den Abhang hinunter.

Unfähig, sich zu wehren, taumelte Emma hinter ihm her. Sie versuchte, seinen Griff an ihrer Jacke zu lösen, aber Ben Sinclair verlangsamte seinen Schritt nicht, drehte sich nicht um und nahm auch nicht zur Kenntnis, dass sie laufen musste, um mit ihm Schritt halten zu können. Erst außer Hörweite der Männer fing er wieder mit seinen lästerlichen Flüchen an.

Emma revanchierte sich mit ein paar ausgewählten Ausdrücken. Als er stehen blieb, stolperte sie in die Faust, die sie festhielt.

»Lady, wenn Sie nicht die Klappe halten und Ihre Abwehr nicht aufgeben, werden Sie eine Woche lang nicht sitzen können, das verspreche ich.«

Emma kniff den Mund zusammen und erwiderte seinen drohenden Blick. Damit drehte er sich um und ging einen Bach entlang, wobei er sie wieder hinter sich herzerrte.

»Wie Sie und mein Sohn so lange überleben konnten, ist das achte Weltwunder.«

»Was machen Sie hier?«

Wieder hielt er an und drehte sich zu ihr um. Seine Miene hatte sich noch mehr verfinstert.

»Ich befinde mich auf einer Mission, wie sie nur ein Verrückter unternehmen kann.« Nach dieser Information schob er sie vor sich her und stieß sie in den Rücken.

»Gehen Sie weiter, bis ich Ihnen sage, Sie sollen stehen bleiben.«

Emma wollte sich schon mit den Beinen feststemmen, doch war er einen Kopf größer, dreißig Kilogramm schwerer und definitiv stärker als sie. Deshalb ging sie weiter.

»Sie wollten einen Angriff starten? Sie wollten sechs Männer mit einer vierschüssigen Flinte angreifen, während weit und breit niemand ist, der Ihnen zu Hilfe kommt? Sie sind noch irrsinniger als Ihr Elch.«

Die Strafpredigt dauerte an, und Emma erfuhr, dass sie impulsiv war, unverantwortlich handelte und ihr Verstand nicht einmal an den eines Eichhörnchens heranreichte. Sie bekam zu hören, dass sie zu tollkühn war, um in einer Situation einzuschreiten, in der nicht einmal ein Vollidiot eingegriffen hätte, und dass sie Aufsicht brauchte. Und dann stellte er ihr wieder die Frage, wie sie es geschafft hatte, seinen Sohn großzuziehen, ohne dass einer von beiden zu Schaden gekommen war.

Emma setzte sich unvermittelt auf einen Stein am Bachufer, stützte ihr Kinn in die Fäuste und starrte finster ins Wasser.

Ben stand drohend vor ihr.

»Sind Sie fertig?«, fragte sie, ohne ihn anzusehen.

»Nicht einmal zur Hälfte.«

»Soll ich mitschreiben?«

Rucksack und Flinte polterten zu Boden, und die Beine, die neben ihr aufragten, beugten die Knie und brachten ein noch wütenderes Gesicht auf Augenhöhe mit ihr.

»Sie haben sich in Lebensgefahr begeben.«

Emma lächelte ihn an.

»Das hätte viele Ihrer Probleme gelöst.«

Er fasste nach ihr, und Emma wich zurück. Er packte sie an den Schultern und folgte ihr, als sie vom Stein glitt. Ben lag wieder auf ihr, und Emma wurde nun selbst ziemlich wütend. »Wenn Sie nicht aufhören, mich zu drangsalieren, werde ich dafür sorgen, dass Sie niemals wieder einen Sohn zeugen.«

Ihre Drohung ignorierend, packte er ihre Hände, die gegen seine Brust drückten, und hielt sie mit einer Hand über ihrem Kopf fest. Mit der anderen Hand strich er ihr sanft das Haar aus dem Gesicht.

»Emma Sands. Dieses übertriebene Draufgängertum, das Sie an den Tag legen … das ist doch alles nur Show.«

»Runter von mir!«

Er schob mit den Knien ihre Beine auseinander, und

Emma hielt vor Überraschung die Luft an, als sie spürte, wie er sich viel zu intim zwischen ihren Schenkeln zu schaffen machte.

»Das ist die falsche Richtung!«

»Aber die sicherste, wenn ich noch Kinder möchte.«

»Wie haben Sie mich gefunden?«

»Michael hat eine Karte skizziert.«

»Sie sollten Ihren Sohn besser kennenlernen und sich nicht in meine Angelegenheiten mischen.«

Die Sanftheit wich aus seinen Zügen so jäh, wie sie gekommen war.

»Jemand musste einschreiten. Sie standen doch im Begriff, gegen diese Typen loszuballern.«

»Sie wollten Spieße in die Bäume treiben.«

Er brummte ein wüstes Schimpfwort.

»Ihre Ausdrucksweise werde ich Ihnen schon noch abgewöhnen.«

Er grinste plötzlich.

»Versuchen Sie es doch.«

»Haben Sie die Absicht, mich bald loszulassen?«

Er verschob seine Position und drückte sich noch fester an sie.

»Ach, die Lage ist recht bequem.« Sein Lächeln wich Ernst.

»Sie sind an den richtigen Stellen gut gepolstert.«

»Runter …«

Emma konnte nicht weitersprechen. Seine Hand war wieder an ihrem Mund, als Ben ruckartig den Kopf hob und lauschte.

»Die Burschen steigen auf der anderen Seite des Hügels ab«, flüsterte er und senkte den Kopf neben ihrem, während jeder Muskel seines Körpers sich an Größe zu verdoppeln schien.

Ihren Mund gab er nicht frei. Glaubte er, sie würde sich durch Schreie den Waldfrevlern bemerkbar machen? Emma biss zu und erntete einen wilden Blick, als er die misshandelte Hand an ihrer Jacke abwischte.

»Langsam regt sich bei mir Mitleid mit dem armen Teufel, der Sie einmal heiraten wird.«

Emma versuchte ihm einen Stoß zu versetzen, doch fing er ihre Faust ab, führte sie an die Lippen und küsste sie. »Emma, keine Sparring-Kämpfe. Ich bin größer, stärker und gemeiner als Sie.«

»Und Ihr Ego ist überdimensioniert.«

»Ich brauche es, um mich gegen den Sands-Clan zu behaupten.«

»Mich wundert nur, dass Michael keine Karte gezeichnet hat, die Sie nach Kanada geführt hätte.«

Ben runzelte finster die Stirn.

»Michael hat seine eigenen Pläne, und ich glaube nicht, dass wir je wissen werden, wie sie aussehen. Sind Sie sicher, dass Kelly ihn in die Welt gesetzt hat? Wurde er nicht in einer der heißen Quellen gefunden, die direkt der Hölle entströmen?«

»Ich weiß nur, dass er seinem Vater mit jedem Tag …«

Er brachte sie abermals zum Schweigen, diesmal mit seinem Mund. Der Hitzestrahl, der sie plötzlich durchschoss, raubte Emma den Atem. Sie war nass, und sie fror, und sie bekam kaum Luft, zugleich aber war ihr heiß, und sie verspürte ein Prickeln und war sehr verwirrt. Feuer der köstlichen weiblichen Art flammte tief in ihrem Inneren auf. Und Emma konnte sich nicht zurückhalten und erwiderte seine Küsse.

Ihre Lage war gefährlich. Der Vater ihres Neffen wollte sie verführen, und sie hoffte, er würde nicht innehalten. Sie machte sich auf eine Welt voller Herzweh gefasst, und doch verwünschte sie die Kleider, die sie beide trennten.

»Schlag mir ins Gesicht, Emma.«

Sie benutzte ihre befreiten Hände, um seinen grollenden Mund auf ihren zu ziehen.

Wieder küsste er sie, öffnete den Mund mit seiner Zunge, nahm ihren Geschmack in sich auf und spendete ihr seine eigene süße Essenz. Sein Gewicht war nicht mehr erdrückend, es war willkommen. Eine seiner Hände wanderte über ihren Körper, und Emma verschob ihre Lage, um ihm leichter Zugriff zu verschaffen.

»Em, halte mich zurück.«

Sie ging nun selbst ein wenig auf Erkundung. Er war so muskulös und fest, und das Leinenhemd unter seiner Jacke ließ sich leicht aufknöpfen. Sein Brusthaar fühlte sich unter ihren Fingern spröde und doch weich an, und Emma spürte Bens tiefen, bebenden Atemzug.

»Die letzte Chance, Emma. Halte mich zurück.«

Das Röhren eines riesigen Elchbullen hallte über den Hügelkamm, es folgte das Brechen von Ästen. Ben warf erstaunt den Kopf hoch. Emma, die selbst den Atem anhielt, sah, dass er mit entsetzter Miene auf sie hinunterblickte.

Emma schob ihn von sich.

»Runter von mir!«

Er raffte sich auf und wandte ihr den Rücken zu, während er an seiner Hose nestelte.

Eine Sekunde lang lag Emma reglos und wie betäubt da. Herrgott, was für eine Idiotin sie doch war – fast hätte sie sich von Ben Sinclair verführen lassen!

Hatte Kelly vor sechzehn Jahren dasselbe empfunden? War es so passiert, so rasch und so wahnsinnig?

»Ich ... Emma ... es tut mir leid.«

Sie blickte auf diese leise gesprochenen Worte hin nicht auf.

»Vergessen Sie es, Mr Sinclair.«

Er hob ihr Kinn mit zwei sanften, aber drängenden Fingern an. Sein Gesicht war angespannt, seine Wangen gerötet. Nachwirkungen der Leidenschaft? Verlegenheit? Zorn?

»Es hätte nicht passieren sollen.«

»Keinesfalls.«

»Mein Verstand hat ausgesetzt«, stieß er zähneknirschend hervor.

»Mit Sicherheit das Großhirn.«

Er riss erschrocken die Augen auf, dann warf er den Kopf zurück und brach in Gelächter aus. Er setzte sich auf den Boden neben sie.

»Meine Güte ... was soll ich mit Ihnen nur machen, Emma Sands?«

»Sie können zurückgehen und mit Michael nach Hause fahren.«

Sofort wurde er ernst.

»Jetzt? Sie möchten, dass ich ihn sofort mit mir nehme?«

Emma wurde die Kehle eng, doch sie nickte.

»Während Sie hier draußen bleiben und sich weiterhin verstecken?«

Sie reckte ihr Kinn.

»Ich verstecke mich nicht. Michael kann mich anrufen, sobald er sich eingelebt hat.«

Er murmelte etwas, als er Rucksack und Flinte und sein eigenes Gepäck aufhob.

Als Krönung des Tages fing es nun zu regnen an.

»Verdammt. Wir müssen einen Unterstand suchen«, knurrte Ben.

»Medicine Creek Camps liegt sechzehn Meilen in dieser Richtung.«

Sie deutete hinter ihn.

»Wenn Sie jetzt losmarschieren, sind Sie am Ziel, ehe es dunkel wird.«

Er stand da, ihre Flinte fest umklammert, die Hände in die Hüften gestützt. Mit beiden Rucksäcken auf den Schultern sah er sie an und kniff dabei die Augen gegen den Regen zusammen. Seine Jacke war offen, das Hemd falsch zugeknöpft.

Einfach ideal als Werbe-Motiv für Wander-Outfits.

»Ich denke, ich bleibe noch eine Weile da, wenn Sie nichts dagegen haben.«

»Ich habe etwas dagegen. Gehen Sie, Mr Sinclair.«

Wieder hob er ihr Kinn an, und der Regen benetzte ihr Gesicht und kühlte – hoffentlich – ihre geröteten Wangen.

»Mein Vorschlag sieht anders aus. Ich helfe Ihnen beim Bau eines Unterstandes, und dann ziehen wir trockene Sachen an.«

»Michael hat Ihnen kein Zelt eingepackt?«

Er schüttelte mit nachdenklicher Miene den Kopf.

»Ob er es übersehen hat?«

Emma nahm ihren Rucksack von seiner Schulter und ging den Bach entlang.

»So wie ich Michael kenne, ist es nicht der Fall.«

Ben schien erschrocken, weil sie ohne weitere Umstände einfach losgegangen war, und lief ihr nach.

»Was soll das heißen?«

»Das heißt, dass er es mir heimzahlt, weil ich ihn nicht für die Elchjagd die Schule schwänzen ließ.« Sie warf ihm über die Schulter einen Blick zu und grinste boshaft.

»Entweder dies, oder er glaubt, eine kalte, nasse Nacht im Freien würde Ihnen guttun.«

»Er hat mich heute um vier Uhr morgens aus dem Bett geworfen und mir eine Landkarte in die Hand gedrückt. Wie ich sehe, ist die sadistische Ader Ihres Neffen ein Familienerbe.«

»Ich laufe aber nicht mit der Drohung herum, jemandem den Hals umzudrehen.« Emma blieb stehen und sah ihn an.

»Sollten Sie mir jemals wieder drohen, Hand an mich zu legen, Mr Sinclair, werden Sie nicht lange genug leben, um damit anzugeben.«

Er nickte mit ernster Miene – von seinen lachenden Augen abgesehen.

5

Na, das war ja brillant gelaufen. Er hatte die Frau attackiert. Noch dazu im Dreck.

Brillanter geht's nicht, Sinclair.

Wie zum Teufel hätte er wissen können, dass sie wie ein Pulverfass losgehen würde? Sie war doch angeblich in einen anderen Mann verliebt!

Heute Morgen hatte Ben auf seinem kalten, dunklen Treck durch den Wald einen Plan entwickelt, um herauszufinden, wer für Emma die Liebe ihres Lebens war. Er hatte sie küssen wollen, damit sie ihn ohrfeigte und ihm ins Gesicht sagte, dass ihr Herz schon vergeben wäre. Sie hätte den Namen des heimlichen Geliebten herausschreien und drohen sollen, dass dieser Ben umbringen würde, weil er ihr Avancen machte.

Stattdessen hatte die kleine Hexe ihn überrumpelt.

Gottlob hatte der röhrende Elchbulle für eine Störung gesorgt. Eine kurze Sekunde lang hatte Ben genau gewusst, wie das brünstige Tier empfand.

Jetzt war Emma so wütend, dass sie ihn umbringen wollte. Nicht genug damit, dass er sie fast hier auf dem Boden genommen hatte, er hätte sie auch schwängern können. Er hoffte inständig, dass es nicht noch mehr Sanders-Schwestern gab. Wenn er so weitermachte, würde er es doch glatt schaffen, mit ihnen eine Dynastie zu gründen.

Ben knüllte sein Hemd zusammen und warf es über den Unterstand, den die kleine Miss Wundertourenführerin aus einem Segeltuch und drei Ästen errichtet hatte. Es hielt die Feuchtigkeit, nicht aber den Wind ab.

»Verdammt, es schneit!«

»Das passiert in Maine schon mal«, kam eine ebenso mürrische Stimme von der anderen Seite des Segeltuches.

Er wühlte in seinem Rucksack und holte noch ein Hemd hervor, eines aus Flanell. Ungehalten registrierte er das auf der Tasche aufgestickte Logo, ein Stück Wild im Freudensprung. Ben rammte die Arme in die Ärmel, ehe sein Zittern die Aufgabe unmöglich machte.

»Sitzen Sie dort draußen, weil Sie sich unbedingt eine Lungenentzündung holen wollen, oder hält Ihr Eigensinn Sie warm?«

Ein grünes gummibeschichtetes Cape, aus dem ein Kopf lugte, schob sich in sein Gesichtsfeld.

»Mit heißem Tee im Magen werden wir es viel wärmer haben. Möchten Sie nicht herauskommen und zusehen, wie das Wasser kocht?«

Sie verschwand, ehe Ben antworten konnte. Sehr schön. Sollte die närrische Person sich doch den Tod holen. Was kümmerte es ihn?

Das brachte Ben wieder zurück zu seinem Problem und zu seinem Plan, der nach hinten losgegangen war.

Er hatte den Widerwillen in ihren Augen gesehen. Wenn Blicke töten könnten, wäre er jetzt tot gewesen.

»Hätten wir den Unterstand nicht an einer Ihrer heißen Quellen errichten können? Verdammt, es ist richtig kalt.«

Zwei dampfende Tassen in zwei kleinen Händen schoben sich in den Unterstand, gefolgt von einem gebauschten grünen Poncho mit großen Schneeflocken. Die Flocken schmolzen nicht, weil Emmas Lächeln einen Pinguin zum Frieren gebracht hätte.

»Sie können ja weitergehen, wenn Sie wollen. Die nächste heiße Quelle liegt etwa dreitausend Meilen weiter westlich.« Obwohl sichtlich wütend, drückte sie ihm die heiße Tasse mit großer Vorsicht in die Hand.

Resigniert pustete Ben in seinen Tee.

»Jetzt wäre ein Waffenstillstand angebracht. Der Unterstand ist als Schlachtfeld zu klein.«

»Sicher hat Mikey Ihnen einen Poncho eingepackt, Mr Sinclair. Und wenn Sie diese Landkarte umdrehen, müssten Sie auf demselben Weg zurückfinden.«

»Ich dachte, heute würden sechs Hütten von Elchjägern bezogen. Sollten Sie sich nicht um Ihr Geschäft kümmern?«

»Mikey wird die Gäste einweisen. Und ich werde morgen rechtzeitig da sein und die Leute führen.«

»Warum nennen Sie ihn Mikey? Das passt irgendwie nicht.«

Obwohl es nur klein ausfiel, entlockte Ben ihr ein Lächeln.

»Um ihn zu erinnern, dass er noch nicht erwachsen ist und ich älter und hoffentlich ein wenig klüger bin als er.«

»Er nennt Sie manchmal ›herrische Lady‹.«

»Nur wenn er sauer ist.«

»An dem Abend, als Sie mich gefunden haben, hat er Sie so genannt.«

Sie hielt ihre Tasse ans Gesicht und ließ sich vom Dampf wärmen.

»Hin und wieder lässt sein Selbstvertrauen ihn im Stich. Er war noch nie auf so etwas wie Smokey Bog gelandet, ohne dass ich neben ihm gesessen hätte.«

Plötzlich brauchte Ben den Tee nicht mehr zum Wärmen. Sein Blut kochte.

»Sie haben meinen Sohn in eine Situation gebracht, die ihn das Leben hätte kosten können?«

»Nein, Mr Sinclair. Michael ist ein exzellenter Pilot. Ich habe nie daran gezweifelt, er aber schon.« Sie grinste ihn an.

»Und er hat seine Zweifel vergessen, als es zur Sache ging.«

»Sie waren nervös. Ich habe selbst gesehen, wie angespannt Sie waren.«

»Ich war in Sorge um meine Maschine«, konterte sie. »Schwimmer sind kostspielig.«

Er war sehr versucht, sie wieder zu küssen.

Als Ben merkte, dass sie ihn unwillig ansah, fiel ihm ein, dass es angebracht war, ebenso unwillig dreinzuschauen.

»Flugzeugschwimmer sind kostbarer als das Leben eines Jungen?«

Sie sah äußerst selbstzufrieden aus. Offenbar war sie überzeugt, dass ihre Kampffront standhalten würde. Kein kalter Krieg für diese Frau. Sie würde bis zum bitteren Ende kämpfen.

Es war eine Überlebensstrategie, eine, die sie entwickelt hatte, um sämtliche Verluste zu überleben. Sie und Kelly hatten ihre Mutter sehr früh verloren; mit vierzehn hatte ihr ein Unglück auch noch den Vater geraubt. Und mit nur neunzehn war sie plötzlich zur Alleinerzieherin eines Fünfjährigen geworden. Ja, Emma Sands war eine Überlebenskünstlerin.

Er würde sich heute Nacht ganz vorsichtig an sie heranschleichen müssen.

Während sie schlief.

Wenn ihre Flinte außer Reichweite war.

Und diesmal würde er nicht die Beherrschung verlieren. Er würde sie einmal küssen, nur um sich selbst zu beweisen, dass er es konnte.

Er würde sich nicht auf sie stürzen oder sich in ihrem üppigen Körper verlieren, der einen Mann in den Wahnsinn treiben konnte.

Ben spürte, wie er hart wurde, wenn er nur daran dachte, wie sie sich unter ihm angefühlt hatte.

»Miss Sands, ich ziehe mich für die Nacht zurück. Ich bin es nicht gewöhnt, um vier Uhr morgens aufzustehen und dann den halben Tag über den Großteil der Berge dieses Staates zu wandern. Gute Nacht.«

Er verkroch sich in den Schlafsack, den Michael für ihn eingepackt hatte, und zog den Reißverschluss bis zum Hals zu, um den sichtbaren Beweis seiner lüsternen Gedanken zu verbergen.

Das schwache Licht der Batterielaterne hüllte Emma in einen trügerischen Schein der Wärme. Schatten tanzten neben ihr auf der Zeltplane, die sich nun unter dem Gewicht des feuchten Schnees senkte. Im Wald herrschte geisterhafte Stille, und Ben empfand ihren kleinen Unterstand als Schutz bietenden Kokon in diesem riesigen wilden Waldgebiet, das sein Sohn Heimat nannte.

Durch halb geschlossene Augen beobachtete er die Frau, die Michael großgezogen hatte. Sie saß reglos da, in die Betrachtung der Schneeflocken versunken, die sich am Eingang ihrer provisorischen Unterkunft sammelten. Auch Emma Sands nannte diesen Ort Heimat. Sie fühlte sich hier in diesem unzulänglichen Schutzraum inmitten eines Schneesturms so heimisch wie ein Eichhörnchen in seinem weichen Fell im Laub eines Baumes. Diese schöne Frau mit den langen, lockigen Haaren und einem Gesicht, um das Engel sie beneidet hätten, war die bemerkenswerteste Frau, der Ben je begegnet war, nicht zuletzt, weil sie für ihre Überzeugungen mit aller Kraft eintrat.

Ertappte sie Männer, wie sie Stacheln in Bäume trieben, versuchte sie, diesen Waldfrevel zu verhindern. Wurde sie Zeugin einer Schlägerei, griff sie mit ihrer Waffe ein. Liebte sie einen Jungen wie einen Sohn, tat sie alles, um ihn zu behüten. Und schenkte sie sich einem Mann, dann voll und ganz.

Hätte sie heute zugelassen, dass er sie liebte, wenn er sich nicht zurückgehalten hätte?

Vielleicht. Aber warum? Wegen ihres Neffen? Weil Ben es in der Hand hatte, ihr den Jungen wegzunehmen?

Er hätte sein Unternehmen verwettet, dass Emma nicht an Michael dachte, als sie mit einer Leidenschaft explodiert war, die auch Ben für alles um ihn herum blind gemacht hatte.

Es dauerte eine Ewigkeit, bis das Objekt seiner Lust schließlich in ihren einen Meter entfernten Schlafsack kroch und die Laterne löschte. Dann legte sie die Flinte zwischen sie beide, drehte sich um und legte eine Hand auf den Stock – ganz und gar nicht besorgt, ein Zelt mit ihm zu teilen.

Der erste Fehler, den er bei Emma Sands beobachtet hatte.

Hinter ihrem stachligen Wesen, das sie der Welt zeigte, steckte eine sehr sinnliche Frau. Ein kleiner Seufzer ihrerseits genügte, und der pulsierende Schmerz in seinen Lenden ging von Erregung in Steinhärte über.

Es erstaunte Ben, wie erotisch das Warten sein konnte. Wie das Geräusch eines vorsichtig geöffneten Zippverschlusses sein Verlangen steigern konnte und leidenschaftliche Erwartung zu einer neuen Form des Vorspiels wurde.

Er musste sich in Erinnerung rufen, dass er sich auf einer Mission befand – was er hier erreichte, konnte ihm seinen Sohn verschaffen oder entfremden.

Sie war eine hingebungsvolle Schläferin, und dies weckte in ihm die Vorstellung, dass sie auch in anderer Hinsicht hingebungsvoll sein würde. Vorsichtig, da er wusste, dass sie umso manipulierbarer sein würde, je länger sie schlief, fasste er nach ihren Händen und hob sie über ihren Kopf. Sie rührte sich, murmelte etwas im Schlaf und versuchte sich umzudrehen.

Ben rückte näher, als er ihre Hände über dem Kopf festhielt, und schob sein Bein über ihre Schenkel. Sie wölbte sich ihm entgegen.

Er glaubte schon, sie wäre wach, und wolle ihn abwerfen, doch als er sich ganz auf sie schob, ließ sie einen miauenden Laut hören.

Das ist nicht fair, Sinclair.

Ben zögerte kurz, ehe er sanft seine Lippen auf ihre Wange drückte. Noch nie im Leben hatte er sich einer Frau aufgezwungen, nun aber näherte sich sein Verhalten dieser unsichtbaren Linie. Was er tat, war verwerflich. Aber es war auch höllisch erotisch, eine Herausforderung für sein Ego und ein Mittel zum Zweck.

Emma erwachte mit einem Ruck, als seine Lippen sich auf ihren Mund drückten.

»Ruhig, Em. Ich bin es. Ben.«

»Runter … von mir.«

Es war bestenfalls ein schwacher Befehl, dem es dank ihrer Verwirrung an Überzeugung mangelte. Ben strich ihr das Haar aus dem Gesicht, während er ihre Hände noch fester umfasste.

»Ich möchte dir zeigen, dass ich kein Unmensch bin. Ich möchte meinen Fehler wiedergutmachen. Komm, schöne Lady. Erwidere den Kuss.«

Da in der Finsternis ihr Gesicht nicht auszumachen war, konnte er sich nur darauf verlassen, was ihr Körper ihm verriet. Und wenn sie seufzte und ihre Muskeln entspannte, wusste er, dass er fast am Ziel war.

»Es ist keine gute Idee. Schon vorhin nicht, und jetzt auch nicht.«

»Wir sind zwei reife Erwachsene – und ich möchte dir sehr gern zeigen, wie zivilisiert ich in Wahrheit bin. Nur ein Kuss, dann machen wir Schluss.« Er ließ eine ihrer Hände los, nur zur Probe.

Es war ein Fehler.

Ihre freie Hand landete mit so großer Kraft seitlich an seinem Kopf, dass er Sterne vor sich sah. Dann versetzte sie ihm einen bemerkenswert heftigen Stoß, warf ihn um und kroch aus dem Kerker ihres Schlafsackes.

Sie knipste ein Licht an, und Ben starrte in die Mündung ihrer Flinte.

»Anziehen, Mr Sinclair. Wir machen uns auf den Heimweg.«

Ben spähte auf seine Uhr.

»Noch nicht mal fünf Uhr morgens!«

»Somit werde ich rechtzeitig da sein und meine Gäste auf ihre Tour führen. Los, Bewegung.«

Auf der Suche nach ihren Schuhen senkte sie die Flinte, und Ben sprang auf sie zu und hielt ihr den Mund zu, während er sie auf dem Boden festnagelte.

Ihre Augen weiteten sich, ehe er das Licht löschte – obwohl ihr Schock etwas mit dem Smith&Wesson-Revolver in seiner Hand zu tun haben mochte.

»Pst. Da draußen ist jemand.«

Sie hielt den Atem an und lauschte. Motorengeräusch erstarb, Stimmen drangen den Hang herunter zu ihrem Unterstand.

Emma versuchte sich freizukämpfen.

»Das sind die Holzarbeiter! Ich muss sie vor den Metallspießen warnen.«

»Das kann man nicht wissen. Wir können sie kaum hören, noch viel weniger erkennen, wer sie sind.«

Sie machte wieder Licht und brachte in ihrer Hast den Schlafsack total durcheinander.

»O mein Gott, die dürfen mich hier nicht so finden. Sicher würde es jemand Galen stecken ...« Sie verstummte jäh, als Ben den Revolver auf seinen Schlafsack legte.

»Woher ist das Ding?«

»Mitgebracht.« Er grinste über ihr Erstaunen.

»Seien Sie nicht so geschockt. Für Sie mag ich ein Stadtmensch und ein Weichei sein, aber wehrlos bin ich nicht.«

»Für die Waffe braucht man eine Bewilligung.«

»Die habe ich.«

Sie kniff die Augen zusammen.

»Wo war die Knarre, als Durham Sie zusammengeschlagen hat?«

»Im Holster, hinten im Gürtel.«

»Und warum haben Sie sie nicht benutzt?«

Nun war es an Ben, erstaunt zu sein.

»Ich hätte ganz sicher nicht die Situation eskalieren lassen, indem ich eine Waffe ziehe.«

Als das Geräusch eines startenden Dieselmotors zu hören war, tastete sie wieder hektisch nach ihren Sachen.

Ben hielt es für besser, wenn er sich auch anzog.

»Ziemlich viel Betrieb hier mitten in der Wildnis.«

»Sie bleiben hier und brechen das Zelt ab, während ich hingehe und die Arbeiter vor den Spießen warne.«

»Ich komme mit.«

»Nein! Ich meine … nein danke, schon gut.«

Ben sah sie aus zusammengekniffenen Augen an.

»Sie werden Galen Simms nicht heiraten, Emma.«

»Was?«

»Michael befürchtet, Sie würden Simms heiraten, damit er sich frei fühlt und mit mir kommt. Sie werden den Mann nicht heiraten.«

»Sie haben kein Recht, mir zu sagen, was ich tun kann und was nicht.«

Ben senkte den Blick auf die Schlafsäcke, dann sah er wieder Emma an.

»Vielleicht noch …« – er näherte sein Gesicht dem ihren – »… nicht.«

Sie griff nach oben und packte die Stange, die das

Segeltuch stützte, zerrte daran und zog die Leinwand mit dem schweren Schnee auf seinen Kopf, während sie durch das offene Ende hinausschlüpfte. Bis Ben das hinderliche Zeug los wurde, sah er von Emma nur die Atemwölkchen, die ihren Nasenlöchern entstiegen, während sie hügelauf zu den Holzarbeitern eilte und entschwand.

Ben blickte im Dämmerlicht des langsam anbrechenden Morgens um sich, als erwarte er, versengte Erde nach allen Richtungen um ihren Unterstand zu sehen. Die Hitze, die von dieser Frau ausging, hätte den Schnee bis Kanada zu schmelzen vermocht.

»Mikey, es wird nicht klappen.«

»Was wird nicht klappen?«

Emma, die ihre Ausrüstung zusammenpackte, hielt inne und ging um ihr Bett herum zu ihrem Neffen und berührte seinen Arm.

»Ich weiß, dass es für dich nicht leicht ist – schließlich ist dein Vater aus heiterem Himmel einfach so aufgetaucht. Und ich weiß auch, dass du immer von diesem Tag geträumt hast. Aber Ben Sinclair gehört zu der Sorte Mensch, die nach dem Motto lebt, ›Wer rastet, der rostet‹. Er wirkt auf mich wie der sprichwörtliche rollende Stein, der nie Moos ansetzt.«

Er sah sie nur an. Seitdem sie und Ben am Vormittag zurückgekehrt waren, hatte der Junge sie wie ein Falke im Auge behalten, schweigend, aber erwartungsvoll. Emma wusste, dass sein hyperintelligentes Gehirn sich etwas ausgedacht hatte und er nun sehen wollte, was bis jetzt aus seinen Planungen geworden war.

»Mikey, es ist sehr gut möglich, dass Benjamin Sinclair wirklich nichts von Kellys Schwangerschaft geahnt hat. Und ich bin überzeugt, dass er mit dem Tod deines Großvaters nichts zu tun hatte. Würde es sich anders verhalten, wäre er jetzt nicht hier. Aber auch wenn du ihn noch so sehr bewunderst, ändert das nichts an dem, was er ist.«

»Und was ist er?«

»Ein rastloser Mensch …«, wiederholte sie und machte mit dem Packen weiter.

»Überlege doch mal. Der Mann ist vierunddreißig und war nie verheiratet. Außer dir hat er keine Kinder, von denen man wüsste, und keine Verpflichtungen.«

»Er leitet seit fünf Monaten Tidewater International.«

»Na großartig. Aber er hat nicht mal ein eigenes Haus. Er wohnt mit seinen zwei unverheirateten Brüdern und seinem Großvater zusammen.«

»Abram Sinclair ist vor fünf Monaten gestorben«, sagte Michael, worauf Emma in ihrer Tätigkeit innehielt und wieder aufblickte.

»Und sein älterer Bruder Sam hat vor kurzem mit sechsunddreißig geheiratet.« Er grinste.

»Wenn er die Richtige gefunden hat, wird auch Ben sesshaft werden.«

Emma quittierte dies mit einem finsteren Blick.

»Woher weißt du das alles?«

»Die New Yorker Presse hat groß von Abram Sinclairs Tod berichtet. Mein Urgroßvater hat sein gesamtes Vermögen samt seinen Anteilen an Tidewater International einer Frau hinterlassen, die er nur Wochen vor seinem Tod an der Küste von Maine kennengelernt hat. Sie ist die Frau, die Sam Sinclair geheiratet hat.«

Emma schnaubte.

»Eine feine Möglichkeit, an sein Erbe wieder heranzukommen. Was nur beweist, dass man Benjamin Sinclair nicht trauen kann, auch wenn er dein biologischer Vater ist.«

»Worauf willst du hinaus, Nem?«

Emma warf ihren Rucksack auf das Bett und packte ihren Neffen an den Armen.

»Du bist nicht der Einzige hier in der Gegend, der sich aus dem Internet Informationen holt. Ich habe selbst ein paar Artikel über die Sinclairs gelesen.« Sie seufzte. »Ich möchte ja nur, dass du dir keine Träume um uns drei zusammenspinnst, Mikey. Da wäre einmal die Beziehung zwischen dir und mir, und dann gibt es die zwischen dir und deinem Vater. Aber es wird nie eine zwischen uns dreien geben. Verstanden?«

»Er gefällt dir nicht? Auch nicht ein ganz klein wenig?«

»Darum geht es hier nicht. Es spielt keine Rolle, ob er mir gefällt oder nicht.«

Es war hoffnungslos, es ihm beizubringen. Sie drehte sich um, nahm ihren Rucksack und sah dann wieder Michael an.

»Du hast ihn absichtlich auf meine Fährte gesetzt, in der Hoffnung, etwas würde … sich zwischen uns anbahnen.« Sie stieß ihm mit dem Finger in die Schulter. »Das wird nicht passieren, Kleiner.«

Diese Feststellung brachte ihr einen Kuss auf die Stirn ein.

»Falls etwas hier passieren müsste, dann sollte es dir passieren. Ich habe dich lieb, Nem. Ich möchte dich glücklich sehen.«

»Tu … tu mir das nicht an, Mikey«, flüsterte sie. »Bringe mich nicht zum Weinen. Ich muss mit den Gästen auf Tour gehen.« Sie berührte seine Wange. »Michael, freunde dich mit deinem Vater an, aber beziehe mich in eure Beziehung nicht mit ein.«

Ehe er antworten konnte, riss sie sich los und lief hinaus.

6

»Frauen lieben Blumen. Ruf doch in Greenville an und lass einen großen Strauß kommen.«

»Es würde ein Vermögen kosten, sich hier draußen Blumen zustellen zu lassen.«

»Du hast ein Vermögen.« Michael warf Ben einen abschätzenden Blick zu.

»Was ein wahres Glück ist. Ich schätze, dass du Nem ein paar hunderttausend Dollar schuldest.«

Ben blieb stehen – wieder auf einer Forststraße – und starrte seinen Sohn an.

»Was lässt dich glauben, ich schulde ihr auch nur einen Dime? Und woher hast du diese Zahl?«

Der Junge legte seine Flinte über die Schulter und grinste.

»Unterhalt für die letzten fünfzehn Jahre.«

»Was?!«

»Meine Erziehung war nicht billig. Nem hat dafür gesorgt, dass es mir an nichts fehlte. Mein Computer hat so viel wie ein neues Boot mit Motor gekostet. Mit acht Jahren habe ich mir das Bein gebrochen. Aus meinen Klamotten bin ich rascher herausgewachsen, als sie neue nachkaufen konnte. Dazu kommen die Schwimmer am Flieger.«

Ben ging weiter. Er hatte völlig vergessen, dass er eigentlich auf Waldhuhnjagd war, und warf dem Jungen, der neben ihm ging, einen Blick zu.

Michael hatte ohne mit der Wimper zu zucken akzeptiert, dass die Schule heute für ihn ausfiel. Wie die aufbrausende Emma die Sache aufnehmen würde, blieb abzuwarten.

Sie waren kurz vor Sonnenaufgang in Medicine Creek eingetroffen, und sie hatte geduscht, sich umgezogen und ihre Elchjäger aus den Federn gejagt. Eine ebenso verdrehte wie selbstsüchtige Anwandlung hatte Ben verleitet, Mike zu bitten, den Tag mit ihm zu verbringen. Schließlich war er der Vater des Jungen. Es stand ihm doch hoffentlich zu, den Jungen einen Tag die Schule schwänzen zu lassen.

»Wie hast du die Schwimmer ruiniert?«

Michael sah plötzlich verlegen drein.

»Ich … Na ja, ich habe Crazy Larrys Dock mit voller Wucht erwischt. Aber noch mehr hat ihnen geschadet, dass ich abgeprallt und dann auf dem felsigen Ufer aufgetroffen bin.« Er grinste.

»Nemmy war so wütend, dass sie mich am liebsten ertränkt hätte.«

»Wie alt warst du?«

»Dreizehn.«

»Sie war nicht in der Maschine bei dir?«

»Nein. Ich sollte Schnellflüge üben.«

»Was ist passiert?«

»Crazy Larrys Nichte war zu Besuch.«

Das erklärte manches. Ben schlug Mike auf die Schulter und ließ die Hand dort liegen.

Ein verdammt gutes Gefühl.

Ben lachte verhalten.

»Zum Teufel, Mike, zeige mir ein Desaster, und ich zeige dir eine Frau, die aus allernächster Nähe zuguckt.«

»Tja, Nem war nicht so verständnisvoll. Ich habe so viel Feuerholz abrasiert, dass man Medicine Creek Camps damit bis ins nächsten Jahrhundert heizen kann.«

Zwei Waldhühner flogen plötzlich vom Wegrand auf und erschreckten sie so, dass sie fast die Gewehre fallen gelassen hätten. Keiner zielte auf die Vögel, stattdessen blieben sie stehen und sahen einander an.

»Nem wird außer sich sein, weil du mich heute die Schule schwänzen lässt.«

»Sie kann nicht noch zorniger werden, als sie schon ist.«

»Hast du … bist du wirklich gekommen, um mich als deinen Sohn zu fordern?«

»Verdammt richtig. Bist du bereit für einen Vater? Für *mich* als deinen Vater?«

Glänzende graue Augen, so unschuldig und doch so alt, sahen ihn an.

»Ich glaube schon, Mr Sinclair. Ich liebe meine Tante aus ganzem Herzen, aber es wird entschieden Zeit, dass ich einen Vater bekomme.« Plötzlich zogen sich seine Mundwinkel nach oben.

»Ich weiß wahrscheinlich mehr über dich als du selbst.«

»Wie das?«

»Nem hat ein Sammelalbum mit Bildern und Zeitungsausschnitten angelegt. Das hat sie mir an meinem zehnten Geburtstag geschenkt.«

»Emma hat ein Sammelalbum angelegt?«

»Sie hat damit angefangen, ehe wir hier draußen das Internet hatten. Ich nehme an, sie war der Meinung, ich sollte einmal selbst entscheiden, ob ich dich mit der Zeit kontaktieren sollte oder nicht. Schließlich hättest du ja ein Ekel sein können.«

»Und dieses Album und das, was du im Internet finden konntest, haben in dir den Wunsch geweckt, mich zu treffen?«

»Dies und andere Dinge. Nem hat alle meine Fragen über dich beantwortet, während ich heranwuchs. Als ich acht war, hat sie mir ein Bild von dir gegeben, das sie in einem Wirtschaftsmagazin gefunden hatte. Und alles zusammen hat in mir den Wunsch geweckt, dich kennenzulernen: was für Unternehmer du, deine Brüder und dein Großvater waren; welche karitativen Aktivitäten du unterstützt; sogar welcher Art Frauen du nachstellst.« Er warf Ben einen Seitenblick zu und grinste schief.

»Mir ist aufgefallen, dass du mit keiner Frau länger ausgehst.«

Ben legte die Flinte auf die andere Schulter und setzte sich wieder in Bewegung. Nicht zu fassen. Sein Sohn wusste alles über ihn, und er hatte nicht einmal gewusst, dass der Junge existierte.

»Es tut mir leid, dass du von mir nichts wusstest«, sagte Michael leise, als könne er seine Gedanken lesen.

»Und es tut mir leid, dass Abram Sinclair gestorben ist, ehe ich ihn kennenlernen konnte. Wir … ich hätte wohl früher mit dir in Verbindung treten sollen.«

»Bram hätte sein Königreich verpfändet, um dich kennenzulernen.«

»Ich weiß, wie er sich aus bitterer Armut hochgearbeitet und ein millionenschweres Frachtschiffunternehmen aufgebaut hat«, sagte Mike ehrfurchtsvoll.

»Und dass du nun Tidewater International als neuer Firmenboss führst.«

Ben nickte.

»Mein jüngerer Bruder Jesse arbeitet mit mir zusammen. Ich kann es kaum erwarten, dass du ihn kennenlernst. Und meinen älteren Bruder Sam. Sie freuen sich sehr auf dich. Hm … wir müssen uns überlegen, wie du mich nennen könntest. ›Mr Sinclair‹ ist zu förmlich, meinst du nicht auch?«

»Wie soll ich dich nennen?«

Ben spürte, wie ihm Hitze in den Nacken kroch. *Dad. Nenne mich Dad.*

»Was wäre dir am liebsten?«

Dem Jungen behagte es offenbar nicht, dass eine Frage mit einer anderen Frage beantwortet wurde. Mikes Hals färbte sich bis zu den Wangen rot.

»Hm … was hältst du von Dad?«

»Das würde mir gefallen.«

»Also gut, Dad. Wenn wir jetzt nicht umkehren, wird Nem eine finstere Küche ohne Essen auf dem Tisch vorfinden.« Er sah Ben fragend an.

»Du kannst nicht zufällig kochen?«

»Ich bin dafür bekannt, dass ich ein Barbecue verkohlen lasse. Habt ihr einen Grill in Medicine Creek?«

»Ja. Jetzt zu den Blumen. Sie sollen ein probates Mittel sein, um eine wütende Frau auf der Stelle zu besänftigen. Und da du und Nem euch über den Grund eures Zwistes ausschweigt, solltest du es damit versuchen.«

»Vielleicht sollte *sie* mir Blumen schicken.«

Mike umfasste Bens Arm.

»Herrje, Dad. Sogar ich weiß, dass es ein Mann als Erster nachgeben muss.« Wieder wurde sein Blick abschätzend.

»Niemand – nicht mal Galen Simms – hat Nemmy Blumen geschickt.«

In Ben regte sich der Verdacht, dass er von diesem Jungen noch etwas lernen konnte.

»Tatsächlich?«

»Und würdest du meine Tante wirklich so weit bringen wollen, dass sie dahinschmilzt?«

Was für ein Gedanke! Fast hatte er Angst, die nächste Frage zu stellen.

»Wie soll ich das anstellen?«

»Mit Schoko-Cookies.«

»Wie bitte?«

»Nem liebt das Zeug. Lass mit den Blumen zusammen eine Riesenpackung kommen, und sie wird dir jeden Wunsch erfüllen.«

Emma Sands, die ihm jeden Wunsch erfüllte. O Gott, er liebte diesen Jungen!

»Bekomme ich die Cookies in Greenville?«

Michael schlang seinen Arm um Bens Schultern und steuerte ihn zurück in Richtung Medicine Creek.

»Das überlasse mir, Dad.«

Es war eine Umarmung, die ihm neuen Auftrieb gab und in ihm das Gefühl weckte, auf Wolken zu gehen. *Dad*. Verdammt wollte er sein, wenn er sich nicht plötzlich wie ein Vater fühlte.

Emmas Hände waren zu steif, um den Türknauf zu umfassen, also stieß sie mit dem Fuß mehrmals gegen die Tür, bis Michael endlich öffnete.

»Ach Gott, Nem. Was ist passiert?«

»Wo warst du heute?«

Er trat einen Schritt zurück und warf einen verzweifelten Blick über seine Schulter.

Emma folgte seinem Blick.

»Ich hätte es mir denken können, als mir klar wurde, dass auch unser Mr Naturbursche verschwunden war. Hier wurde wohl die Schule geschwänzt?«

Sie richtete ihre Frage an Mikey, doch blickte sie dabei Benjamin Sinclair an, dessen Blick erschrocken ihre nasse, vor Kälte schlotternde Erscheinung umfasste.

»Hm … ja«, sagte Mikey.

»Nem, was ist passiert?«

Sie richtete ihren wütenden Blick auf ihren Neffen.

»Ich bin im Beaver Pool geschwommen.«

»In Ihren Sachen?«

Die Frage kam von Sinclair, der wie ein Beschützer neben Michael trat.

»Komm an den Ofen, Nem. Du frierst ja«, sagte Michael, fasste nach ihrem Ärmel und zog daran.

»Spaß beiseite, Sherlock.« Sie riss sich los und drohte ihm mit dem Zeigefinger.

»Ich habe in der Schule angerufen, weil ich deine Hilfe gebraucht habe. Mir wurde gesagt, dass du nicht gekommen wärst.«

»Ich ... wir ... Dad und ich waren auf Vogeljagd.«

Emmas Finger erstarrten. Er nannte Ben *Dad?*

»Ich verstehe.«

»Nem, komm schon.« Er fasste wieder nach ihrem Ärmel und zog sie an den Holzofen.

»Warum hast du meine Hilfe gebraucht? O Gott! Geht es um Pitiful?«

»Ich habe keine Ahnung, wo er sich versteckt«, klagte sie und nestelte an ihren Jackenknöpfen. Sie riss zwei ab, um die Jacke zu öffnen, die mit einem sattfeuchten Geräusch auf dem Boden landete.

»Einer unserer großen weißen Jäger hat einen Elch gesehen, der am Beaver Pool äste und auf das verdammte Ding geschossen. Einfach so – in fünf Fuß tiefem Wasser, über hundert Yards weit draußen.«

»O mein Gott.«

Sie funkelte ihre verblüfften Zuhörer an, während sie ihre Hände über den Ofen hielt.

»Der verdammte Elch ist bis auf den Grund gesunken. Am liebsten hätte ich dem Typen von Jäger einen Stein um den Hals gehängt und *ihn* neben seiner Jagdtrophäe versenkt.«

»Ach Gott, Nem«, sagte Michael abermals. Er berührte sanft ihre gefrorenen Haarspitzen.

»Aber du hast heute doch Martha Perry geführt. Hat sie den Elch geschossen?«

»Nein, Marthas Ehemann war der Meisterschütze. Wenn es nach mir gegangen wäre, hätte er gar nicht mitkommen dürfen. Ich hätte mich an meinen Grundsatz halten sollen, niemals Männer zu führen. Aber es war Marthas Jagdtrip, und sie wollte ihn dabeihaben.«

»Du hast doch nicht versucht, das Tier allein herauszuziehen?«, fragte Mikey.

»Keine Rede davon. Mr Perry war so liebenswürdig, mir zu helfen. Was glaubst du denn, wie ich so klatschnass geworden bin? Und Martha ebenso.« Emma grinste boshaft.

»Meine einzige Genugtuung besteht darin, dass sie noch wütender auf ihren Mann ist als ich.«

»Und wo ist der Elch jetzt?«, fragte Ben.

Emma schauderte.

»Wenn wir Glück haben, kommt er morgen an die Oberfläche.«

»Du hast ihn dort gelassen?« fragte Michael entrüstet.

»Mikey, wir haben es mit einem fünfhundert Kilogramm schweren Bullen zu tun. Und er hängt an einem versunkenen Baumstamm fest.« Mit patschnassen Füßen tappte Emma aus der Küche.

»Ich ziehe mich um, und dann werden du und ich ihn mit einem Wagen herausziehen. Zieh dich warm an. Nimm ein Seil mit, wenn du hinaus zum Wagen gehst.«

»Warten Sie.«

Emma drehte sich zu Ben um. Ihr Blick sagte ihm, dass er sich heraushalten sollte.

»Ja?«

»Heute Abend gehen Sie nicht wieder hinaus.« Gegen ihren eisigen Blick offenbar unempfänglich, fuhr er fort:

»Es ist dunkel, es ist unter null Grad, und Sie sind durchgefroren. Sie brauchen ein heißes Bad, Essen und dann ein Bett.«

»Mr Sinclair, mein einziges Bedürfnis ist, dass Sie sich um Ihre Angelegenheiten kümmern, während ich mich um meine kümmere. Los, Mikey.«

Michaels Blick wanderte zwischen ihr und seinem Dad hin und her. Seine Miene war unsicher, aus seinen Augen sprach Unentschlossenheit.

Das war's also. Sie hatte ihn bereits verloren. Emma schloss die Augen und ging zum Schlafzimmer, gebeugt unter dem Gewicht ihrer nassen Kleidung und ihres schweren Herzens.

»Schon gut, Michael. Es wird ohnehin Zeit, dass ich wieder lerne, mich auf mich selbst zu verlassen.«

»Nem?«

Seine heisere, in flehentlichem Ton vorgebrachte Frage hielt sie nicht auf. Sie ging triefend weiter zu ihrem Zimmer und schloss leise die Tür, an die sie sich mit nach oben gewandtem Gesicht lehnte, damit die Tränen ihr nicht über die Wangen flossen.

O Gott, sie hatte gewusst, dass dieser Tag kommen würde. Seit langem schon hatte sie sich darauf vorbereitet, doch war sie nicht auf diesen verzehrenden Schmerz gefasst, den sie nun empfand.

Der einzige Mensch, den sie liebte, würde in ein paar Wochen, wenn nicht gar Tagen, aus ihrem Leben gehen. Michael würde ihr schreiben, sie anrufen und zu Besuch kommen, aber dazwischen würde sie einsamer sein als Jonas in seinem Wal. Als Emma sich noch an der Tür ihrer nassen Sachen entledigte, zitterten ihre Hände – vor Kälte oder weil ihr gebrochenes Herz so schmerzte. Sie trat aus der Pfütze heraus, die sich rasch um ihre Kleidungsstücke bildete, und tappte ins Bad und unter die Dusche. Erst unter dem heißen, prickelnden Strahl brachen sich ihre Tränen Bahn und verschwanden mit dem Schmutz und ihren letzten Hoffnungen im Abfluss.

Sie blieb stehen, bis sie nicht mehr zitterte und ihre Tränen versiegt waren, dann rieb sie sich trocken und öffnete die Badezimmertür mit resigniertem Seufzen. Auch wenn Mr Perry es mehr auf die Trophäe als auf das Fleisch abgesehen hatte, wollte Emma es nicht verderben lassen.

Mit ihrem Pick-up, einem langen Seil und unter Einsatz von Köpfchen würde es ihnen gelingen, den Elch herausziehen und anschließend auszunehmen. Morgen würden sie ihn verladen und zur Prüfstation bringen – und wenn sie die ganze Nacht im Freien campieren musste, um das verdammte Ding zu bewachen.

Es war nur eine Sache der Logistik.

Emma wickelte das Handtuch um sich, als sie aus dem Bad ging, in Gedanken bei der Liste der Gegenstände, die sie brauchen würde, als sie plötzlich beim Anblick zweier in Socken steckender Füße am Fuß ihres Bettes stutzte.

Sie blickte mit einem Ruck auf und begegnete Bens finsterem Blick.

»Hinaus aus meinem Zimmer. Sofort.«

»Ich gehe, sobald Sie im Bett sind.«

»Auf mich wartet Arbeit. Und mein Bett wird heute der Vordersitz meines Wagens sein.«

»Was? Warum?«

»Ich muss den Elch bewachen, sonst wird sich jeder Kojote im Umkreis von fünfzig Meilen seinen Bauch mit ihm füllen.«

Er schüttelte langsam den Kopf, und Emma fiel nun erst auf, was er in der Hand hielt.

Seine Hände lagen auf seinen Hüften, er stand breitbeinig wie zum Kampf bereit da, und seine rechte Faust umfasste ein Seil.

»Wenn dies das beste Seil ist, das Mikey finden konnte, wird er noch einmal suchen müssen. Es muss viel länger und dicker sein. Wir haben es mit einem fünfhundert Kilogramm schweren Bullen zu tun.«

»Dieses Seil reicht. Meiner Schätzung nach wiegen Sie nicht mehr als etwa 60 Kilogramm.«Sie sah ihn mit gefurchter Stirn an. »Wovon reden Sie da?«

Er trat näher, und Emma, die zurückwich, stieß gegen die Badezimmertür, während sie ihr Handtuch enger um sich zog. Sie musste den Kopf schräg legen, um den Augenkontakt mit ihm zu halten, und aus diesem Blickwinkel sah der Kerl viel zu groß und entschlossen aus.

»Das heißt, dass ich Sie nötigenfalls an das Bett binden werde, Emma.«

Er bluffte. Sie schob ihr Kinn mit vorgeblicher Autorität vor.

»Das würden Sie nicht wagen.«

Seine Augen leuchteten auf wie silberne Mondstrahlen.

»Michael würde es nicht zulassen.«

»Ich bin größer als Michael.«

»Ich *muss* den Elch holen. Er wird sich wie ein Ballon aufblähen, wenn ich ihn nicht heute ausweide.«

»Mike und ich werden Ihren kostbaren Elch holen. Sie sind nicht in der Verfassung, ihn herauszuziehen, geschweige denn in Ihrem Wagen zu schlafen. Ich werde Sie nicht anbinden, wenn Sie ins Bett kriechen und mir Ihr Wort geben, dort zu bleiben.«

»Medicine Creek Camps ist meine Sache, nicht Ihre. Und auch nicht mehr jene Michaels. Hinaus jetzt.«

»Em, geben Sie nach.«

Er würde es nicht wagen, sie ans Bett zu binden. Oder?

»Sehr schön. Hoffentlich fallen Sie in den Beaver Pond und frieren dort bis zum Frühjahr ein.«

»Em, Sie wissen, dass es in Ihrem eigenen Interesse ist. Sie sind todmüde.«

Sie fegte an ihm vorbei zu ihrer Kommode.

»Wenn es etwas gibt, was eine Frau immer gern von einem Mann hört, ist es die Ansage, dass er sich in ihrem Interesse den Hintern aufreißt.« Sie bekam eine lange Unterhose und ein speziell beschichtetes T-Shirt zu fassen und marschierte ins Bad.

»Achten Sie darauf, keines Ihrer hübschen Hemden zu tragen, Mr Sinclair. Blutflecken lassen sich aus teurem Material nicht leichter herausbekommen als aus gutem altem Flanell. Und vergessen Sie nicht, ein Kissen mitzunehmen.«

Mit dieser Spitze zum Abschied knallte sie ihm die Tür vor der Nase zu.

Als sie die Tür wieder öffnete, mit trockenem Haar und dezent verhülltem Körper, sah sie zwei Paar in Socken steckende Füße in ihrem Zimmer.

Emma ging an ihnen vorüber, zog die Überdecke zurück und plumpste ins Bett.

Sie schüttelte die Kissen auf und strich die Decke glatt. Die Hände im Schoß gefaltet, blickte sie auf. Ein graues Augenpaar lachte sie an, das andere studierte sie besorgt.

»Ich habe Suppe für dich aufgewärmt, Nem. Du hattest kein Abendessen.«

Michael stellte ihr ein Tablett auf den Schoß. Emma blickte auf die dampfende Hühnernudelsuppe hinunter. Daneben ein Sandwich, groß genug, dass ein Pferd daran ersticken konnte, Crackers, heißen Tee und eine ganze Packung Schoko-Cookies.

Ein Friedensangebot. Michael war nicht entgangen, wie sie erstarrte, als er Ben *Dad* genannt hatte, und da er jetzt seine Partei ergriffen hatte, kam der Junge sich wie ein Verräter vor.

Emma hätte am liebsten das ganze Tablett gegen die Wand geschleudert, sich unter der Decke verzogen und eine Woche lang geheult. Aber sie wollte nicht, dass Mikey von zwei Menschen, die ihm teuer waren, in zwei verschiedene Richtungen gezerrt wurde.

Sie blickte zu dem jungen Mann auf, den sie seit seinem ersten Atemzug in ihr Herz geschlossen hatte. Wohl wissend, dass ihre Augen vor ungeweinten Tränen schwammen, lächelte sie ihm zu.

»Danke, Mikey. Ich bin halb verhungert.«

»Wir holen noch heute Nacht den Elch und schaffen ihn hierher. Du ruhst dich indessen aus und hältst dich schön warm, Nem. Bitte, mach dir keine Sorgen. Dad … Mr Sinclair und ich schaffen das schon.«

»Gib bloß acht. Der Elch treibt irgendwo unweit des Südufers.«

»Wir werden ihn finden. Iss jetzt. Ich kümmere mich um die Ausrüstung. Iss jetzt«, wiederholte er und ging nach einem letzten zögernden Blick ohne ein weiteres Wort hinaus.

Emma griff zum Löffel und rührte damit langsam in der Suppe herum. Sie sah dem Dampf nach, der in die Luft aufstieg. Das Bett neben ihr senkte sich unter Bens Gewicht, eine Hand legte sich auf die Decke neben ihre Hand, als er sich über ihre Beine beugte. Als sie aufblickte, durchbohrte sie ein intensiver Blick aus graublauen Augen.

»Emma, so wird es nicht gehen. Wir dürfen nicht immer aneinandergeraten, wenn wir auf fünf Meter Entfernung zusammenkommen. Es reißt Mike in Stücke. Er soll sich nicht zwischen uns entscheiden müssen.«

»Ich verlange es nicht von ihm.« Sie senkte den Blick auf ihr Tablett.

»Ich war ein wenig … ein wenig wütend, als ich nach Hause gekommen bin. Und als er Sie ›Dad‹ genannt hat, hat es mich unerwartet getroffen.« Sie sah wieder Ben an.

»Ich bin froh, dass er Sie mag. Und es freut mich, dass Sie den Tag gemeinsam verbracht haben. Jetzt können Sie ihn mit nach Hause nehmen.«

Er schüttelte den Kopf, ohne den Blick von ihr zu wenden.

»Nein, das kann ich nicht. Mike ist dazu noch nicht bereit. Sehen Sie das nicht?«

Emma seufzte, griff nach einem der Cookies, das sie auseinanderbrach, so dass die Schokolade sichtbar wurde.

»Dann muss ich ihm einen Schubs versetzen«, sagte sie und grub ihre Zähne in die weiche Mitte.

»Sie schubsen ihn, und er ist imstande und schubst seinerseits Sie. Lassen Sie ihm einfach Zeit.« Er mopste sich ein Cookie und steckte es in den Mund.

Der Kerl hatte keine Ahnung, wie man sich ein Schoko-Cookie gekonnt zu Gemüte führte.

»Sie müssen auch mir Zeit lassen, Em. Michael ist nicht der Einzige, der sich durch dieses Labyrinth einen Weg bahnen muss.«

»Ich möchte Sie etwas fragen, Mr Sinclair.«

»Sie könnten die Sache für Mike einfacher machen, wenn Sie mich Ben nennen«, schlug er vor.

»Okay, Ben. Hast du jemals in Zweifel gezogen, dass Michael dein Sohn ist?«

»Natürlich habe ich das. Von dem Moment an, als ich deinen Brief aus der Hand legte.«

Emma überging die Tatsache, dass er noch immer glaubte, sie hätte den Brief geschickt.

»Aber jetzt hast du keine Zweifel mehr?«

»Ich hatte auch keine mehr, ehe ich herkam. Und jetzt ist es, als würde ich mich wie vor zwanzig Jahren in einem Spiegel sehen.«

Emma lächelte.

»Ja. Michael sieht genauso aus wie du in jenem Sommer. Aber wie kommt es, dass du schon sicher warst, ehe du ihn gesehen hattest? Du musst gewusst haben, dass du nicht Kellys erster Mann warst. Michael hätte von einem anderen stammen können.«

Ben schüttelte den Kopf.

»Ich habe durch meine Anwälte alles überprüfen lassen. Und durch einen Privatdetektiv. Schon ehe ich hier meine Reservierung gemacht habe, wusste ich, dass Mike von mir ist.«

»Ach so.«

»Ich habe auch dich gründlich überprüfen lassen.«

»Mich?«

»Du hast kein sehr leichtes Leben gehabt.«

Emma schob ihr Kinn vor.

»Ich hatte ein wunderbares Leben. Vom Verlust meiner Eltern und Kellys Verschwinden abgesehen, hatte ich es himmlisch. Wage es ja nicht, mich zu bemitleiden.«

»Dich bemitleiden! Im Gegenteil, ich bringe dir höchste Hochachtung entgegen.«

Emma schnaubte und griff nach dem nächsten Cookie. Ben nahm es ihr weg und drückte ihr den Löffel in die Hand.

»Erst die Suppe«, befahl er. Er nahm die Schüssel mit den Näschereien, stand auf und stellte sie auf den Nachttisch.

Auch in Socken war seine Größe imponierend. Schweigend und geduldig stand er da, und Emma wusste, dass er so stehen bleiben würde, bis sie zu essen anfing. Sie nahm ein paar Löffel und deutete dann mit dem Löffel auf die Tür.

»Ich wünsche dir viel Vergnügen, Ben. Betrachte das Ausweiden des Elchs im Licht der Kopflampe als ein

Bindungsritual zwischen Vater und Sohn. Ich wünschte, ich könnte zusehen.« Sie schenkte ihm ein strahlendes Lächeln, als sie ihren letzten Pfeil abschoss.

»Mikey reagiert allergisch auf Elchhaar. Achte darauf, dein eigenes Messer zu benutzen.«

Ihr Kinn wurde plötzlich angehoben und ihr Aufstöhnen von warmen, sündig köstlichen Lippen erstickt – die sich sofort wieder zurückzogen.

7

»Hör auf, die Augen zu reiben. Das macht es nur schlimmer.«

»Ich kann nicht anders. Sie jucken.«

»Warum hast du es nicht mir allein überlassen, den Elch aufzubrechen?«

Sein Sohn sah ihn aus roten, verquollenen Augen an.

»Weil wir nur versuchen sollten, die Innereien herauszubekommen, ohne ihn fachmännisch ganz zu zerlegen. Und du hast das beste Fleisch einfach weggehackt.«

»Ja. Nun denn … es wird lange dauern, bis ich wieder einen Hamburger anschauen kann.«

»Herrje, Dad. Rindfleisch kommt nicht in Plastikhüllen zur Welt.«

»Meines schon.« Ben war so müde, dass sein Kopf fast auf das Steuer knallte. Er rieb sich die Augen und spähte aus der Windschutzscheibe. Endlich kam Medicine Creek Camps in Sicht. Die Sonne war schon aufgegangen, wurde aber vom Berg noch verdeckt.

»Mist«, sagte Mike.

»Was ist los? Ist der verdammte Elch aus dem Wagen gefallen?«

»Simms ist da. Das ist sein Wagen.«

Ben sah den verschmutzten schwarzen Pick-up, der neben dem Haus parkte.

»Es ist ja kaum Tag geworden. Was treibt er hier so früh?«

»Oder so spät?«, gab Mike leise zurück.

»Nem ist gestern ohne großen Widerstand schlafen gegangen. Ich habe nie geglaubt, dass sie wirklich im Bett bleiben würde.«

Ben fiel ein, dass Emma gesagt hatte, sie würde Michael einen Schubs versetzen, falls der Junge das brauchte. War Simms dieser Schubs? Hatte sie ihn angerufen, kaum dass sie gestern Abend gegangen waren? Wenn dieser Mann die Nacht mit Emma verbracht hatte, würde er mehr als nur Elchblut an den Händen haben.

»Ich habe versucht, dich zu warnen. Du hättest ihr Blumen schicken sollen.«

Ben parkte den Truck neben dem schwarzen Pick-up, dann fasste er Mikes Arm, um ihn daran zu hindern hinauszuspringen. Ohne den Blick von den erleuchteten Küchenfenstern abzuwenden, sagte Ben leise:

»Mike, überlass das mir.«

»Du wirst doch nicht durchdrehen und etwas Irres tun?«

Ben lächelte und ließ seinen Arm los.

»Ich verspreche gar nichts.«

»Nem würde nicht … sie hat nicht … sie kann den Kerl nicht ausstehen.«

»Dann sind wir schon zu dritt. Keine Angst – Simms war nicht die Nacht über da.«

Das hoffte er. Aber wer kannte schon Frauen? Aus Emma wurde er nicht klug. Sie war angeblich in einen unbekannten Burschen verliebt, und doch war sie gestern im Wald vor Leidenschaft explodiert. Sie liebte Michael wie einen Sohn, und doch hatte sie einen Brief geschrieben, der dazu führen würde, dass er ihr genommen wurde. Gut möglich, dass sie so verrückt war zu glauben, dass Galen Simms eine gute Möglichkeit darstellte, Mike jenen Schubs zu versetzen, den er brauchte, um das Nest zu verlassen.

Er hätte sie am Tag zuvor ans Bett binden sollen, außer Reichweite des Telefons. Teufel. Er hätte sie gestern Morgen gar nicht nach Hause bringen sollen. Er hätte Emma eine Woche lang im Wald festhalten und mit ihr Liebe machen sollen, bis sie einwilligte, ihn zu heiraten.

Hoppla! Heiraten?

Woher war das plötzlich gekommen?

Jawohl, Mr Hirnlos. Die Frau liebt einen anderen Mann. Möchten Sie den Rest Ihres Lebens daran denken müssen?

Ganz recht, das würde er tun, wenn er damit seinen Sohn gewann. Er liebte Emma Sands nicht, das war nicht das Thema. Liebe und Lust waren zwei völlig verschiedene Dinge. Er konnte sich vorstellen, mit Emma verheiratet zu sein, ohne dass Liebe in die Gleichung eingebracht wurde. Er würde ihr einfach die Ehe als Lösung ihres gemeinsamen Problems anbieten.

Und sie würde vielleicht einwilligen – Michael zuliebe.

»Gehst du hinein, oder wartest du, bis der Geistliche eintrifft?«

Ben drehte den Kopf und starrte seinen Sohn ungläubig an.

»Simms«, erläuterte Mike.

»Wirst du ihn hinauswerfen oder nach der Trauung Reis über sie rieseln lassen?«

Ben atmete auf.

»Es wäre sehr hilfreich, wenn du mir wenigstens einen Tipp geben könntest. Wer ist der Bursche, in den sie angeblich verliebt ist?«

»Das hast du noch nicht herausbekommen?« Mike kniff die Augen so zusammen, dass sie wegen der Schwellung kaum noch zu sehen waren.

»Was ist genau passiert, als du sie im Wald gefunden hast?«

»Ich werde dir in einem Brief alles erklären und ihn dir testamentarisch vermachen.«

»Du hast versucht, sie zu verführen, oder?«

»Verdammt! Deine Tante hat versucht, mir den Kopf abzureißen. Ich bin nicht nahe genug an sie herangekommen, um sie zu verführen.«

»Na ja … also ein Flop.«

»Solltest du darüber auch nur eine Silbe verlauten lassen, falle ich wie ein Tornado über dich her.«

Michael nickte eifrig. Sein Lächeln glich dem einer satten Katze. Was sofort Bens Argwohn weckte.

»Es ist eine Finte, oder? Du erfindest einen Traummann und willst mir weismachen, dass Galen Simms

Emma heiraten möchte. Du möchtest deine Tante und mich verkuppeln, damit du keinen von uns aufgeben musst.«

Der Junge wurde sofort ernst.

»Nems Hoffnungstruhe ist keine Erfindung und Simms auch nicht. Und so selbstsüchtig bin ich nicht. Ich kann euch beide behalten, auch wenn wir nicht zusammenleben.« Michael seufzte und rieb sich wieder die Augen.

»Ich sollte einfach aufs College gehen und nicht daran denken, bei einem von euch zu leben.« Er sah Ben mit alten, müden Augen an.

»Ich werde so tun, als wärt ihr meine Eltern, nur geschieden oder ähnlich. Millionen von Kindern leben in zwei Haushalten.«

»Bis zum College ist es noch ein langer Weg. Du bist erst fünfzehn.«

»Aber ich bekomme Ende Dezember mein Highschool-Diplom. Ich durfte Klassen überspringen. Ich habe sogar schon College-Kurse belegt. Und das Massachusetts Institute of Technology nimmt mich mit einem Vollstipendium auf, sobald ich bereit bin.«

Ben sank gegen die Tür des Wagens, als hätte er einen Schlag gegen die Brust bekommen. *Michael Sands ist ein Genie*.

»Mike.«

»Schon gut, Dad. Die Chancen, dass du nach fünfzehn Jahren kommst und eine Beziehung zu mir suchst, waren ohnehin ganz gering.« Er lächelte traurig.

»Und niemand kennt meine Tante besser als ich. Wenn ihr etwas sehr wichtig ist, kann sie sturer als ein Maultier sein.« Wieder rieb er seine Augen.

»Du bist für sie jemand, der ihr ihr ganzes bisheriges Leben wegnehmen möchte. Kannst du es ihr verargen, wenn sie zurückschlägt?«

»Nein. So gesehen, würde ich wahrscheinlich auch wie der Teufel kämpfen. Ich werde dich nicht verlassen, Mike. Auch deine Tante lasse ich nicht im Stich. Wir kriegen das hin.«

»Nicht wenn es uns nicht glückt, Simms aus dem Haus zu schaffen. Er will sie wirklich heiraten. Und allmählich macht sich bei ihm Verzweiflung breit.«

Ben wandte mit einem Ruck den Kopf und spähte zum Küchenfenster hinüber.

»Verdammt, den habe ich ganz vergessen.« Er öffnete die Tür an seiner Seite.

»Lass mir etwas Zeit. Ich werde es schaffen, dass deine Tante einlenkt.«

Das Lächeln des Jungen war wieder da.

»Dann bist du besser, als ich es je sein werde. Nem hat mehr Abwehr in sich als ein Stachelschwein.«

Ben ging zum Haus, entschlossen, eine Szene zu machen, die in Medicine Gore legendär werden sollte. Wenn es sein musste – und er hoffte es –, würde er Galen mit einem gewaltigen Tritt nach Hause befördern.

Vorausgesetzt, er traf Simms am Küchentisch sitzend an. Lag der Bursche aber in Emmas Bett, würde er diesen Mistkerl zuerst ein- oder zweimal durch den

See zerren. So oder so, der Mann sollte kapieren, dass Emma Sands nicht mehr zu haben war.

Als Ben durch die Küchentür ging und niemanden antraf, wich ihm das Blut aus dem Gesicht, und ihm schwindelte, als er sich Emma im Bett mit einem anderen Mann vorstellte.

Aus dem großem Raum war ein Krach zu hören, dann das unverkennbare Geräusch von Schlägen. Ben hörte ein schmerzliches Stöhnen, dann wieder einen Krach. Zwei Schritte weiter, und er sah sich einer Szene gegenüber, die der Albtraum jeder Frau sein musste. Emma wurde trotz ihrer verzweifelten Abwehrversuche von einem rasenden Angreifer auf den Boden gedrückt.

Auf Bens Wutschrei drehte Galen Simms ruckartig den Kopf. Ben stürzte sich auf den Wüstling, ehe dieser auf die Beine kommen konnte. Er zog ihn am Kragen hoch und rammte sein Knie in Simms' Rippen, so dass dieser alle viere von sich streckend rücklings umfiel, weg von Emma.

Ben sah, dass sie sich Schutz suchend in eine Ecke verkroch, während er sich wieder Simms widmete. Als der Bursche aufstehen wollte, traf Ben seinen Torso – mit dem Stiefel. Simms rollte unter dem Stoß weiter, richtete sich auf Hände und Knie auf und rutschte weiter, um Bens drittem Angriff zu entgehen. Er krachte gegen ein Beistelltischchen, das splitternd zerbrach.

»Verdammt … was zum Teufel wollen Sie?«, schrie der Mann.

»Ich verteidige das, was mir gehört, du Hurensohn.«

Ben packte den Zurückweichenden an der Schulter und drehte ihn zu sich um. Im nächsten Moment landete seine Faust in Simms' wutverzerrtem Gesicht. Der Mann ging wieder zu Boden, raffte sich aber rasch auf und lief zur Küchentür. Ben nahm die Verfolgung auf, als sein Blick auf Emma fiel. Er erstarrte.

Sie stand in der Ecke des großen Raumes, eine zerbrochene Lampe wie eine Waffe in die Höhe haltend, die Augen vor Entsetzen aufgerissen. In dem Moment, als sie sah, dass die Gefahr vorüber war, ließ sie die Lampe fallen und schlug die Hände vor das Gesicht.

Ben sah zur offenen Hintertür, in der Michael stand.

Rasch warf er einen Blick zur Ecke hin. Emma saß nun auf dem Boden, zu einer Kugel zusammengerollt, so fest, dass es ein Wunder war, dass sie atmen konnte. Sie sah aus wie ein erschrecktes Kind, das sich unsichtbar machen wollte.

Ben hockte sich neben sie und fluchte leise, als sie zurückzuckte. Ratlos, was er tun sollte, aber nicht imstande, tatenlos zuzusehen, streckte er die Hände aus und umfasste ihr Gesicht. Sie versuchte auszuweichen, stieß aber gegen die Wand.

»Emma, Liebes, ich bin es.« Er rückte näher.

»Komm, mein Schatz. Lass dir aufhelfen.«

Er hoffte aus ganzem Herzen, er würde das Richtige tun, schob vorsichtig einen Arm unter ihre Knie, zog sie an seine Brust und stand auf. Sie vergrub ihr Gesicht in seinem Hemd.

Ben beförderte den kaputten Tisch mit einem Fußtritt

aus dem Weg und setzte sie auf ihren großen Liegesessel, wobei er sie in einer verzweifelten Umarmung aus Angst und Schuld festhielt. Er hatte draußen im Wagen gesessen und das Schlimmste gedacht, und sie hatte hier drinnen eine brutale Attacke abwehren müssen.

»Lass dich ansehen, Schätzchen. Wo bist du verletzt?«

Er schaffte es nicht, die verkrampfte Schutzstellung, in die sie ihren Körper gezwungen hatte, zu lösen, und Gewalt anzuwenden war das Allerletzte, was er wollte. So hielt er sie einfach fest und strich ihr über den Rücken.

Als Mike ins Zimmer stürzte, hielt er plötzlich inne und besah sich die Verwüstung. Michael erbleichte, als er seine Tante auf Bens Schoß ansah.

»N… Nem? Nemmy? Was ist los?«

Ben winkte ihn zu sich.

»Simms hat sie angegriffen. Komm und sprich mit ihr, Mike. Ich weiß nicht, wie schwer verletzt sie ist. Sie ist zu aufgewühlt.«

Drei Schritte, und Mike kniete neben dem Sessel nieder. Als er Emmas Kopf leicht berührte, rührte sie sich, blickte aber nicht auf. Ben hatte das Gefühl, sie versuche, unter Mikes Hemd zu schlüpfen und sich zu verstecken.

»Ach, Nemmy. Hat Galen dir das angetan?«

»Geh weg, Mikey«, kam es als ersticktes, fernes Flehen von Emma.

»Sag mir, wo du verletzt bist.«

»Mir geht es gut. Geh weg.«

»Er wird nicht gehen, ehe du es nicht beweist, Emma. Wir wollen dich mal ansehen«, drängte Ben und schob ihr einen Finger unters Kinn, was dem Versuch gleichkam, einen Elefanten in ein Schlüsselloch zu zwängen. Ben gab nicht auf und atmete tief durch.

»Mike, hol uns einen Eisbeutel.«

Der Junge stolperte beinahe über die eigenen Füße, als er in die Küche lief. Wieder hob Ben ihr Kinn an.

»Das sieht nach einem prächtigen blauen Auge aus, Emma. Du musst dich aufsetzen und dich verarzten lassen.«

Aus ihren zusammengekniffenen Augen strömten Tränen, ihre Wange verfärbte sich bereits. Er musste seine Schulter benutzen, um Emma aufzurichten, dann brauchte er plötzlich beide Hände, um sie daran zu hindern, von seinem Schoß zu springen.

»Ganz ruhig. Vor mir brauchst du keine Scheu zu haben.«

Schließlich begegnete sie seinem Blick, und just als sie auf seine Brust blickte, lief ihr ganzes Gesicht tiefrot an.

»Mein Gott, ist es dir peinlich? Emma, sieh mich an.«

Sie warf einen besorgten Blick zur Küchentür.

»Ich ... ich möchte nicht, dass Michael mich so sieht«, flüsterte sie. Wieder versuchte sie, von seinem Schoß zu rutschen.

»Ich will in mein Zimmer.«

»Damit du dich im Einbauschrank zur Kugel zusammenrollen kannst?«

Sie schauderte.

»Ich bin wieder ganz in Ordnung. Es war nur … Galen hat mich überrumpelt. Ich … ich hätte nie gedacht, dass jemand mich einfach so überwältigen könnte. Ich dachte, nur schwache Frauen wären Opfer.«

»Aber Emma, der Dreckskerl wiegt fast doppelt so viel wie du. Du kannst nicht erwarten, es mit einem Mann von Simms' Format aufzunehmen, auch wenn du noch so fit bist. Du brauchst dich nicht zu schämen.«

Ein unsicherer Blick, dann schauderte sie wieder zusammen.

»Du kannst mich jetzt loslassen.«

»Auch wenn du dich schon beruhigt hast … bei mir dauert es länger. Hast du sonst noch Verletzungen davongetragen?«

Sie schüttelte den Kopf.

Ben glaubte ihr nicht. Ihr Zusammenzucken, als er sie daran gehindert hatte, von seinem Schoß zu springen, hatte sie verraten. Es war mehr als ihr Gesicht und ihr Selbstvertrauen verletzt.

»Da, der Eisbeutel«, sagte Michael, der aus der Küche kam.

»Mist! Dieser Bastard hat dich geschlagen!«

Emma verdeckte die Beweise von Simms' Übergriffen mit der Hand.

»Mistkerl könnte zutreffen, Mikey, aber es ist kein Wort, das ich aus deinem Mund hören möchte.« Sie warf Ben einen finsteren Blick aus einem Auge zu.

»Das ist allein deine Schuld.«

»Dass dieser Simms dich überfallen hat?«

»Nein. Dass Mikey Kraftausdrücke benutzt.« Sie nahm ihrem Neffen den Eisbeutel ab und führte ihn vorsichtig an ihre Wange.

»Wenn das ein Beispiel väterlicher Einflussnahme sein soll, wird es Zeit, dass du nach New York zurückkehrst.«

»Das klappt nicht, Emma.«

Sie blinzelte verständnislos.

»Es geht nicht um Mikes Ausdrucksweise, auch nicht um meine. Wo bist du sonst noch verletzt?«

Sie blinzelte wieder.

»Dann schätze ich, dass ich dich in dein Zimmer schaffe, dich ausziehe und selbst nachsehe.«

Emmas Blick schoss zu Mike, der auf Bens Drohung hin beifällig nickte. Sie hob die rechte Hand.

»Ich habe mir die Hand verletzt, als ich zurückgeschlagen habe. Bist du jetzt zufrieden?«

Ihre Handknöchel waren rot und angeschwollen.

»Nem, warum hat Galen dich angegriffen?«

»Ich habe ihm erklärt, dass ich ihn nicht heiraten würde. Und dass ich Medicine Creek Camps verkaufe.«

»Was? Warum hast du das gesagt?«

»Weil ich es tun werde.«

»Aber das kannst du nicht.«

»Sicher kann ich es. Ich habe vielleicht sogar schon einen Käufer.«

Ben lehnte sich in dem Sessel zurück, hielt aber seine Hände fest auf ihren Hüften. Die Überraschungen wollten kein Ende nehmen – erst die Entdeckung, dass er einen Sohn hatte, dann die Erkenntnis, dass er diesen Sohn liebte, bis hin zu der Wendung, dass er sogar gewillt war, die Tante seines Sohnes zu heiraten.

»Wann hast du dich dazu entschlossen?« Ben warf Michael einen besorgten Blick zu. Also gut, Emma wollte dem Jungen einen befreienden Schubs versetzen. Die Frage war nur, wer zuerst über den Rand gestoßen wurde – Mike oder Ben.

»Ach, ich überlege schon eine ganze Weile.«

Sie positionierte den Eisbeutel mit der Gewissenhaftigkeit eines Wissenschaftlers, den ein kompliziertes Experiment fesselt, auf ihrer Hand.

Mike bedachte Ben mit einem unsicheren Lächeln und fragte ihn wortlos, ob dies eine gute Eröffnung war oder ein großer Haken für ihre Pläne. Da Ben nicht wusste, was er zu dem Jungen sagen sollte, fragte er Emma: »Und was für Pläne hast du für die Zeit danach?«

Sie hielt ihren Blick noch immer gesenkt.

»Ach, ich dachte, ich könnte aufs College gehen.«

»Was?«, fragte Michael.

Emma blickte zu ihrem Neffen auf.

»Ich wollte immer schon Meeresbiologin werden. Ich liebe den Ozean. Jetzt möchte ich mir meinen Traum erfüllen.«

»Aber Nem, warum hast du das nicht früher gesagt? Schon vor Jahren hättest du das Unternehmen verkaufen können.«

Sie versuchte von Bens Schoß loszukommen, und diesmal ließ er sie los. Sie stand auf und sah Michael an.

»Vor Jahren waren du und ich nicht bereit dazu.«

Ben verdrehte die Augen und stand auch auf.

»Bereit oder nicht, jetzt kommt das Leben, Leute.« Er verschränkte die Arme vor der Brust und umfasste beide mit seinem ernsten Blick.

»Ihr beide habt eure ganze Zeit damit zugebracht, euch – und mich – auszutricksen, anstatt das Offensichtliche zu sehen. Und jetzt werdet ihr beide euch hinsetzen, während ich euch sage, wie von jetzt an alles laufen wird.«

»Mr Sinclair, das ist nicht Ihr Sitzungsraum. Sie können uns nicht herumkommandieren.«

Ein kleiner Schritt, und sein Gesicht war knapp vor ihrem.

»Setz dich.«

Mike zog sie neben sich auf die Couch. Ben lächelte, als er ihre abweisende Miene sah.

»Emma Sands, du wirst nichts verkaufen. Wir drei bleiben in Medicine Creek Camps, bis Mike die Highschool hinter sich hat. Es hat keinen Sinn, ihn zu diesem Zeitpunkt zu entwurzeln.«

»Dann beziehst du aber eine eigene Hütte.«

Ben lächelte noch immer.

»Sehr schön. Da ich einiges an Büroausstattung herschaffen muss, ist eine Hütte für mich geeigneter. Wie du stehe auch ich an der Spitze eines Unternehmens. Aber meine Mahlzeiten werde ich hier einnehmen.«

Sie wollte protestieren, aber Ben fuhr fort:

»Und du, Michael, du wirst von nun an nach der Schule nicht mehr direkt nach Hause kommen. Du wirst dort bleiben und Basketball spielen oder mit deinen Freunden herumhängen. Mit den Mädchen flirten und nötigenfalls auch Ärger kriegen. Aber du wirst dir Teenagerärger einhandeln – keine Konfrontationen mit Crazy Larry, der FAA oder der Autobahnpolizei. Verstanden?«

Emma sprang auf.

»Soll das heißen, dass ich Michael von seinen Freunden ferngehalten habe?«

Ben umfasste ihre Schultern und setzte sie hin. Sein Lächeln verriet die Zuversicht eines Mannes, der endlich die Situation in den Griff bekommen hatte.

»Nein, ich sage nichts dergleichen. Michael hat sich abgesondert, weil er seine Altersgenossen in der Entwicklung weit überflügelt hat.«

Er richtete sich auf und sah seinen Sohn an.

»Es kümmert mich nicht, wenn du klüger als Einstein bist. Du wirst frühzeitig verbraucht sein, wenn du nicht endlich lernst, ein wenig zurückzuschalten. Es wird Zeit, dass du fünfzehn wirst und nicht fünfzig.«

Ben merkte, dass Mike etwas sagen wollte, doch ließ seine Klugheit ihn schweigen. Vielleicht auch der Schock.

»Und was wirst du machen, während Mike sich Ärger einhandelt und ich meine Ferienanlage nicht verkaufe?«, fragte Emma.

»Ich werde mich um mein Unternehmen kümmern und mit dir ausgehen.«

»Was!« Sie stand mit rotem Gesicht und geballten Fäusten auf.

»Und den Anfang mache ich nächsten Samstag, wenn wir tanzen gehen«, fuhr er fort.

Ben wich dem plötzlich durch die Luft fliegenden Eisbeutel aus und zwinkerte Mike zu, während er in die Küche lief.

»Während ich das Frühstück mache, kannst du dich waschen, Em. Mike und ich haben Hunger. Wir waren die ganze Nacht mit unserer Arbeit beschäftigt.«

»He, Dad?«

Ben blieb stehen und drehte sich um.

»Was ist?«

»Ist das ein Stückchen Moos, das an deinem Hemd klebt?«, fragte der Junge keck.

Emma schnappte so heftig nach Luft, dass sie einen Hustenanfall bekam.

Ben blickte an seinem Hemd hinunter, konnte aber nichts entdecken.

»Keine Angst, Dad. Ein bisschen Moos hat noch niemandem geschadet.«

8

An den letzten vier Abenden war Mikey erst nach neun nach Hause gekommen. Gott allein mochte wissen, was der Junge im Schilde führte. Emma hatte sich nach Bens Enthüllung, ihr Neffe hätte keine gleichaltrigen Freunde, Vorwürfe gemacht. Aber Fünfzehnjährige hatten meist mehr Hormone als Verstand, und sie befürchtete, Mikey würde erwachen, ehe sie das »Gespräch« mit ihm führte.

»Hier drinnen riecht es richtig gut. Gibt es genug für einen zusätzlichen Esser, Nem?«

Als hätten ihre Gedanken ihn heraufbeschworen, kam Mikey durch die Küchentür mit – du lieber Gott – einem Mädchen im Schlepptau.

»Ja, sicher doch. Es ist genug da.«

»Nem, das ist Jasmine. Jass, das ist meine Tante Nemmy.«

»Hallo, Jasmine.«

»Hi.«

»Komm, Jass. Ich zeige dir meinen Computer«, drängte Mikey und führte das Mädchen durch die Küche weiter.

Emmas Löffel blieb über dem Schmorgericht schweben, als sie den zwei Halbwüchsigen nachstarrte. Sollte sie erlauben, dass Mikey ein Mädchen auf sein Zimmer mitnahm?

Das war allein Bens Schuld! Also sollte er präsent sein und das von ihm geschaffene Problem bewältigen. Emma lief aus dem Haus und auf die Veranda von Hütte sechs. Sie klopfte mit dem Holzlöffel an und benutzte ihn sodann, um auf Ben zu deuten.

»Dein Sohn brachte etwas nach Hause, das er dir zeigen möchte. Er ist auf seinem Zimmer.«

Ben nahm ihr den Löffel aus der Hand und roch daran.

»Das ist kein Elch, den du kochst, oder?«

»Beeilung, bitte. Du musst Mikey sehen, ehe … also, los.«

»Ich bin mitten in einer Konferenzschaltung mit Singapur, Em. Hat es nicht Zeit?«

Emma drängte sich an ihm vorüber und sah das Telefon auf einem Schreibtisch, der den gesamten Hauptraum der kleinen Hütte einnahm. Sie drückte auf den rot aufleuchtenden Knopf.

»He!«

»Vaterschaft hat Priorität, Ben. Geh und sieh nach Mikey. Jetzt gleich.«

»Das war ein wichtiger Kunde, den du eben abgehängt hast, Emma. Was hat Mike denn, das nicht ein paar Minuten Zeit hätte?«

»Ein Mädchen. Und die Bluse, die sie trägt, ist wahrscheinlich in allen fünfzig Bundesstaaten verboten. Das sagt wohl alles!«

Mit einem gemurmelten Fluch war Ben aus der Tür und auf halbem Weg zum Haus, ehe sie zu Ende gesprochen hatte.

Da sie schon mal da war und er fort und das Dinner wohl etwas später stattfinden würde, wollte Emma ein wenig schnüffeln. Ihre gemütliche kleine Hütte sah aus wie die Kommandozentrale der Vereinten Nationen. Eine Weltkarte war an die hintere Wand geheftet über einem Tisch voller Büromaschinen, die von einem Raumschiff unterwegs zum Mars hätten stammen können. Eine von ihnen spuckte surrend Papiere schneller aus, als Emma sie lesen konnte. Sie sah sich die Wandkarte näher an.

Kleine Nadeln steckten darin, über die ganze Welt verteilt, meist im Wasser. Manche in Küstenstädten, andere weit draußen auf See. Einige waren rot, andere grün, und alle befanden sich auf dünnen schwarzen Linien, die kreuz und quer über den Atlantik und Pazifik verliefen. Dunkelrote Nadeln steckten im Festland, in wichtigen Flughäfen, wie Emma feststellte.

Tidewater International war ein riesiges Unternehmen.

Und Ben wollte dieses Unternehmen von Medicine Creek Camps aus steuern?

Emma setzte sich auf den großen Chefsessel und starrte die Weltkarte an. Warum hatte Ben seinen Sohn nicht schon zu sich nach New York mitgenommen? Von hier aus zu arbeiten konnte nicht so einfach sein.

Sie schlang die Arme um sich. Sie hatte die ganze Sache vermasselt – für alle bis auf Mikey, wie es aussah. Die letzten vier Tage war der Junge wie auf Wolken geschwebt – wann immer er zu Hause war – und war seinen Pflichten pfeifend nachgekommen. Pfeifend!

Nun, sie freute sich für ihn. Der arme Kleine war so verstört gewesen, als seine Mutter auf und davon gegangen war, und Emma befürchtete, dass er die Schuld bei sich gesucht hatte. Deshalb hatte sie sich in den zehn Jahren seither bemüht, Kellys feigen Verrat wiedergutzumachen.

Für sie war es unvorstellbar, dass eine Mutter ihr Kind einfach so im Stich lassen konnte und nie wieder ein Lebenszeichen von sich gab. Ein Brief, eine Geburtstagskarte oder auch nur eine Ansichtskarte von dem Ort, an dem sie sich momentan aufhielt, wäre für ihn eine wundervolle Überraschung gewesen.

Aber andererseits hätte man anhand einer Postkarte den Aufenthaltsort feststellen könne, und Kelly war eindeutig nicht gewillt, sich finden zu lassen. Mehr als einmal war Emma versucht gewesen, einen Detektiv in Anspruch zu nehmen, damit sie vor ihre Schwester hintreten und sie ohrfeigen konnte. Sie hasste Kelly für das, was sie getan hatte, und sie würde ihr niemals, niemals verzeihen.

Emma fuhr zusammen, als plötzlich das Telefon läutete. Sie starrte die blinkenden Lichter und zahlreichen Knöpfe an und griff schließlich nach dem Hörer.

»Tidewater International. Nein, Mr Sinclair ist jetzt nicht zu sprechen. Was? Ein Scheck? Wie hoch? Nein, ich glaube nicht, dass es korrekt ist. Sie sind zu teuer … mir doch einerlei, ob Sie es schon geliefert haben; holen Sie es wieder ab. Ich verstehe. Nun, dann müssen Sie eben um zweitausend Dollar nachlassen. Nein … Nein … also eintausend, und keinen Penny mehr. Danke, Mr Coffin. Ich? Ach, ich bin Vizepräsidentin … für den Einkauf zuständig. Ja, Tidewater International wird auch in Zukunft auf Sie zukommen. Guten Tag!«

Emmas selbstzufriedenes Schmunzeln war wie weggeblasen, als ein großer, ominöser Schatten auf den Schreibtisch fiel.

»Na, Miss Vizepräsidentin. Wie waren die Geschäfte?«

»Das Telefon hat geläutet, und du warst nicht da. Deshalb habe ich abgehoben.«

»Vielen Dank … denke ich.«

Emma machte sich daran, die Papiere auf dem Schreibtisch zu ordnen.

»Ben, das Geld muss bei dir auf einem Baum im Garten wachsen. Für diesen aufgemotzten Wagen, der draußen parkt, hast du viel zu viel bezahlt.«

Zwei Hände legten sich mit offenen Handflächen auf die Papiere, die sie ordnete.

»Habe ich das?«

»Nun, jetzt nicht mehr. Ich habe tausend Dollar heruntergehandelt. Denk daran, wenn du den Scheck ausstellst.«

»Das werde ich, Miss Vizepräsidentin. Gab es noch andere Anrufe?«

Nun blickte Emma in Bens lachende Augen auf.

»Singapur hat noch einmal angerufen, und ich habe gesagt, deine Freundin läge mit Zwillingen in den Wehen und ihr Vater käme eben mit einer Flinte durch die Tür. Man würde sich wieder melden, hieß es …«

Er war um den Schreibtisch herum, ehe sie dahinter hervorkommen konnte. Und bevor sie sich fassen konnte, wurde Emma hochgehoben und auf die Mahagonifläche des Schreibtisches gesetzt, dass alle Papiere durcheinanderflogen – zusammen mit ihren Emotionen. Muskulöse Schenkel drängten ihre Knie auseinander, lange Arme schlangen sich um sie, als diese lachenden Augen sich jäh veränderten.

Es war ein Blick, den Emma schon kannte.

Sie versuchte, ihn von sich zu stoßen. Unmöglich, wie sie wusste, doch sie wollte unbedingt verhindern, dass dieser Mann jemals merkte, wie viel Macht er über sie besaß.

»Das war eben ganz schlimm, Emma Sands.«

»Müssen jetzt alle Ihre großen Pötte mitten im Ozean auf Gegenkurs gehen, Mr Sinclair? Haben Sie bei Ihren Kunden in Singapur einen Gesichtsverlust erlitten?«

»Wahrscheinlich schon.«

»Wird das Unternehmen deshalb bankrottgehen?«

»Wahrscheinlich.«

»Michael wird also kein Unternehmen erben.«

»Ihm bleibt immer noch Medicine Creek Camps.«

Emma nickte. »Richtig. Wie gut, dass ich bis jetzt nicht verkauft habe.«

»Hörst du jetzt auf, meine Brust zu kneten, wenn ich verspreche, dass ich dich küssen werde?«

»Oh! Ich bin so …« Seine Lippen hinderten sie daran, weiter zu flirten.

Flirten! Flirtete sie etwa mit Ben Sinclair? War das eben wirklich ihre Stimme gewesen?

Zu gern hätte sie diese Seite ihres Wesens analysiert, doch sie wurde gerade besinnungslos geküsst, von einem Mann, der genau wusste, was er tat.

Er hatte den Geruch der Wälder angenommen, in denen er so viel Zeit verbrachte, entdeckte Emma, als Bens Zunge in ihren Mund eindrang. Gottlob saß sie auf dem Schreibtisch; schon spürte sie, dass es um ihre Widerstandskraft geschehen war. In ihrem Kopf drehte sich alles. Ihr Herz klopfte heftig. Und sie musste ihre Hände von seiner verführerischen Brust lösen und seine Schultern umfangen, damit sie seinen Kuss erwidern konnte.

Er hätte sich ein Warnschild umhängen sollen.

»Ich möchte mit dir Liebe machen.«

Emma sah Ben blinzelnd an. Hatte sie diese Worte ausgesprochen oder er?

»Ich kann warten. Aber nicht mehr lange.«

Emma atmete auf. Natürlich hatte er sie ausgesprochen. Wäre sie es gewesen, hätte Ben sie nackt ausgezogen, ehe sie den Satz zu Ende gebracht hatte.

Vielleicht keine schlechte Idee. Warum sich nicht einfach die Kleider vom Leib reißen … und es tun?

Was hielt sie ab?

Vielleicht die durchdringende Angst, sich in zwei Monaten in Kellys Lage zu befinden? Die schreckliche Befürchtung, nicht besser zu sein als ihre Schwester?

Noch einmal verlassen zu werden, würde sie nicht überleben.

Michael würde in zwei Monaten von der Schule abgehen und sein eigenes Leben beginnen. Und Tidewater International wurde von einem Mann geführt, der an seiner Seite eine ganz besondere Frau brauchte – eine intelligente, kultivierte und weltgewandte Person. Bens Partnerin würde nie wissen müssen, wie man einen Fisch abhäutet und auf die Pirsch geht.

Ein tiefer Seufzer wehte über sie hin, und Emma merkte, dass sie ihre Arme um Bens Mitte geschlungen hatte und ihn an sich drückte. Ihr Gesicht war an seiner Brust vergraben. Mit der Sanftheit eines besorgten Mannes umfasste er ihren Rücken und stützte sein Kinn auf ihren Kopf.

»Immer wenn ich dich berühre, Emma Sands, mache ich dich wütend oder traurig.«

»Das Essen wird anbrennen.«

Er umfing sie noch fester.

»Schon gut. Mike und Jasmine kümmern sich darum.«

»Ich muss gehen.«

»Gleich. Ich möchte dich noch festhalten.«

Sagte die Spinne zu der Fliege. Er hielt sie so fest an sich gedrückt, dass Emma sein Begehren spüren konnte.

Sie wusste nicht aus noch ein. Bens Verlangen nach

ihr war echt, aber wie konnte ein Mann echte Gefühle für die Frau entwickeln, die ihm seinen Sohn jahrelang vorenthalten hatte?

Er hatte es nicht auf ihr Unternehmen abgesehen, auch nicht auf ihre Qualitäten als Touristenführerin. Er war richtig wütend gewesen, als sie sich wegen der Baumfrevler in Gefahr begeben hatte. Und er hatte sie entschlossen zurückgehalten, nachts noch hinauszufahren und den Elch zu holen. Und er hätte Galen Simms umgebracht, hätte dieses Ekel nicht die Flucht ergriffen.

Benjamin Sinclair benahm sich nicht so, als würde er sie hassen.

Emma schmiegte sich enger an ihn. Das war richtig nett. Noch nie im Leben hatte sie an jemandem Halt gesucht, doch hatte sie es so verdammt satt, für alles allein die Verantwortung zu tragen.

Sie seufzte.

»Wenn Mike dir ähnelt, was Frauen angeht, wird das Essen verschmoren. Ich muss gehen.«

Schließlich trat Ben zurück, und Emma bedauerte das plötzliche Ende des vertrauten Kontaktes. Aber sie durfte ihren Traum von ewigem Glück nicht weiterverfolgen. Sie konnte die Zeit genießen, die ihr mit Mikey und Ben blieb, musste sich aber immer vor Augen halten, dass diese Freuden zeitlich begrenzt waren. Noch zwei Monate, dann war alles vorbei.

»Sieh mich an, Em.«

Nun erst blickte sie auf.

»Beim besten Willen … ich kann deine Gedanken nicht lesen. Aber ich kenne meine. Du gehörst mir, Emma Sands, so wie Mike auch.« Er umfasste ihr Gesicht mit seinen großen Händen und gab ihr einen raschen, kraftvollen Kuss.

»Versuche, dich an den Gedanken zu gewöhnen.«

Während dieses Versprechen in ihren Ohren noch nachklang, rannte Emma aus der Hütte, wobei sie etwa so viel Würde an den Tag legte wie Pitiful.

»Ich hoffe sehr, dass ich nächsten Sommer zu einer Ihrer Camp-Sessions kommen werde. Mom kommt auch.«

»Das ist ja toll, Jasmine. Es wird dir sehr gefallen.« Emma lächelte dem Mädchen zu, das ihr gegenüber am Tisch saß. Das arme Ding schien von Ben völlig eingeschüchtert. Es waren die ersten Worte, die das Mädchen geäußert hatte, seit sie sich zu Tisch gesetzt hatten.

»Aber du wohnst ja direkt in der Stadt, Jasmine. Warum willst du in einer von Emmas Hütten wohnen?«, fragte Ben und sah das Mädchen direkt an.

Mikey kam ihr zu Hilfe, da Jasmine fast an ihrem Essen erstickte und nicht antworten konnte.

»Nem hält im Sommer Wochenlager nur für Frauen ab«, erklärte er.

Ben sah Emma an.

»Wirklich? Wie innovativ.«

Plötzlich war Emma ebenso verlegen wie Jasmine, wenn auch aus anderen Gründen. Herrgott, der Mann sah so toll aus mit seinem Haar, das fast so lang wie das von Mikey war. Und wenn er lächelte, sah es aus, als sträube sich sein Bart.

»Das macht den Erfolg von Medicine Creek Camps aus«, erwiderte Mikey.

»Es gibt viele Frauen, die jagen und fischen wollen, aber von dem ganzen Macho-Image abgestoßen werden. Nem schaltet Anzeigen in allen überregionalen Magazinen und lädt Frauen ein, zu kommen und die Wildnis zu erkunden. Mit Männern macht sie überhaupt keine Führungen.«

»Und die Frauen kommen?«

»Und wie! Besonders im Sommer. Wir bieten unsere Leistung als Flucht aus der realen Welt für eine Woche an. Wir werben mit der Frage, warum nicht auch Mütter wie ihre Kinder in ein Sommer-Camp dürfen. Wir bieten Angeltouren, Wanderungen, Kajakfahrten, Wildsafaris und Flüge mit dem Wasserflugzeug. Einige der Frauen kommen im November zur Jagdzeit wieder.«

»Interessant. Und du führst grundsätzlich keine Männer?« Ben sah Emma an.

»Nicht wenn ich es vermeiden kann.«

»Warum nicht?«

»Wenn gewisse Männer für eine Woche eine Führung buchen, lassen sie ihre Manieren zu Hause. Sie legen die Zivilisation ab und kommen, um Rambo zu spielen. Wenn sie entdecken, dass ihr Führer eine Frau ist, zerstört das ihre Fantasiebilder.«

»Sie werden richtig ekelhaft«, ergänzte Mikey und zog die Aufmerksamkeit seines Vaters wieder auf sich.

Bens Miene verlor ihren Humor.

»Wie ekelhaft?«

Der Junge zuckte mit den Achseln.

»Keine Ahnung. Nem heuert Leute aus der Gegend an, die diese Gäste dann führen.«

»Deshalb kümmere ich mich um Frauen«, erklärte sie. »Auch weil es geschäftsfördernd ist. Ich habe eine Marktnische entdeckt, die darauf gewartet hat, bearbeitet zu werden. Die Frauen dieser Welt sind ebenso interessiert an der Wildnis wie Männer, vielleicht sogar mehr. Und sie haben ihren Spaß daran.«

»Und auf diesen Markt hatte Simms es abgesehen?«, fragte Ben.

»So ist es. Und auf meine Kunden und meinen Grundbesitz.«

Das Pochen an der Küchentür war so laut, dass die Fensterscheiben klirrten. Emma sah, dass Jasmine vor Schreck die Augen aufriss.

»O Gott. Ich sterbe«, sagte das Mädchen, schob seinen Stuhl zurück und stand auf.

»Danke für das Dinner, Miss Sands. Ich muss jetzt gehen.«

Ben hatte die Tür erreicht und öffnete. Was er zu sehen bekam, musste ihm ebenso missfallen haben wie Jasmine, weil er sich abwehrend zwischen ihren Besucher und das Mädchen stellte.

»Wo ist meine Tochter?«, dröhnte eine Stimme.

»Sie isst noch. Sie sind Mr LeBlanc, nehme ich an?«, antwortete Ben.

Emma sagte leise:

»Du brauchst nicht davonzulaufen, Jasmine. Wir laden deinen Dad auf ein Stück Pie ein.«

Das Mädchen richtete seinen entsetzten Blick auf Emma, dann errötete es.

»Ich muss gehen.«

»Jasmine! Komm jetzt, Mädchen.«

Emma stand auf. Sie trat vor Mikey, der zur Tür wollte, und hielt ihn auf, ehe er an Ben vorüber war.

»Guten Abend, John. Den langen Weg zu uns hättest du dir sparen können. Ich hätte deine Tochter nach Hause gebracht. Komm und iss ein Stück Pie mit uns.«

Johns Haltung änderte sich jäh, er wurde so rot wie Mikey.

»Guten Abend, Emma. Ich … wir können nicht bleiben. Ich muss zu einer Sitzung des Landwirteverbandes.«

»Dann eben ein andermal, John. Komm, ich begleite dich zu deinem Wagen, während Jasmine ihre Schulsachen holt.«

Als sie die Tür hinter sich schloss, sah sie, dass Ben ihr durch die Glasscheibe nachstarrte. Sie lächelte und führte John fort vom Haus und unvermeidbarem Ärger.

»Worum ging es eigentlich?«, fragte Ben.

»Um gar nichts.« Emma setzte sich an den Tisch zu ihrem Pie.

Als Mikey schnaubte, warf Emma ihm einen warnenden Blick zu, den der Junge ignorierte.

»Das war John LeBlanc, der mich nicht sehr schätzt. Dich übrigens auch nicht, wenn er erfährt, dass du Benjamin Sinclair bist«, informierte Mikey ihn.

»Warum?«

»Es geht irgendwie um die Sünden des Vaters«, erklärte Mikey in eher unbeteiligtem Ton und nahm sich ein Stück Pie.

Ben warf Emma einen fragenden Blick zu.

»Ist es allgemein bekannt, dass ich Mikes Vater bin?«

»Ja. Und LeBlanc hatte an jenem Morgen am Damm Dienst, als es zur Explosion kam. Jetzt hinkt er und gibt wie alle anderen in der Stadt dir und den Umweltschützern, mit denen du gekommen warst, die Schuld.«

Ben stand auf und ging zum Holzofen. Er drehte sich zu Emma und seinem Sohn um.

»Es ist unsinnig, Mike an etwas die Schuld zu geben, von dem man glaubt, *ich* hätte es getan. Hat ihn sonst noch jemand so behandelt?«

»Nein, nur ganz wenige. Meist solche, die direkt damit zu tun hatten. Durham ließ es ihn eine Zeitlang spüren, aber dem habe ich schon vor Jahren meine Meinung gesagt. Er war Dads engster Freund, und er war derjenige, der ihn gefunden hat. Manchen Menschen fällt es schwer loszulassen.«

»LeBlanc hat seine Haltung sofort geändert, als du dich gezeigt hast. Warum?«

»John ist mit Nem öfter ausgegangen«, warf Mikey ein.

Emma merkte, dass Ben diese Eröffnung nicht gefiel.

»Seine Kleine ist in deinem Alter, Mike. Das bedeutet …«, er sah Emma an, »… dass du noch ein Baby warst, als du mit ihm ausgegangen bist.«

»Jasmine ist seine Stieftochter«, erklärte Emma. »Ich war damals neunzehn, und er war sechsundzwanzig. Noch Fragen?«

»Nein. Aber du sollst wissen, dass du morgen mit niemandem tanzen wirst – außer mit mir.«

»Du willst doch nicht wirklich tanzen gehen?«

»Zum Teufel, ja. Wir haben ein Date.«

Emma sah Mikey an, der zustimmend nickte. Aus dieser Ecke war keine Hilfe zu erwarten.

»Jemand wird dich erkennen, Ben. Es wird sicher Ärger geben.«

»Ich habe nicht die Absicht, mich hier zwei Monate lang zu verstecken. Und es wird Zeit, dass ich meinen Namen reinwasche, meinst du nicht auch?« Er sah seinen Sohn an.

»Und auch Mikes Namen.«

»Ein dörfliches Tanzvergnügen ist nicht der Ort für öffentliche Rechtfertigung. Schon gar nicht, wenn Alkohol fließt. Morgen wird der halbe Ort trinken, und die andere Hälfte fährt die Betrunkenen nach Hause und bringt sie zu Bett.«

»Ich werde nichts anfangen.«

»Das wirst du gar nicht müssen. Verstehst du denn

nicht? Es handelt sich um schwer arbeitende, einfache Menschen, die ein langes Gedächtnis haben, wenn ihnen Unrecht geschehen ist. Wenn nur ein Mensch dich erkennt, gibt es Zoff.«

»John LeBlanc hat mich nicht erkannt.«

Emma stand auf und tat vor ihn.

»Wayne Poulin wird es.«

Ein tiefes Grollen kam aus seiner Brust.

»Existiert dieser Bastard noch? Ich hätte gedacht, jemand hätte ihn schon vor Jahren erledigt.«

Emma blieb still.

Er sah Michael an, dann wieder sie.

»Wer … mit wem ist Kelly davongelaufen?«, fragte er in plötzlich gedämpftem Ton.

»Ich habe gedacht, sie wäre in Poulin verliebt.« Er warf wieder einen Blick in Michaels Richtung.

»Das hat sie mir zumindest gesagt … an jenem Tag.«

Emma ging zurück und räumte den Tisch ab.

»Wir wissen es nicht. Wayne hat behauptet, es wäre ein Bursche gewesen, mit dem sie sich öfter in Bangor getroffen hatte.« Emma zog die Schultern hoch.

»Gut möglich. Sie war oft genug zum Shoppen dort.«

Sie nahm Mikeys Pie, den er nicht angerührt hatte.

»Kelly und Wayne haben sich mehr gestritten, als dass sie sich geliebt haben. Wayne wurde rasend eifersüchtig, wenn Kelly einen anderen Mann auch nur angesehen hat. Wahrscheinlich hatte sie diese Hochs und Tiefs satt und ist mit dem Erstbesten durchgebrannt, der ihr einen Ausweg geboten hat.«

Michael schob seinen Stuhl zurück und stand auf.

»Sei froh, Dad«, sagte er zu Ben.

»Ich hätte all die Jahre bei Wayne Poulin leben müssen, wenn Kelly ihn geheiratet hätte.« Der Junge verzog das Gesicht und schauderte übertrieben zusammen.

»Nur Gottes Güte und meine verängstigte Mutter haben verhindert, dass ich sein Stiefsohn wurde.«

Ben stieß einen müden Seufzer aus.

»Was für ein Durcheinander.«

»Die Dinge wenden sich von allein zum Guten«, sagte Michael.

»Blick niemals zurück. Konzentriere dich auf die Gegenwart. Und auf die Zukunft. Ich hatte eine schöne Kindheit; ich wurde geliebt und behütet und hatte bislang ein erfülltes Leben.« Er sah seinen Vater mit breitem Grinsen an.

»Und vor mir liegt noch ein langes Leben. Es wird ein wundervolles Abenteuer. Du hast keinen Grund, etwas zu bedauern. Wärst du vor sechzehn Jahren nicht hergekommen, würde ich nicht existieren.«

Mit einem leichten Stoß gegen den Arm seines Vaters ging Michael aus der Küche, nicht ohne Emma zuzublinzeln.

Er hinterließ nachdenkliches Schweigen. Emma rührte sich nicht. Ben auch nicht.

»Er hat recht, Ben«, sagte sie in die Stille hinein.

»Insgeheim habe ich dir für Michael die ganzen fünfzehn Jahre gedankt.«

»Ich wünschte … ich bedaure, dass ich diese Jahre

versäumt habe«, sagte er, noch immer mit dem Rücken zu ihr.

»Ich hätte ihn gern gekannt.«

»Das lässt sich nachholen.«

Schließlich drehte Ben sich um, und Emma sah, dass sich eine Vielzahl von Emotionen in seiner Miene abzeichnete. Neugierde war es schließlich, die ihn zu der Frage bewog:

»Wo ist Kelly jetzt? Hat sie jemals den Kontakt mit Mike gesucht?«

Emma schüttelte den Kopf und machte sich wieder daran, den Tisch abzuräumen.

»Ich hatte Mikey über das Wochenende mit nach Portland genommen«, erklärte sie.

»Als wir wieder nach Hause kamen, habe ich nur eine Nachricht vorgefunden, die besagte, dass sie eine Weile fortmüsste. Sie wollte anrufen, wenn sie sich niedergelassen hätte und würde Mikey nachkommen lassen.« Sie sah ihn an.

»Das alles hat sie nie getan.«

Bens Miene blieb undurchdringlich.

Emma brachte das Geschirr zur Spüle, ehe sie sich wieder ihm zuwandte.

»Wayne Poulin behauptet, Kelly hätte ihm einige Male im Laufe der Jahre geschrieben, aber ich weiß nicht, ob man ihm glauben kann. Er war immer ein lauter Angeber, zumal wenn er getrunken hatte. So behauptet er immer noch, sie würde zu ihm zurückkehren.« Emma schüttelte den Kopf.

»Nach all den Jahren versucht er noch immer, sein Gesicht zu wahren. Er tut mir richtig leid.«

»Warum hat Kelly Wayne nicht geheiratet? Zu mir hat sie damals gesagt, sie hätte diese Absicht.« Er schnaubte.

»Offenbar war ich nur jemand zum Zeitvertreib, da ihr *richtiger* Freund den Sommer über in einem Holzfällercamp in Kanada gearbeitet hat. Als er nach Hause kam, ist sie sofort wieder zu ihm zurückgerannt. Es hat eine Woche gedauert, bis ich sie allein sehen und sie bitten konnte, mit mir nach New York zu gehen.«

»Ich glaube nicht, dass sie zu Wayne *zurückgelaufen ist*, ebenso wenig, wie sie von dir *weggelaufen ist.*«

Ben erstarrte.

»Was meinst du damit?«

»Kelly hatte Angst vor dir, Ben. Du warst so gebildet und weltgewandt und wolltest mit so großer Leidenschaft den Bau des Dammes verhindern. Ich glaube, Kelly hat befürchtet, von dir völlig überwältigt zu werden, wenn sie sich in dich verlieben würde.«

»Das hat sie zu dir gesagt?«

»Mehr oder weniger. Ich wollte sie mehrmals während ihrer Schwangerschaft überreden, sie sollte dir schreiben, sie aber hat befürchtet, du würdest darauf bestehen, dass sie und das Baby nach New York ziehen. Schlimmer noch, dass du um das Sorgerecht kämpfen würdest.« Emma ging zu ihm und berührte seinen Arm.

»Ben, sie war achtzehn und voller Angst. Und wir hatten eben unseren Vater verloren. Wir waren beide total verstört. Deshalb haben wir das Versicherungsgeld genommen, das das Sägewerk uns bei Dads Tod ausgezahlt hat, Medicine Creek Camps gekauft und uns aneinandergeklammert.«

»Sie war neunzehn und du erst fünfzehn.«

»Wir bekamen viel Hilfe von Freunden. Und Kelly war alt genug, um als mein Vormund eingesetzt zu werden – dank der Fürsprache der Leute im Ort.«

»Du hast noch immer nicht gesagt, warum Kelly Poulin nicht geheiratet hat.«

»Das war das einzig Vernünftige, das Kelly jemals getan hat. Wayne hat getobt, als er entdeckte, dass sie schwanger war. Da wusste sie, dass er das Kind nie akzeptieren würde.« Sie ging daran, die Töpfe zu spülen. »Wayne ist damals im Herbst aufs College gegangen, und als er im Frühjahr darauf zurückkam, war Michael geboren. In den nächsten fünf Jahren sind Kelly und Wayne miteinander gegangen und haben sich mindestens ein Dutzend Male getrennt. Bis sie sich plötzlich in Luft aufgelöst hat.«

Sie sprach nicht weiter, und wieder senkte sich Stille über die Küche, die nur vom Geräusch klappernder Töpfe gestört wurde, die geschrubbt wurden. An dem Tag, als Kelly verschwunden war, hatte Emma ihre kindliche Schwärmerei für Benjamin Sinclair überwunden, da sie ihm die ganze Schuld an der verdammten Katastrophe zuschob. Anstatt zu bleiben und um Kellys Liebe zu kämpfen, hatte er sie alle im Stich gelassen, und Kelly war nur seinem Beispiel gefolgt.

Und an jenem längst vergangenen Abend war Emma klar geworden, dass sie sich letzten Endes nur auf sich selbst verlassen konnte. Sie sah den Mann ihrer Träume – und Albträume – an, der nun aus der Hintertür ins Nichts starrte. Da wurde ihr plötzlich klar, dass sie sich die letzten zehn Jahre unwissentlich an ihre Hoffnungen geklammert hatte. Ben war gekommen, um seinen Sohn zu holen, als er von dessen Existenz erfahren hatte, und er war noch eindrucksvoller geworden, als ihre Teenagerfantasie es ihr vorgegaukelt hatte.

Aber es war zu spät für sie. Sie hatte zu lange gekämpft und zu hart gearbeitet, um ihr Herz irgendwelchen Gefahren auszusetzen.

»Du solltest Mikey morgen nach Bangor zu einem Hockeyspiel der Uni mitnehmen. Das würde ihm sicher gefallen.«

Er drehte sich um. Eine Regung, die nicht zu deuten war, verdunkelte seine Augen.

»Morgen Abend?«

»Ja. Die Hockeymannschaft ist toll.«

»Das würde aber bedeuten, dass wir beide den Tanz in der Stadt versäumen.«

»Ja, vermutlich. Aber ich hätte Verständnis dafür.«

Als er auf sie zuging, erinnerte er an einen Kater auf Beutezug. Emma wich vorsichtig einen Schritt zurück und hielt einen Topfdeckel wie ein Schild vor sich.

Er packte sie an den Schultern und starrte sie nur an. Seine Hände waren warm und fest, seine Nähe war überwältigend.

»Hast du Angst, mit mir gesehen zu werden? Ist es das? Hast du Angst, mit dem Mann auszugehen, von dem du glaubst, er hätte deinen Vater getötet?«

Emma schnaubte und machte sich los. Sie kniff die Augen zusammen und stützte die Hände in die Hüften.

»Für einen intelligenten Menschen kannst du zuweilen recht schwer von Begriff sein. Du würdest nicht hier stehen, wenn ich der Meinung wäre, du hättest meinen Vater getötet.« Sie zeigte auf ihn.

»Dein einziger Fehler war es, kampflos von meiner Schwester fortzugehen.«

Sie sah, dass er zusammenzuckte, und fuhr fort:

»Ben, es sieht aus, als würde dein Verstand aussetzen, wenn du in diese Gegend kommst. Vor sechzehn Jahren war Mikey das Resultat. Diesmal könntest du einen Rundumschlag starten. Die Kahlschlag-Kontroverse zieht viel weitere Kreise als der Dammbau. Arbeitsplätze sehen auf dem Spiel, es betrifft viel mehr verzweifelte Menschen. Dazu kommt die Frage *meiner* Gefühle. Ich habe nicht die Absicht, nur deiner Unterhaltung zu dienen. Ich werde nicht mit dir tanzen, und ich hüpfe nicht in dein Bett, nur um dann erleben zu müssen, dass du wieder verschwindest und diesmal Mikey mitnimmst. Verstanden?«

Er zwang sie einen Schritt zurück.

»Nichts an meiner Anwesenheit hier ist unterhaltsam. Das ist die schwierigste Reise, die ich je unternommen habe. Und die wichtigste.« Emma sah ihn böse an, er aber lächelte nur.

»Danke für den Brief.«

»Der verdammte Brief kam nicht von mir!«

Er sprach weiter, als hätte sie nichts gesagt.

»Er kam zwar ein wenig verspätet, ich bin aber trotzdem dankbar.«

»Ich habe den verdammten Brief nicht geschickt«, wiederholte sie zähneknirschend.

Er umfasste ihre Schultern und küsste ihre Nasenspitze.

»Ich verzeihe dir, dass du so lange gewartet hast, weil ich es verstehen kann. Und keine Angst. Ich werde auf Mike in diesem Waldnutzungskampf aufpassen. Bei mir ist er sicher.«

Sie machte sich los und stürzte zum großen Zimmer. Als er ihren Namen rief, blieb sie stehen und drehte sich um.

»Was?«

»Es gibt noch einen Punkt, in dem du dich irrst.«

»Und der wäre?«

»Wenn ich dich in mein Bett kriege, wird Unterhaltung das Letzte sein, was ich im Sinn habe.«

Just in diesem Moment fing das Geschirr im Schrank zu klirren an, der Boden vibrierte. Emma wusste, dass es wieder nur eines der vielen kleinen Beben war, die sie in den letzten Monaten erlebt hatten, doch hatte sie plötzlich Angst, Ben hätte sogar die Naturkräfte aufgeboten, um seine Macht zu beweisen.

Sie suchte in ihrem Schlafzimmer Schutz.

9

Wenn Emma hin und wieder das Gefühl hatte, von ihrer Umgebung eingeengt zu werden und den Drang verspürte zu entfliehen, wanderte sie ein Teilstück des Appalachian Trail bis zum Mount Katahdin, und mit jedem Schritt, den sie tiefer in die Wildnis eindrang, wurde die Perspektive der Dinge wieder ein Stück zurechtgerückt. Das Ersteigen von Bergen und das Durchwaten von Wasserläufen riefen Emma verlässlich in Erinnerung, dass ein einzelnes Leben im größeren Zusammenhang des Universums unbedeutend war und dass die Probleme, mit denen sie es meist zu tun hatte, mit den Augen von Mutter Natur betrachtet ganz klein wurden.

Wandern würde ihr aber heute nicht helfen, deshalb unternahm sie stattdessen eine Shopping-Tour.

Sie flog hinunter nach Bangor, landete auf dem Pushaw Lake und erbettelte sich von jemandem im Wasserflughafen einen Wagen. Sodann bummelte sie den ganzen Morgen auf der Einkaufsstraße dahin, labte sich an Fastfood und probierte Schuhe an, die ihren Füßen Qualen bereiteten. Und zum ersten Mal seit über zehn Jahren betrat Emma einen Laden für Wohnungsausstattung und erstand dekorative Haushaltstücher.

Schließlich steuerte sie eine Boutique an. Nach über einer Stunde und mehr Mut, als sie sich zugetraut hatte, fiel ihre Wahl auf ein Kleid, das sie nach dem bevorstehenden Abend wohl verbrennen würde.

Auf dem gesamten Heimflug lag die Tüte aus der Boutique neben ihr. Die Verkäuferin und sogar einige Kundinnen hatten ihr zugeredet, das Kleid zu kaufen, und nun drohte ihr Mut sie zu verlassen, je näher ihr Flugziel rückte. Was hatte sie sich eigentlich dabei gedacht? Beherrschte plötzlich eine sextolle Fee ihren Verstand? Sie konnte das verdammte Kleid niemals in der Öffentlichkeit tragen.

Sie würde es vor dem heutigen Abend verbrennen müssen.

Emma vollführte mit der Maschine eine Schrägkurve und brach ihren Anflug auf Medicine Creek Camps ab, um längs des Sees zurückzufliegen. Es war Zeit für einen Besuch bei Greta.

»Sieh mal einer an, was mein Kater angeschleppt hat.«

»Der arme alte Kerl könnte keine Grille fangen. Ich habe ihn hereingebracht.«

»Jetzt hast du deine gute Tat für den Tag vollbracht und kannst mit mir Tee trinken, Emma Jean. Ich habe eben einen Karottenkuchen fertig.«

»Kein Wunder, dass Wayne Poulin und Sheriff Ramsey in letzter Zeit so rund geworden sind. Du fütterst sie zu gut, Greta.«

Greta LaVoie tat dies mit einer Handbewegung ab

und bot Emma einen Platz an. Die zierliche Frau hob den Kessel vom Herd und ließ ihn mit Wasser volllaufen. Mit Bewegungen, die ihre fünfundsiebzig Jahre Lügen straften, eilte sie an ihren Geschirrschrank und stellte Teegeschirr auf ein Tablett.

Emma tat, wie ihr geheißen. Sie platzierte ihre Tüten auf dem Boden neben sich, saß in behaglicher Stille da und wartete, dass die einzige Mutterfigur, die sie je gekannt hatte, sie bemutterte. Es war genau das, was sie brauchte. In dieser abgewohnten alten Pension war Emma immer wie eine Prinzessin behandelt worden. Greta hatte Emma liebkost und verwöhnt, seit sie sechs war. Zerschundene Knie, gebrochene Herzen und den einen oder anderen Biss eines Eichhörnchens waren hier von einer Frau kuriert worden, die sich in vierundzwanzig Jahren nicht verändert hatte. Zeitlos und konstant wie der Medicine Lake selbst war Greta LaVoie Emmas Zuflucht gewesen.

Zuneigung und Fürsorge beruhten auf Gegenseitigkeit.

Sechs Jahre zuvor hatte Greta ihre Lebenspartnerin verloren und sich in ihrem Kummer auf Emma gestützt. Sable Jones war im Ort nachsichtig als Gretas Schwester akzeptiert worden, obwohl alle die Wahrheit gekannt hatten. Vor vierzig Jahren, als die zwei Frauen sich in Medicine Gore niedergelassen hatten, war gleichgeschlechtliches Zusammenleben noch kein Thema gewesen, und die beiden waren rasch Teil der eng miteinander verbundenen Dorfgemeinschaft geworden. Die zwei Frauen hatten dieses alte Haus gekauft und eine Pension eröffnet, in der meist ledige Holzarbeiter wohnten, die bekocht und betreut werden wollten. Nach Sable Jones' Ableben war der ganze Ort zu ihrer Beerdigung gekommen und hatte den Verlust betrauert.

»Na, wie geht's draußen in Medicine Creek?«, erkundigte sich Greta, als sie zwei große Kuchenstücke abschnitt und sie aufs Tablett tat.

»Gut. Greta, ist dir je aufgefallen, dass Wayne Poulin Post von auswärts bekommen hat?«

Wayne wohnte schon fast fünfzehn Jahre lang bei Greta, und Emma hatte sich über Wayne und Kelly und Bens Brief Gedanken gemacht.

»Sicher. Er bekommt viel Post von auswärts. Er steht mit Forstexperten aus der ganzen Welt in Verbindung. Warum?«

»Ist dir zufällig aufgefallen, ob er jemals Post von ... Kelly bekommen hat?«

Greta, die mit dem Geschirr beschäftigt war, hielt inne und sah Emma an. Kummer zerfurchte ihr altes Gesicht.

»Nein, Kind. Ich weiß, dass er gesagt hat, Kelly hätte ihm geschrieben, aber ich habe keinen Brief gesehen.«

Emma zog die Schultern hoch.

»Ich dachte ja nur.«

Greta trat zu Emma und legte ihr eine Hand auf die Schulter.

»Kelly hätte *dir* geschrieben und nicht Wayne. Ich

glaube nichts von dem, was er von ihr gesagt hat. Er war außer sich, als sie gegangen ist, und er erzählt noch immer herum, sie würde zu ihm zurückkehren. Es ist sein Stolz, der ihn so reden lässt, Emma Jean.«

Emma nickte zustimmend.

»Das habe ich mir gedacht. Aber ich habe ja nur gefragt.«

»Ach, Einkäufe, wie ich sehe«, sagte Greta, als sie mit dem Fuß an eine von Emmas Tüten stieß.

»Was hast du Schönes gefunden?«

Mit großer Geste nahm Emma eine der Tüten und stellte sie auf den Tisch.

»Wann war ich je in Bangor und habe dir nichts mitgebracht?« Sie griff in die Tüte und ließ ihre Hand dort.

»Spaß beiseite, Emma Jean. Für Foppereien bin ich zu alt.«

Emma zog ihre Hand mit betrübter Miene heraus.

»Dann bist du vermutlich auch zu alt für mein Geschenk. Ich muss es wohl Mikey geben.«

Greta setzte sich und griff nach der Tüte.

»Dieser ausgewachsene Junge bekommt mein Geschenk nicht«, schalt sie und griff hinein. Mit einem Freudenschrei zog sie ihre Hand mit einem Buch wieder heraus.

»Der neueste Stephen King! Junge, Junge. Heute Nacht werde ich mich zu Tode fürchten!«

Emma schüttelte den Kopf.

»Ich weiß nicht, wie du in diesem knarrenden alten

Haus schlafen kannst, nachdem du dieses Zeug gelesen hast.«

Das Buch an die Brust gedrückt, grinste Greta von einem Ohr zum anderen.

»Weißt du, ich bin ihm einmal begegnet.«

Sie hatte diese Geschichte schon unzählige Male zu hören bekommen, aber Emma antwortete pflichtgemäß:

»Wirklich?«

»Sable und ich haben in dem Buchladen im Zentrum von Bangor gestöbert. Du weißt ja, in dem, der alle seine Bücher führt. Und er war da! Er hat eines für mich und eines für Sable signiert.« Greta glühte richtig, und ihre Augen glänzten, als sie Emma wichtigtuerisch anvertraute:

»Ein ganz normaler Mensch. Keine Allüren. Er ist durch den Ort spaziert wie alle anderen.«

Emma griff nach der Teekanne, um einen gottergebenen Blick zur Decke zu vermeiden.

»Ich konnte eine Woche lang nicht schlafen, nachdem ich das Buch gelesen habe, das du mir geborgt hattest.«

Greta griff zurück in ihre Tasche und stieß auf den Rest ihrer Überraschung – Leinentücher mit Elchmuster.

»Ach, Emma Jean, das war doch nicht nötig.«

Emma hatte die Tücher eigentlich behalten wollen, doch auf dem Heimflug hatte sie sich energisch ermahnt und sich gesagt, dass man alte Träume lieber für immer ruhen lassen sollte.

»Ach, Em, sie sind wunderschön. Aber viel zu hübsch, um verwendet zu werden.«

»Du könntest deine Hefeteige damit abdecken«, schlug Emma vor, »oder sie einfach in der Küche als Dekoration aufhängen.«

Greta legte die Tücher auf den Tisch und schlug leicht darauf, als sie sich vorbeugte und die zweite Tüte auf dem Boden ins Auge fasste.

»Und was ist da drinnen?«, fragte sie mit hochgezogenen Brauen.

Emma hob die glänzende schwarze Plastiktüte hoch und stellte sie auf ihren Schoß.

»Ach ja, ich habe mir ein Kleid besorgt. Für den Tanz heute Abend.«

Stille breitete sich in dem Raum aus, und Emma blickte schließlich auf und sah, dass Greta sie völlig verblüfft anstarrte.

Dann forderte die alte Frau Emma mit einer Handbewegung auf, ihr das Kleid zu zeigen.

»Nach deiner Gesichtsfarbe zu schließen, Missy, würde ich sagen, dass dieses Kleid nicht deinem üblichen Stil entspricht.« Sie legte den Kopf schräg.

»Oder ist es dein Date, das dich erröten lässt?«

Nun erst verdrehte Emma die Augen. Es war Verlass darauf, dass Greta immer ins Schwarze traf.

»Mikey hat dich besucht.«

»Mit einer erstaunlichen Geschichte von einem lange verlorenen Vater«, bestätigte Greta mit einem Nicken.

»Er ist aufgeregter als eine Katze, die in einem Mauseloch steckt.« Sie griff nach der Teekanne und goss sich eine Tasse ein.

»Los, Emma Jean«, fuhr sie fort, »zeig mir das Kleid.«

»Ich … ich werde es nicht tragen. Ich weiß gar nicht, was in mich gefahren ist, als ich es gekauft habe.«

»Ein gut aussehender Mann ist in dich gefahren, wenn mir Benjamin Sinclair richtig in Erinnerung geblieben ist.« Sie bedeckte ihre Wangen mit zerbrechlichen Händen.

»Herrgott, was war der Junge hübsch.«

»Er ist kein Junge mehr, Greta. Er ist dreißig Zentimeter größer und fast einen halben Meter breiter, und er hat einen Bart, um den jeder Waldschrat ihn beneiden könnte.«

»Zeigst du mir jetzt das Kleid, oder soll es total zerknittert werden?«

Endlich öffnete Emma die Tüte und zog langsam ihr neu erworbenes rotes Etuikleid heraus.

»Ach du meine Güte!«

Entschlossen zu zeigen, wie albern sie war, hielt Emma das Kleid an ihre Brust. Es war unten kurz und oben ebenso. Im Rücken tief ausgeschnitten, wurde es von zwei schmalen Trägern gehalten.

»Steh auf und zeig es mir«, forderte Greta sie mit einer Handbewegung auf und erhob sich selbst.

»O Gott, auf diesen Anblick habe ich seit Jahren gewartet.«

»Was?«

Sie ging um den Tisch herum und hielt das Kleid auf Emmas Schulterhöhe. Dann schüttelte sie lächelnd den Kopf. Emma starrte die Frau an, die ihr bis ans Kinn reichte, und stieß eine leise Verwünschung aus, als sie den Glanz in den Augen ihrer Freundin sah.

»Vierundzwanzig Jahre habe ich gewartet, dass du zur Besinnung kommst, Emma Jean. Das bist du. Dein wirkliches Ich. Dieses Kleid wurde für deine Schönheit geschaffen.«

Emma setzte sich wieder.

»Ich war vorübergehend geistig gestört, als ich es gekauft habe. Das bin nicht ich. Ich bin Flanell und Denim und Wanderstiefel.«

Greta griff in die Tasche und zog die dazu passenden Schuhe heraus.

»Der Absatz könnte höher sein«, sagte sie seufzend.

»Aber ich vermute, dass du dir mit noch verführerischen Schuhen den Hals brechen würdest.«

»Ich werde das Kleid nicht tragen, Greta.«

»Natürlich wirst du es tragen, Kind. Und du wirst dein Haar schön und weiblich hochstecken. Dazu trägst du die Perlen deiner Mutter.«

Emma sah sie entsetzt an.

»Man wird mich so auslachen, dass ich den Tanzsaal fluchtartig verlassen werde.«

»Ach, Unsinn. Es wird Zeit, dass die Männer aus der Gegend endlich aufwachen.« Greta legte das Kleid über einen Stuhl und setzte sich.

»Es wird Zeit, dass *du* aufwachst.«

»Ich werde aussehen, als versuchte ich ... Eindruck auf die Leute zu machen.«

»Nicht auf die Leute, Emma Jean. Nur auf einen Mann.«

»Ben möchte ich ganz sicher nicht beeindrucken.« Sie stellte die Tasse hin, dass es klirrte.

»Hast du alles vergessen, was er gemacht hat?«

Greta starrte sie an.

»Und was genau hat er gemacht?«

»Er hat meiner Schwester ein Kind gemacht und sie verlassen.«

»Hat er das? Laut Michael hat Ben Sinclair ein ratloses und kein schwangeres junges Mädchen verlassen. Emma, er wusste es nicht. Das ergibt nach meiner Ansicht einen riesengroßen Unterschied.«

»Man munkelt, dass er den Damm in die Luft gejagt hat.«

Die einzige Reaktion, die Emma auf diese unwürdige Bemerkung erntete, war ein missbilligender Blick.

»Er wird Ärger machen, Greta, Und er wird Mikey mitnehmen.«

»Vielleicht aber nicht.« Die alte Frau lächelte.

»Wenn er dich erst in diesem Kleid sieht.«

»Greta!«

»Ach, iss deinen Kuchen auf, Emma Jean.«

Emma griff nach ihrer Gabel und stach kräftig in das große Kuchenstück. Sie hatte das Dessert auf halbe Höhe zu ihrem Mund gebracht, als die Hintertür zuschlug und Mikey eintrat.

»Ich bin da, Tante Greta. Was gibt es Gutes?«, brüllte er durch das ganze Haus.

»Ach, hi, Nem. Schon zurück von deiner Einkaufsfahrt?«

»Das ist keine Art, so hereinzuplatzen, ohne die Füße abzutreten«, sagte Emma.

Mit der Lässigkeit eines Teenagers machte er eine Show daraus, die Schuhe auf der Fußmatte abzutreten, ehe er zum Tisch schlenderte und begutachtete, was darauf lag. Er zog einen Stuhl heran, hielt aber inne, als seine Hand auf dem Kleid landete.

»Was ist denn das?« Er hielt es in die Höhe. Er blickte von Greta zu Emma, dann zurück zu Emma und stieß einen leisen Pfiff aus.

»Donnerwetter! Tante Greta, du willst heute wohl eine richtige Show abziehen?«

Er zwinkerte ihr zu, als er das Kleid an den Trägern in die Höhe hielt und es wieder prüfend ansah.

»Greta, ist es für dieses Outfit nicht zu kalt?«

Emma entriss ihm das Kleid und stopfte es zurück in die Tüte.

»Gutes Argument, Mikey. Es ist entschieden zu kalt dafür.«

»Michael, das ist das Kleid deiner Tante. Und ich borge ihr einen hübschen goldenen Schal, den sie um die Schultern legen kann.«

Einen flüchtigen Augenblick schien Mikey richtig schockiert. Und dann starrte er sie nur an. Schließlich nickte er.

»Nimm den Schal, Nem. Und achte darauf, dass die Träger nicht verrutschen.«

Emma stand auf.

»Hier. Du kannst meinen Kuchen haben. Ich fahre nach Hause.«

»Noch nicht, Emma Jean. Du musst für mich Wäsche hinauf in Waynes Zimmer tragen«, sagte Greta, die aufstand und ihr den Weg vertrat. Fragend blickte sie zu Emma auf.

»Es macht dir doch nichts aus, oder?«

»Das kann Mikey machen.«

»Nein. Er muss den Henry J. herausholen. Er fährt mich zu einem Arzttermin nach Greenville.«

Emma sah Mikey mit vielsagend hochgezogener Braue an, er war aber intensiv damit beschäftigt, sich mit Kuchen vollzustopfen, und erwiderte den Blick nicht. Mit vollem Mund konnte er nur nicken und weiterschaufeln.

»Wayne Poulin ist fünfunddreißig. Er sollte seine Wäsche selbst machen.«

»Da ist sein Zimmerschlüssel. Sei so gut und lege die Sachen in seine Schubfächer.«

»Soll ich bei dieser Gelegenheit auch seine Socken sortieren?«, fragte Emma gedehnt.

Greta schob ihr den Korb hin.

»Das wäre nett. Und wenn du schon oben bist, könntest du ein wenig Staub wischen.«

Emmas Blick sprach Bände.

»Ach, und achte darauf, dass du nicht den Schlüssel

hinunterschubst, den er hinter dem Bild auf der Kommode versteckt. Es ist der Schlüssel für seinen Schreibtisch. Den staube ich nicht ab. Dort bewahrt er seine Privatpapiere auf«, sagte Greta und warf einen kleinen Schlüsselring in die Wäsche.

»Und wenn du schon oben bist … der goldene Schal hängt zusammengefaltet über einem Bügel in meinem Schrank. Nimm ihn mit. Und trag ihn heute zu deinem Kleid. Das ist ein Befehl, Emma Jean.«

Emma ging hinauf in Waynes Zimmer und stellte den Korb im Flur ab. Sie probierte drei Schlüssel aus, ehe sie den richtigen fand. Insgeheim schalt sie sich für das, was sie zu tun im Begriff stand, öffnete aber dennoch entschlossen die Tür und betrat Waynes privates Reich.

Emma stellte den Korb auf das Bett und sah sich um, wobei sie sich fragte, ob sie Wayne in einer ähnlich misslichen Situation auch so rasch zu Hilfe gekommen wäre wie Ben. Sie seufzte. Nicht sehr wahrscheinlich. Wayne Poulin war für sie nie Objekt einer Teenagerschwärmerei gewesen. An jenem ersten Abend, als er Kelly abgeholt hatte, hatte sie ihn taxiert. Und was sie gesehen hatte, hatte ihr nicht gefallen, und es gefiel ihr auch jetzt nicht.

Wayne hatte etwas Berechnendes an sich. Seine kleinen braunen Knopfaugen störten in dem recht angenehmen Gesicht. Er war nicht groß, hatte glattes braunes Haar und wirkte sehr durchtrainiert. Da er als Holzfachmann für eine der großen Papierfabriken im Norden tätig war, verbrachte er die meiste Zeit im

Wald. Alles in allem erinnerte er Emma an einen Pitbull.

Waynes Zimmer war typisch für einen Mann, der seit fünfzehn Jahren in einer Pension wohnte. Überall lagen Bücher, Magazine und Ausrüstungsteile verstreut herum. An einer Wand stand ein Gewehrständer mit einer Flinte, zwei Schnellfeuergewehren und einem Verbundbogen.

Der Schlüsselring schnitt in ihre Hand ein, und Emma merkte, dass sie ihn krampfhaft umklammerte. Nun, sie war da, Wayne nicht, und sie wusste, wo sich der Schlüssel zu seinem Schreibtisch befand. Sie wollte nach Kellys Briefen suchen.

Als sie hörte, dass ein Garagentor geöffnet wurde, warf sie einen Blick aus dem Fenster. Vorsichtig rückwärtsfahrend manövrierte Mikey Gretas klassischen 1956er Henry J. heraus. Emma schüttelte den Kopf. Der Wagen war Gretas und Mikeys ganzer Stolz, und er war der Einzige, dem sie ihn überließ. Seit zwei Jahren fuhr Mikey Greta zu Terminen, zum Lebensmittelladen und zur Bibliothek von Greenville.

Einmal hatte ein Polizist sie aufgehalten, und es hatte einen Riesenwirbel gegeben, weil ein Dreizehnjähriger am Steuer gesessen hatte. Da aber Amos Ramsey Bezirkssheriff und Gretas Mieter war, hatten alle Polizisten sich nach einer Woche verbrannter Mahlzeiten und vor Schmutz starrenden Bettzeugs, blind gestellt, wenn Mikey den Henry J. auf den Nebenstraßen des Bezirkes lenkte.

Greta und Mikey fuhren aus der Einfahrt hinaus, und auf das Haus senkte sich gespenstische Stille. Emma fand sofort den Schlüssel hinter dem Bild auf der Kommode, genau dort, wo Greta es beschrieben hatte. Sie wandte sich wieder Waynes Schreibtisch zu. Es war ein altes, blitzblankes Stück mit Rolldeckel – was nur bedeuten konnte, dass Greta Emma zum Schnüffeln geradezu ermuntert hatte.

Was ihrer Absicht entsprach. Selbst wenn sie Kellys Briefe nicht finden konnte, würde sie sehen, welches Briefpapier Wayne verwendete. Dann würde sie Ben fragen, wie sein Brief ausgesehen hatte. Vielleicht war Wayne derjenige, der Ben hergelockt hatte. Emma traute es ihm durchaus zu; er war so verbittert, dass er gewillt war, ihnen so viel Ärger und Verdruss wie nur möglich zu bereiten. Vielleicht glaubte er sogar, Kelly würde auch kommen, wenn sie entdeckte, dass Ben gekommen war.

Ja, das ergab einen Sinn. Wayne war über Kellys Verschwinden nie hinweggekommen. Zuerst hatte es ihm mitleidige Blicke der Leute eingetragen, im Laufe der Jahre war man dazu übergegangen, über ihn zu lachen. Nach zehn Jahren wirkte er eher wie ein armer Narr und nicht wie ein von Sehnsucht verzehrter Liebhaber.

Wayne gab Ben die Schuld an der ganzen Katastrophe. Und es war Wayne gewesen, der angedeutet hatte, dass Ben und seine Gruppe von Umweltschützern den Damm gesprengt und ihren Dad getötet hätten.

Der alte Schreibtisch ächzte, als sie das Rolltop hochschob. Das Innere war viel ordentlicher als das ganze

Zimmer, richtig aufgeräumt. Es sah aus, als wäre Wayne nur an dieser Stelle professionell vorgegangen. Seine Lohnschecks steckten feinsäuberlich geordnet in einem der kleinen Fächer.

Sie entdeckte Briefpapier und Umschläge und stibitzte je ein Exemplar. Dann suchte sie alle Schubfächer ab, bis in den hintersten Winkel, konnte jedoch keinen Brief von Kelly finden. Aber unter dem Löschpapier erspähte sie in hastiger, grober Schrift ein paar Ziffern. Emma studierte sie und kam zu der Erkenntnis, dass es Längen- und Breitengrad-Koordinaten waren. Keine Planskizze mit parallelen Linien und genauen Angaben wie für einen Abholzungsplan für Waynes Firma, sondern eine einzige, ganz spezielle Stelle.

Diese Angaben konnten alles Mögliche bedeuten. Mit einem GPS konnte Wayne jeden Punkt für späteren Gebrauch markieren, den er im Wald ausgewählt hatte. Die Koordinaten konnten der Ausgangspunkt für Holzvermessungen sein. Es konnte ein Holzfällercamp sein. Oder eine Quelle, die er entdeckt hatte. Sie steckte das Papier wieder unter den Löschbogen und blickte sich seufzend in dem Raum nach einer Stelle um, die für ein Versteck der Briefe in Frage kam.

Emma wollte eben den Rolldeckel schließen, als sie die Ecke des Papierbogens unter dem Löschpapier hervorlugen sah. Sie schob sie hinein, um keine Spur ihrer Schnüffelei zu hinterlassen, konnte aber aus irgendeinem Grund ihre Aufmerksamkeit davon nicht losreißen. Die Koordinaten hatten ihre Neugierde geweckt.

Sie hatte ein GPS in der Cessna, daneben auch noch ein Handgerät, und sie kannte die genauen Koordinaten von Medicine Creek Camps. Diese Angaben hier zeigten einen Punkt nordwestlich ihres Camps, keinen Tagesmarsch entfernt.

Sie wusste auch, dass es in dieser Richtung nichts gab. Dort war seit fast vierzig Jahren kein Holz mehr gefällt worden.

Sie zog das gestohlene Blatt Briefpapier heraus und notierte rasch die Koordinaten. Dann schob sie den Zettel wieder unter das Löschpapier, schloss den Deckel und versperrte ihn. Sie nahm die Wäsche aus dem Korb und legte die Sachen auf Waynes Bett, anstatt sie in seiner Kommode zu verstauen. Sollte doch der Kerl seine Socken selbst sortieren.

Sie wollte nach Hause, sich ein langes, entspanntes Bad gönnen und sich für einen Abend mit sicherem katastrophalem Ausgang anziehen.

»Was machst du da? Wir kommen zu spät.«

Emma blickte mit gerunzelter Stirn zu Ben auf.

»Ich beschaffe Sprengstoff für den bevorstehenden Kampf mit Mikey. Das hier ist ein Wild-Zeitnehmer. Hier. Nimm diese Schnur und mach sie dort drüben an dem Verandapfosten fest.«

»Was zum Teufel ist ein Wild-Zeitnehmer?«

Emma richtete sich auf und achtete darauf, dass ihr Mantel bis zum Kinn zugeknöpft war.

»Eine Uhr mit einer Schnur daran. Diese Schnur

spannt man über einen Wildwechsel und schaltet die Uhr ein. Kommt ein Stück Wild des Weges, berührt es die Schnur und stoppt die Uhr. Auf diese Weise stellt man fest, wann das Wild dieses spezielle Gebiet aufsucht. Die meisten Tiere sind Gewohnheitstiere.«

»Und wir stellen die Vorrichtung auf deiner Veranda auf … warum?«

»Damit ich genau weiß, wann *dein* Sohn nach Hause kommt. Das liefert mir die Munition, um ihn einer Lüge zu überführen.«

»Warum sollte Mike dich anlügen?«

»Eine neue Angewohnheit, seitdem sein Vater ihm geraten hat, auszugehen und sich ein wenig zu amüsieren.«

»Aber Em, du weißt doch, dass ich damit richtiggelegen habe.«

»Ich weiß, dass es nicht ungefährlich ist, einen überintelligenten Halbwüchsigen auf die Gesellschaft loszulassen. Sheriff Ramsey ist gestern vorbeigekommen und hat mich darauf aufmerksam gemacht, dass Michael in der Stadt mit einer fragwürdigen Gruppe Jugendlicher gesichtet wurde.«

»Wie fragwürdig können Jugendliche in Medicine Gore werden?«

»So sehr, dass sie Umweltschützer belästigen, wenn es niemand sieht. Die Eltern der meisten Jugendlichen leben auf die eine oder andere Weise vom Holz, und dieser politische Konflikt ist bis zu den Kindern durchgedrungen.«

»Mike würde nie Dummheiten machen.«

Emma hockte sich hin, um die Zeit einzustellen, und fiel fast über die Stufen, als ihre Absätze schwankten.

»Mikey ist vermutlich ihr Anführer. Ihre letzte Aktion trägt seine Handschrift.«

Ben zog sie vom Rand der Stufen weg. Er nahm die Uhr und bückte sich, um sie am Pfosten zu befestigen.

»Welcher Streich?«

Emma setzte sich neben ihn auf die oberste Stufe, stellte die Uhr ein und prüfte die Schnur. Mikey sollte sie nicht sehen, aber berühren.

»Vorgestern hat jemand um einen Pick-up der Umweltschützer herum ein Blockhaus gebaut.«

Als Ben grinste, blitzten seine Zähne weiß, und seine Augen glänzten im Mondlicht.

»Nicht schlecht. Eigentlich brillant.«

»Sehr brillant. Schlimm war nur, dass man die Holzstämme zum Wagen hin einwärts einschneiden musste, um sie zu entfernen. Und genau das ist dann auch passiert.«

»Hier in der Gegend haben viele Jugendliche Zugang zu einer Ladung Holz und einem Laster. Was lässt dich glauben, dass es Mike war?«

»Weil nur Mike klar sein konnte, wie man etwas in dieser Art anstellt, ohne gegen ein Gesetz zu verstoßen. Schließlich haben sie nicht Hand an fremdes Eigentum gelegt, sie haben nur ein Blockhaus gebaut. Es war ja nicht ihre Schuld, dass der Lastwagen beschädigt wurde. Das haben die Umweltschützer selbst gemacht, als sie versucht haben, den Pick-up zu befreien. Welches Vergehen könnte man den Jungen denn vorwerfen?«

Ben setzte sich auf der Veranda auf den Boden.

»Ja, du hast recht.« Er legte den Arm um ihre Schulter.

»Mike ist ein Genie.«

»Jagt er dir nicht zuweilen Angst ein?«

»Er ängstigt mich zu Tode«, sagte er.

Emma stützte ihr Kinn auf die Fäuste.

»Mich auch.«

»Na, du hast es recht gut überlebt.«

»Nur dank Mikeys Umsicht.«

»Ich liebe deine Beine.«

»Wie bitte?«

»Und dein Haar. Du hast es gerade richtig aufgesteckt, dass man deinen schönen Nacken und deine niedlichen kleinen Ohren sieht. Miss Sands, Sie sehen heute ganz besonders reizend aus.«

Emma schoss unter seinem Arm hervor und war schon auf halbem Weg zum Wagen, ehe er sie einholte.

»Habe ich etwas Falsches gesagt?«

»Danke.«

»Wofür?«

»Für das Kompliment.«

»Hmm. Ich glaube nicht, dass du schon viele bekommen hast. Also noch eines: Ich danke dir, dass du Mike so großartig erzogen hast. Kein Vater könnte sich einen besseren Sohn wünschen.«

Emma blieb stehen und starrte vor sich hin. Hatte sie richtig gehört? Hatte Ben ihr gedankt, weil sie Michael großgezogen hatte?

»Sag jetzt ›gern geschehen‹, Em.«

»Aber du hasst mich doch.«

Er schüttelte den Kopf.

»Nein, das tue ich nicht.« Er schob die Hände in die Hosentaschen und wippte auf den Fersen.

»Nicht mehr.«

Emma trat einen Schritt zurück. Seine Worte ließen ihr Herz ein wenig schneller schlagen.

»Ich habe Kelly gehasst, als ich den Brief gelesen hatte. Dann habe ich erfahren, dass Mike bei dir aufgewachsen war, deshalb hat sich meinen Zorn auf dich gerichtet. Aber ich kann dich nicht hassen. Du liebst ihn, Em. Und das kann ich verstehen.«

Er trat zwei Schritte näher und legte seine Hände auf ihre Schultern. Trotz Emmas Befürchtung, er würde ihr Zittern spüren, entzog sie sich ihm nicht.

»Das ist es doch, was du glaubst getan zu haben, ist es nicht so, Em? Du denkst, du hättest deine Seele verkauft, indem du mir Mike vorenthalten hast, eine Sünde, die weder ich noch Gott dir vergeben können.«

Als er die Hand hob und sanft eine Träne von ihrer Wange wischte, merkte Emma, dass sie weinte. Noch immer konnte sie sich nicht rühren.

»Ich verzeihe dir, Emma Sands, weil ich wohl ebenso gehandelt hätte.« Er hob ihr Kinn an.

»Mach dir bitte keine Sorgen, ich könnte dir Mike wegnehmen. Wirst du mir glauben, wenn ich sage, dass ich gewillt bin, ihn zu teilen?«

»Ben, ich hätte vor zehn Jahren etwas tun sollen. Ich hätte vor *fünfzehn* Jahren etwas tun sollen. Sogar damals war ich alt genug, um zu wissen, dass es nicht richtig ist, einem Vater zu verschweigen, dass er ein Kind hat. Ich würde niemandem verzeihen, der mir das angetan hätte.«

Tränen flossen über ihre Wangen.

»Ach was, Em«, brummte Ben. Er nahm sie in die Arme und wiegte sie – im dunklen Schatten der Föhren, in der Stille des kalten Herbstabends.

»*Das* ist unser Problem. Du kannst nicht glauben, dass ich verstehe, warum du Michael all die Jahre für dich behalten hast.«

»Das solltest du nicht.«

»Aber ich tue es. Weil ich deine Liebe zu ihm *fühlen* kann.«

Emma blickte auf.

»Ich kann nicht mal sagen, ich würde anders handeln, wenn ich noch eine Chance hätte. Ich weiß ehrlich nicht, ob ich die Kraft dazu hätte.«

»Du hattest die Kraft, vor einem Monat den Brief an mich abzuschicken. Warum damals?«

Emma machte sich los und ging zu Bens Wagen.

»Ich habe dir den Brief nicht geschickt. Das muss Mikey gewesen sein. Er ist zwar erst fünfzehn, aber nächsten Januar betritt er die riesige Welt des Colleges. Er braucht außer mir noch jemanden, der ihn führt, einen Vater, der ihm den Weg weist. Er braucht dich.«

»Und dich auch.«

»Nicht wirklich. Alle Küken verlassen einmal ihr Nest. Michael wird vielleicht eher flügge als die anderen, aber ich werde für ihn schon Vergangenheit. Und er möchte dich als seine Zukunft.«

»Er hatte nie die Absicht, dich hinter sich zu lassen. Weißt du das nicht auch inzwischen?«

»Ich werde immer seine Tante sein, das steht fest. Aber er braucht mehr.«

Ben öffnete die Beifahrertür und hob sie auf den Sitz. Die Hände um ihre Taille, sah er ihr in die Augen.

»Er kann uns beide haben.«

»Ich muss mein eigenes Leben überdenken. Ich beabsichtige dieses Nest gleich nach Mikey zu verlassen.«

»*Du* kannst uns beide haben, Em.«

Sie schüttelte den Kopf, drehte sich um und sah geradeaus. Der Hauch eines Seufzers erreichte sie, ehe er leise die Tür schloss. Emma starrte seinen Rücken an, als er über den See blickte und die breite, starke Silhouette seiner Schultern wie aus schwarzem Marmor gemeißelt schien.

10

»Gib mir deinen Mantel. Ich hänge ihn auf und hole uns Pappbecher. Möchtest du etwas vom Büfett?«

Emma befingerte den obersten Knopf ihres Mantels. Der Tanzabend fand im Feuerwehrhaus statt. Die Fahrzeuge hatte man herausgefahren und das ganze Gebäude dekoriert – Tische standen an den Wänden, die Beleuchtung war gedämpft, eine Band saß an der Seitenwand. Emma hatte einen Tisch weiter hinten in der Ecke gewählt, wo es hoffentlich so dunkel war, dass weder sie noch Ben erkannt wurden.

»Ich behalte ihn noch eine Weile an. Ich bin fast erfroren.«

Ihr Begleiter zog eine Braue in die Höhe.

»Was verbirgst du darunter, Emma?« Er spähte zu ihren hellroten Schuhen und den in einer hauchdünnen Strumpfhose steckenden Beinen hinunter.

»Langsam werde ich neugierig.«

Sie öffnete die mitgebrachte Kühltasche und winkte ihn weg.

»Hol lieber Becher und Eis. Ich bin noch nicht hungrig.«

Als Ben sich entfernt hatte, knöpfte sie ihren Mantel auf und warf ihn über einen Stuhl. Rasch drapierte sie

Gretas Schal um ihre Schultern und vergewisserte sich, dass sie vom Hals bis zur Taille bedeckt war.

Was war nur in sie gefahren, dass sie dieses Kleid angezogen hatte?

Sie besaß zwei andere, viel züchtigere Kleider, doch hatte sie den Einflüsterungen der sündigen Teufelsfee heute Nachmittag wieder nachgegeben.

»Ich möchte mit dir reden.«

Emma blickte auf.

Vor ihr ragte Wayne Poulin auf, und seine Haltung deutete an, dass er nicht gekommen war, um sie um einen Tanz zu bitten.

»Hi, Wayne, was gibt es?«

Um einschüchternder zu wirken, beugte er sich vor und stützte die Hände auf den Tisch. Aber sie hatte sich vor Wayne Poulin nie gefürchtet und würde sich auch jetzt nicht von ihm Angst einjagen lassen.

»Du sollst mir den Jungen vom Leib halten.«

Sie staunte nicht schlecht.

»Ich kann mir nicht denken, dass Mikey deine Nähe sucht. Wo ist das Problem?«

»Er war heute in meinem Zimmer. Als ich heute von der Arbeit kam, ist der Junge aus Gretas Haus gekommen. In meinem Zimmer habe ich dann gemerkt, dass jemand sich darin aufgehalten hatte. Und geschnüffelt hat.«

»Ich war in deinem Zimmer.« Emma stand auf und zwang ihn, sich aufzurichten, um ihr auf Augenhöhe ins Gesicht sehen zu können.

»Ich habe für Greta deine Wäsche hinaufgebracht und Staub gewischt.«

Er kniff die Augen zu schmalen Schlitzen zusammen.

»Du hast nicht nur Staub gewischt.«

Emma zuckte mit den Schultern.

»Vielleicht habe ich ein paar Dinge verschoben, als ich saubergemacht habe. Tut mir leid.«

»Was hast du gesucht?« Wayne verschränkte die Arme. Sein Blick glitt an ihr hinauf und hinunter, und seine Augen glänzten.

»Heute siehst du deiner Schwester sehr ähnlich, Emma Jean. Wieso das? Hast du heute ein heißes Date?«

»Die Lady hat heute ein besitzergreifendes Date, Poulin. Deshalb schlage ich vor, Sie trollen sich unverzüglich.«

Wayne Poulin fuhr mit einem Ruck herum. Emma sah, dass er verblüfft die Augen aufriss, als er den Sprecher erkannte. Er musste den Kopf schräg legen, als er einen Schritt zurückwich. »Sinclair!«, stieß Poulin hervor.

Ben stellte einen Sektkühler und einen Plastikbecher auf den Tisch. Er überragte Wayne um ein beträchtliches Stück. Als Emma die beiden gemeinsam von Angesicht zu Angesicht sah, wurde ihr klar, was sie immer schon gespürt hatte.

Benjamin Sinclair war nicht nur groß, er war auch solide. Ein Typ Mann, der nie vor einem Problem Reißaus nehmen würde. Als er vor sechzehn Jahren Medicine Gore verlassen hatte, hatte er kein schwangeres Mädchen zurückgelassen – er hatte nur eine verunglückte Liebesaffäre beendet. Nichts hätte Ben damals von seinem Kind wegzureißen vermocht, und eine ganze Stadt voller Feindseligkeit würde es jetzt auch nicht können.

Wayne hatte Bens Namen so laut genannt, dass es an den Tischen in der Nähe zu hören gewesen war. Leute drehten sich nach ihnen um. Gespräche verstummten, leises Raunen setzte ein.

Mit dem Gefühl nahenden Unheils beobachtete Emma die Männer, die einander feindselig anstarrten. Wayne stand in Abwehrhaltung da, mit geballten Fäusten, starren Schultern und kaltem Blick. Ben wirkte entspannt, doch Emma wusste, dass er für einen Angriff bereit war, verbal oder physisch.

»Wayne hat sich dafür bedankt, dass ich seine Wäsche hinaufgebracht habe«, sagte sie in die Stille hinein.

»Ich habe Greta ausgeholfen.«

»Wer ist Greta?«, fragte Ben. Er sah sie an, aber Emma wusste, dass seine Aufmerksamkeit uneingeschränkt Wayne galt.

»Ihr gehört die Pension in der Stadt. Sie hat Kelly und mich praktisch aufgezogen.«

»Greta LaVoie«, sagte er und nickte.

»Jetzt erinnere ich mich. Kelly hat mich einige Male zu ihr auf einen Kuchen mitgenommen.«

Emma sah Ben unwirsch an, der ihr zuzwinkerte und in die Kühlbox griff. Er holte eine Whiskeyflasche heraus und goss Whiskey in ein Glas mit Eiswürfeln.

Dann tat er die Flasche wieder in die Box und griff nach einem Bier für sich. Er blickte Wayne an.

»Poulin, ich würde Sie ja einladen, sich zu uns zu setzen, aber die Zeiten haben sich geändert. Ich teile meine Dates nicht mehr.«

Wayne entfernte sich steifbeinig.

Emma pfiff leise zwischen den Zähnen.

»Legst du es heute auf Krach an, oder willst du mich in den Wahnsinn treiben?«

Ben, der sein Bier öffnete, blickte auf. Sein Blick erfasste ihren Schal, glitt dann zum roten Kleid darunter. Am Saum blieb sein Blick hängen. Emma sah, dass seine Augen sich weiteten, ehe er den Blick zu ihrem Gesicht hob.

»Hast du vergessen, die Hose anzuziehen, die zu dieser Bluse passt?«, fragte er leise. Sie zog den Schal fester über ihre Brust. Ben ging um den Tisch herum und fasste nach der Rückenlehne ihres Stuhles.

»Setz dich«, befahl er leise.

»Und lass mich nicht vergessen, den Rücken des Kleides beim Tanzen nicht hochzuschieben.«

»So kurz ist es auch wieder nicht.«

Er zog den Stuhl neben ihr hervor und setzte sich so, dass er ihr, die nun höchst wirksam an die Wand gedrängt wurde, den Weg versperrte und sich praktisch als Hüter seines Reviers positionierte.

Emma schnaubte, ehe sie einen Schluck von ihrem Drink nahm. Als er sich umdrehte und sie ansah, ertappte er sie dabei, wie sie ihn anstarrte.

»Was soll das?«

»Du bist wirklich besitzergreifend. Und entweder sehr mutig oder sehr unklug. Ben, wenn du von diesen Menschen akzeptiert werden willst, musst du den längsten Weg gehen. Hier bist du der Schurke – nicht Wayne oder Durham oder irgendwer aus der Zeit vor sechzehn Jahren.«

»Ich habe nichts Unrechtes getan. Ich war ein Junge in den Sommerferien, und ich habe für etwas gearbeitet, an das ich geglaubt habe. Kelly ist … sie ist einfach passiert.«

Emma, der bewusst war, dass sie unverhohlen angestarrt wurden, berührte seinen Ärmel.

»Mich musst du nicht überzeugen.«

»Doch, das muss ich. Dich und Mike. Alle anderen können meinetwegen zur Hölle fahren.«

Sie strich über seine Schulter.

»Ach, Ben. In diesem Punkt machst du *dir* etwas vor und nicht mir. Es ist für dich ebenso wichtig, dass die Menschen dir glauben. Wenn nicht für dich, dann für Mikey.«

Er warf einen Blick auf ihre Hand, die auf seiner Schulter lag.

»Was machst du da?«

Emma wich zurück und lächelte ihm zu.

»Nichts. Ich dachte nur, ich hätte ein Stückchen Moos an dir entdeckt.«

Seine Stirnfalten wurden tiefer.

»Wir sollten tanzen.«

Als Ben sie auf die Füße zog, befanden sich nur drei Paare auf der Tanzfläche. Er legte seine Hand auf ihren Rücken unter ihrem Schal und hielt inne, als fünf schwielige Finger und eine breite, heiße Handfläche auf blanke Haut trafen. Auch seine Füße bewegten sich nicht mehr zum Rhythmus der Musik.

»Wage es ja nicht, diesen Schal abzulegen, sonst wirst *du* die Ursache sein, falls es hier Stunk gibt.«

Emma machte ein paar Tanzschritte, musste aber Ben mit einem leichten Schubs wieder in Bewegung setzen.

»Wenn dir schon der Rücken nicht zusagt, solltest du die Vorderseite sehen«, flüsterte sie, worauf sein Arm sich so fest um sie legte, dass sie aufschrie.

»Ach, lass das«, sagte sie lachend.

»Sicher warst du schon mit jeder Menge Frauen aus, die noch viel spärlicher bekleidet waren.«

Seine Hand rutschte auf ihrem Rücken ganz tief und zog sie enger an sich. Emma stockte der Atem, als ihr Bauch mit seiner Erregung in Berührung kam.

»Tu nicht so schockiert«, flüsterte er und glitt mit ihr anmutig im Walzertakt dahin.

»Das passiert immer, wenn ich dir nahe komme.«

»Alle starren uns an«, zischte sie.

»Dann schlage ich vor, dass du dich enger an mich schmiegst, wenn du nicht möchtest, dass man sieht, wie du auf mich wirkst.«

»Hier könnte jeden Moment die Hölle losbrechen, und du bist angetörnt?«

Er lehnte sich zurück und sah auf sie hinunter.

»Das war doch dein Plan, oder? Mich – und vermutlich deine Freunde – vom eigentlichen Thema abzulenken?«

Emma sah zornig zu ihm auf.

»Ich weiß nicht, *warum* ich das verdammte Kleid gekauft habe. Mein Verstand muss heute Morgen völlig ausgesetzt haben.«

»Und ebenfalls am Abend beim Anziehen? Und beim Hochstecken deiner Haare? Und als du in die Schuhe mit diesen Absätzen geschlüpft bist?« Er blitzte sie mit einem Raubtierlächeln an.

»Zumindest hattest du so viel Verstand, den Schal zu nehmen.«

Emma lehnte ihre Stirn an seine Schulter und seufzte.

»Ja, Reste von klarem Denkvermögen sind mir geblieben.«

Die Musik verstummte, und Ben wirbelte sie herum und schob sie zu ihrem Tisch.

»Jetzt brauche ich ein Bier.«

»Sinclair!«

Emma drehte sich auf diesen barschen Ausruf hin um. Sie versuchte, um Ben herumzugehen, um zu sehen, wer seinen Namen gerufen hatte, doch sein Arm schnellte vor und hielt sie auf. Ben hielt sie fest, während er dastand und wartete, dass die vier Männer näher kamen.

Die Band stimmte keine neue Weise an. Wie alle anderen beobachteten die Musiker stumm, wie Durham

Bragg, John LeBlanc, Wayne Poulin und Galen Simms zwei Schritte vor Ben und Emma stehen blieben.

Durham sah Emma an.

»Emma, geh auf Abstand.«

Ben schob sie sanft von sich, ohne seine Gegner aus den Augen zu lassen.

Emma trat zur Seite und blieb stehen. Sie verschränkte die Arme unter der Brust.

»Durham, es ist weder der Zeitpunkt noch der Ort dafür«, sagte sie.

»Irgendwie sind Sie mir bekannt vorgekommen, Sinclair.« Er schüttelte den Kopf.

»Vor zwei Wochen wären Sie nicht so glimpflich davongekommen, hätte ich damals schon gewusst, wer Sie sind.«

»Sie haben die Spieße in die Bäume gerammt«, beschuldigte ihn der neben Durham stehende John LeBlanc.

»Sie sind wieder da und treiben es diesmal noch ärger.«

»Ich bin wegen meines Sohnes hier«, sagte Ben mit stählernem Ton.

Wayne trat näher.

»Dann nehmen Sie diese Rotznase und hauen Sie ab.«

Bens einzige Reaktion waren die geballten Fäuste.

»Erst möchte er noch eine Sands ins Unglück stürzen«, setzte Galen Simms hinzu. Nun trat das Quartett gemeinsam einen Schritt vor.

Rasch trat Emma zwischen die vier und Ben.

»Diesmal hast du deine Flinte nicht dabei, Missy«, zischte Durham.

Bens starke Hände packten ihre Schultern und schoben sie aus dem Weg, wobei sie fast hochgehoben wurde. Emma drehte sich um und blickte in die harten grauen Augen eines Mannes, der ihr Vorgehen aufs Schärfste missbilligte. Sie entschlüpfte seinem Griff und trat außer Reichweite Bens wieder vor die vier Männer.

Ben fasste nicht wieder nach ihr, und Emma merkte, dass die vier sie anstarrten, nicht mehr wütend, sondern echt schockiert. Als sie einen Blick nach hinten warf, wurde ihr der Grund klar. Ben hielt ihren Schal in den Händen.

Tja, jetzt war ihr die uneingeschränkte Aufmerksamkeit aller sicher.

»Zur Klarstellung, meine Herren«, sagte sie und hob die Stimme, damit alle sie hören konnten.

»Benjamin Sinclair hat den Damm nicht in die Luft gejagt, und er hat meinen Vater nicht getötet. Er wusste nicht einmal, dass etwas in dieser Richtung geplant war.« Sie hob die Arme und ließ sie wieder fallen.

»Glaubt jemand von euch ernsthaft, ich würde ihn in mein Haus lassen, wenn ich der Meinung wäre, er hätte den Tod meines Vaters verschuldet?«

»Du bist von deiner Liebe zu Michael so geblendet, dass du es tun würdest«, sagte Durham.

Emma deutete mit dem Finger auf ihn.

»Mikey weiß, dass Ben keine Schuld am Tod seines

Großvaters trifft. Und ich weiß es auch. Sheriff Ramsey hat alles in seiner Macht Stehende getan, um die Schuldigen zu finden. Sogar das FBI hat in dieser Sache ermittelt, und auch diese Untersuchungen sind ergebnislos verlaufen. Jeder Mann innerhalb von fünfzig Meilen um Medicine Gore wurde befragt. Jeder Umweltschützer, der in jenem Monat seinen Fuß nach Maine gesetzt hat, wurde verhört. Benjamin Sinclair eingeschlossen.«

»Woher weißt du das?«, fragte Wayne.

»Ich durfte alle Berichte einsehen. Es war *mein* Vater, der ums Leben gekommen ist, und Kelly und ich wurden laufend informiert.«

Die Männer blickten an ihr vorbei, als erwarteten sie, Ben würde ihre Geschichte bestätigen. Durham wirkte nachdenklich, ebenso John LeBlanc. Galens Miene blieb unverändert abweisend, und Wayne Poulin sah noch feindseliger aus als vorher.

Aber er hatte auch mehr Grund, Ben zu hassen.

»Ihr alle habt sechzehn Jahre lang in Benjamin Sinclair den Schuldigen am Tod meines Vaters gesehen. Hättet ihr die Energie, die ihr für euren Hass aufgebracht habt, darauf verwendet, die Täter zu finden, hätte es schon vor Jahren eine Verurteilung gegeben.«

»Wie kannst du so sicher sein?«, fragte Durham.

»Sie schläft mit dem Mistkerl«, sagte Galen und deutete auf sie.

»Das tue ich nicht!« Sie funkelte die Männer zornig an. Keiner sollte es wagen, noch ein Wort zu äußern.

»Das reicht«, knurrte Ben. Emma zuckte zusammen, als ihr Schal auf ihre Schultern fiel, dann wurde sie plötzlich von eisenharten Armen umfangen und an eine steinharte Brust gedrückt.

»Was Sie glauben, Simms, kümmert niemanden«, fuhr Ben fort.

»Aber in einem Punkt hat sie recht. Wer den Damm in die Luft gejagt hat, ist davongekommen, und ich habe die Absicht, ihn zu finden. Sie können mir helfen oder mir aus dem Weg gehen, es kümmert mich einen großen Dreck. Aber Ihnen muss klar sein, dass Ihre Feindschaft sich gegen mich richtet. Nicht gegen Emma und Michael.«

Tiefe, absolute Stille folgte.

»Wieso glauben Sie, ihn nach sechzehn Jahren finden zu können, wenn das FBI es nicht geschafft hat?«, fragte John LeBlanc schließlich.

»Ich bin besser motiviert«, sagte Ben.

»Wer immer diesen Damm gesprengt hat, ist längst über alle Berge«, sagte Wayne, der die Augen zusammenkniff.

»Nehmen Sie lieber Ihren Sohn und hauen Sie ab.«

»Ich habe nicht die Absicht, das Feld zu räumen.«

Bens geradezu spürbarer Zorn durchdrang Emmas ganzen Körper. Sie löste sich aus seinen Armen und ging zurück an den Tisch. Dort öffnete sie die Kühlbox und machte sich daran, alles wieder einzupacken.

»Wir gehen nicht«, sagte Ben, neben sie tretend.

Sie griff nach ihrem Mantel.

»Du kannst gern bleiben, aber ich fahre nach Hause.«

Ein böses Wort voller Groll wurde hörbar, als Ben ihren Mantel ergriff und ihn ihr hinhielt.

»Wir fahren nicht nach Hause«, sagte er zähneknirschend. Er griff nach dem Kühlbehälter, legte seine Hand auf ihren Rücken und schob sie an den verblüfft starrenden Gesichtern ihrer angeblichen Freunde vorüber. Hoch erhobenen Hauptes wappnete Emma sich für die nächste zornige Strafpredigt.

Mit männlichem Imponiergehabe war sie freilich vertraut. Wie im Umgang mit Mikey würde sie nur lächeln und nicken, würde geloben, klüger zu handeln, nur um dann zu tun, was sie immer tat, damit wieder Frieden einkehrte.

Ben tat die Kühlbox in den Wagen, knallte die Tür zu und kam wieder auf sie zu. Emma wich vorsichtig einen Schritt zurück.

Er wirkte wütender, als Mikey es je wurde, und viel beängstigender als ihr Vater.

»Emma, tritt nie wieder zwischen mich und eine eventuelle Gefahr. Es gibt eine dünne Linie zwischen Mut und Tollkühnheit, und heute hast du sie überschritten. Poulin und Simms standen kurz davor zu explodieren, und keinen der beiden hat es gekümmert, dass du in der Mitte gestanden hast.« Er umfasste ihre Schultern fester.

»Im Gegensatz zu dem, was du glaubst, bist du nicht zehn Fuß groß und kugelsicher. Du hättest verletzt werden können.«

»Viele andere Unschuldige auch. Ich habe eine Prügelei verhindert.«

»Zwischen aufgebrachte Männer zu treten ist nie klug. Es war heute pures Glück, dass sie klein beigegeben haben.«

Sie runzelte die Stirn.

»Es war keine Spur Glück dabei. Ich kenne die Leute. Durham hätte nie zugelassen, dass mir etwas zustößt.«

»Ich kann meine Konflikte selbst austragen.«

»Als ich dich das erste Mal gefunden habe, war das aber nicht der Fall.«

Er zog sie an seine Brust. Seine Arme umschlossen sie wie ein Schraubstock, und Emma spürte, wie seine Brust sich unter einem Seufzer weitete.

»Emma, du bist mein Ruin. Endlich wurde mir ein Gottesgeschenk zuteil, und mein Nervenkostüm lässt nicht zu, es zu genießen.« Er neigte ihren Kopf zurück, hob ihr Gesicht an und zog an ihrem Haar, bis es ihr über den Rücken fiel.

»Ein paar Gefechte werde ich verlieren, aber den Krieg werde ich gewinnen, Emma Jean. Und auf dem Schlachtfeld kann es keine zwei Generäle geben.«

»Ich wollte dich nicht schützen; ich wollte nur einen Konflikt verhindern. Und ich dachte, sie würden auf mich hören«, setzte sie rasch hinzu, als er tief Atem holte, um sie wieder zu schelten, wie sie glaubte.

Stattdessen seufzte er.

»Was ich dir in dein stures Köpfchen einhämmern

möchte, ist die Tatsache, dass du heute in Gefahr warst, ernsthaft Schaden zu nehmen.«

Sie warf ihm unvermittelt ein Lächeln zu.

»Ist dein Ego so stark, um wieder hineinzugehen und zuzulassen, dass ich meinen Schal für den Rest des Abends abnehme?«

Das Grollen, das aus den Tiefen seiner Brust drang, ehe sich sein Mund auf ihre Lippen senkte, hätte man eher einem Berglöwen zugetraut als einem Menschen. Sanft war er nicht, und das erwartete sie auch nicht. Wut und Angst und drohende Gewalt gingen bei Männern oft in Leidenschaft über, zumal wenn das Objekt ihres Frustes in Reichweite war. Und sie genoss es ungemein.

Es sah aus, als wäre sie ihm tatsächlich nicht ganz gleichgültig.

Und der Teufel sollte sie holen, wenn sie seine Zuneigung nicht erwiderte.

Emma schlang die Arme um seinen Hals und schmiegte sich an ihn, während sie ihm eine andere Reaktion abschmeichelte. Langsam, fast zögernd löste er die Arme, bis sie wieder atmen konnte und sein Griff sich zu einer sanften Liebkosung entspannte.

Er seufzte in ihren Mund, als seine Hand abwärtsglitt und ihr Hinterteil umfasste. Und wieder spürte sie den Beweis seines Verlangens.

In ihr entzündete sich langsam ein Feuer, als sie sich von ihm noch näher und höher heben ließ, damit sie ihren eigenen Angriff starten konnte. Sie erforschte die Beschaffenheit seines Mundes, sein Haar unter ihren Händen, seine Glut, die durch ihren Mantel drang. Sogar sein Duft umhüllte sie. Er schmeckte nach Bier und köstlicher männlicher Essenz, und Emma wurde bald trunken von ihm.

Er rückte ab und atmete bebend ein. Jeder Muskel, an den sie sich klammerte, war wie Granit. Ihr schwindelte, sie sah nur Schwärze, bis auf die Lichtblitze, die in ihrem Kopf kreisten.

»Mach die Augen auf, Em.«

Das half. Bis sie zu seinem Gesicht aufblickte. Schwindel erfasste sie wieder, als sich ihre Blicke begegneten, so dass sich ihre Finger haltsuchend in seine Jacke gruben.

»Wenn ich dich jetzt nach Hause bringe, werde ich uns beide in deinem Schlafzimmer einsperren. Dann werde ich dir dieses Kleid ausziehen und zwei Tage pausenlos Liebe mit dir machen.«

Einfach klassisch. Man küsst einen Mann, und er fängt vom Bett an.

»Habe ich eine andere Option?«

»Wir können über die Straße in den Imbiss gehen, und ich lade dich erst mal zum Essen ein.«

Um sie für die Liebe zu kräftigen? Wie umsichtig.

Aber sie war nicht bereit, sich ihrer Leidenschaft hinzugeben und sexuelle Lust mit dem Mann zu erleben, den sie schon als Teenager geliebt hatte. Was würde es ihr denn bringen, wenn sie ihn in ihr Bett und ihren Körper aufnahm und er die Absicht hatte, in zwei

Monaten mit ihrem Neffen aus ihrem Leben zu verschwinden?

»Wenn du dich nicht bald entscheidest, nehme ich dich glatt auf der Motorhaube dieses Wagens.«

Emma spürte seine innere Spannung. Und er hatte geglaubt, sie wäre vorhin in Gefahr gewesen?

»Ich entscheide mich für das Dinner.«

Momentan schien er verwirrt, dann verdunkelte sich seine Miene. Plötzlich ließ er sie los, packte ihre Hände und zog sie über die Straße.

Emma unterdrückte ein geringschätziges Schnauben. Von wegen unerschütterliches Ego! Sie lächelte. Hoffentlich war es im Lokal mollig warm. Sie hatte die Absicht, beim Essen den Schal abzunehmen.

11

Die kleine Hexe hatte im Lokal doch tatsächlich ihren Schal abgelegt. Ben schüttelte den Kopf, als er seine Dame zurück zum Wagen begleitete. Sie hatte sich mit Kartoffeln und Kohlsalat vollgeschlagen und zusätzlich noch einen Hamburger verdrückt, an dem ein Pferd erstickt wäre. Darauf war ein geradezu monströses Dessert gefolgt, das aus mehr Zuckerguss als Kuchen bestand.

Er hatte keinen Bissen hinuntergebracht.

Ihr Mantel war nun bis zum Kinn zugeknöpft, Gott sei Dank.

Hoffentlich würde er die Kraft besitzen, sie nach Hause zu bringen und an der Tür zu verlassen.

Das knallrote Kleid reichte vorne nur unwesentlich höher als im Rücken. Ihre lange Perlenkette krönte die Rundung ihrer Brüste sehr reizvoll.

Hinreißende Brüste – voll und weich –, und sie trug eindeutig keinen BH.

»Eine Kaltfront hat uns erwischt«, sagte sie. Ihr Atemhauch hing in der kalten Luft.

Kaltfront? Ihm war heißer als einem Halbwüchsigen mit einer Hundertdollarnote in einem Bordell.

»Die Tanzerei ist noch in vollem Gange. Möchtest

du wieder hinein?«, fragte er, als er neben seinem Wagen stehen blieb.

»Nein, ich glaube, wir machen für heute Schluss.«

Ihr Ton klang irgendwie seltsam – fast so, als hätte sie Angst. Emma Sands, Nachtfliegerin, hitzköpfig, flintenbewehrt, hatte Angst. Aber nicht vor ihm – nicht genau.

Vielleicht fürchtete sie die emotionale Gefahr, die er darstellte. Vielleicht jagte ihr die Tatsache Angst ein, dass sie wie ein lange ruhender Vulkan ausbrach, wenn er sie küsste.

Ben öffnete die Tür seines Wagens.

»Ich bringe dich nach Hause, gebe dir einen Gutenachtkuss und komme morgen wieder.«

Große grüne Augen blickten fragend zu ihm auf. Ein erleichterter Seufzer entschlüpfte ihr, als sie sich umdrehte, um einzusteigen. Ben schloss leise die Tür, ging auf die andere Seite und stieg ein.

»Der Abend war nicht total vergeudet«, sagte sie, als er sich anschnallte.

»Nicht für dich. Du hast so viel gegessen, dass es für den ganzen Winter reicht.«

Sie sah ihn lächelnd an.

»Danke für das Dinner, aber ich meinte, dass der Tanz keine Vergeudung war. Du hast heute viel erreicht.«

Er war damit beschäftigt, sich von dem vollen Parkplatz herunterzumanövrieren.

»Wie das?«

»Du bist endlich in die Stadt gekommen, wurdest erkannt und konntest dich deinen Anklägern stellen. Heute werden alle zu Hause Stoff zum Nachdenken habe. Und da sie nun wissen, dass du da bist, musst du dich nicht länger in Medicine Creek Camps verstecken.«

Er runzelte die Stirn.

»Ich habe mich nicht versteckt.«

Sie tat das mit einer Handbewegung ab.

»Wenn du jetzt in die Stadt kommst, wird es keine hässliche Szene geben. Dein Auftauchen wird niemanden überraschen, und man wird dir nicht so feindselig begegnen.«

»Ach, deswegen warst du einverstanden, heute mitzukommen? Du wolltest meinen großen Auftritt in Medicine Gore nicht versäumen, um mitmischen zu können?«

Sie hob ihr Kinn.

»Ich wollte nur tanzen gehen. Es ist Jahre her, dass ich bei einem Tanzabend war.«

Ben stieß einen matten Seufzer aus. Mit Emma zu streiten war völlig vergebens.

»Und jetzt ist alles gut, glaubst du?«

»Nein, die Leute sind noch immer argwöhnisch. Aber sie werden auch vorurteilsloser sein.«

»Wegen deiner lautstarken Bekräftigung?«

»Weil ich ihnen kalte, harte Fakten vorgesetzt habe, die ihnen zu denken geben werden.« Ben sah, dass sie wieder ihr Kinn hob.

»Und ja, weil sie mich kennen. Sie wissen, dass ich dich nicht in meine Nähe lassen würde, wenn ich glauben würde, du wärst für den Tod meines Vaters verantwortlich.«

»Und was ist mit Kelly? Wird man mir verzeihen, dass ich sie und Mike verlassen habe?«

»Vermutlich nicht, wenn man dir auch nicht die ganze Schuld geben wird. Kelly war … nun, sie war dafür bekannt, ein wenig … unberechenbar zu sein.« Sie drehte sich auf ihrem Sitz um und berührte seinen Arm. »Es sind gute Menschen, Ben. Sie brauchen eben eine Weile, um die Wahrheit zu erfassen.«

Er blickte auf ihre Hand hinunter. Eine feminine Hand, trotz der kurzen Nägel und der Schwielen, die sie haben musste. Eine starke Hand, die ein Gewehr halten und ein Flugzeug unter unglaublichen Bedingungen fliegen konnte, und die mit sanften Berührungen seine Lust zu neuen Höhen entflammte.

»O Gott, Emma, du überwältigst mich«, sagte er und bedeckte ihre Hand mit seiner. Sie schrie auf und zog sich zurück, als hätte er sie versengt. Ben machte den Mund auf, um zu beteuern, dass sie heute Nacht sicher war, doch blinkte plötzlich eine der idiotischen roten Lichtanzeigen am Armaturenbrett.

»Verdammt.« Sofort schaltete er den Motor aus und ließ den Wagen an den Straßenrand rollen.

»Was ist los?«

»Die Ölanzeige leuchtet auf.« Er zog die Handbremse, drehte sich zu ihr um und ertappte sie dabei, wie sie lächelte.

»Was ist so komisch?«

»Das hat man davon, wenn man ein Vermögen für einen modisch aufgetakelten Pick-up ausgibt.«

»Aufgetakelt?«

Ihre Handbewegung umfasste das Innere.

»Das ist kein richtiger Pick-up; das ist ein zum Pickup hochstilisierter Kombi. Ledersitze und mehr Kinkerlitzchen als in einem viktorianischen Teesalon«, setzte sie hinzu, als sie die Sonnenblende herunterklappte und den Spiegel öffnete. Automatisch leuchtete eine Lichterreihe auf. Ben vernahm ein leises Surren, und Emma schien wie von Zauberhand auf ihrem Sitz angehoben zu werden.

»Eine Karre für Yuppies.«

»Ich habe ihn für uns gekauft.«

»Für uns?«

»Ich dachte, wir könnten zu dritt einen Wochenendtrip die Küste entlang unternehmen«, antwortete er, als sie ebenso wie von Zauberhand in ihre normale Position zurückglitt.

»Mike soll Sam, meinen älteren Bruder, kennenlernen. Er lebt in Keelstone Cove.«

Sie wurde ernst.

»Ach, da wird Mike sich sehr freuen.«

»Nur schaffen wir es nicht mal bis nach Hause, noch viel weniger an die Küste«, sagte er, als er die Tür öffnete, die Sperre der Motorhaube löste und ausstieg. Er hörte, wie auch Emmas Tür geöffnet wurde.

»Achtung, der Straßengraben«, warnte er eingedenk ihrer hohen Absätze.

Ein kurzer Aufschrei, Rascheln von Buschwerk und gedämpftes Schimpfen von der anderen Seite des Wagens. In einer Sekunde war er bei ihr, Emma aber kämpfte sich schon wieder auf die Beine. Ihr langes Haar hatte sich in einem Strauch verfangen, und sie äußerte ein Wort, das ihm ein Grinsen entlockte.

»Kein Wort, bitte«, zischte sie. Die Innenbeleuchtung war so hell, dass Ben sah, wie sie ihn an ihrem Haar zupfend wütend anfunkelte.

»Lass mich das machen«, sagte er und befreite sie.

»Emma, eine Lady sollte im Wagen warten, wenn es Schwierigkeiten gibt«, sagte er und nahm kopfschüttend zur Kenntnis, wie sie sich zugerichtet hatte.

»Danke, liebe Sorgentante«, stieß sie atemlos hervor. Sie fasste nach seinem Hosenbein – in delikater Höhe – und versuchte, sich aus dem Graben hochzuziehen.

Ben griff ihr unter die Arme und half ihr auf die Beine. Er ließ sie nicht los, bis er sie in den Wagen gesetzt hatte. Eine Hand an der Tür, die andere am Dach, so stand er da und sah zu, wie sie die Sonnenblende wieder herunterzog und den beleuchteten Spiegel aufklappte, über den sie gerade noch gespottet hatte. Sie fuhr mit den Fingern durch ihr Haar, dann streifte sie etwas Schmutz von ihrer Wange.

»Was ist mit dem Wagen los?«

»Verdammt, woher soll ich das wissen? Hast du in letzter Zeit unter die Motorhaube eines dieser Fahrzeuge geguckt?«

Sie nickte.

»Mein neuer Pick-up hat mehr Technik unter der Haube als eine Raumfähre. Was machen wir jetzt?«

Ben griff in seine Jacke und zog sein Handy hervor.

»Wir rufen den Abschleppdienst.«

Sie spähte hinaus auf die schwarzen Wälder, von denen sie umgeben waren.

»Ich glaube, hier gibt es keinen Empfang, Ben. Medicine Gore liegt am Rande eines Sendebereichs, und wir sind gute fünf Meilen darüber hinaus.«

»Am Rande der Zivilisation, meinst du wohl«, murmelte er, klappte sein Handy auf und suchte ein Signal. Das winzige rote Licht blitzte mit niederschmetternder Regelmäßigkeit auf. Er schaute nach beiden Seiten die Straße entlang, sah aber nur schwarze Leere.

»Dann wirst du hier sitzen bleiben, und ich laufe ein Stück. In welche Richtung ist es kürzer?«

»Wir sind näher an Medicine Gore als an Medicine Creek, aber ich komme mit.«

»Angst, dass ich wieder verloren gehe, Madame Tourenführerin?«

»Wir sollten uns nicht trennen. Jemand könnte dir in der Finsternis auflauern.«

Er wurde ernst.

»Du glaubst, die Panne ist kein Zufall?«

»Neue Trucks verlieren nicht urplötzlich Öl.«

Er fluchte.

»Aber in diesen Schuhen kannst du nicht laufen, Emma. Du würdest dir den Hals brechen.«

»Ich gehe nie unvorbereitet aus dem Haus. Ich habe meine Turnschuhe rasch hinten in den Wagen geworfen, ehe wir losgefahren sind. Ich bin schon öfter von einem kaputten Truck nach Hause gelaufen.«

»Stimmt. Hat Mike nicht gefragt, ob du deinen Wagen *wieder* in einen Bach gesteuert hast … an dem Tag, als du mich gefunden hast?«

»Entweder dies oder ein Zusammenstoß mit einem Elch«, sagte sie und versuchte herauszuspringen.

Ben packte sie, ehe sie wieder im Graben landen konnte, und setzte sie zurück auf den Sitz.

»Ich hole die Schuhe für dich.« Er ging zum Heck und bemühte sich, in der Dunkelheit etwas zu sehen. Emma hatte vermutlich recht. Jemand hatte sich am Truck zu schaffen gemacht, während sie in dem kleinen Lokal gegessen hatten.

Vermutlich Poulin.

Von allen Männern schien er die größte Bedrohung darzustellen. Poulin hätte kein Problem damit gehabt, sie beide mitten im Wald in einer kalten Nacht stranden zu lassen. Und Ben nahm sich vor, Wayne in Zukunft im Auge zu behalten.

Er griff auf die Ladefläche und fand einen kleinen Beutel.

»Hier. Was hast du sonst noch darin?«, fragte er und reichte ihr den Beutel.

»Eine Taschenlampe, ein Überlebensset und eine Packung Cookies mit Schokofüllung.«

»Alles Nötige«, sagte er mit leisem Lachen.

»Wie weit ist es bis nach Hause?«

»Nur acht Meilen.«

»Ach!«

Sie hörte auf, in dem Beutel zu kramen, und sah ihn an.

»Auf der Straße. Wir könnten querfeldein eine Abkürzung nehmen und nach fünf Meilen am Ziel sein.«

Er schüttelte den Kopf.

»Nur wenn du in dem Beutel eine Hose mitgenommen hast.« Als er ausatmete, sah er den Hauch vor sich.

»Wenn wir uns an die Straße halten, könnte jemand kommen und uns mitnehmen.« Er warf einen Blick auf die Uhr.

»Der Tanzabend dürfte bald gelaufen sein.«

»Galen wohnt in dieser Richtung.«

»Wahrscheinlich hat er Poulin geholfen, meinen Wagen zu beschädigen.«

»Warum glaubst du, Wayne hätte es getan?«

»Kennst du einen anderen möglichen Verdächtigen?«

»Nein.« Sie band ihre Turnschuhe zu und warf die roten Schuhe auf den Rücksitz, ehe sie heruntersprang – schon viel sicherer auf den Beinen und wieder ganz Naturkind.

Zu schade. Er vermisste bereits die ein wenig hilflos wirkenden reizvollen Aspekte des vergangenen Abends – das hochgesteckte Haar, das den Nacken freiließ und den Hauch Lippenstift, der beim Essen völlig verschwunden war.

Doch hielt er an seiner Absicht fest, das Kleid an sich zu bringen und es bis zu ihren Flitterwochen zu verstecken.

Die ersten Minuten ging es in freundschaftlichem Schweigen dahin, und Ben spürte, dass er glücklich war, obwohl man seinen Pick-up fahruntauglich gemacht hatte, ganz Medicine Gore ihm Misstrauen entgegenbrachte und die Frau an seiner Seite der Grund für seinen sexuellen Frust war. Trotz allem war er gern hier.

Er genoss das Gefühl des Geheimnisvollen und Großartigen, das die Wälder ihm vermittelten. Und er liebte die überwältigende Leere des Landes. Sogar an die Wetterkapriolen hatte er sich inzwischen gewöhnt.

»Ich kann mir nicht vorstellen, dass man hier wegmöchte, um Ozeanografie zu studieren«, sagte er in die Stille hinein.

»Möchtest du das wirklich, Emma?«

»Ehrlich, ich weiß es nicht«, gab sie zurück.

»Manchmal wünsche ich, dass ich es mir aussuchen könnte.«

»Du hattest immer schon die Wahl. Du hättest alles verkaufen und Michael mitnehmen können.«

Sie sah zu ihm hin, doch Ben konnte ihre Züge im schwachen Licht des abnehmenden Mondes nicht ausmachen. Die Taschenlampe hatten sie nicht eingeschaltet, da Emma gesagt hatte, man käme so besser voran, sobald sich die Augen an die Dunkelheit gewöhnt hätten.

»Ich hatte zu viel Angst. Es war einfacher, in der bekannten Umgebung zu bleiben, als sich in das Unbekannte hinauszuwagen. Zumal mit Mikey. Wäre ich allein gewesen, nun … ich weiß nicht.«

»Du lebst gern hier. Und du bist durch eigene Kraft erfolgreich«, sagte er.

»Ja, ich lebe sehr gern hier. Und ich werde aller Wahrscheinlichkeit nach nie fortgehen«, pflichtete sie ihm bei.

Er legte einen Arm um ihre Schulter und zog sie an sich, was das Gehen erschwerte. Sie protestierte nicht.

»Wenn wir erst verheiratet sind, könnte ich sogar meine Operationsbasis hierher verlegen. Man soll nie nie sagen, Em. Vielleicht könnten wir mehrere Monate des Jahres hier verbringen und den Rest auf Rosebriar.«

Es war ein Selbstgespräch, da Emma drei Schritte zuvor stehen geblieben war.

»Was hast du eben gesagt?« Sie war so fassungslos, dass ihre Stimme ihr fast den Dienst versagte.

Was *hatte* er gesagt? Ein paar Monate hier … Verlegung seiner Geschäftsbasis, nachdem sie … o Gott, er hatte das große Wort laut ausgesprochen.

»Du hast gesagt, wenn wir erst *geheiratet* haben.«

»Ja, das war es wohl, was ich gesagt habe.«

Sie ging weiter – in die entgegengesetzte Richtung.

Ben lief ihr nach.

»Emma. Warte. Ich weiß, dass es irgendwie ein Schock ist, aber …«

Teufel noch mal. Er hatte es gesagt, es war sein Ernst,

und einmal hatte er es ihr ja sagen müssen. Er packte ihren Arm und drehte sie zu sich um.

»Emma, ich möchte dich heiraten.«

»Aber ich dich nicht. Ich möchte nie heiraten.«

»Warum nicht?«

»Weil ich nicht mal die Absicht habe, mich zu verlieben.«

»Herrgott, warum denn nicht?«

Sie machte sich frei und ging weiter.

»Weil jeder Mensch, den ich jemals geliebt habe, fortgegangen ist, so oder so. Sogar Mikey wird gehen.«

Wieder fasste Ben nach ihrem Ärmel und drehte sie um. Diesmal hielt er sie mit beiden Armen fest.

»Ich werde dich nicht verlassen, Em.«

»Das hast du bereits.«

»Wie meinst du das? Wann?«

»Ach, Ben. Vor sechzehn Jahren war ich in dich total verschossen. Es war mir sogar egal, dass du mit Kelly ausgegangen bist. Ich war so sicher, du würdest mit der Zeit zur Besinnung kommen und mich bemerken.« Sie senkte den Blick auf seine Brust.

»Ich war so sicher, du würdest zurückkommen, und ich würde dann für dich erwachsen genug sein.« Nun blickte sie zu ihm auf, und die Angst, die er sah, raubte ihm den Atem.

»Erst als Kelly verschwunden ist, war mir klar, dass du niemals zurückkommen würdest. Und deshalb habe ich aufgehört, dich zu lieben.«

Er war wie erstarrt. Dann drückte er sie so heftig an

die Brust, dass es ein Wunder war, dass sie nicht zerbrach.

»Ich bin es also. Ich bin es, von dem Mike gesprochen hat. Du bist verliebt in *mich!*«

Wieder umarmte er sie und lachte frohlockend.

»Ich bin es!«

Er war es, für den Emma ihre Hoffnungstruhe angelegt hatte.

Aber er war auch der Mann, der ihr Herz so nachhaltig gebrochen hatte, dass ihr Traum vergangen war. Am liebsten hätte Ben den Mond angeheult. Er hatte die ganze Zeit über mit sich selbst im Wettstreit gelegen – und jetzt musste er gegen ihre Dämonen antreten.

»In jenem Sommer war ich fünfzehn, Ben. Es war eine Teenagerliebe, über die ich hinausgewachsen bin«, gestand sie an seiner Brust.

Er hielt sie ein wenig auf Abstand. Sie sah auf köstliche Weise katastrophal aus – mit zerzaustem Haar und Augen, in denen Tränen glänzten.

Sie war schön.

Es konnte klappen. Jetzt passte alles sogar noch besser in seinen Plan. Wenn Emma ihn liebte, würde sie als seine Frau Befriedigung finden. Sie konnten eine gute Ehe führen; sie würde glücklich und Michael außer sich vor Freude sein, und Ben konnte sein Leben wieder ins Lot bringen.

»Heirate mich, Emma. Heirate mich jetzt gleich, und ich verspreche, dass ich dich niemals wieder verlassen werde.«

»Du hörst mir nicht zu. Ich liebe dich nicht mehr.«

Verdammt, ebenso gut hätte er mit den Bäumen reden können. Er drehte sie beide in Richtung Medicine Creek Camps und ging los.

»Wenn du mich früher einmal geliebt hast, kannst du mich wieder lieben. Noch etwas, Emma.«

»Was?«, fragte sie und starrte geradeaus.

Er wartete, bis sie den Blick auf ihn richtete.

»Meine Geduld reicht weiter als deine.«

Nahezu zwei Meilen gingen sie schweigend dahin, ehe die ersten Scheinwerfer auf der Straße hinter ihnen auftauchten. Emma zog Ben in den Graben, dann tiefer in den Wald.

»He«, protestierte er, »vielleicht nimmt uns jemand mit.«

»Es ist Galen.«

»Das kannst du nicht wissen. Er ist noch eine halbe Meile weit entfernt.«

»Sein Pick-up hat eine Sirene. Hörst du?«

Ben gab keine Antwort, und als Emma zu ihm hinblickte, sah sie, dass er mit den Händen über sein Gesicht strich.

»Ich habe das Gefühl, in ein Kaninchenloch gefallen zu sein.«

Sie tätschelte seinen Arm.

»Du musst es als Abenteuer ansehen.«

»Und ich wollte heute doch nur eine einfache, altmodische Tanzverabredung.«

Emma verschluckte ein hysterisches Kichern, als Galens Wagen vorüberfuhr. Alle ihre Sinne drehten sich im Kreis. Ben wollte sie heiraten! Entweder war er übergeschnappt, oder er glaubte, sie Mikey zuliebe heiraten zu müssen.

Sie stand also zwischen zwei sturen Mannsbildern und ihren eigenen widerstreitenden Gefühlen. Sie konnte Ben niemals heiraten. Sie schaffte es ja kaum, sein Werben zu überleben – falls es Werben war, was er die ganze Woche über betrieben hatte. Ihr Verstand schrie das eine, ihr Körper das andere, und ihr Herz bemühte sich nach Kräften, neutral zu bleiben.

Ihr Körper mochte die meisten Kämpfe gewonnen haben, doch die Stimme in ihrem Kopf machte sich ebenso laut bemerkbar. Es war aber ihr Herz, das vor allem Gefahr lief, sich zu ergeben. Seine Erklärung, dass er sie nie verlassen würde, war ein heftiger Schlag gewesen.

»Komm«, sagte sie, »bald werden andere Fahrzeuge kommen.«

»Jetzt muss ich wohl auch noch neue Reifen kaufen«, knurrte er und stolperte ihr durch das Buschwerk nach.

»Sicher hat Galen sie aufgeschlitzt, als er vorüberfuhr.«

Er fiel neben ihr in Gleichschritt, als Emma nun schneller ging, um eher nach Hause zu kommen. In dem Tempo würden sie ihr Ziel erst bei Sonnenaufgang erreichen. Und sie musste um acht Uhr morgens eine

Gruppe von Jagdurlaubern auf der Wasserflugzeug-Basis in Bangor abholen.

Es würde knapp werden.

»Alles prallt von dir ab, so ist es doch?«, fragte er. Mit seinen großen Schritten konnte er leicht mit ihr mithalten.

»Egal was dich auch trifft, du wirst damit fertig und machst einfach weiter.«

»Habe ich denn eine andere Wahl?«

Er schwieg so lange, dass Emma schon glaubte, das Thema wäre erledigt.

Dann sagte er:

»Wie diese Höllennacht. Die meisten Frauen, die ich kenne, wären inzwischen in Tränen aufgelöst.«

»Tut mir leid.«

»Wie bitte?«

»Es tut mir leid, dass du bei Frauen einen so schlechten Geschmack hattest.«

Sie lachte und fing an zu laufen, wurde aber vor gewissen Vergeltungsmaßnahmen bewahrt, als sich plötzlich zwei helle Lichter über die Straßenkuppe schoben.

»Ein Holztransporter«, sagte sie und lachte auf, als Licht auf Bens Gesicht fiel. O Gott, was für ein Gegensatz zu seinem Sportkatalog-Image! Ihr Kavalier hatte das Date nicht gut überstanden.

Sie aber auch nicht, wie sie feststellte, als sie an sich hinunterblickte.

»Er fährt in die falsche Richtung«, sagte Ben.

»Im Moment ist jede Richtung die richtige.« Sie

nahm in der Mitte der Straße Aufstellung und winkte. Dann wich sie zur Seite aus.

Als der total überladene, riesige achtzehnrädrige Laster neben ihnen bremste, wirbelte er eine Staubwolke auf.

»Na, ist es nicht ein bisschen spät für einen Bummel, Emma Jean?«, fragte Stanley Bates von hoch über ihnen.

»Unser Wagen hat eine Panne, wir brauchen Hilfe. Stan, kannst du uns nach Medicine Creek Camps mitnehmen?«

Er schüttelte den Kopf.

»Tut mir leid, Kleine. Zwischen hier und Medicine Gore gibt es keine Stelle, wo ich wenden könnte, aber ich bringe euch dorthin, wenn ihr wollt. Hüpft rein.«

Leichter gesagt als getan für eine Frau, deren Kleid um etliche Handbreit zu kurz war. Emma musste Bens Hand mehr als einmal mit einem Klaps ermahnen und sie dreimal verschieben, ehe sie es in die Führerkabine geschafft hatte.

»Hast du deinen neuen Wagen schon zu Schrott gefahren, Emma Jean?«, fragte Stanley. Seine Worte wurden vom Geräusch der Bremsen gedämpft, die gelöst wurden.

»Nein. Bens neuer Pick-up ist liegen geblieben«, übertönte sie das Motorengeräusch, als er sich durch die Gänge quälte.

Stanley sah nun den Mann an, auf dessen Schoß sie saß. »He. Sie kenne ich doch. Vor ein paar Wochen habe ich Sie nach Medicine Creek mitgenommen. Wie ich sehe, gefällt es Ihnen dort. Und … was ist los mit Ihrem Wagen?«

»Die Ölanzeige blinkt«, sagte Emma.

Stanley sah zu ihr hin und schien nun erst zu bemerken, wie viel Bein sie zwischen Schenkel und Turnschuhen zeigte. Ihr entging nicht, dass der arme Stan die Augen aufriss, ehe er hochrot anlief.

»Du … du warst tanzen, Emma Jean?«

»Das auch.«

»Sie haben nicht zufällig Reserveöl dabei?«, fragte Ben und zerrte ihr den Mantel über den Schenkel.

»Ja … doch. Sicher. Ein paar Kanister«, sagte Stan und riss seinen Blick los, um wieder auf die Straße zu sehen.

Fast hätte Emma laut aufgelacht. Wie die meisten Männer aus dem Ort hatte Stanley Bates sie seit Sable Jones' Beerdigung nicht mehr in einem Kleid gesehen. Er machte ein Gesicht, als hätte er vergessen, dass sie Beine besaß.

»Ich weiß nicht, ob der Tank ein Loch hat oder ob der Verschluss gelockert wurde«, fuhr Ben fort.

»Aber vielleicht könnten wir anhalten und nachsehen.«

»Wir machen Sie wieder flott, Mister.«

Ein schwerer Seufzer traf ihren Hinterkopf.

»Vorausgesetzt, ich habe noch vier volle Reifen«, sagte Ben.

Emma tätschelte seinen Arm.

»Wenn nicht, fahren wir nach Medicine Gore und machen bei Sheriff Ramsey eine Anzeige. Er kann dann Fingerabdrücke abnehmen und einen Haftbefehl für die Vandalen ausstellen.«

Er drückte sie.

Stanley Bates lachte in sich hinein.

»Wie mein Daddy zu sagen pflegte, ob Reifen oder Titten … beides macht mit Sicherheit Verdruss.«

Emma stieß leicht gegen Stanleys Arm.

»Ach, tut mir leid, Emma Jean. War nicht so gemeint. Ist mir so rausgerutscht.«

»Bist du heute nicht zu schwer, Stanley? Deine Ladung ist ziemlich hoch«, sagte Emma daraufhin und legte vorsorglich Strenge in ihren Blick.

»Aber Emma, ich habe doch schon gesagt, dass es mir leidtut.«

»Er hat nur die Wahrheit gesagt, Emma Jean«, setzte Ben hinzu und zog sie an sich.

»Der Mann erspart uns einen nächtlichen Gewaltmarsch, und du kommst ihm mit Drohungen.«

In Minutenschnelle hatten sie die Strecke zurückgelegt, für die sie zu Fuß eine halbe Stunde benötigt hatten. Stanley hielt den Riesenlaster geräuschvoll an. Nachdem der Staub sich gelegt hatte, sprang Ben herunter und half ihr galant – wenn auch ein wenig lüstern – beim Aussteigen.

»Jede Wette, dass du es dir zweimal überlegst, ob du dieses Kleid noch einmal anziehst«, flüsterte er ihr zu, ehe er sie losließ.

»Ach, ich weiß nicht. Irgendwie gefällt mir die Aufmerksamkeit, die es mir verschafft«, schnurrte sie und lief zu dem Wagen. Dort angekommen drehte sie sich um und sah, dass Ben eben um Stanleys Lastwagen bog. Er schien seine Kleidung in Ordnung zu bringen und zog an seinen Hosenbeinen.

Stanley kroch schon unter den Pick-up, an sich schon eine erstaunliche Leistung, da er gute 140 Kilogramm wog und Emma befürchtete, er würde steckenbleiben.

»Der Deckel wurde gelockert«, rief er von unterhalb der Eingeweide der Maschine herauf.

»Sie haben Glück, dass er nicht ganz verloren gegangen ist.«

»Ach, sieh einer an«, ließ Ben sich vernehmen.

»Die Reifen sind platt.«

Unter viel Gebrumme tauchte Stanley wieder auf.

»Der Öldruck hat nichts mit dem Reifendruck zu tun«, sagte er und sah verwirrt drein.

Ben schien momentan verblüfft, dann schüttelte er leise lachend den Kopf.

»Ich will es mir merken«, sagte er zu Stanley, der schon unterwegs zu seinem Laster war, um das Öl zu holen.

»Machen Sie die Motorhaube auf. Ich schätze, man braucht fünf oder sechs Liter«, brüllte Stan über seine Schulter.

Ben sperrte seinen Wagen auf und ließ die Verriegelung aufspringen.

»Wie gut, dass Sie Emma dabeihatten, junger Mann. Nachts kann man hier auf den Straßen verloren gehen«, sagte Stanley, während er Öl in den Einfüllstutzen goss.

Ben umrundete den Wagen mit der Taschenlampe, offensichtlich auf der Suche nach anderen Schäden.

»Also los, Emma Jean. Eure Karre ist voller Öl und fahrbereit. Starten Sie die Kiste«, wies er Ben an, der den Strahl der Lampe in den Graben neben dem Fahrzeug richtete.

»Noch nicht. Das habe ich im Graben gefunden«, sagte Ben und hielt eine Radmutter hoch. Er bückte sich und inspizierte den rechten Hinterreifen.

»Die Radnabe, die die Radmuttern bedeckt, zeigt Ölspuren.« Er zog ein Taschenmesser heraus und stemmte sie auf.

Der Deckel fiel ab, und der Lichtstrahl zeigte, dass der Reifen nur von zwei Muttern gehalten wurde, und auch die waren locker.

Stanley pfiff leise neben ihnen.

»Mann o Mann … jemand hat wohl etwas gegen Sie.« Er sah Ben genauer an.

»Sind Sie einer von diesen Umweltschützern?«

»Nein, bin ich nicht.« Er hielt die Radmutter ins Licht und sah Emma an.

»Es hätte einen bösen Unfall geben können, wenn wir dies vor dem Losfahren nicht entdeckt hätten.«

Am Horizont sah man Scheinwerfer, die sich von der Stadt her näherten. Zwei Sekunden nachdem die

Scheinwerfer sie erfasst hatten, heulte eine Sirene kurz auf.

»Was zum Teufel kann denn noch schiefgehen?«, sagte Ben, dessen Geduld sich dem Ende zuneigte.

»Das ist Ramseys Blazer«, sagte Emma.

»Warum er wohl kommt?«

Ben seufzte.

»Es muss um Michael gehen.«

12

Emma erkannte die Silhouette der Gestalt auf dem Vordersitz auf den ersten Blick. Sein hängender Kopf verriet, dass Michael Sands genau wusste, wie tief er in der Klemme steckte.

»Alles deine Schuld«, zischte sie Ben zu, als sie um das Heck des Polizeiwagens herumgingen.

»›Zieh los und handle dir Teenagerzoff ein‹, hast du ihm geraten. ›Häng mit deinen Kumpels ab‹, hat es geheißen. Ich schwöre, Ben, wenn Mikey bestraft wird …«

Sie wurde unterbrochen.

»In einer Situation wie dieser braucht Mike einen Vater, Emma. Bitte, überlasse alles mir.«

Verdammt, sie hasste es, wie er ihr die Worte an den Kopf warf. Jäh wich sie einen Schritt zurück. Er drückte ihr einen raschen Kuss auf die Wange und ging zum Sheriff, der aus seinem Wagen ausstieg.

Emma schlich sich auf Hörweite heran, dann aber sah sie, dass Mikey sie von oben bis unten musterte und feixte. Sie trat an sein Fenster.

»An deiner Stelle würde ich nicht so frech grinsen.« Sie öffnete seine Tür, dann sah sie …

»Handschellen!« Fassungslos starrte sie Sheriff Ramsey an.

»Die nehmen Sie ihm sofort ab!« Sie lief um die Vorderseite des Wagens und schob Ben aus dem Weg.

»Ramsey, Sie nehmen dem Jungen die Handschellen unverzüglich ab, andernfalls bekommen Sie nie wieder frisches Bettzeug, das schwöre ich!« Sie richtete ihren Zeigefinger auf ihn.

»Sollte Greta herausfinden, was Sie getan haben, bekommen Sie für den Rest Ihres Lebens verbranntes Essen vorgesetzt. Er ist doch nur ein Kind!«

Ramsey schnaubte.

»Michael ist so wenig Kind wie ich. Ich habe ihm eben eine kleine Lektion erteilt.«

»Über emotionale Verletzungen?«

»Nein, über das, was passiert, wenn man bei einer kriminellen Handlung ertappt wird«, erwiderte der Sheriff, dessen Miene ernst wurde.

»Und darüber, was passieren wird, sollte ich ihn wieder bei einem Unfug erwischen.«

»Schon gut, Nem«, äußerte Mikey neben ihr.

»Sheriff Ramsey ist sehr nachsichtig. Ich könnte jetzt im Knast sitzen, anstatt nach Hause gefahren zu werden.«

Sie wandte sich mit gefurchter Stirn an Mikey.

»Was hast du angestellt?«

Ramsey schloss Michaels Handschellen auf.

»Der Junge war mit seinen Freunden wieder dabei, einen Streich zu inszenieren – typisch Teenager eben. Ich habe versucht, ihm ein wenig Vernunft beizubringen, dieses Mal auf die harte Tour.«

Er steckte die Handschellen ein, dann strich er mit einer väterlichen Geste Emmas Haar über die Schulter zurück.

»Ihrem Jungen wird nichts passieren.« Er sah Ben an.

»Er hat einen klugen Kopf auf den Schultern. Er ist in Ordnung.«

»Kann ich jetzt nach Hause, Sir?«, fragte Michael.

»Ich kann nicht beweisen, dass du für den vorigen Schaden am Fahrzeug der Umweltschützer verantwortlich bist, Mike, aber diesmal habe ich dich in flagranti ertappt. Du kannst jetzt nach Hause gehen, aber sollte ich dich jemals wieder nach zehn Uhr abends in der Stadt erwischen, landest du hinter Gittern. Verstehen wir einander?«

»Ja, Sir.«

Ramsey nickte.

»Gut. Du bist viel besser, als dieser Unfug von heute Abend vermuten lässt, Michael.« Er blickte von Emma zu Ben, dann zurück zu Michael.

»Es gibt andere Dinge, für die du dich mehr interessieren solltest.«

»Er wird keinen Ärger mehr machen, Sheriff.« Ben brachte Emma zum Auto.

»Bleib im Wagen sitzen, während ich mit Mike das Rad festdrehe.«

»Ist etwas mit dem Wagen?«, fragte Sheriff Ramsey.

Ben drehte sich um.

»Nur ein gelockertes Rad. Das geht schon in Ordnung. Danke.«

Mikey trat an ihre andere Seite. Emma rieb sich die Stirn. Sich auf jemanden zu stützen, geschweige denn, sich verwöhnen zu lassen, war ihr ungewohnt. Es bereitete ihr ein Schwindelgefühl.

»Warum hast du Ramsey nichts vom Öl und den Reifen gesagt?«, fragte sie.

»Ausgerechnet jetzt möchte ich kein Aufsehen, außerdem können wir nichts beweisen. Es könnten Jugendliche gewesen sein, die mich für einen Umweltschützer gehalten haben.«

»Was ist mit dem Auto passiert?«, fragte Mikey.

»Jemand hat daran herumgespielt«, sagte Emma.

»Nimm die Taschenlampe und sieh nach, ob du im Graben noch Radmuttern findest, Mike«, bat Ben.

»Leute, wenn ihr mich nicht mehr braucht, mach' ich den Abgang«, sagte Stanley von der Fahrerseite seines Lasters.

Ben zog seine Brieftasche heraus.

»Ich möchte Ihnen etwas für das Öl geben – und für Ihre Hilfe.«

Stanley winkte ab.

»Nicht nötig. Emma Jean hat mir öfter aus der Patsche geholfen, als ich zählen kann.«

»Na, dann nochmals vielen Dank für Ihre Hilfe«, sagte Ben.

»Ich weiß sie zu schätzen.«

»Danke, Stanley«, rief Emma aus dem Fenster des Pick-ups und winkte ihm zu, als er in seine Fahrerkabine kletterte.

Ben stützte den Arm auf das Dach des Trucks und starrte sie wortlos und nachdenklich an. Man konnte sehen, wie die Rädchen in seinem Kopf sich drehten.

»Ich muss für ein paar Tage fort. Man braucht mich in New York. Warum kommst du mit Mike nicht mit?«

Emma wusste, dass er um ihre Sicherheit besorgt war.

»Leider geht es nicht. Ich muss mich um mein Unternehmen kümmern.« Sie blickte auf die Uhr am Armaturenbrett.

»In drei Stunden muss ich in meiner Maschine sitzen, nach Bangor fliegen und ein paar Gäste abholen. Montag beginnt die Elchjagdsaison für Bogenschützen.«

Seine Stirnfalten vertieften sich.

»Dann musst du eben eine Vertretung finden. Ich möchte euch zwei unbedingt dabeihaben.«

»Nimm Mikey mit. Er würde New York so gern sehen.«

»Ich möchte, dass du auch mitkommst.«

»Ich kann nicht.« Sie streckte die Hand aus und berührte seine Brust.

»Ben, nicht ich bin gefährdet. Du bist es. Meinetwegen brauchst du dir keine Sorgen zu machen.«

»Das besprechen wir morgen nach deiner Rückkehr«, sagte er und ging davon.

Emma starrte auf die dunkle Straße vor ihnen. Sheriff Ramsey war zurück nach Medicine Gore gefahren, Stanley war ihm gefolgt. Auf der einsamen Straße vor ihnen lastete wieder Stille bis auf das leise Gemurmel von Mikey und seinem Vater, die sich am Heck des Wagens betätigten.

Ben schien echt in Sorge. Sein Ton hatte es ihr verraten, als er sie bat, ihn nach New York zu begleiten, und sie hatte es in seinen angespannten Zügen gelesen, als sie ablehnte. Eigentlich ganz nett, wenn jemand sich um einen sorgte.

Irgendwie ... tröstlich.

Sie saß im Auto, nahm die Stille der Nacht in sich auf und fragte sich, ob Ben überhaupt klar war, was mit ihm geschah. Im Moment setzte er in rauen Mengen Moos an. Er hatte seinen Sohn lieb gewonnen, er hatte die Tante seines Sohnes gebeten, ihn zu heiraten, und beim Tanzabend hatte er der Stadt versprochen, den Mann zu finden, der vor sechzehn Jahren den Damm gesprengt hatte.

Jawohl. Er steckte knietief im Moos.

»Mir wäre wohler zumute, wenn ihr beide mitkommen würdet.«

»Dir tut es nur leid, auf Mikeys Kochkünste verzichten zu müssen«, erwiderte Emma geduldig.

Sie saßen alle um den Küchentisch herum. Ben hatte sein Gepäck schon in seinen Wagen verladen, unternahm aber einen letzten Versuch, sie und Mikey zum Mitfahren zu überreden. Als er merkte, dass sie von ihrem Standpunkt nicht abweichen würde, hatte Ben nachgegeben und gesagt, Michael solle bei ihr bleiben. Emma hatte ob seiner Argumente gottergeben die Augen verdreht und dafür plädiert, dass Mikey mitfahren und die Lichter der Großstadt bestaunen sollte. Mikey hatte nur die Arme verschränkt und leise und beharrlich gesagt, dass er bleiben wollte.

Nun saßen sie um den Küchentisch bei einem Abschiedsimbiss.

»Ben, mach dir nichts draus. Du bist nicht der Erste, der sich mit uns und unserer Sturheit abfinden musste.« Sie blinzelte Mikey zu.

»Richter Bracket hatte auch kein Glück.«

Mickey stellte mit leisem Lachen seine Kaffeetasse ab.

»Der Mann konnte mit keinem von uns beiden etwas anfangen.«

Wie beabsichtigt lenkte die Erwähnung eines Richters Bens Aufmerksamkeit von seiner trüben Stimmung ab.

»Wer ist Richter Bracket?«

»Er war der Richter, der mich zu Mikeys Vormund gemacht hat.«

Ben bedachte sie mit einem neugierigen Blick.

»War es schwierig, die Vormundschaft zu bekommen? Damals kannst du höchstens zwanzig oder einundzwanzig gewesen sein, und du warst ledig.«

»Ich habe den Antrag auf Vormundschaft erst gestellt, als Mikey fast acht war und ich dreiundzwanzig. Nach Kellys Verschwinden war es kein Thema, dass er mit mir zusammenlebte. Alle im Ort dachten wie ich, sie würde bald zurückkommen.«

»Ich bin schon zur Schule gegangen, ehe Mom fortgegangen ist«, setzte Mike hinzu.

»Deshalb war es nicht Nem, die mich anmelden musste.«

»Mike hat also drei Jahre ohne Wissen der Behörden allein bei dir gelebt?«

Emma griff über den Tisch und fasste nach seiner Hand.

»Ben, das musst du verstehen. Die Leute hier haben Mikey meist mit *mir* und nicht mit Kelly gesehen. Als ein Jahr vergangen war und sie nicht wiederaufgetaucht ist, war niemand gewillt, die Behörden zu verständigen. Niemand wollte, dass man mir Mikey wegnahm.«

»Wann kam also Richter Bracket ins Spiel?«

»Als Michael sich das Bein gebrochen hat und in Bangor behandelt werden musste. Das Krankenhaus in Greenville hat uns dorthin überwiesen, da der komplizierte Bruch eine spezielle Behandlung erforderlich machte. Ich habe als Vormund unterschrieben, aber dummerweise in Bangor erwähnt, dass ich seine Tante wäre.«

»Da war die Hölle los«, erinnerte sich Mikey mit einem Grinsen.

»Mikey hat die Leute ›Kinderpolizei‹ genannt.«

»Ich war acht«, verteidigte sich Mike.

»Man wollte mich dir wegnehmen und in ein Heim bringen, bis man dir die Vormundschaft legal übertragen konnte.«

»O Gott.« Ben schien bestürzt.

»Man wollte ein Kind nach dem Trauma einer Operation aus seiner gewohnten Umgebung reißen?«

»Keine Sorge, Dad. Nem hat es nicht zugelassen.«

»Worauf du dich verlassen kannst. Ich habe ihn heimlich aus dem Krankenhaus geholt, sobald er reisefähig war, und ihn nach Medicine Gore geflogen. Dort habe ich ihn bei Greta und Sable versteckt.«

»Aber man muss dich aufgespürt haben«, sagte Ben, der noch immer erschrocken wirkte.

»Als sie vor meiner Tür standen, habe ich ihnen die Hölle heißgemacht, weil mein Neffe aus ihrer Obhut verschwunden war.« Sie lachte laut auf.

»Du hättest ihre Gesichter sehen sollen, als sie Mikey nicht finden konnten und ich sie wütend beschimpfte, weil der Junge verschwunden war.«

Ben stimmte in ihr Lachen nicht ein.

»Und was war mit Richter Bracket?«

»Ich habe mir einen Anwalt genommen und beim Bundesstaat um die Vormundschaft ersucht. Damals ging es im Gerichtssaal zu wie in einem Zoo.«

»Ich kam zwischen Nem und unserem Anwalt auf Krücken dahergehumpelt, hinter uns ganz Medicine Gore«, erklärte Mikey, von einem Ohr zum anderen grinsend.

»Etwa zehn Sozialarbeiter und Anwälte haben sich wie Aasgeier auf mich gestürzt, mir Fragen gestellt und Nems Verhaftung gefordert.«

Emma glaubte schon, der Kaffeebecher, den Ben umfasst hielt, würde zu Bruch gehen.

»Richter Bracket hat ständig mit seinem Hämmerchen auf den Tisch geschlagen und zur Ordnung gerufen«, sagte Michael.

»Hat man dich verhaftet?«, fragte Ben und sah sie an.

»Weswegen denn? Niemand konnte beweisen, dass ich etwas Unrechtes getan hatte.«

»Das Beste kommt noch«, warf Mikey ein.

»Richter Bracket hat sich zwei Stunden lang bemüht, Sinn in das totale Durcheinander zu bringen. Er wollte wissen, wo meine Mutter wäre, und wir haben gesagt, dass wir es nicht wüssten. Dann wollte er wissen, wo mein Vater wäre. Wieder haben wir gesagt, dass wir es nicht wüssten.«

»Dann hat Mikey zu Bracket gesagt, wenn er nicht bei mir bleiben dürfe, würde er davonlaufen und verschwinden wie seine Eltern. Als er seine kleine Rede vor dem Richter beendet hatte, war kein Auge im Gerichtssaal trocken geblieben.«

Ben setzte sich aufrechter hin.

»Aber die Behörden hätten *mich* suchen müssen, ehe sie dir die Vormundschaft übertragen haben.«

Emma schüttelte den Kopf.

»Kelly hat auf der Geburtsurkunde eingetragen, der Vater wäre unbekannt.«

»*Du* kanntest den Vater.«

»Ja«, musste sie zugeben. Sie drehte ihre Tasse zwischen den Händen, als sie ihm direkt ins Gesicht sah.

»Aber ich wollte es ihnen nicht sagen. Ich hätte Mikey verlieren können.«

Ben schaute seinen Sohn an. Seine Miene wurde weich, als er matt seufzte.

»Ich verstehe. Und du warst auch nicht bereit, mich zu finden.«

»Ich hatte Angst«, gestand der Junge.

»Nem war alles, was ich hatte. Ich wollte nicht bei einem Fremden leben.«

Ben sah wieder Emma an.

»In der Stadt wusste man von mir; du hast gesagt, Mikes Herkunft wäre kein Geheimnis gewesen. Und niemand hat etwas gesagt?«

»Du warst nicht sehr gut angeschrieben. Man wollte einem Mann, den man für einen Mörder hielt, nicht einen kleinen Jungen ausliefern.«

Da fiel ihr ein – jemand hatte in letzter Zeit aber gewollt, dass Ben hierherkam.

»Moment«, sagte sie und stand auf.

»Ich möchte, dass du dir einen Bogen Briefpapier ansiehst.« Sie lief in ihr Schlafzimmer.

»Hier«, sagte sie, als sie wieder in die Küche kam und den Bogen, den sie bei Wayne hatte mitgehen lassen, auf den Tisch legte.

»Was ist das?«, fragte Ben und griff nach dem Bogen.

»Wurde der Brief, den du bekommen hast, auf diesem Papier geschrieben?«

»Keine Spur. Das hier sieht eher aus wie ein Schreibmaschinenbogen. Mein Brief wurde auf feinem Briefpapier geschrieben. Woher hast du das?«, fragte er und legte den Bogen wieder auf den Tisch.

Emma griff zu ihrer Tasse.

»Ich habe es gestern aus Waynes Schreibtisch entwendet, da ich es für möglich gehalten habe, dass er dir in seiner Verbitterung geschrieben hatte, um Unruhe zu stiften.«

»Du bist in sein Haus eingebrochen?«

»Er wohnt bei Greta. Sie hat mich gebeten, seine Wäsche auf sein Zimmer zu bringen. Und während ich da war, dachte ich …«, sie hob die Hände, »… ich dachte, Wayne hätte den Brief vielleicht geschrieben!«

Bens Miene war undurchdringlich.

»Das gefällt mir nicht«, sagte er schließlich.

»Ich bin nicht ertappt worden. Und es ist ja nur ein Stück Papier.«

»Nein. Es passt mir nicht, dass wir nicht wissen, von wem der Brief gekommen ist. Und es gefällt mir auch nicht, dass es da draußen jemanden gibt, der sich plötzlich entschlossen hat, in unser Leben einzugreifen.«

Emma sah zu Mikey hin.

»Hast du eine Idee?«

»Nein. Alle wissen seit Jahren, wer mein Vater ist. Ich wüsste nicht, warum jemand plötzlich beschließt, ihn zu kontaktieren.«

Emma zog die Schultern hoch.

»Wahrscheinlich irgendein Wichtigtuer aus dem Ort.« Sie stand auf und sammelte die Tassen ein.

»Wir werden mit der Zeit herausfinden, wer den Brief geschickt hat. Wo ist er übrigens? Vielleicht wäre es hilfreich, wenn ich ihn sehe.«

»In New York. Ich habe ihn bei einer Detektivagentur hinterlassen, werde ihn aber mitbringen, wenn ich wiederkomme. Emma, was bedeuten die Zahlen auf Poulins Briefbogen?«

Sie drehte sich an der Spüle um und sah, dass Ben das Papier studierte.

»Ach, das sind Koordinaten, die ich unter seinem Löschpapier auf dem Schreibtisch gefunden habe. Ich weiß nicht, warum ich sie mir notiert habe. Ich war einfach neugierig.«

Bens Miene verfinsterte sich.

»Du hast in seinem ganzen Zimmer herumgeschnüffelt?«

»Ich habe die Briefe gesucht, die ihm Kelly geschrieben haben soll, wie er immer behauptet hat.«

»Das ist ein Punkt nordwestlich von hier, Nem«, sagte Mikey, der den Papierbogen studierte, den er Ben abgenommen hatte.

»Worauf hatte er diese Ziffern notiert? Auf einer Landkarte?«

»Nein.« Sie trat näher und blickte ihm über die Schulter.

»Sie standen auf einem alten vergilbten Zettel. Wie ich schon gesagt habe, war ich neugierig, warum er sie sich notiert hatte.«

Ben umfasste ihre Schulter und küsste sie voll auf den Mund. Dann zog er Mikey von seinem Stuhl hoch und drückte ihn in einer Umarmung an sich, die einen Schwächeren umgeworfen hätte.

»Dienstagmorgen bin ich wieder da. Ich möchte euch hier antreffen ohne Knochenbrüche oder Beinaheverluste. Also, schön brav sein, dann bringe ich euch beiden aus New York etwas Schönes mit.« Nach dieser letzten Anweisung öffnete er die Tür und ging. Emma und Mikey sahen einander an und fingen zu lachen an.

»Nem, hast du das gesehen? An seiner Jacke klebte tatsächlich Moos.« Mikey schlenderte hinter seinem Vater hinaus.

»Ich wette, das geht nicht wieder ab, und wenn er noch so fest reibt.«

13

»Also … das stünde zur Auswahl«, sagte Emma, als sie den Schuppen betrat.

»Wir können Brennholz stapeln, die Boote winterfest machen, das Flugzeug und meinen Wagen waschen, oder aber wir können feststellen, was es mit Waynes Koordinaten auf sich hat.«

Mikey blickte von dem Generator auf, den er auf seine Funktionstüchtigkeit überprüfte.

»Ich stimme für Letzteres.«

»Gut. Du holst jetzt alle Unterlagen über dieses Gebiet und suchst das Hand-GPS. Ich packe indessen Proviant für uns ein.«

»Fliegen oder fahren wir?«

»Wir fliegen«, gab Emma im Hinausgehen über ihre Schulter zurück.

»Du brauchst noch Übung für Landeanflüge auf kleinen Wasserflächen. Am Smokey Bog bist du die Sache zu hitzig angegangen.«

Emma hatte zwei Rucksäcke in die Maschine verladen, als Mikey mit seiner eigenen Tagesausrüstung daherkam. Er hatte eine Rolle Landkarten dabei, das GPS, seine Flinte und Homer, die jüngste Brieftaube. Emma nahm kopfschüttelnd Homers Käfig und stellte ihn auf die Rucksäcke auf dem Hintersitz der Maschine, damit der Vogel Ausblick aus dem Fenster hatte. Sie kletterte auf den Passagiersitz und reichte Mikey die Kopfhörer, als er neben ihr einstieg.

»Das ist Mogelei, Nem. So kann er das Gelände beobachten und sich seinen Rückweg einprägen.«

»Aber denk doch mal, wie aufregend das für ihn ist. Er kann seinen Freunden erzählen, dass er tatsächlich mit über hundert Meilen in der Stunde geflogen ist.«

»Du verwöhnst die Vögel.«

»Nicht ärger als dich«, gab sie zurück, zog die Checkliste heraus und reichte sie ihm.

»Wenn ich beispielsweise für dich die Inspektion vor dem Flug erledige. Alle Systeme sind in Ordnung. Los, wir fliegen mit diesem Vogel in den Himmel.«

»Wenn Dad dahinterkommt, gibt es Ärger«, warnte er, überprüfte die Instrumente und startete die Maschine.

»Dann sorgen wir dafür, dass er nicht dahinterkommt. Gib mir die Karten, und bring uns in die Luft, Wunderknabe. Wir werden zurück sein, ehe Ben anruft.«

»Du glaubst, dass er anrufen wird?«

Emma schnaubte nur und rollte die Karten auf.

Mit dem Selbstvertrauen eines Menschen, der weiß, dass auf seiner Schulter ein Schutzengel sitzt, ließ Mikey die Maschine in die Mitte der Bucht gleiten.

»Nem, du musst lächeln und Crazy Larry zuwinken«, sagte er über Kopfhörer.

»Ich kann ihn nicht sehen.«

»Er beobachtet uns von seinem Panoramafenster aus durch seinen Feldstecher.«

Emma griff zu ihrem eigenen Feldstecher und richtete ihn auf das Ufer. Natürlich … da hockte Larry, dieser lästige Querulant, und beobachte sie mit Argusaugen. Am liebsten hätte sie ihm mit einer sehr wenig damenhaften Geste geantwortet, wollte aber die Situation nicht unnötig verschlimmern. Stattdessen lächelte und winkte sie und beobachtete, wie er völlig verblüfft instinktiv zurückwinkte.

Der kauzige Alte hatte Mikey wüst als Landplage und Quälgeist beschimpft, als dieser seine Docks mit der Maschine streifte und sie demolierte. Die FAA war gekommen und hatte gedroht, ihr die Lizenz abzunehmen. Das wäre auch geschehen, hätte Michael nicht frech gelogen und behauptet, er hätte die Maschine ohne ihr Wissen geflogen. Sogar Sheriff Ramsey war an den Tatort gerufen worden. Da er aber mit Emma und Mikey schon geflogen war, wenn der Junge am Steuer saß, und wusste, wie groß ihr Einfluss auf Greta war, hatte Ramsey es vorgezogen, die Unterlagen irgendwie zu verlegen.

Das Leben in einem kleinen Nest brachte gewisse Vorteile mit sich.

»Wo möchtest du landen?«, fragte Michael, als sie in der Luft waren und auf Kurs Nordwest gingen.

Emma gab Waynes Koordinaten in das Fernnavigationssystem ein.

»Fliegen wir hin und schauen wir uns erst mal um,

dann suchen wir uns zur Landung ein Gewässer in der Nähe«, sagte sie, ins Studium der Karte vertieft.

»Was glaubst du, dass wir dort finden werden?«

»Ich habe keinen Schimmer, Mikey. Vielleicht sind es reine Hirngespinste meinerseits. Ebenso gut könnte es ein Vermessungspunkt sein, den Wayne sich für künftige Einschläge notiert hat.«

»Du hast gesagt, der Zettel hätte alt ausgesehen.«

»Das stimmt. Das muss wohl meine Neugierde geweckt haben.« Sie sah ihn an, konnte aber nur sich selbst in seinen verspiegelten Augengläsern sehen, als er ihren Blick erwiderte.

»Möchtest du zurückfliegen und stattdessen Holz stapeln?«

Er grinste.

»Nein. Das hier ist immer noch besser als Arbeit. Und ich bin allzeit bereit für eine Nachhilfestunde bei meiner Lieblingstante.«

»Deiner *einzigen* Tante. Und der besten Fluglehrerin, die du jemals haben wirst. Warum hast du Ben noch nicht zu einem Flug mitgenommen?«

»Ich habe es ihm angeboten. Er hat gesagt, er müsse sich erst von seinem letzten Flug erholen.«

»Also mal ehrlich, was hältst du von ihm? Entspricht er deinen Erwartungen?«

Mikey ließ den Blick den Horizont entlangwandern und überprüfte sodann mit einem Blick nach unten die zurückgelegte Stecke.

»Das tut er – über die Maßen. Er gefällt mir. Er ist intelligent und interessant, und er hat Humor. Aber ich glaube, dass er ein wenig … nun, dass er von allem irgendwie überfordert ist.«

»So kann man es auch sagen. Ich kann mir nicht denken, dass er mit uns beiden etwas anfangen kann.«

»Er versucht es aber«, erklärte er ihr mit der Aufrichtigkeit eines loyalen Sohnes.

»Aber weißt du, was ich am besten finde?«

»Was denn?«

»Es ist mehr an ihm, als er erkennen lässt. Angeblich hat er sich hier verirrt, aber das glaube ich nicht. Ich glaube vielmehr, dass er die Begegnung hinausschieben wollte, weil er nervös war. Aber dann gibt es noch diese andere Seite an ihm. Eine unsichtbare. Es ist mehr ein Gefühl, das ich habe. Ich glaube, dass man ihm lieber nicht über den Weg laufen sollte, wenn er richtig wütend ist. Man könnte ihn auch für einen rastlosen Menschen halten, der nirgends Wurzeln schlägt, doch ich halte ihn für solide wie Granit. Und wenn es einen Kampf auszufechten gilt, möchte ich an seiner Seite und nicht auf der gegnerischen sein.«

Emma musste ihm recht geben. Es war mehr an Benjamin Sinclair, als er erkennen ließ. Es gab eine harte Seite. Vielleicht sogar eine tödliche.

Und es gab eine stark ausgeprägte beherrschte Seite.

Sie dachte an den Morgen, als sie im Wald erwacht waren, und an die Knarre, die er bei drohender Gefahr gezogen hatte. Dieselbe Waffe hatte er nicht gezogen, während vier Männer ihn besinnungslos schlugen, weil er verhindern wollte, dass die Lage bis zu einem Punkt eskalierte, an dem es keine Umkehr mehr gab.

Dies erforderte eine Stärke, die den meisten Männern fehlte.

An dem Tag, als Galen Simms sie angriff, hatte sie einen flüchtigen Blick auf Ben am Rand der Gewaltanwendung werfen können. Aber auch in diesem Moment war es beherrschte, wenn auch tödliche Gewalt gewesen.

»Mikey, du könntest recht haben. Ich verwette Medicine Creek Camps, dass wir an Ben nur seine zivilisierte Oberfläche kennen. Und wie du möchte ich nicht auf der Gegenseite stehen, wenn der Lack abgeht.«

»Dann tätest du gut daran, den Mann zu heiraten, Nem. Uns beiden zuliebe.«

»Er hat es dir gesagt!«

Er sah sie grinsend an.

»Ich bin sein größter Verbündeter.«

»Na, lieber Verbündeter, wir sind da«, sagte Emma ein wenig barsch, da sie nicht weiter auf das Thema eingehen wollte.

»Eine Linkskurve, und dann wollen wir sehen, was es da unten gibt.«

Dort unten war gar nichts. Nichts als alter Baumbestand, so weit das Auge reichte. Sie kreisten dreimal über dem Gelände, ehe Emma entschied, dass sie landen und zu ihrem Ziel laufen sollten. Sie deutete auf einen kleinen See, dessen Größe eine Landung gerade noch zuließ. Mikey kreiste gekonnt über dem Gelände und überlegte, wie er landen sollte. Als erfahrener und geborener Buschpilot setzte er die Cessna auf der gewählten Stelle so geschickt auf, dass noch ein Abstand bis zum Ufer blieb.

»Nimm das GPS und Homer«, sagte sie und griff nach hinten nach den Rucksäcken.

»Ich schätze, dass wir etwa eine Meile gehen müssen.«

Es zeigte sich, dass es eher zwei waren, da sie eine tiefe Rinne im Gelände umgehen mussten. Mit Hilfe ihres GPS ortete Emma die Stelle und ging so lange, bis das System ihr meldete, dass der angepeilte Punkt erreicht war.

»Hier ist nichts«, sagte Mikey.

»Nur Bäume.«

Emma runzelte die Stirn. Er hatte recht. Hier gab es nur Hunderte von Morgen Wald nach allen Richtungen.

»Ich weiß, dass ich die Koordinaten richtig notiert habe. Ich habe sie zweimal kontrolliert.« Sie lachte.

»Mir ist dieser Mensch so zuwider, dass ich ein Geheimnis heraufbeschworen habe, das nicht existiert.«

»Immer noch besser als Holz stapeln.«

»Nicht wirklich. Da hätten wir wenigstens etwas zum Herzeigen gehabt.«

»Wir müssten uns trennen und den Kreis erweitern«, schlug er vor. Er stellte Homer hin und ließ seinen Rucksack neben den Vogel fallen.

»Könnte ja sein, dass Wayne hier den Standort eines alten Holzfällerlagers aus dem neunzehnten Jahrhundert entdeckt hat. Oder einen alten Lombard. Hier draußen sollen noch einige dieser alten Dampfmaschinen vor sich hin rosten.«

»Vielleicht hat er sich hier früher mit Kelly getroffen.« Emma ließ ihren Rucksack neben den von Mikey fallen.

Der Junge schüttelte den Kopf.

»Nein, das ist zu weit draußen. Sie haben sicher einen näheren Ort gefunden.«

Emma starrte ihn an.

»Nur ein Scherz, Mikey. Und wie kannst du über deine Mutter sprechen, als wäre sie … nun, als wäre sie einfach irgendeine Frau?«

Er stützte die Hände in die Hüften und erwiderte ihren Blick trotzig, wütend und zugleich verloren.

»An dem Tag, als sie mich verlassen hat, hat sie aufgehört, meine Mutter zu sein.« Sein Gesicht war scharf vor Wut und sein Kinn vorgestreckt, als er fortfuhr:

»Eigentlich war sie auch keine richtige Mutter, als sie noch da war. Meine Kindheitserinnerungen zeigen nur dich. Kelly war nur eine Frau, die bei uns gewohnt hat.«

»Das ist nicht wahr, Mikey. Deine Mutter hat dich geliebt, so sehr sie konnte.« Sie legte die Arme um seine Mitte und umarmte ihn.

»Michael, sie war innerlich so verloren. Nach Dads Tod und nachdem sie entdeckt hat, dass sie schwanger war, hat sie sich nie wieder richtig erholt. Schwäche ist kein Verbrechen, Mikey. Sie ist nur menschlich. Du musst deine Mutter trotz ihrer Mängel lieben.«

Sie seufzte, als sie spürte, wie er seine Arme unsicher um sie legte.

»Man hat ihr geraten, dich zur Adoption freizugeben, doch sie hat es nicht getan. Sie hat dich geliebt, soweit sie dazu fähig war. Sie wusste nur nicht, was sie mit dir anfangen sollte, als du zur Welt gekommen bist.«

»Du scheinst aber kein Problem mit mir gehabt zu haben.«

Als sie von ihm abrückte, war ihre Miene ernst.

»Ach was, ich hatte mehr Probleme mit dir, als ich zählen kann. Die letzten fünfzehn Jahre musste ich ständig versuchen, dir einen Schritt voraus zu sein.«

Michael ließ die Arme sinken und blickte um sich.

»Ist es hier nicht richtig unheimlich, Nem?«, fragte er leise.

Seine Worte jagten ihr Schauer über den Rücken. Sie rieb ihre Arme und blickte sich ebenfalls um.

»Ja«, hauchte sie, »jetzt, wo du es sagst …

»Ich habe das Gefühl, wir werden beobachtet«, sagte er und kam näher.

Emma versuchte, das Gefühl mit einem Schulterzucken abzutun.

»Wahrscheinlich nur ein Rotluchs. Die schnüffeln gern herum. Beim Wandern belauern sie mich oft.«

»Der Holzstapel kommt mir immer erstrebenswerter vor. Fliegen wir rasch zurück.«

Emma schüttelte sich. Es war der Wald, den sie kannten und liebten, und nicht die Szenerie eines Stephen-King-Romans. Sie ging zu Homer und holte den Vogel aus dem Käfig.

»Erst lassen wir das kleine Kerlchen losfliegen.«

Mikey holte eine Nachrichtenkapsel aus seiner Tasche.

»Was sollen wir schreiben?«

»Wer zuletzt heimkommt, ist ein faules Ei.«

Mikey lächelte beim Schreiben.

»Wie wär's mit ›Der Letzte muss das Dinner kochen‹?«

Emma rümpfte die Nase.

»Oder das Dinner *sein?* Homer kann nicht kochen.«

Michael stopfte die Botschaft in die Kapsel und befestigte diese behutsam an Homer.

»Er könnte unterwegs ein paar Grillen fangen.«

Emma verdrehte die Augen und ließ den Vogel los.

»Du musst ihn dir genau ansehen, Mikey. Von dem Kleinen könntest du fliegen lernen«, sagte sie, als sie dem Vogel nachsahen, der sich in die Lüfte erhob. Er kreiste einmal über ihnen, dann noch einmal und ließ sich in einiger Entfernung auf einem Ast nieder.

»Und das will eine Brieftaube sein«, sagte Mikey. »Sitzt da und beobachtet uns.«

»Er ist noch jung. Er weiß noch nicht, dass er sich beeilen sollte.«

Mikey schnaubte.

»Er will in der Maschine zurückfliegen. Ob der Flug seinen inneren Kompass durcheinandergebracht hat?«

»Vielleicht genießt er nur seine Freiheit«, gab Emma

zu bedenken. Sie hob die Hand und beschattete ihre Augen, als sie diese zusammenkniff und zum Baum hinaufblickte.

»Oder er genießt die Aussicht.«

»Oder vielleicht werden *wir* ihn als Dinner haben«, sagte Mikey.

Emma reichte ihm seinen Rucksack.

»Los, Waldläufer. Wir sehen uns hier rasch um und fliegen wieder ab. Die Wolken sehen nach Schlechtwetter aus.«

Mikey folgte ihrem Blick, als er seinen Rucksack schulterte.

»Für heute Abend ist eine Kaltfront angesagt.«

»Das wäre sehr früh im Jahr.«

»Wir sind gerüstet. Es sind nur noch zwei Boote winterfest zu machen. Und der Schnee wird den Jägern gute Fährten liefern.«

»Apropos Jäger, wohin ist eigentlich Pitiful verschwunden? Die ganze Woche hat er sich nicht blicken lassen.« Emma hievte ihren Rucksack auf den Rücken.

»Ich kann nur hoffen, dass er wohlauf ist.«

»Niemand, der seine fünf Sinne beisammen hat, würde diesen Elch erlegen, Nem. Er ist keine Trophäe, weil ihm ein Geweihast fehlt. Und niemand würde es wagen, sein Fleisch zu verzehren, aus Angst vor einer Elchseuche oder Ähnlichem.«

Emma angelte ihr GPS heraus, schaltete es ein und studierte die Anzeige, als diese über Satellit kam.

»Ich kapiere es nicht. Warum wollte Wayne sich diese Koordinaten merken? Auf seinem Schreibtisch war alles tadellos aufgeräumt, kein Kram, keine Papiere, nichts. Es herrschte totale Ordnung.«

»Na, vielleicht hat er hier alle Leichen vergraben«, schlug Mikey vor und vollführte mit den Händen würgende Bewegungen.

»Wahrscheinlich ist er ein Serienkiller. So wie der spinnt …«

Emma schaltete das GPS aus und steckte es in die Tasche.

»Er ist ein wenig … anders«, gab sie zu.

»Aber nur weil du ihn nicht magst, kannst du ihn nicht gleich zum Psychopathen stempeln.«

»Und das sagt ausgerechnet die Frau, die sein Zimmer durchsucht hat und nicht existierende Briefe finden wollte und die nun herausfinden möchte, was er hier draußen im großen Nichts versteckt hat.«

»Vielleicht ist Wayne Drogenhändler und benutzt die Stelle als Zwischenlager.«

Michael nickte bedächtig.

»Das ergäbe Sinn. Die Gelegenheit zum Drogenhandel hätte er, da er diese Wälder durchstreifen kann, ohne Verdacht zu erregen.«

»Eine an den Haaren herbeigezogene Idee«, sagte Emma darauf.

»Aber eine glänzende.«

»Wo aber bleibt dann das Drogengeld? Wayne lebt nicht eben in Saus und Braus.«

»Er versteckt es. Eines Tages wird er einfach verschwinden und irgendwo am anderen Ende der Welt neu durchstarten.«

Michael erwärmte sich für die Idee.

»Okay, Sherlock, jetzt arbeiten wir ein Szenario aus. Wie gelangen die Drogen an diesen Ort?«

»Sie werden aus der Luft abgeworfen. Wayne holt das Zeug ab und schafft es in die Stadt.«

Verdammt, das Szenario wurde immer wahrscheinlicher.

»Dann muss es hier irgendwo einen Transportweg geben.«

Michael holte die Landkarte aus seinem Gepäck und entfaltete sie, wobei er sich so umdrehte, dass die Strahlen der untergehenden Sonne durch die Bäume auf die Karte fielen.

»Hier ist einer.« Er blickte nach Osten.

»Er zweigt von der Golden Road ab. Laut Karte ein alter Weg. Mit einem Lastwagen vielleicht nicht mehr passierbar.«

»Diesen Weg suchen wir und stellen fest, ob er befahren wurde«, schlug Emma vor. Sie griff nach Homers leerem Käfig und marschierte in östlicher Richtung los.

Neben ihr gehend faltete Mikey seine Karte so zusammen, dass der Teil, den er brauchte, frei einzusehen war.

»Und wenn der Weg befahren wurde? Was dann?«

Emma bahnte sich ihren Weg durch das Unterholz.

»Dann können wir zu Ramsey gehen und unseren Verdacht melden.«

Michael hielt einen Zweig fest, damit sie ungehindert passieren konnte.

»Der würde uns nur auslachen. Wir haben keine Beweise in der Hand, nur ein paar Koordinaten, die nichts markieren und die wir uns illegal verschafft haben.«

Emma blieb stehen und sah ihn eindringlich an.

»Wir berichten Ramsey von unserem Verdacht und lassen dann die ganze Sache fallen. Du wirst dich nicht auf die Suche nach Beweisen machen, verstanden? Du wirst deine Nase nicht in Dinge stecken, die auch nur annähernd gefährlich sind.«

»Möchte wissen, was wir nach Dads Meinung machen sollten«, sagte er, wohl wissend, dass Ben Wayne Poulin nur allzu gern in ganz große Schwierigkeiten gebracht hätte.

»Wenn du es Ben verrätst, wirst du ihm zuerst sagen müssen, dass wir unsere Nase schon tief in die Sache gesteckt haben. Was meinst du, wie er *diese* Nachricht aufnehmen würde?«

»Er würde uns eine Strafpredigt halten und nach einiger Überlegung zu der Auffassung gelangen, dass man diese Gelegenheit nicht ungenutzt lassen kann.«

»Michael Sands, du bekommst ein volles Jahr lang Zimmerarrest«, sagte Emma und drängte sich an ihm vorüber durch das Unterholz.

Mit diesem kleinen Ausflug hatte sie die Büchse der Pandora geöffnet und wusste nun nicht, wie sie den Deckel auf dem verdammten Ding wieder schließen sollte.

Wenn Ben beschloss, sich auf diese Sache einzulassen, dann Gnade ihnen Gott!

Einige hundert Meter weiter östlich stießen sie auf den Weg. Wie auf der Karte eingezeichnet, handelte es sich um einen alten Weg für Holztransporte, einen Berg hinauf, an dessen Flanken seit über vierzig Jahren nicht mehr abgeholzt worden war. Er war stark mit Buschwerk bewachsen, aber einigermaßen befahrbar. Emma und Mikey standen in der Mitte der alten Fahrspur und warfen Blicke in beide Richtungen.

»Hier geht es ja, aber weiter unten könnten alte Brücken oder Unterführungen weggespült worden sein«, sagte Emma.

Mikey ging los, in Richtung Golden Road, den Blick auf den Boden gerichtet.

»Seit letztem Frühjahr wurde hier gefahren.« Er schob Zweige beiseite und untersuchte sie.

»Geknickte Zweige, aber schon verwelkt.«

»Viele Leute sind neugierig, wohin diese alten Wege führen«, sagte Emma, die hinter ihm ging und den Schotterbelag studierte.

»Das heißt noch lange nicht, dass es Wayne war.«

Wortlos gingen sie weiter und hielten Ausschau nach Spuren, die auf Benutzung in letzter Zeit hingedeutet hätten.

»Vielleicht ist es gar keine Abwurfstelle mehr«, sagte Emma nach einer Weile.

»Vielleicht war es nie eine.«

Mikey blieb abrupt stehen und ging in die Knie, um den Boden vor sich abzutasten.

»Diese Spur ist frisch«, sagte er und blickte sich um. Er richtete sich auf und ging ein paar Schritte zurück.

»Und sieh doch. Hier hat ein Lastwagen gewendet.« Er griff nach einem Strauch und befingerte einen gebrochenen Ast.

»Das ist frisch.«

Emma kam nach und besah sich die Spuren auf dem Weg. Tatsächlich. Ganz frisch. Sie blickte erst in beide Richtungen, sodann den bewaldeten Berghang hinauf. Zum zweiten Mal an diesem Tag lief es ihr kalt über den Rücken.

»Heute war jemand da«, sagte sie und ging weiter bis zu einer Schlammpfütze, durch die eine Reifenspur führte. Der Boden ringsum war noch nass vom Wasser, das der Wagen hatte aufspritzen lassen.

»Eben erst.« Sie drehte sich zu ihrem Neffen um.

»Mikey, jetzt ganz rasch zurück zur Maschine … das gefällt mir gar nicht.«

»Aber Nem … jetzt wird es erst interessant.«

»Nein, es wird unheimlich. Wie groß ist die Chance, dass zwei verschiedene Partien an dieser Stelle zusammentreffen?«

»Uns kann niemand gefolgt sein. Wir sind geflogen.«

»Aber Wayne hat gewusst, dass ich an seinem Schreibtisch war. Vielleicht wollte er überprüfen, ob ich die Koordinaten entdeckt habe und mich hier umsehe.«

»Er weiß es? Wie das?«

Emma spürte, wie sie errötete.

»Ich muss die Ordnung auf seinem Schreibtisch gestört haben. Oder er zählt seine Briefpapierbögen.«

Mikey ließ den Blick besorgt über die direkte Umgebung wandern.

»Wenn Wayne das Gebiet hier zum Drogentransport nutzt, dann kennt er es sehr gut. Er würde wissen, wo wir gelandet sind. Wir sollten rasch zu unserer Maschine zurück und nachsehen, ob sie entdeckt wurde.«

»Wir werden sie mit der Lupe untersuchen.« Emma ging den Weg weiter auf der Suche nach einem Wildwechsel, der in nordwestlicher Richtung abzweigte.

»Und dann fliegen wir nach Hause und lassen die ganze Sache fallen. Sich ihretwegen in Gefahr zu begeben lohnt nicht.«

Sie redete zu den Bäumen. Mikey stand noch immer mitten auf dem Weg und starrte sie an.

»Es lohnt sich nicht, dass man der Sache nachgeht? Nem, nichts zu tun wäre sträflich. Der Bursche könnte ein Drogenhändler sein.«

»Das ist nicht unser Problem. Wir sagen es Ramsey. Soll er über die weitere Vorgangsweise entscheiden.«

»Wo bleibt dein Bürgersinn?«

»Der duckt sich jetzt ganz feige hinter meinem Verantwortungsbewusstsein«, konterte sie und ging zurück, auf ihn zu.

»Deine und meine Sicherheit stehen an erster Stelle. Drogenhändler sind gefährlich und gewissenlos. Wir werden uns in die Sache nicht hineinziehen lassen.«

Michael ging los, durch den Wald, bis sie an den steilen Aufstieg zum Berg kamen. Nun wandte er sich nach Süden und umging die starke Steigung.

Emma ging schweigend hinter ihm her. So, sie hatte es glatt geschafft. Michael Sands gebärdete sich stur und garstig wie ein Hund mit einem Knochen zwischen den Zähnen.

Sie wusste, er würde zu Ben gehen, sobald dieser zurückkam, würde ihm von ihrem Argwohn berichten und ihn überreden, etwas zu unternehmen. Und es entzog sich ihrem Einfluss, wie die Entscheidung ausfallen würde.

Michael Sands hatte weibliche Führung und Obhut gründlich satt.

14

Sie brauchten eine halbe Stunde, um ihr Flugzeug zu erreichen, und Emma hatte das Gefühl, noch nie so weit gegangen zu sein. Schweigen kann sehr ermüdend wirken, und je länger es dauert, desto größer wird die Leere. Im Moment baute sich zwischen ihr und Mikey eine Distanz auf, fast so breit wie der Medicine Lake.

»Sieht aus, als würde die Maschine nach einer Seite absacken«, sagte Mikey, als sie nahe genug herangekommen waren. Es war das erste Mal, dass er den Mund aufmachte, seit sie den Weg verlassen hatten.

Es stimmte. Einer der Schwimmer war auf Grund gelaufen. Die Cessna sah aus wie ein verletzter Vogel, der sich mit ausgebreiteten Flügeln im Gleichgewicht hielt.

Verdammt, sie hatten hier draußen Gesellschaft bekommen.

Wer immer es sein mochte, wollte nicht, dass sie hier mit ihrem Flieger abhoben und davonkamen.

»Wir werden die Maschine Zoll um Zoll überprüfen«, sagte sie eingedenk Bens gewissenhafter Kontrolle von Ölwanne und Radmuttern.

Emma, die auf den noch intakten Schwimmer stieg, öffnete die Motorabdeckung und spähte mit Hilfe einer kleinen Taschenlampe in das Innere. Sie ließ den Lichtstrahl über Drähte und Schläuche gleiten und hatte rasch gefunden, wo etwas im Argen lag.

»Der Saboteur hat nicht viel Fantasie aufgebracht«, sagte sie zu ihrem Neffen, als sie einen durchtrennten Schlauch betastete.

»Er hat ganz einfach die Treibstoffleitung durchschnitten.«

»Dann kann er dich nicht gut kennen. Du drehst immer die Treibstoffzufuhr ab«, antwortete Mikey, sperrte die Tür der Maschine auf und warf ihre Rucksäcke hinein. Dann kletterte er auf den Flügel. Emma hörte einen tiefen Seufzer.

»Er hat die Funkantenne durchgeschnitten.«

Emma ging zurück zur Kabine und kramte in ihrem Werkzeugkasten. Mikey hatte mehr Vertrauen in ihre Vorbereitungen als sie selbst. Sie bezweifelte, ob sie eine Treibstoffleitung oder einen passenden Ersatz dabeihatte. Ihre Maschine war immer in perfekt flugfähigem Zustand, und mit einem Bruch der Treibstoffleitung war normalerweise nicht zu rechnen.

»Was ist am Schwimmer kaputt?«, fragte sie, während sie nach etwas suchte, dass an einen Schlauch erinnerte.

»Es sieht aus, als wäre er knapp unter der Wasserlinie mit einer Axt bearbeitet worden. Na, haben wir Glück und einen Schlauch dabei?«

»Nein, Mikey. Ich habe keinen.«

»Bist du sicher?«

Sie streckte den Kopf heraus und bückte sich, um unter den Rumpf zu blicken. Dann sah sie ihn mit gerunzelter Stirn an.

»Die Maschine hatte letzten Monat ihren Jahres-Check. Warum hätte ich einen Haufen Ersatzteile mitschleppen sollen?«

»Vielleicht weil du immer rumtönst, dass man auf alles vorbereitet sein soll? Also, was machen wir jetzt?«

Emma blickte sich um, sah die Bibertümpel und den endlosen Wald.

»Wir laufen.«

Auch Mikey blickte um sich.

»Direkt in einen Hinterhalt?«

Genau diesen Moment suchte sich die Sonne aus, um hinter einer Wolke zu verschwinden – eine Warnung der besonderen Art.

»Dann fliegen wir eben aus«, sagte sie mit mehr Zuversicht, als sie empfand.

»Wie denn?«

»Wir bieten unsere ganze Erfindungskraft auf und machen die Lady flugtauglich. Hier«, sagte sie und reichte ihm die Schlauchteile, die sie aus der Maschine geholt hatte.

»Versuche die Stücke zu spleißen, während ich nachsehe, ob noch andere Schäden vorhanden sind.«

Mikey nahm den Schlauch, und sie verkrochen sich in das hintere Abteil. Jetzt galt es brauchbare Teile für die Reparatur zu finden. Emma nahm sich wieder den Motor vor.

Zehn Minuten vergingen, ehe an ihrem Hemd gezupft wurde.

»Hier, besser geht es nicht«, sagte Mikey, als er ihr die geflickte Treibstoffleitung reichte.

Emma sah erst das Ergebnis an, dann ihren Neffen.

»Klebeband? Was hast du als Versteifung, damit es verlässlich hält?«

»Ich habe ein wenig Rohrkabel aus dem Heckteil gezogen. Es war eng, aber ich konnte die Schlauchenden darüberschieben und zusammenzukleben.« Er zögerte und blickte sie unsicher an.

»Für den Rückflug müsste es reichen. Aber auch wenn es klappt, können wir mit dem Loch im Schwimmer nicht fliegen«, setzte er mit einem Blick auf den abgesackten Schwimmer hinzu.

Emma lächelte und nickte beifällig und beruhigend. Der arme Junge war angewiesen worden, etwas zu tun, das sie beide in Lebensgefahr brachte, und das gefiel ihm nicht. Sie fügte den reparierten Schlauch ein.

»Die Treibstoffzufuhr ist etwas reduziert, aber wenn wir in die Luft kommen, hast du ein Wunder vollbracht, Mikey. Und jetzt wollen wir die Maschine zum Schwimmen bringen. Nimm die Fahrradpumpe und den Schlauchreifen hinten vom Wagen.«

»Aber der Schwimmer hat ein Loch von der Größe eines Basketballs, Nem. Klebeband wird nicht reichen, und ein Gummiflicken wird dem Druck nicht standhalten.«

»Wir werden nichts flicken. Wir stecken den Schlauch

in den Schwimmer und pumpen ihn auf«, sagte sie und lächelte, als er ungläubig die Augen aufriss.

»Und wieso glaubst du, dass es klappen wird?«

»Erinnerst du dich noch an Jack Frost? An den Burschen, der letzten Sommer da war?«

Plötzlich lachte er auf.

»Ach, ich weiß. Er hat Wasserflugzeuge im Golf von Mexiko geflogen und Ölplattformen beliefert.«

»Genau. Jack hat mir erzählt, dass die meisten Piloten da unten immer Reifenschläuche von Lastwagen in die Schwimmer stecken. Gibt es ein Leck oder einen anderen Schaden, kann man den Schlauch aufpumpen, so dass der Auftrieb zum Abheben und Landen reicht.«

Ihr Neffe schien mehr skeptisch als beeindruckt.

»Der Strömungs- und Luftwiderstand wird zu groß sein.«

»Es wird klappen.« Als Emma ins Wasser sprang, ließ die Kälte sie fast erstarren.

»Ich habe uns diesen Schlamassel eingebrockt, und ich werde uns da wieder herausmanövrieren. In der Luft.«

Michael hockte sich auf den Schwimmer über ihr und schraubte eine der Öffnungen auf.

»Wenn jemand es kann, dann du. Und es tut mir leid.«

Sie stopfte den riesigen Schlauch durch die Öffnung.

»Was?«

Er nahm ihr die Arbeit ab und sah sie nicht an, als er sagte:

»Dass ich dich heute Nachmittag ignoriert habe. Dass ich mich von der Vorstellung mitreißen ließ, Drogenhändler jagen zu müssen. Dass ich wütend auf dich war.« Schließlich blickte er auf.

»Dass ich vergessen habe, wie lieb du mich hast. Und dass du nur um mein Wohl besorgt warst.«

»Ach was, ich weiß doch, wie es ist, wenn man jung ist und voller Träume, Neugierde und Abenteuerlust steckt.«

»Aber du hast doch keinen deiner Träume verwirklichen können, oder? Du musstest dich um mich und Kelly kümmern, eine Riesenhypothek abzahlen und Bootsladungen von Sportsfreunden betreuen.«

Sie drückte sein Bein.

»Ich hatte etwas viel Besseres. Ich hatte dich. Wie es im Lied heißt, danke ich Gott für nicht erhörte Gebete. Ich würde dich nicht um mein Leben gegen einen meiner kindischen Träume hergeben. Ich liebe dich, und ich liebe das Leben, das wir führen.«

»Es ist noch nicht vorbei, Nem. Es stehen nur Veränderungen bevor. Für uns beide.«

»Richtig. Und damit du nicht erleben musst, was unter dem zivilisierten Lack deines Vaters steckt, sehen wir zu, dass wir hier weg und nach Hause kommen, ehe er anruft.«

Rasch stopfte er den Rest des Schlauches in den Schwimmer und zog den Ventilschaft durch die Öffnung.

Beim Aufpumpen wechselten sie sich ab, ein lang

dauerndes und ermüdendes Unterfangen, da die Fahrradpumpe den Großteil des Flugzeuggewichtes heben musste. Während Mike pumpte, benutzte Emma das Klebeband, um den vom Axthieb im Schwimmer hinterlassenen gezackten Rand abzudecken. Nach einer halben Stunde war es geschafft, der Schwimmer lag so hoch im Wasser, dass es für einen Start hoffentlich reichen würde.

Aufatmend sah Emma auf ihre Uhr und dann zum Himmel.

»Gottlob schaffen wir es vor Einbruch der Dunkelheit nach Hause. Mit diesem verkrüppelten Vogel in der Dunkelheit zur Landung aufzusetzen ist das Allerletzte, was ich möchte. Nur keine Wendung im Blindflug …«

Emma, die ihre Hände an den Jeans abwischte, sah zu ihrem Neffen, der kritisch den Wald überblickte und dabei besorgter dreinsah als eine Maus in einer Katzen-Show.

»Mikey, es wird klappen. Die Treibstoffleitung wird halten, und der Schwimmer auch. Dreh uns um, und steig ein.«

Er tat wie ihm geheißen, schob die Maschine in tieferes Wasser, stieg ein und setzte die Kopfhörer auf. Emma ließ den Propeller an. Die Cessna erwachte stotternd zum Leben und glitt über das glasklare Wasser des kleinen Sees.

Emma ließ sich Zeit, glitt weiter, horchte auf das Motorengeräusch und beobachtete die Anzeigen auf dem

Armaturenbrett. Sie gab Gas und spürte, wie die Maschine nach rechts wegzog und der Schwimmer auf dieser Seite durch das Wasser pflügte. Verdammt, sie wünschte, sie hätte eine größere Wasserfläche zur Verfügung gehabt – sie brauchte mehr Platz, um das Gewicht der Maschine auch auf den linken Schwimmer und somit gleichmäßig anzuheben und sie nicht mit Vollgas in die Höhe zu zwingen.

Leider hatte sie diese Möglichkeit nicht.

Sie drehte sich mit der leichten Brise und gab Gas. Die Maschine reagierte sofort. Sie wurden in ihre Sitze gedrückt, als die Schwimmer sich an die Wasseroberfläche kämpften.

Es war kein gemächliches oder gar anmutiges Steigen. Emma hatte mit der Steuerung und allen anderen Bedienungselementen zu kämpfen, wobei ihre Stoßgebete vor allem der Leitung galten, die ihnen hoffentlich ausreichend Treibstoff zuführen würde. Wieder sprühte Wasser gegen Propeller und Rumpf und Mikeys Fenster. Die Cessna ruckelte und zitterte und hatte es plötzlich geschafft, die Schwimmer auf die Wasserfläche zu heben.

Mikey stieß einen Freudenschrei aus, als sie abhoben, und im selben Moment zersprang das Fenster neben Emma zu einem Spinnennetz mit Millionen Fäden. Instinktiv duckte sie sich und ging in eine Rechtskurve.

»Die Bäume!«, schrie Mikey.

Emma wich nach links aus, als das Fenster hinter ihr zersprang und eine Kugel sich in die Kabinendecke bohrte. Sie riss das Steuer so weit zurück, bis das Alarmzeichen ertönte, dann zwang sie die Maschine in eine enge Rechtskurve und steuerte das schmale Tal am Ende des Sees an.

»Verdammt, Nem! Wir schaffen es nicht.«

Sie riss das Steuer zurück, und die große, schöne Stationair schaffte das Unmögliche, kämpfte sich hoch, nicht ohne ein paar Wipfel zu streifen.

Wieder ein Geräusch im Heck, nach Emmas Einschätzung die nächste Kugel.

»Jemand schießt auf uns!«, brüllte Mikey und drehte sich nach hinten um. Dann schaute er nach oben zur Decke und zu dem Fenster neben ihr.

»Wir werden beschossen!«

»Übernimm das Steuer! Sofort!«, befahl Emma, die rechte Hand an ihre linke Schulter gedrückt.

Mit zitternden Händen fasste er nach dem Steuerhorn. Aus seiner Miene sprach nackte Angst.

»Lass sie steigen, Mikey. Wir müssen Greenville anfliegen.«

Er blickte zu ihr hin, und Emma sah durch den Tränenschleier, der ihr fast die Sicht raubte, seine vor Entsetzen aufgerissenen Augen.

»Es hat dich erwischt!«

»Nicht so schlimm, aber es brennt höllisch. Also, nach Greenville. Wir landen möglichst dicht an der Küste.«

»O Gott, Nem. Blutest du stark?«

Vorsichtig drehte sie sich auf dem Sitz um und versuchte mit ihrer blutigen Hand einen der Rucksäcke zu öffnen. Sie zog den Reißverschluss auf und bekam ein Shirt zu fassen, das sie zusammenknüllte und auf den linken Arm presste, wobei sie mit zusammengebissenen Zähnen ein Stöhnen unterdrücken musste.

»Was ist?«, fragte Mikey, der seine Aufmerksamkeit zwischen der Maschine und ihrer Wunde teilen musste.

»Kannst du die Blutung stillen?«

»Ich bemühe mich, Mikey. Einen Moment.«

Er tätschelte ihr Knie.

»Tut mir leid, Nem. Ich ertrage es nicht, wenn du leidest.«

»Das war immer schon so.« Sie ließ den provisorischen Verband so lange los, um sich die Tränen aus den Augen zu wischen.

»Weißt du noch, wie ich aufs Dock gefallen bin und mir den Kopf aufgeschlagen habe?«

»Ich weiß noch, dass du wie ein angestochenes Schwein geblutet hast. So wie jetzt. Vielleicht leidest du an Hämophilie. Du könntest verbluten, ehe wir nach Greenville kommen.«

»Mal nicht den Teufel an die Wand«, sagte sie und machte aus dem T-Shirt einen Verband, den sie mit den Zähnen festzog.

»Steckt … steckt die Kugel noch im Arm?«

»Ich weiß es nicht.«

Er stöhnte, als litte er größere Schmerzen als sie.

»Verdammt, ich wünschte, wir hätten heute den Holzschuppen angefüllt.«

»Was soll's, wir haben es nicht getan. Für unsere Neugierde werden wir vielleicht noch büßen müssen. Ach, da ist ja schon Greenville. Ich übernehme das Steuer. Mikey, du machst deine Tür auf und siehst nach, ob der Schwimmer noch intakt ist. Wir haben ein paar Bäume höchst unsanft gestreift.«

Er wurde aschfahl, und Emma sah, dass er die Hände vom Steuer nahm, als sie mit der rechten Hand zugriff. Er öffnete die Tür, die sich gegen den Wind nur schwer aufstemmen ließ, und blickte nach unten. Als er sie schloss und Emma ansah, war er noch bleicher als zuvor.

»Der Schlauch ist platt und hängt halb heraus. Bei der Landung wird uns der Schwimmer seitlich verreißen.«

Emma knirschte mit den Zähnen.

»Uns bleiben zwei Möglichkeiten. Wasser oder Bäume. Worauf möchtest du landen?«

»Ich?«

»In gewissen Situationen müssen Piloten ihre Maschine opfern, um sich zu retten«, sagte sie und sah ihm direkt in die Augen. Sie versuchte ihren linken Arm zu bewegen und fand es fast unmöglich.

»Ich persönlich würde mich für die Bäume entscheiden. Ich weiß nicht, ob ich es im Moment schaffe, aus einem umgedrehten Flugzeug schwimmend herauszukommen.«

»Du verlangst von mir eine Bruchlandung?«

»Eine Notlandung, Mikey. Das ist ein Unterschied.«

»Ich weiß. Ich weiß.« Er starrte auf den See unter ihnen hinunter.

»Wir haben den Vorgang oft genug geübt.«

»Und jetzt wirst du das Gelernte umsetzen.«

Er drehte sich zu ihr um.

»Es könnte uns beide das Leben kosten.«

»Nicht wenn du dich auf die Punkte konzentrierst, die ich dir beigebracht habe. Landeklappen raus, Tempo zurück und die biegsamsten Bäume anfliegen, die man finden kann«, sagte sie leise und bestimmt.

»Entschlossen und richtig agieren, darauf kommt es an. Mikey, du kannst das.«

»Aber du hast es schon gemacht, Nem. Könntest du nicht so lange übernehmen, bis wir landen?«

»Das ist für dich die ultimative Chance, Mikey.«

»Das ist nicht der Zeitpunkt für eine Lektion!«

»Such dir eine Stelle, Mikey. Die Sonne wird gleich untergehen. Und ich blute.«

Mit zusammengebissenen Zähnen beugte er sich vor und blickte aus dem Fenster.

»Ich weiß gar nicht, warum ich Angst habe. Wenn wir gut landen, wird uns Dad ohnehin umbringen, sobald er zurückkommt.« Er flog eine Rechtskurve.

»Hier, Nem. Was hältst du von diesen Bäumen?«

»Wir sollten die Wasserflugzeug-Basis anfunken und Lichtzeichen geben, damit man weiß, dass wir Probleme haben.«

Fast ging er im Steilflug über der Basis in der Bucht nieder.

Emma spähte aus Mikeys Fenster hinaus. Aus ihrem eigenen konnte sie nichts sehen. Es war mit Sprüngen überzogen und wies in Schulterhöhe ein kleines Loch auf. Sie flogen tief über der Wasserflugzeug-Basis dahin, und Emma sah einige Männer zu ihnen in die Höhe blicken.

»Sie sehen uns. Jetzt runter, Mikey.«

»Bist du sicher, dass eine Wasserlandung nicht besser wäre? Hier ist gleich Hilfe bei der Hand. Man kann uns rasch herausholen.«

Sie schüttelte den Kopf und schloss die Augen, als eine Schmerzwoge ihren Arm durchzuckte.

»Das Wasser ist tückisch.«

»Auf geht's!«

Er brachte sie für einen Landeanflug über einer jungen Fichtenschonung in Position, als hätte er eine Landebahn unter sich. Dann fuhr er die Landeklappen aus, worauf die Maschine reagierte, als hätte er die Bremsen gezogen. Ihre Rucksäcke verrutschten auf dem Rücksitz, und in Emmas Arm hämmerte es, als er gegen die Tür stieß und sie ein Stöhnen verschluckte.

»Einfach runter, Mikey.« Ihr Ton war ruhig, fast einschmeichelnd.

»Nimm das Gas raus. So ist es gut. Ganz ruhig. Es ist wie eine butterweiche Wasserlandung. Steuere die Maschine in die Bäume. Nase hoch, Mikey, fast bis zum Strömungsabriss. Recht so. Geschafft.«

Zuerst war es wie eine Landung auf einem großen Wattebausch, als die Schwimmer leicht über die Wipfel streiften. Als sie noch langsamer wurden und tiefer gingen, wurde das weiche Kissen dichter. Und härter. Wipfel knickten unter dem plötzlichen Ansturm, dann ging ein Beben durch die Maschine.

»Nase hoch, Mikey! Hoch!«

Die Maschine winselte schrill und protestierend. Die Überziehwarnung heulte. Die Schwimmer stießen an die dickeren Stämme, die Cessna geriet stark ins Schwanken, als Metall an Holz geriet. Das Geräusch aufgerissenen Aluminiums und einknickender Bäume war ohrenbetäubend. Ein Ast vollendete die Zerstörung des Fensters neben ihr, und ihr Körper wurde fast unerträglich in die Gurte gedrückt.

Es dauerte nur Sekunden.

Schließlich landeten sie mit den Köpfen nach unten.

Michael löste seinen Gürtel als Erster und schlug sich den Kopf an, als er gegen die Decke prallte. Er richtete sich auf und öffnete vorsichtig Emmas Gürtel. Dann nahm er sie in die Arme und ließ sie zu Boden gleiten. Er stieß mit dem Fuß seine Tür auf und zog sie hinaus, so behutsam wie ein Vater, der sein Kind zum ersten Mal in den Armen hält.

Emma lachte und lobte ihn und heulte die ganze Zeit über wie ein Baby. Er zog sie in sichere Entfernung von der Maschine und lehnte sie an eine der lebensrettenden Fichten, um sie zu untersuchen. Es fehlte nicht viel, und er hätte ihre Finger und Zehen gezählt. Dann zog er sein Hemd aus und hielt es an ihre Schulter.

»Du bist eine einzige große Katastrophe, Nemmy.« Er

warf einen Blick zurück zum Flugzeug, dann sah er wieder sie an und grinste wie ein betrunkener Idiot.

»Aber wir haben es geschafft! Wir haben meinen ersten offiziellen Absturz überlebt!«

»Eine so geschickte Bruchlandung gelingt nicht vielen, Mikey. Gut gemacht, mein Großer. Heute hast du dir die Schwingen verdient.«

Seine Euphorie war wie weggeblasen.

»Jetzt heißt es nur noch Dad unter die Augen treten.«

Emma lächelte.

»Das bedeutet, dass du dir als Nächstes deine Sporen als Sohn verdienen kannst – weil du derjenige bist, der es ihm beibringt«, sagte sie, ehe es schwarz um sie wurde.

15

Ben stand vor dem Zimmer in dem kleinen Landkrankenhaus, noch nicht bereit, sich dem zu stellen, was er drinnen antreffen würde. Erst wenn seine Hände nicht mehr zitterten. Erst wenn er sicher sein konnte, die Frau nicht zu erwürgen, die es darauf angelegt hatte, ihm zu einem Herzanfall zu verhelfen.

Wenn er jetzt gleich eintrat, war zu befürchten, dass er mit der vollen Kraft des Zorns, der ihn erfüllte, auf Emma losgehen würde. Aber ebenso hätte er in ihr Bett kriechen, sie in die Arme nehmen und vor Erleichterung heulen können.

So stand er nun still vor der Tür und belauschte ungeniert das Gespräch zwischen seinem Sohn und der Frau, die er zu heiraten gedachte, sobald er einen Geistlichen aufgetrieben hatte.

»Du siehst ärger aus, als ich mich fühle«, sagte Emma, die nur krächzen konnte.

Ben bewegte sich nur so viel, dass er Mikey neben dem Bett sehen konnte, niedergeschlagen, mit zerschrammtem Gesicht, den mitgebrachten Blumenstrauß vergessen in seiner Hand.

»Ich … hm … Dad ist hier«, flüsterte der Junge und kam näher ans Bett.

»Weißt du noch … der äußere Lack, von dem wir sprachen?«

»J … ja.«

»Also … der ist ab, Nem.«

Fast hätte Ben gelächelt, als er sah, dass Emma entsetzt die Augen aufriss. Dann fasste sie ihren Neffen genauer ins Auge.

»Er hat doch nicht Hand an dich gelegt, oder?«, fragte sie nun schon kräftiger – und außer sich.

»Fast wünschte ich, er hätte es getan. Er hat eine Mordswut, aber die richtet sich nicht gegen uns, glaube ich.«

Ben sah Emmas Aufatmen. Sie sah verdammt gut aus für jemanden, der angeschossen worden war und dann einen Flugzeugabsturz überlebt hatte. Ihr linker Arm war mit einem Verband an ihre Rippen gefesselt, ein weiterer Verband lag um ihre Stirn, aber ansonsten sah sie so fit aus, dass ihr eine Konfrontation mit ihm zuzumuten war.

Er schob die Tür auf und trat leise ein.

»Mike, überreiche deiner Tante den Strauß«, riet er seinem Sohn im Näherkommen. Er legte dem Jungen sanft eine Hand auf die Schulter.

»Du wirst die Blumen noch zu Tode drücken.«

Intensiv jadefarbene Augen von Tellergröße starrten vom Bett zu ihm auf. Ben trat näher und drückte vorsichtig seine Lippen auf ihre Wange.

»Hallo, Emma. Na, bist du in meiner Abwesenheit jedem Ärger aus dem Weg gegangen?«, fragte er leise.

Sie schüttelte den Kopf, um plötzlich hastige bejahende Bewegungen zu machen. Ihre Augen waren noch immer groß und zuckten nicht mit der Wimper. Ben kam es so vor, als hätte sie zu atmen aufgehört.

»Du hast dir also das Geschenk verdient, das ich dir aus New York mitgebracht habe?«

Zögernd und sichtlich argwöhnisch nickte sie wieder. Ben küsste sie abermals, diesmal auf die Lippen, dann trat er ans Fenster und öffnete es. Er nickte dem Mann zu, der draußen stand, und pfiff leise durch die Zähne.

Ein großer Schäferhund sprang mit einem Satz durch das Fenster in das Zimmer.

Ein erstauntes Quieken kam vom Bett.

»Darf ich vorstellen … Beaker … Em.« Er berührte den Kopf des Hundes und drehte sich zu Emma um, Beaker mit sich führend.

»Er ist sechs Jahre alt und sucht Familienanschluss. Das Stadtleben hat er satt und freut sich auf den Ruhestand in Maine.«

Die Empfängerin dieses Geschenkes beäugte den Schäferhund mit schlecht verhohlenem Entsetzen. Beaker erwiderte diese Musterung und schob die Schnauze mit seitlich heraushängender Zunge durch die Stäbe des Bettes.

»Ruhestand … wonach?«, fragte sie kaum hörbar.

»Beaker war die letzten drei Jahre im Personenschutz tätig.«

»Und was wurde aus seinem Schützling? Hat er ihn aufgefressen?«

Ben schob Beakers Schädel beiseite und senkte die Bettschranke. Er setzte sich zu Emma und deutete auf eine leere Stelle neben ihr. Beaker ließ sich das nicht zweimal sagen. Die Vorderpfoten aufs Bett gestützt beschnüffelte er Emma neugierig.

Wieder quiekte sie und versuchte, auf die andere Seite auszuweichen.

»Ich kann mir nicht denken, dass man Hunde ins Krankenhaus mitbringen darf, Ben. Es ist unhygienisch oder dergleichen.«

»Beaker und ich sagen kein Wort, wenn auch du den Mund hältst.« Ben runzelte die Stirn.

»Du hast doch keine Angst vor Hunden, Emma?«

»N-nein. Nicht vor kleinen, harmlosen Hunden mit Zähnen im Zahnstocherformat.«

Er sah zu Mike hin, der zwei Schritte zurückgewichen war. Der Junge war so bleich wie Emma.

Teufel noch mal. Die Sands hatten Angst vor Hunden.

Ben umfasste schützend Emmas Hüfte, als Beaker sich vorbeugte und feucht über ihre Hand schlabberte. Sie wimmerte unter der sanften Begrüßung.

»Beaker wird dir nichts tun, Em. Er hat übrigens eine Vorliebe für Frauen.« Und mit einem Blick zu Mikey fügte er hinzu:

»Jungen mag er auch«, und schob den Hund vom Bett.

»Ben, wir können in Medicine Creek Camps keinen Hund halten.« Ihre Stimme wurde direkt proportional zur Distanz des Hundes stärker.

»Hunde wildern.«

»Beaker macht das nicht. Er wurde trainiert, stets in der Nähe von Menschen zu bleiben.«

Ihr Blick ruhte auf ihrem neuen Haustier, das nun Mike mit Interesse beäugte. Der Junge stand da wie an der Wand festgeklebt, und es sah aus, als hätte er auch zu atmen aufgehört.

»Er wird euch schon nicht auffressen«, sagte Ben mit schwindender Geduld.

»Er ist ein netter Hund und wird sich gut in den Haushalt einfügen.«

»Er ist ja fast so groß wie Pitiful.« Emma drückte einen Knopf und hob den Kopfteil ihres Bettes.

Sie ließ es sofort sein, als Beaker sich auf das Geräusch hin umdrehte.

»Dann werden die beiden großartig miteinander auskommen.« Ben stand auf. Seine in die Hüften gestützten Hände und seine Miene zeigten an, dass es um seine Geduld geschehen war.

»Beaker braucht euch. Und er braucht Frieden und die Ruhe der Wälder. Ihr müsst ihn richtig verhätscheln. Nehmt ihn immer mit. Er fährt zu gern Auto.«

Er wandte sich zum Gehen.

»Mach deinen Frieden mit dem Tier, Emma. Du bist alles, was zwischen ihm und einem Nervenzusammenbruch steht.«

»Warte!«

Er blieb stehen und drehte sich zu ihr um.

»Wohin gehst du?«

»Ich muss die Folgen der Katastrophe beseitigen, die du gestern verursacht hast.« Vor der Tür blieb er stehen und wartete. Er wollte wissen, wie das Trio im Krankenzimmer nun aufeinander reagieren würde.

»Komm auf diese Bettseite«, hörte er Emma flüstern.

»Langsam, Mikey. Erschrecke ihn nicht.«

Ben beugte sich vor, um ins Zimmer zu spähen. Mike unternahm einen heroischen Versuch, sich von der Wand zu lösen. Langsam, Schritt für Schritt, schob er sich um Beaker herum, ohne den Hund eine Sekunde aus den Augen zu lassen.

»Braver Hund«, sagte Emma leise und starrte Beaker an. Sie hielt ihren Wasserkrug so in der Hand, dass es aussah, als würde sie ihn auf den armen, arglosen Hund schleudern, sollte er ihren Neffen angreifen.

Ben schüttelte den Kopf. Die beiden waren wie versteinert … und das wegen eines harmlosen Hundes?

Nun, Beaker war sanft zu seinen *Schützlingen*. Als gut ausgebildeter Wachhund konnte er einen Angreifer in Stücke reißen, wenn er wollte. Intelligent, verständig und wachsam, hatte er seine Ausbildung an einem der besten einschlägigen Institute bekommen.

Ben hoffte, der arme Hund würde ausreichend Geduld aufbringen.

»So gefährlich sieht er nicht aus, Nem«, hörte er Mike sagen, da der Junge nun als Sicherheit das Bett zwischen sich und dem Hund hatte.

»Eigentlich ist er hübsch. Sieh mal, seine Augen sehen irgendwie traurig aus.«

»Mir kommen sie sehr listig vor. Wer weiß, was er wirklich denkt?«

»Dad hätte dir kein gefährliches Haustier gebracht, Nem. Beaker wurde dafür ausgebildet, die Menschen zu beschützen, mit denen er zusammenlebt, und nicht, sie aufzufressen.«

Ben sah, dass Emma Beaker argwöhnisch beäugte.

»Ich mag Hunde nicht – zumal wenn sie größer sind als ich. Ein Biss, und ich könnte einen Arm oder ein Bein los sein.«

»Ach herrje, sieh doch. Wir verletzen seine Gefühle. Wir sollten mit ihm reden.«

»Warum gehst du nicht zu ihm und streichelst ihn?«

Mike schüttelte heftig den Kopf.

»Unsinn. Du hast Dad gehört. Beaker ist dein Hund. *Du* solltest den ersten Schritt tun.«

Emma sah ungehalten zu ihrem Neffen auf, dann warf sie einen Blick zur Tür. Ben zog sich ins Dunkel zurück und wartete.

»Ich fasse es nicht ... er hat doch tatsächlich den Nerv und bringt einen Hund hierher!«

»Ich glaube nicht, dass ihn jemand daran gehindert hätte, auch wenn er durch den Haupteingang gekommen wäre. Als er deinen Arzt sprechen wollte, haben sie sich vor Beflissenheit geradezu überschlagen. Ich habe hinter dem Kaffeeautomaten Deckung gesucht.«

»Er hat uns das Tier einfach aufs Auge gedrückt und ist gegangen! Er hat nicht mal gefragt, wie ich mich fühle«, sagte Emma total niedergeschlagen.

Ben hatte es nicht gewagt, ihren Zustand zu erwähnen, geschweige denn sie zu fragen, wie sie hierhergelangt war. Aber er hatte das Krankenblatt dreimal gelesen. Eine Fleischwunde im linken Oberarm, mit zehn Stichen genäht, doch hatte die Kugel keinen großen Schaden angerichtet. Eine böse Beule auf der Stirn, der rechte Knöchel war verstaucht und bandagiert, dazu zahlreiche blaue Flecken und Schürfwunden, die sie mit Sicherheit morgen spüren würde.

Der Arzt hatte gesagt, dass sie an diesem Abend entlassen werden konnte.

Und was Beaker betraf, war er mehr als bereit, seinen neuen Job als ihr Leibwächter anzutreten. Es war *Ben*, der am Rande eines Nervenzusammenbruchs stand.

»Das ist es ja, was mir Angst macht, Nem. Er hat kein Wort über den Absturz oder deinen Arm verloren. Er hat nicht mal gefragt, wie es passiert ist. Er ist einfach aufgetaucht und wollte den behandelnden Arzt sprechen. Dann hat er mich lange und innig umarmt und gesagt, ich solle zu dir ins Zimmer gehen, während er das Gespräch mit dem Arzt geführt hat.«

»Ich … ich glaube, ich sollte ein paar Tage bei Greta bleiben«, sagte Emma.

»Du auch, wenn du möchtest.«

»Unter einem Dach mit Wayne?

Dieser Mistkerl Poulin war also irgendwie in die Sache verwickelt? Mit neu entfachtem Zorn und mit einem Ziel, auf das er ihn richten konnte, verließ Ben das Krankenhaus.

Emma hatte eine Strafpredigt erwartet und hätte diese dem kurzen Kuss und einem lebenden Geschenk mit Zähnen wie Elefantenstoßzähnen vorgezogen.

Sie war schuld, dass sein Sohn fast ums Leben gekommen war, sie hatte eine Situation herbeigeführt, die ihr eine höllisch schmerzende Wunde eingebracht hatte, ihr Neffe war verletzt und stark mitgenommen, und ihr Flugzeug war jetzt ein Schrotthaufen.

Und sie hatte einen Hund.

Emma schenkte dem Tier, das neben ihnen ging, keine Beachtung, als Ben sie hinauf zum Haus trug. Mikey, der noch immer ein wenig verloren wirkte, folgte ihnen mit seinen Blumen, die er ihr ins Krankenhaus gebracht hatte.

Emma blickte über Bens Schulter zur Bucht, wo sonst immer ihre geliebte Cessna geparkt hatte. Sie hatte geknausert und gespart und sich viele Dinge versagt, bis sie sich vor fünf Jahren die Maschine hatte kaufen können. Die Cessna war das Arbeitspferd ihres Unternehmens. Und jetzt gab es die Maschine nicht mehr, und sie selbst war für mindestens einen Monat nicht einsatzfähig. Sie würde alle Gäste, die für den Monat gebucht hatten, anrufen müssen und die Reservierungen stornieren.

Die Jagdsaison war für sie die lukrativste Zeit. Nun würde sie sämtliche Anzahlungen zurückzahlen müssen. Diesen Verlust musste sie verkraften und dazu auch noch eine Menge Leute enttäuschen.

»Soll ich dich ins Schlafzimmer bringen, oder möchtest du lieber noch eine Weile sitzen?«, fragte Ben, als sie die Küche betraten.

Die bereits besetzt war.

Emma, deren Neugierde über ihre Mattigkeit siegte, sagte, sie wolle sich an den Tisch setzen.

»Mikey, könntest du mir eine Tasse Tee machen?«, bat sie und beäugte die zwei Männer, die an der Theke standen.

Scheinbar wenig erstaunt, fremde Männer im Haus anzutreffen, stellte Mikey mit einer Bereitwilligkeit, die verriet, dass er froh ist, etwas zu tun zu haben, Teewasser auf.

Emma studierte die zwei Männer mit offener Neugierde.

Ben räusperte sich.

»Emma, ich möchte dir Atwood vorstellen.« Er deutete auf einen der Männer.

»Er ist in New York mein Sekretär.«

Der Mann lächelte.

»Nett, Sie kennenzulernen, Miss Sands.«

Emma unterdrückte ein Schnauben, als sie ihm die Hand schüttelte. Sekretär, man höre und staune. Atwood sah aus, als verspeise er Babys schon zum Frühstück. Unmöglich, dass diese fleischigen Pranken den ganzen Tag eine Tastatur betätigten – ebenso wenig konnte sie sich ihn vorstellen, wie er Anrufe entgegennahm und Kunden Kaffee servierte. Seine harten, durchdringenden blauen Augen waren ständig in Bewegung, als erwarte er, aus einem der Küchenschränke würde jemand mit einer Maschinenpistole hervorkriechen.

Dem anderen Mann, der in seiner Aufmachung wie ein vorsintflutlicher Holzfäller aussah, war zuzutrauen, dass er Jagd auf die Babys für Atwoods Frühstück machte.

»Das ist Skyler, mein Schwager«, sagte Atwood, der an die Theke zurücktrat.

»Mr Sinclair hat netterweise erlaubt, dass er mich auf diesem Trip begleiten darf. Er hat gerade eine Auszeit.«

Nach irgendeinem Kampfgeschehen, dachte Emma bei sich.

Ben war aus New York mit einem Wachhund und zwei Leibwächtern und wer weiß wie vielen anderen im Schatten lauernden Fußsoldaten zurückgekehrt. Sie hätte Medicine Creek Camps verwettet, dass für jeden Mann, der in ihrer Küche stand, sich mindestens drei in der Stadt herumtrieben.

Wenn Benjamin Sinclair unter Druck geriet, übte er Gegendruck aus, mit so viel Einsatz, dass es für einen echten Krieg gereicht hätte.

Mikey hatte offenbar tags zuvor, als er seinen Vater angerufen hatte, um zu gestehen, was passiert war, sein Herz ausgeschüttet. Und Ben hatte sofort eine ganze Armee um sich geschart.

»War einer von Ihnen schon zuvor in Maine?«, fragte sie, obwohl sie die Antwort im Voraus wusste. Der Wildnis waren sie höchstens bei der Wahl ihrer Freizeitklamotten nahegekommen.

»Nein, Ma'am. Wir sind eher an wärmere Gefilde gewöhnt«, sagte Skyler mit einem Lächeln, das eher raubtierhaft als freundlich war.

Emma rieb sich seufzend die Stirn.

»Na, dann machen Sie es sich in Hütte fünf gemütlich. Die ist nämlich frei geworden.« Sie sah Mikey an, als er ihren Tee auf den Tisch stellte – und dazu eine Schüssel, so voll mit Schoko-Cookies, dass sie herausfielen.

»Wir müssen allen Gäste, die für den Rest des Monats gebucht haben, absagen. Morgen kannst du mir helfen, die Anzahlungen zurückzuüberweisen.«

»O Gott, Nem. Daran habe ich gar nicht gedacht. Du kannst keine Führungen machen, und wir haben keinen Flieger mehr.«

»Das ist nur ein vorübergehendes Problem. Die Cessna war versichert. Schon morgen begebe ich mich auf die Jagd nach einer neuen.«

»Morgen wirst du beschäftigt sein«, sagte Ben, der ihr gegenübersaß und sich eine Hand voll Cookies schnappte.

»Womit?«

»Mit Erholung.« Er steckte ein Cookie in den Mund.

Sie würde ihm beibringen müssen, wie man das Zeug richtig aß, entschied sie, ohne auf seine alles andere als subtile Andeutung, sie solle sich zurücklehnen und nichts tun, einzugehen. Sie versuchte, die zwei Hälften ihres Cookies auseinanderzuziehen, doch ihre linke Hand ließ sie im Stich, und das Cookie segelte durch die Luft. Beaker schnappte es sich, ehe es auf dem Boden auftraf.

»Sehr gut, Em«, sagte Ben lächelnd, wohl wissend, dass sie den Leckerbissen nicht dem Hund zugedacht hatte.

»Du musst ihn mit Leckerlis verwöhnen. Das festigt die Bindung.«

Sie sah den Hund unwillig an, der sie mit großen, erwartungsvollen Augen anblickte. Ihr Herz schmolz dahin – ansatzweise.

Ein so ruhiger Hund. Und unaufdringlich. Er lief neben ihnen her wie ein stummer Schatten. Außerdem schien er wohlerzogen zu sein. Auf der Heimfahrt vom Krankenhaus hatte Beaker stillvergnügt hinten gesessen und aus dem Fenster den vorüberziehenden Wald beobachtet.

»Schokolade ist nicht gut für Hunde«, sagte sie, nahm noch ein Cookie und schaffte es, dieses zu teilen.

Sie entfernte die Schokolade aus dem Inneren mit ihren Zähnen und reichte den Vanilleteil mit vorsichtig ausgestreckter Hand dem Hund.

Ebenso vorsichtig nahm Beaker die Köstlichkeit in Empfang, wobei seine weiche Schnauze ihre Finger streifte. Er rückte näher, lehnte sich an ihr Bein und stützte sein Kinn auf ihr Knie.

Ein Hund. Ein großer, ruhiger, erholungsbedürftiger Hund, zum Töten ausgebildet.

Und er gehörte ihr.

»Wo soll er schlafen?«, fragte sie.

»Bei dir«, gab Ben zurück.

»Und wenn ich mich nachts umdrehe und ihn bedränge? Er könnte wütend werden.«

»Wir können ihm ein Lager auf dem Boden zurechtmachen.«

Emma sah wieder den Hund an.

»Nicht sehr bequem. Hast du nicht gesagt, er brauche Ruhe und Frieden, weil seine Nerven zu stark beansprucht wurden?«

Atwood bekam einen Hustenanfall.

»Mikey, kümmere dich um Tee für Mr Atwood. Und auch für Mr Skyler. Gentlemen, nehmen Sie doch Platz und greifen Sie bei den Süßigkeiten zu.«

Die Männer sahen Ben an, als warteten sie auf sein Einverständnis.

»Bei uns geht es ganz lässig zu«, äußerte Emma mit der Autorität einer Gastgeberin, die ihren Heimvorteil nutzt.

»Holen Sie sich einfach eine Tasse aus dem Schrank, und Mikey wird Ihnen Tee eingießen. Haben Sie schon gegessen?«

»Ja, Ma'am«, sagte Skyler und kam der Aufforderung nach.

»Bitte, lassen Sie das ›Mister‹«, bat sein Schwager, der sich zu ihnen an den Tisch setzte.

»Einfach Atwood und Skyler.«

»Sehr gern, wenn Sie mich nicht ›Ma'am‹ nennen«, entgegnete sie und lächelte der Testosteron-Tischrunde zu. Sie wurde das Gefühl nicht los, in ihrer Küche hätten sich Feldherren zu einer Lagebesprechung zusammengefunden.

»Na, fühlst du dich so weit in Ordnung, dass du uns berichten könntest, was gestern passiert ist?«, fragte Ben, als alle saßen und ihren Tee schlürften.

Die Waffenruhe war beendet, das Verhör begann. Emma zog die Schultern hoch und bereute es sofort, als ein scharfer Schmerz ihr durch Arm und Rücken schoss.

»Du weißt doch von den Koordinaten, die ich in Waynes Zimmer gefunden habe?«

»Ja.«

»Also, Mikey und ich wollten der Sache auf den Grund gehen.«

»Und was habt ihr gefunden?«, fragte Ben.

»Nichts.«

Er starrte sie an.

»Dad, da war nichts«, setzte Mikey hinzu und setzte sich neben sie – weit weg von Beaker.

»Bist du sicher, dass es die richtige Stelle war?«

»Ja«, antwortete Emma.

»Wir haben die Koordinaten mehrfach überprüft. Und ich weiß, dass ich sie richtig notiert habe.«

»Wir glauben, dass es sich um ein Zwischenlager für Drogenhändler handeln könnte«, sagte Mikey.

»Gestern hast du etwas von Drogen gesagt, aber ich bin nicht klug daraus geworden.« Ben räusperte sich und sah Emma wieder kritisch an, ehe er sich seinem Sohn zuwandte.

»Du hast mich mit allen möglichen Neuigkeiten geradezu bombardiert.«

»Es gab dort nur Wald und weiter nichts«, sagte Emma und zog Bens Aufmerksamkeit wieder auf sich.

»Wir haben also Vermutungen angestellt, warum Wayne diese Koordinaten in seinem Schreibtisch hütet, und ein Drogenlager war das einzig Sinnvolle, was uns einfallen wollte.«

»In der Nähe haben wir einen Weg entdeckt«, sagte Mikey.

»Und wir haben auch frische Reifenspuren gefunden«, ergänzte Emma.

»Da haben wir uns rasch entschlossen, umzukehren.«

»Und das Flugzeug war demoliert?«, fragte Ben, dessen Blick sich verfinsterte.

Emma nickte.

»Jemand hatte die Treibstoffleitung durchschnitten und einen Schwimmer mit einer Axt ruiniert.«

»Das kapiere ich nicht«, warf Atwood plötzlich ein.

»Die Treibstoffleitung kann man ja flicken, aber mit einem durchlöcherten Schwimmer kann man nicht starten. Wie haben Sie das geschafft?«

Mikey gab die Antwort.

»Nem hatte einen Reifenschlauch dabei. Wir haben ihn in den Schwimmer gestopft und so weit aufgepumpt, dass der Auftrieb ausgereicht hat, um die Cessna schwimmen und abheben zu lassen.«

»Und landen?«, fragte Ben.

»Und landen«, bestätigte Emma.

»Aber kaum waren wir in der Luft, hat jemand das Feuer auf uns eröffnet. Wir haben ein paar Bäume gestreift, und dabei wurde der Schlauch beschädigt. Deshalb mussten wir eine Bruchlandung wagen.«

Alle drei Männer sahen drein, als hätten sie und Mikey nicht alle Tassen im Schrank. Ben war totenbleich geworden.

»Sie haben die Maschine mit Absicht in den Sand gesetzt?«, fragte Skyler leise.

»Das war Mikey«, eröffnete sie ihren drei entsetzten Zuhörern

»Das ist allgemeine Praxis, wenn der Tod die einzige Alternative darstellt.«

Ben stand auf und schob seinen Stuhl so heftig zurück, dass dieser umkippte. Skyler und Atwood zuckten bei dem Geräusch zusammen. Beaker hob den Kopf von ihrem Schoß.

»Ach, um Himmels willen«, äußerte Emma, deren Geduld erschöpft war, »ich bin Buschpilotin, Ben. Damit verdiene ich mein Geld. Gestern war nicht das erste Mal, dass ich eine Maschine verloren habe, und es wird vermutlich nicht das letzte Mal sein.«

»Doch, verdammt, das wird es«, stieß er zähneknirschend hervor. Er stützte die Hände auf den Tisch und sah sie mit flammendem Blick an.

Beaker reagierte mit einem Knurren aus den Tiefen seiner Kehle, und Emmas Zuneigung zu dem Hund wuchs um etliche Grade.

Unwillkürlich tätschelte sie seinen Kopf, um ihm zu

verstehen zu geben, dass sie seinen Mut zu würdigen wusste. Auch mit Zähnen, so groß wie jene Beakers, hätte sie wohl nicht den Nerv gehabt, Ben anzuknurren.

Sichtlich erschrocken sah Ben Atwood an.

»Er kann mich doch nicht anknurren«, bemerkte er irritiert.

Sein »Sekretär« lächelte.

»Er hat es eben gerade getan.«

Ben setzte sich wieder und richtete seinen Blick ungehalten auf Emmas neuen Beschützer. Als er sich wieder räusperte, sah man ihm an, dass er sich zu erinnern versuchte, wovon die Rede gewesen war.

»Haben Sie sehen können, wer auf Sie geschossen hat?«, fragte Skyler.

»Wir waren abgelenkt … wir haben uns darauf konzentriert, nicht gegen den Berg zu prallen«, gab Emma zurück und liebkoste beiläufig ihren neuen Bewacher.

»Und Sie, Mike? Haben Sie etwas gesehen?«, fragte Atwood.

»Ich hatte die Augen zu.«

»Habt ihr eine Vermutung?« Ben sah Emma an.

»Hast du eine Ahnung, wer die Schüsse auf dich abgegeben haben könnte?«

Sie schob ihre heile Schulter hoch.

»Wenn ich eine Vermutung äußern soll … ich würde sagen, dass es Wayne Poulin war.«

»Warum?«

»Weil er wusste, dass ich in seinem Zimmer herumgeschnüffelt habe. Und wenn diese Koordinaten für ihn wichtig waren, hat er sich vielleicht überzeugen wollen, ob ich an der betreffenden Stelle nachgeschaut habe.«

Die drei Männer überlegten schweigend. Emma stand auf und griff nach dem Stock, den Mike an die Lehne ihres Stuhls gehängt hatte. Auch Beaker erhob sich.

»Ich lege mich hin«, sagte sie und wollte hinaushumpeln.

»Warte, ich trage dich«, sage Ben und stand auf, um ihr den Weg zu vertreten.

Beaker stellte sich zwischen sie und knurrte mit gesträubtem Nackenhaar.

Ben blieb stehen und lief rot an.

»Verdammt! Beaker!«

Der Hund trat einen Schritt auf ihn zu. Sein Knurren wurde lauter.

»Sie sollten ihm Cookies zustecken, Boss«, schlug Atwood vor. Es hörte sich an, als müsste er sich ein Lachen verkneifen.

»Ich werde ihn an die Krähen verfüttern«, sagte Ben zähneknirschend.

»Beaker. Sitz!«

Der Hund ignorierte ihn.

Emma legte die Hand auf Beakers Kopf.

»Schon gut. Wir legen uns aufs Ohr und überlassen es diesen Herren, sich den Kopf über die Zukunft zu zerbrechen.« Dann sah sie Mikey an.

»Ruf doch Stanley Bates an und frage ihn, ob er gewillt wäre, unsere Cessna abzuschleppen.«

Mikey nickte und starrte den Hund an, als hätte dieser zwei Köpfe und einen doppelten Schwanz.

Befriedigt, dass die Männer ihren albernen kleinen Krieg ohne sie fortführen konnten, führte Emma Beaker in ihr Zimmer und schloss leise die Tür. Der Hund stand da und blickte mit seitlich aus dem Maul hängender Zunge und sanften, feuchten braunen Augen zu ihr auf.

»Wenn ich dich mit mir ins Bett lasse, versprichst du, dass du es nicht ganz für dich beanspruchst?« Emma setzte sich vorsichtig hin und schlug leicht auf eine Stelle neben sich.

»Wirst du mich nicht auffressen, wenn ich dich aus tiefem Schlaf reiße?«

Beaker nahm die Einladung freudig an, sprang aufs Bett und platzierte sich genau in der Mitte.

Emma setzte sich sorgsam auf den Platz, der noch frei war und achtete darauf, ihre hämmernde Schulter nicht zu belasten.

Sofort kuschelte Beaker sich an sie.

Etwas Gutes hat ein großer Hund, entschied Emma. Beaker strahlte angenehme Wärme über ihren ganzen Rücken aus und stützte sie gleichzeitig.

Vielleicht, aber nur vielleicht, würde sie ihn behalten.

16

Fünf Tage. Fünf lange, langweilige Tage, in denen sie von fünf männlichen Wesen, von denen eines vier Beine und eine kalte Schnauze hatte, wie eine Schwerkranke behandelt wurde.

Sie hatte es satt bis oben hin. Ihr Knöchel war wieder in Ordnung, ihre Schulter zwar noch unbeweglich, aber nicht mehr in einer Schlinge, und ihr schönes Haus sah aus wie ein Staubsaugersack. Höchste Zeit zum Großreinemachen, und Emma begann bei ihren Wachhunden – den vierbeinigen eingeschlossen.

»Fährst du heute Morgen wieder in die Stadt?«, fragte sie Ben bei einer Tasse Tee.

Sie saß dem Mann, der es mit nur einem Blick schaffte, ihren Puls auf höchste Beschleunigung zu bringen, am Tisch gegenüber.

In letzter Zeit hatte es diese Blicke reichlich gegeben – eigentlich immer, wenn er zu Hause war. Ben war in den vergangenen Tagen jeden Morgen aus dem Haus gegangen und erst zum Abendbrot zurückgekehrt. Mittags hatte er immer angerufen und sich nach ihrem Befinden erkundigt, aber Emma wusste, dass er in Wahrheit kontrollierte, ob sie nichts anstellte.

»Ja«, sagte er und seine durchdringenden grauen Augen jagten ihr wieder einen Schauer über den Rücken, als sie sich an ihre Frage zu erinnern versuchte.

»Und wie sehen deine Pläne für heute aus?«

»Ich dachte mir, ich könnte Staub wischen.«

»Für Hausarbeit bist du noch zu schwach«, widersprach er mit der ganzen Besorgnis eines Mannes, der weder Staub noch Spinnweben oder Schmutzwäschebergen Beachtung schenkte.

»Mit einem Staubtuch werde ich noch fertig. Und zuallererst säubere ich das Haus von euch Männern. Mikey muss zur Schule, und Skyler bringt ihn hin. Er soll ihn auch nachmittags abholen. Atwood kann in Hütte sechs seiner Arbeit als ›Sekretär‹ nachgehen. Und du nimmst Beaker mit in die Stadt. Das arme Tier langweilt sich noch mehr als ich«, schloss sie und schob energisch ihr Kinn vor. Er lächelte nur.

»Machen wir dich wahnsinnig, Emma?«

»Ich kann mich nicht umdrehen, ohne über Testosteron zu stolpern.« Sie stellte ihre Tasse mit einem lauten Geräusch auf den Tisch.

»Schlimm genug, dass ich den ganzen Tag zu Hause hocken muss. Ich brauche keine Armee von Bewachern, die jeden meiner Schritte belauern.«

Seine ernste Miene kehrte wieder.

»Wenn du dir etwas in den Kopf setzt, hältst du stur daran fest und gehst so weit, einfach abzuhauen.«

»Ben, ein Mensch bekommt auch verwöhnt werden mal satt.«

Seine Züge waren wie gemeißelt, als er sie anstarrte.

Wieder spürte Emma, wie es ihr kalt über den Rücken lief. Ben hatte kein Wort darüber verloren, dass sie vor sechs Tagen fast den Tod seines Sohnes verschuldet hätte. Und kein einziges Mal hatte er den Schrotthaufen erwähnt, der nun hinter der Garage lagerte. Er sprach auch nicht von Wayne Poulin und den Koordinaten oder vom Drogenhandel und den Schüssen, die auf sie abgegeben worden waren.

Ben blickte auf Beaker hinunter, der sich zu ihr gesellt und sein Kinn auf ihr Knie gelegt hatte.

»Du könntest eine Pause gebrauchen«, sagte er, und seine Miene wurde weich.

»Du bist zu unabhängig für diese umfassende Aufmerksamkeit, und Beaker und mir wird ein bisschen Zweisamkeit nicht schaden.«

Höchst erfreut über ihren kleinen Sieg tätschelte sie Beakers Kopf, während sie ein Stück Toast von ihrem Teller nahm und an ihren neuen Freund verfütterte.

Ben stieß seinen Stuhl zurück und ging zur Küchentheke, um die Schüssel mit den Cookies zu holen. Er kam wieder an den Tisch und ging daran, die leckeren Stückchen entzweizubrechen und mit einem Tischmesser die Schokolade aus dem Inneren auf seinen Teller zu schaben.

Beaker, der sofort den Kopf hob, sah ihm gespannt zu.

So verfuhr Ben mit etwa zwei Dutzend Cookies und schuf auf diese Weise einen Haufen kleiner Vanillewaffeln. Die schob er zusammen und stopfte sie in seine Tasche.

»Bestechung, Ben?«, fragte Emma mit einem Lachen.

»Selbstverteidigung«, gab er zurück und stand auf.

»Los, Beaker. Wir machen eine Spazierfahrt.« Der Hund stand auf und starrte schweifwedelnd auf Bens Tasche.

Ben ging zur Tür und öffnete sie.

»Komm, Beaker. Hinaus.«

Ihr getreuer Hüter trottete gehorsam zur Tür, blieb dort stehen und warf ihr einen unsicheren Blick zu. Emma nickte.«Los, Junge. Hinaus mit dir.«

Der Hund sprang hinaus.

Ben ließ die Fliegengittertür zuschnappen, als er zurück an den Tisch ging und ihr unters Kinn fasste.

»Jetzt ist er aus dem Weg …«, flüsterte er und nahm ihren Mund in Besitz.

Emmas Zehen krümmten sich, sie musste am Tisch Halt suchen. Verdammt, er brachte ihr Herz in höchste Gefahr, doch war sie nicht gewillt, sich von ihren Ängsten diese Freuden rauben zu lassen. Sie schlang ihren gesunden Arm um seinen Hals und erwiderte seinen Kuss.

Es bedurfte keiner weiteren Aufforderung. Vorsichtig zog er sie auf die Füße und in seine Arme und hüllte sie in seine Wärme und Stärke und seine süß duftende Männlichkeit. Ihre entfesselte Leidenschaft bewirkte, dass sich alles in ihrem Kopf drehte. Der Boden unter ihnen schwankte. Geschirr klirrte. Ein Topf polterte von der Küchentheke auf den Boden.

Emma zog sich zurück und schaute zu ihm auf.

»Wie machst du das bloß?«, flüsterte sie voller Scheu.

Sein Stirnrunzeln ließ sie laut auflachen.

»Herrgott, Nem! Das war jetzt ziemlich heftig«, rief Mikey aus, der in die Küche stürzte und jäh innehielt, als er seine Tante in den Armen seines Vaters sah.

Emma, die nun erst erfasste, dass sie eng an Ben geschmiegt dastand, löste sich von ihm.

Die Tür wurde aufgerissen, Atwood und Skyler stürmten herein, dicht gefolgt von Beaker. Den zwei Männern sprangen fast die Augen aus dem Kopf. Beaker suchte winselnd nach einem Plätzchen zum Verkriechen.

Emma lachte laut auf.

»Was war das?«, fragte Atwood atemlos.

»In Maine gibt es doch keine Erdbeben, oder?«

Sie schüttelte den Kopf.

»Normalerweise nicht, aber ein bisschen Grollen gibt es schon hin und wieder. Gerade so viel, dass das Geschirr klirrt.«

»Das war mehr als ein Klirren«, warf Skyler ein.

»Das ist die Gegenreaktion der Erde, die vor Tausenden von Jahren von schweren Gletschern belastet wurde«, erklärte Mikey.

»Oder es könnten die heißen Quellen sein«, fuhr er fort und sah Emma an, »vielleicht erwachen sie wieder grollend zum Leben.«

Viel besser gefiel Emma das Bild von Benjamin Sinclairs erhobenen Armen, die der Natur seinen Willen aufzwangen. Sie schüttelte es energisch ab.

»Also, Gentlemen, da wir jetzt alle hier zusammen sind, möchte Ben Ihnen etwas sagen.«

Ben sah sie an. Seine Augen funkelten immer noch vor Leidenschaft.

»Vielleicht solltest du es ihnen sagen, Emma, da du heute Morgen … so voller Überraschungen steckst.«

Emma kämpfte gegen die Hitze an, die ihr die Röte ins Gesicht zu treiben drohte, und sah die drei erwartungsvollen Männer an … und natürlich Beaker, der dasaß und zu ihr hinaufstarrte.

»Ach ….« Sie sah erst Mikey an.

»Ben und ich sind der Meinung, dass du wieder zur Schule gehen sollst.«

Der Junge schüttelte spontan den Kopf.

»Ich möchte noch ein paar Tage zu Hause bleiben.«

»Junger Mann, ich glaube, du hast das Absturz-Trauma längst überwunden. Du hast lange genug davon gezehrt.«

»Aber …«

»Geh zur Schule, Mike. Skyler, Sie bringen ihn hin und holen ihn ab«, setzte Ben hinzu und sah Skyler an, der dazu nickte.

»Atwood«, fuhr Ben fort, »Sie könnten Brennholz in den Schuppen schaffen.«

Atwood nickte hastig, sichtlich erleichtert, dass er nicht noch einen Tag in der Nähe des Hauses auf Lauer liegen musste.

Ben wandte sich an sie.

»Und du wirst nichts anfassen, das schwerer als ein Staubtuch ist?«, fragte er mit skeptischem Blick.

Sie legte ihre Rechte aufs Herz.

»Ich verspreche, dass ich nicht in Schwierigkeiten geraten werde«, war alles, was sie an Zustimmung verlauten ließ.

Er küsste sie fest auf die Lippen.

»Ich komme bald wieder«, sagte er und rief im Hinausgehen, Beaver solle ihm folgen.

Emma ging zur Spüle und hob mit leicht zitternder Hand und gerötetem Gesicht den heruntergefallenen Topf auf.

»Einen schönen Tag, Gentlemen«, sagte sie, ohne aufzublicken, als sie wortlos im Gänsemarsch hinausgingen. Jeder blieb kurz stehen und griff in die Cookies-Schüssel, ehe sie die Tür hinter sich zuschlagen ließen.

Emma beäugte die leere Schüssel. Das Zeug wurde vertilgt wie Trockenfutter. Sie wusste nicht, woher die Cookies gekommen waren, doch stand eine ganze Kiste davon in der Vorratskammer. Und immer gab es eine volle Schüssel auf der Küchentheke. Wie von Zauberhand dorthin gestellt, denn immer wenn sie bemerkte, dass die Schüssel leer war, stand sie in der nächsten Minute frisch gefüllt da.

Ihre kleine Sucht schien ansteckend zu wirken.

Es war drei Uhr nachmittags, als das Zuschlagen der Küchentür die Musik in ihren Kopfhörern übertönte. Sie blickte von den über den Tisch verstreuten Papieren auf und sah Ben und Beaker eintreten. Beide wirkten, als gehöre ihnen das Haus.

Beaker kam zu ihr und stupste Aufmerksamkeit heischend ihren Arm. Emma nahm die Kopfhörer ab und schaltete die Musik aus, dann fasste sie nach ihrem Haustier und begrüßte es.

»Das riecht es aber gut«, sagte Ben und schlüpfte aus seiner Jacke.

»Was ist in der Bratröhre?«

»Ich hatte Mikeys Kochkünste satt.« Emma streichelte den Hund.

»Er ist so eigen mit Gewürzen. Was du riechst, ist ein Puter.«

Bens Besorgnis meldete sich.

»Wie hast du mit nur einem Arm das Ding in die Röhre geschoben?«

»Ich habe mir Verstärkung geholt. Greta hat den Braten in den Ofen geschoben«, erklärte sie mit einem Blick auf ihre Papierarbeit.

»Du kannst die Kartoffeln bewachen oder mir helfen auszurechnen, woher ich die Mittel für einen neuen Flieger nehmen kann.«

»Hast du nicht gesagt, er wäre versichert?«, entgegnete er und warf über ihre Schulter einen kurzen Blick auf den Papierkram.

»Wo ist das Problem?«

»Die Versicherung zahlt erst, wenn das FAA seine Ermittlungen abgeschlossen hat. Ich … hm ja … ich habe keine Fluglehrerlizenz, und Mikey ist für Alleinflüge noch zu jung. Und es hat sich herumgesprochen, dass er zur Zeit des Absturzes am Steuer gesessen hat. Die Untersuchung könnte Monate dauern.«

Sie tippte mit dem Stift auf ihr Arbeitsblatt.

»Und ich kann mir Monate nicht leisten. Im Winter wechsle ich die Schwimmer gegen Kufen aus und fliege Eisfischer an entlegene Seen und Biologen zur Wildzählung ins Waldgebiet. Ich muss mir Ersatz für meine Maschine beschaffen.«

»Ich kann dir das Geld geben«, sagte er, rollte die Hemdsärmel auf und ging an die Spüle, offenbar überzeugt, das Problem wäre gelöst.

»Nein.«

Mitten im Schritt hielt er inne und drehte sich um.

»Nein?«

Emma wählte ihre Worte sehr sorgfältig.

»Ben, ich weiß dein Angebot zu schätzen, aber ich möchte dein Geld nicht. Fasse es nicht persönlich auf. Es ist nur, dass ich … ich würde mich dabei nicht wohl fühlen«, schloss sie, den Blick auf ihre Papiere gesenkt.

Er ging zurück an den Tisch, stand über ihr und wartete wortlos. Er nahm es sehr persönlich, wie ihr klar wurde. Sie hatte, wenn auch sehr diplomatisch, sein großzügiges, gut gemeintes Angebot zurückgewiesen. Einige lange Sekunden vergingen, ehe sie die Nerven aufbrachte aufzublicken.

»Ich kann dir einfach einen Scheck ausschreiben.«

»Ich weiß, dass du es kannst, aber ich möchte es allein schaffen. Das Geld für den Kauf einer neuen Maschine ist nicht das Problem, aber das Warten auf die Versicherungssumme bringt mich in finanziell ins Schleudern. Ich dachte nur, dass du mit deiner Erfahrung in geschäftlichen Dingen vielleicht eine Idee hättest, wie ich mein Geld vorübergehend umschichten könnte.«

Er drehte sich abrupt um und ging zurück an die Spüle, wobei er sich noch einmal die Hemdsärmel hochkrempelte.

»Dafür brauchst du einen Unternehmensberater.«

Emma atmete so tief aus, dass der Hauch ihre Papiere bewegte. Er war nicht nur verärgert; er war beleidigt.

Sie raffte ihre Papiere zu einem ungeordneten Haufen zusammen. Zur Hölle damit. Am liebsten hätte sie das Zeug in den Ofen geworfen und wäre hinterher gekrochen. Sie hatte Ben nicht kränken wollen.

Das letzte Papier, das sie oben auf den Haufen legen wollte, kam ihr fremd vor. Es hatte das Format eines offiziellen Schreibens, war vierfach gefaltet, und sie wusste, dass es zehn Minuten zuvor noch nicht da gelegen hatte. Sie entfaltete es, um es zu lesen, kam aber über die erste Zeile nicht hinaus.

Die Stille, die sich plötzlich über den Raum senkte, war so absolut, dass Emma das Blut in den Ohren dröhnte. Ihr Herzschlag war ohrenbetäubend. Der Raum um sie herum verschwand im Hintergrund ihres Bewusstseins, als sie den Mund aufmachte und wieder schloss.

Schließlich fand sie ihre Stimme wieder, die gar nicht ihr zu gehören schien.

»Das ist das Ersuchen um eine Heiratslizenz.«

»Ja«, hörte sie eine feste, weit entfernte Stimme knapp hinter sich.

»Schon ausgefüllt.«

»Nur eine Zeile ist leer«, sagte Ben.

Emma starrte das Dokument an. Alles über sie war angegeben, von ihrem Geburtsdatum und Geburtsort über die Namen ihrer Eltern bis zu ihrer Sozialversicherungsnummer. Und ebenso war alles für Benjamin Sinclair ausgefüllt.

»Michael. Dein zweiter Vorname ist Michael«, war alles, was sie, auf diese winzige Tatsache fixiert, herausbrachte.

»Kelly wusste es.«

Schließlich blickte Emma zu ihm auf.

»Das ist das Ersuchen um eine Heiratslizenz«, wiederholte sie.

»Ja.«

»Ich brauche nur zu unterschreiben, und wir können heiraten.«

»Du müsstest auch zur Trauung erscheinen.«

»Bist du … ist das ein Heiratsantrag?«

»Ich glaube, den habe ich bereits gemacht. Dies ist der nächste Schritt.«

Emma rieb ihre Stirn.

»An einen Antrag kann ich mich nicht genau erinnern. Ich weiß nur, dass du deine Pläne für die Zeit nach der Hochzeit erwähnt hast. Du willst dein Unternehmen von Maine aus leiten, hieß es.«

Er zog ihre Hand von der Stirn und hielt sie fest, während er auf ein Knie fiel.

»Unterschreibe, Emma.«

»Ich … ich muss es mir überlegen«, flüsterte sie und versuchte ihre Hand zu befreien.

»Du hast darüber nachgedacht.«

»In letzter Zeit hatte ich so viel zu überlegen.«

»Du würdest mit der Zeit ja doch unterschreiben, warum also befreist du dich nicht jetzt schon von dieser Last? Unterschreibe, alles andere erledige ich.«

»Beispielsweise, wie du dich um mich kümmern wirst?«

Er schüttelte den Kopf.

»Emma, ich habe nicht die Absicht, die Kontrolle über dein Leben zu übernehmen. Du wirst in der Ehe so unabhängig sein wie jetzt. Aber du würdest nicht allein sein.«

Er wollte ihr damit sagen, dass sie ihm vertrauen konnte.

Was schon der Fall war.

Er wollte ihr damit sagen, dass sie den Rest ihres Lebens gemeinsam verbringen sollten.

Was sie sich sehnlichst wünschte.

Er wollte ihr damit sagen, dass er ihre Unabhängigkeit respektierte.

Die sie brauchte, um überleben zu können.

Doch er sagte ihr nicht, dass er sie liebte.

Emmas Blick traf seinen, und an diesem Punkt traf Greta sie an.

»Du lieber Himmel, der Junge stopft den Wäschekorb voll … ärger geht's nicht!«, klagte ihre Freundin, die aus dem großen Zimmer in die Küche trat. Unvermittelt blieb sie stehen und starrte die beiden an. Ihre Augen wurden groß, als sie Beaker bemerkte, der neben dem Ofen saß und ihren Blick erwiderte.

Greta sah wieder zum Tisch hin.

»Nett, Sie wiederzusehen, Benjamin Sinclair.« Sie stellte den Korb ab und wischte sich die Hände an den Jeans ab, ehe sie ihm die Hand reichte.

»Sie werden sich an mich nicht erinnern. Ich bin Greta LaVoie, eine Freundin von Michael und Emma.«

Ben stand auf und nahm Gretas Hand zwischen seine beiden Hände und sah sie mit warmem Lächeln an.

»Miss LaVoie. Ich weiß noch, dass Sie die besten Kuchen diesseits der kanadischen Grenze backen.«

Greta, die nicht einmal ein Idealtyp von Mann zu bezaubern vermochte, errötete wie ein Pfirsich.

»Sie sind also gekommen«, sagte sie und umfing Bens Hände. »Ich bin ja so froh. Michael hat sich schon sehr lange gewünscht, Sie kennenzulernen.«

»Und ich bin sehr froh, ihn entdeckt zu haben«, antwortete er, ehe er den Händedruck löste.

»Und jetzt werden Sie ihn und Emma vor demjenigen beschützen, der ihnen nach dem Leben trachtet?«

»Warum glauben Sie, dass jemand sie töten möchte?«

Greta blickte ungläubig zu ihm auf.

»Es wurde auf sie geschossen. Ihr Flugzeug ist abgestürzt. Die zwei wissen zu viel.«

»Inzwischen weiß der halbe Bezirk so viel wie sie.«

Greta nickte.

»Sie müssen den Jungen aus diesem Holzfällerkrieg

heraushalten. Und wer ist das?«, fragte sie und ging auf den Schäferhund zu.

»Das ist Beaker, Emmas neuer Hausgenosse«, erklärte Ben.

Greta sah Emma an.

»Aber du fürchtest dich doch vor allen Hunden, die größer als ein Eichhörnchen sind.« Ihr nächster Blick galt Ben.

»Mit sieben wurde Emma Jean von einem Dobermann durch den halben Ort gejagt. Ich musste das Kind nachher ein halbes Jahr zur Schule begleiten. Jahrelang hatte sie schreckliche Albträume.«

»Sie mag Beaker.«

Greta liebkoste den Hund, der die Aufmerksamkeit genoss.

Emma sah auf den Tisch hinunter und griff nach dem Ersuchen um ihre Heiratslizenz. Rasch unterschrieb sie auf der einzigen leeren Zeile. Dann faltete sie es zusammen und schob es in die Mitte des Tisches.

Eine große Hand senkte sich darauf und ergriff es, und Emma sah, wie es in Bens Hemdtasche verschwand. Sie hob ihren Blick und sah durchdringende graue Augen, die sie mit triumphierender Befriedigung anstarrten.

Bei Gott, jetzt hatte sie es getan.

17

Es war nach Mitternacht – die Zeit, da das Bewusstsein von Schlaf benommen ist und Träume und Wirklichkeit verschwimmen. Emma wurde ganz allmählich wach, und ihre Sinne regten sich einer nach dem anderen. Die mittlerweile vertraute Wärme, die sich an ihre Seite schmiegte, tröstete sie wie auch die friedvollen Schatten ihres Zimmers und das Gefühl ihres eigenen Kissens unter dem Kopf. Nur ihre Nase erspürte etwas Ungewohntes und beschleunigte ihr Erwachen.

Es roch nach Frühling. Nach Blumen, Rosen vor allem.

Ein Geräusch war der zweite Hinweis, dass in ihrem sicheren Reich nicht alles im Lot war. Vom Boden her kam ein Geräusch, das anzeigte, dass Beaker zufrieden an einem Stück Rinderhaut kaute.

Was bedeutete, dass die Wärme neben ihr nicht ihr Hund war.

Durch Adrenalin geradezu beflügelt erwachte sie in Sekundenschnelle. Die schwere Wärme neben ihr erhob sich über ihr wie ein dunkles Schreckgespenst, als die Decken sich strafften und sie einengten.

»Pst. Keine Panik. Ich bin es.«

»Ben?«

»Du hast einen gesunden Schlaf. Jetzt liege ich schon fast eine Stunde neben dir.«

Emma versuchte die letzten Spinnweben des Schlafes abzuschütteln. Ihr lange gehegter Traum, ein Bett mit Benjamin Sinclair zu teilen, war plötzlich wahr geworden. Alle ihre Fantasien sprudelten an die Oberfläche – die Wärme seines Körpers, das willkommene Gewicht, das gegen sie stieß, das Gefühl seines Atems auf ihrem Gesicht. Sein Duft überwältigte ihre Sinne und machte es ihr unmöglich, Wirklichkeit und Sehnsucht zu unterschieden. Sie schloss die Augen und kostete das Gefühl seines Gewichtes aus.

»Aufwachen, Emma«, flüsterte er.

»Ich will nicht.«

»Und ich will, dass du wach bist, wenn ich mit dir Liebe mache, Em.«

Sie schlug die Augen auf und sah sein Gesicht knapp über ihrem. In seinen Augen spiegelte sich Mondlicht, sein lächelnder Mund schimmerte hell im Halbdunkel.

»Okay«, seufzte sie.

»Nein, nein, erst möchte ich die Worte hören.«

»Die Worte?«

Sein ungeduldiger Seufzer strich über ihr Haar.

»Die Worte, die das Papier bekräftigen, das du heute unterschrieben hast und das mir erlaubt, in diesem Bett zu sein.« Er küsste sanft ihre Nasenspitze.

»Ich muss sie bald hören, ehe ich den Verstand verliere.«

»Ben, ich vertraue dir wirklich. Ich vertraue dir mein Leben, mein Zuhause, meinen Neffen an. Ich vertraue dir.«

Mondschein fiel auf seine ernsten Züge. Sie wusste, was er hören wollte. Sie war nur nicht sicher, ob sie es laut aussprechen konnte.

»Und?«, brummte er, und jeder Muskel seines Körpers spannte sich.

»Und ich glaube, dass ich keinen Mann kenne, der besser aussieht. Du bist schöner als ein Sonnenuntergang und unerschütterlicher als die Berge. Du bist mehr Mann, als ich mir je einen erträumt habe.«

Plötzlich waren seine Hände in ihrem Haar und umfassten ihren Kopf, während er ihr Gesicht anhob und sie voll auf den Mund küsste.

Kein Fantasiebild hätte sie so völlig verzehren können. Kein anderer Mann konnte ihr weibliches Verlangen so heftig wecken. Emma, deren Leidenschaft sich mit seiner messen konnte, öffnete die Lippen, um von ihm zu kosten und seine Essenz in sich aufzunehmen, während sie sich bemühte, ihre Hände zu befreien, um ihn fester an sich zu drücken.

Er löste sich aus dem Kuss und atmete so bebend ein wie sie. Als er sie anstarrte, waren seine Augen von der Farbe des Eises auf dem glatten See.

»Ben, ich schwöre – sollte der Boden wieder schwanken, schreie ich.«

Er drückte seine Stirn an ihre.

»Und ich vergesse jetzt alle meine edlen Absichten,

deine kaputte Schulter und die Worte, die ich noch immer hören möchte.«

»Ich kann dir geben, was du möchtest, ohne es laut auszusprechen, Ben.«

»Nein«, sagte er und hob den Kopf.

»Heute besiegeln wir unseren Bund, aber erst wenn du dich selbst hingibst. Du kannst für den Rest der Welt stark und stur und furchtlos sein, aber bei mir musst du jetzt deine Wachsamkeit ablegen. Keine Vorwände. Kein Abschweifen. Ich möchte dich warm und weich und verletzlich, und das fängt damit an, dass du die Worte laut aussprichst.«

Er hatte die Jagd satt, und er war nicht gewillt, sich mit einem Kompromiss abspeisen zu lassen. Er wollte totale, vollständige und unwiderrufliche Hingabe.

»Ich liebe dich«, flüsterte sie.

»Ich habe dich immer schon geliebt und werde dich immer lieben. Fünfzehn Jahre habe ich gewartet, dass du kommst und mich holst.«

Nach einer kleinen Pause setzte sie hinzu:

»Ich bin nicht die Einzige, die hier ihre Seele entblößt, Sinclair.«

»Du weißt doch, dass ich dich liebe!« Sein Mund nahm ihren wieder in Besitz und entflammte sie bis in das Innerste ihres Seins.

Als Liebeserklärung war es etwa so romantisch und feinfühlig wie ein Elchbulle, der röhrend seine Absicht kundtut. Ben zerrte die Decken vom Bett und fiel mit der Finesse eines Mannes, dessen Geduld erschöpft ist, über sie her. Völlig nackt, versengte er ihre Haut durch ihr hauchdünnes Nachthemd.

Emma, die wieder Rosen roch, schlug die Augen auf und sah Rosenblätter in der Luft schweben und von den Decken auf dem Boden aufsteigen.

Sie war völlig umgeben von Rosenblättern und von dem Mann, der sie übers Bett verstreut hatte, während sie schlief.

Mit einer Ungeduld, die seiner gleichkam, schlang Emma ihre Arme um Bens Nacken und stellte sich seiner Leidenschaft. Sie ließ Küsse auf die harten Flächen seines Gesichtes regnen und spürte genüsslich, wie seine Bartstoppeln sie kitzelten.

»Ich liebe dich«, flüsterte sie ihm ins Ohr, ehe sie leicht hineinbiss.

Er lachte laut auf, ein Geräusch, das sie erwärmte. Er tastete nach dem Halsausschnitt ihres Nachthemdes und zerriss es bis zur Taille, als er es von ihren Schultern ziehen wollte. Wieder erfüllte eine Wolke von Blumenblättern die Luft und tanzte so leicht wie ihr Herz im Mondschein.

Plötzlich hielt er über ihr inne, dann beugte er sich hinunter und küsste den Verband an ihrer linken Schulter.

»Mein Gott, ich hätte dich verlieren können.« Er drückte sie heftig an sich.

»Fast hätte ich dich verloren.«

»Pst. Ich bin wohlauf und ich bin da«, flüsterte sie und erwiderte seine Umarmung ebenso innig.

»Liebe mich, Ben, und sieh zu, ob du meinen Geschirrschrank wieder zum Klirren bringst.«

Er hob den Kopf und erwiderte ihr Lächeln.

»Ja, diese Absicht habe ich. Vielleicht zerbreche ich sogar ein paar Stücke«, schloss er und umfasste ihre linke Brust.

Emma schnappte erstaunt nach Luft, als er seinen Daumen über ihre Brustspitze gleiten ließ, und sie wölbte ihren Rücken voller Ungeduld und Hingabe. Mit ihren Händen erkundete sie seine Brust, die breit, hart und heiß war, und grub ihre Finger in seine Schultern, als er ihre Brustspitze in den Mund nahm.

Sie stöhnte, küsste sein Haar und strich mit den Fingern hindurch. Sie spürte seine Hände um ihre Taille, die ihr Höschen mit den Resten ihres Nachthemdes hinunterzogen. Ganz plötzlich war sie so nackt wie er.

»Du hast den Körper eines Engels«, flüsterte er, als er sich wieder über sie schob und sie in intimen Kontakt mit dem Beweis seines Verlangens brachte.

»Du bist mein Engel.«

Voller Ungeduld schlang sie die Beine um seine Hüften und presste ihre Weiblichkeit an die Spitze seines Schaftes.

»Warte«, stieß er hervor und zitterte vor Zurückhaltung.

Emma ignorierte ihn und hob ihre Hüften an, wobei sie sich über seine Männlichkeit schob und mit ihren Beinen auf seinem Rücken Druck ausübte. Er vollendete die Aufgabe mit einem Stöhnen und drang tief in sie ein.

Sie schrie auf, da das Eindringen schmerzhaft war, und stemmte ihre Hände gegen seine Schultern, als gelte es einen Berg abzuwehren. Sofort hielt er inne.

»Du bist verdammt eng, Emma.«

»Du bist verdammt groß, Ben.«

Er lächelte ihr zu, während er mit langsamen Bewegungen begann und in ihr ein so köstliches Gefühl weckte, dass Emma befürchtete, mit ihren Nägeln Spuren auf seiner Brust zu hinterlassen. Völlig hingerissen gab er sich mit zurückgeworfenem Kopf und geschlossenen Augen einem Wirbel der Lust hin, während sie zögernd begann, ihre Hüften zu bewegen.

»Nicht bewegen«, stieß er zwischen zusammengepressten Zähnen hervor. Seine Augen waren dunkel vor Verzweiflung, als er auf sie hinunterblickte.

»Oder es wird vorbei sein, ehe es begonnen hat.«

Sie griff hinauf und wischte ihm den Schweiß von der Stirn. »Und ich dachte, du wärst ein allmächtiger Gott«, sagte sie und zupfte leicht an seinem Haar.

»Dabei bist du auch nur sterblich.«

Er verschloss ihr den Mund mit einem Kuss und bewegte sich schneller, während er nach unten griff und das Zentrum ihrer Lust fand.

Emma entflammte wie ein Vulkan. Schmelzende, weiße Glut verzehrte sie, als sie vor Wonne aufschrie. Mond und Sterne erfüllten die Dunkelheit, die all die Jahre ihr Herz umgeben hatte. Sie wurde eins mit dem

Mann ihrer Träume, als sie ihn tief in sich erbeben spürte und sein Aufschrei leise im Raum widerhallte.

Sie versuchte, ihr rasendes Herz zu beruhigen, während sie Ben an sich gedrückt hielt. Kleine Konvulsionen erschütterten ihre Körper, angenehme kleine Schauer schwindender Ekstase. Sie lechzte nach Luft, und doch war ihr das Atmen nahezu unmöglich.

In einem Versuch freizukommen, rutschte sie unter ihm hervor.

»Hast du Schmerzen Emma? Habe ich deine Schulter irgendwie lädiert?«

Lächelnd blickte sie zu ihm auf und zog ihn an ihre Seite, um ihn zu liebkosen.

»Nein, ich brauche nur Luft.«

Übermütig erwiderte er ihr Lächeln.

»Dann raube ich dir wohl den Atem?« Er strich ihr das Haar aus dem Gesicht.

»Nicht schlecht für einen gewöhnlichen Sterblichen.«

Als hätte seine Neckerei die Götter der Unterwelt geweckt, kam das leise Grollen bebender Erde näher und wurde immer unheilvoller, bis sogar das Bett schwankte. Die Fenster ratterten in ihren Rahmen. Ihre Nachttischlampe klirrte immer lauter.

Beaker winselte.

Emma schnappte nach Luft.

»Verdammt, Benjamin. Lass das!«, zischte sie.

Als er aus dem Bett sprang, wäre er fast hingefallen.

»Ich? Das sind deine verdammten heißen Quellen!«

Sie setzte sich auf und blickte ihn an, die Decke an ihre Brust gedrückt.

»Das wird richtig unheimlich.« Er ertappte sie dabei, wie sie ihn anstarrte, und erwischte ein Kissen, mit dem er seine edelsten Teile bedeckte.

»Was tut sich da draußen in deinen Wäldern?«

Emma seufzte.

»Du bist doch nicht abergläubisch, oder?«

Das Bett senkte sich, und sie lag plötzlich flach auf dem Rücken, während Ben wieder über ihr war.

»Das ist gar nicht komisch.« Er küsste sie, um ihr Lachen zu ersticken. Als das erledigt war, küsste er sie wieder. Emma schätzte, dass das zweite Mal nur als Beweis dienen sollte, dass er es auch ohne klappernde Fenster schaffte.

»Ich muss gehen«, raunte er in ihren Mund.

»Warum?«

»Es dämmert schon. Und wenn Michael uns im Bett ertappt, möchte ich dein Ehemann sein.«

Wieder seufzte Emma.

»Jaaa.«

»Wann wird das sein, Em?«

»Na ja … wann möchtest du heiraten?«

»Morgen.«

Wieder musste sie lachen.

»Wie wär's mit kommendem Frühjahr?«

»Wie wär's mit kommendem Wochenende?«

»Dann also eine Hochzeit zu Weihnachten.«

»Zu Thanksgiving.«

»Aber das ist ja schon in zwei Wochen!«

»Zwei verdammt lange Wochen, wenn du mich fragst. Wo ist das Problem, Emma?«

»Ich möchte eine richtig schöne Hochzeit. Es ist die einzige, die ich jemals haben werde.«

Ben seufzte tief.

»Zwei Wochen reichen, um die denkbar schönste Hochzeit zu arrangieren. Länger warte ich nicht.«

»Oder?«

»Oder ich entführe dich auf eines meiner Frachtschiffe und lasse uns vom Kapitän auf hoher See trauen.« Er lächelte, doch seine Miene war ernst.

»Das ist ... du kannst nicht ... also gut. Dann also zu Thanksgiving«, gab sie nach und besiegelte das Versprechen mit einem flüchtigen Kuss.

»In meiner Kirche, mit Greta als Brautjungfer.«

»Meinetwegen kann Pitiful an deiner Seite stehen, wenn es nur rechtmäßig ist.« Ben stand auf und machte sich auf die Suche nach seinen Sachen.

Emma sah unverblümt zu, die Knie unters Kinn gezogen, und bewunderte das Muskelspiel, das seine Bewegungen so geschmeidig und anmutig wirken ließ.

»Danke für die Rosen. Ich habe noch nie Blumen bekommen.« Sie griff nach ein paar Blütenblättern und roch daran.

»Sehr gern.« Noch ein Kuss, und er ging hinaus.

Kaum hatte sich die Tür hinter ihm geschlossen, raffte sie eine Hand voll Rosenblätter zusammen und atmete ihren Duft mit Genuss ein. Sie sank zurück auf das Kissen und ließ die Blütenblätter über ihr Gesicht rieseln, als sie die Augen schloss und wieder den Duft tief einsog.

Sie wollte verdammt sein, wenn sie nicht nach Moos rochen!

Obwohl fest in der Realität verankert, konnte Ben zuweilen tatsächlich etwas *spüren*, das auf der Lauer lag, bereit zuzuschlagen, ein Gefühl drohenden Unheils, weder greifbar noch definierbar.

Er glaubte an die Rätsel der Welt, und er glaubte auch, dass es Dinge jenseits des menschlichen Begriffsvermögens gab, mit denen man sich besser nicht näher befasste. Meist aber verließ Ben sich auf sein Gespür, wenn es ihm sagte, dass etwas nicht stimmte. Und die ganze letzte Woche hatte ihn das Gefühl nicht losgelassen, dass in Medicine Gore etwas nicht geheuer war.

In diesen Wäldern lauerte etwas Böses und bedrohte Emma und Mike und das neue Leben, das Ben bei ihnen gefunden hatte. Die beiden waren der Meinung, Poulins Koordinaten bezeichneten einen Drogenumschlagplatz, er aber fühlte, dass etwas viel Schlimmeres dahintersteckte. Zum ersten Mal aufgefallen war es ihm vor zwei Tagen, als er die Stelle selbst besichtigt hatte, und er spürte es auch jetzt, als er wieder genau an der von den Koordinaten bezeichneten Stelle stand.

»Ein Hund wäre hier sehr nützlich«, sagte Atwood,

der ein Stück weiter mit dem Fuß den Boden abtastete und im verrottenden Laub vieler Jahre stocherte.

»Ein Spürhund, der auf Katastrophenopfer spezialisiert ist.«

Ben drehte sich zu dem stillen, erfahrenen Detektiv um.

»Es ist zehn Jahre her.«

Atwood zuckte mit den Schultern und fuhr fort, das Gelände im Kreis abzuschreiten, den Blick angestrengt auf den Boden gerichtet.

»Hunde haben einen tollen Geruchssinn.«

»Wenn wir zurück sind, können Sie einen Suchhund anfordern. Aber behalten Sie es für sich. Emma oder Mike sollen nicht wissen, was wir machen, ehe wir nicht etwas Konkretes gefunden haben.«

»Ich werde Skyler darauf ansetzen.«

Ben kämpfte gegen das Frösteln an, das ihm über den Rücken lief.

Er vergrub sich tiefer in seinen Parka und steckte die Hände in die Taschen.

»Sie könnten sich in der Stadt umhören und vielleicht in Erfahrung bringen, wohin Poulin verschwunden ist«, schlug er vor.

»Wenn es aussieht, als wäre er wirklich nicht mehr da, hätten Sie die Möglichkeit, sein Zimmer zu durchsuchen.«

Atwood blickte auf und grinste.

»Etwas subtiler als Ihre Lady?«

Ben zog eine Braue hoch.

»Ich gehe davon aus, dass Sie in diesen Dingen mehr Erfahrung haben.«

»Ich kann hinein und hinaus, ohne Spuren zu hinterlassen«, sagte er gedehnt und ging auf Ben zu.

»Was ist mit der alten Dame?«

»Emma hat gesagt, Greta wolle heute nach Medicine Creek kommen und sich in die Hochzeitsvorbereitungen stürzen.«

Atwoods Miene erhellte sich.

»Meinen Glückwunsch. Sie wollen also wirklich Nägel mit Köpfen machen?«

»Das will ich.«

Für ihn stand fest, dass er Emma heiraten und Mike als seinen Sohn anerkennen wollte. Und falls die kleine Armee, die er aus New York mitgebracht hatte, Wayne Poulin nicht außer Gefecht setzen konnte, wollte Ben seine neue Familie ans andere Ende der Welt schaffen, bis die Sache ein Ende gefunden hatte. So oder so, er würde nicht zulassen, dass das Böse sie berührte.

»Sie fahren jetzt zurück«, sagte er zu Atwood.

»Ich sehe mich hier noch eine Weile um.« Wieder ließ er den Blick über den Wald gleiten.

»Der Schlüssel des Rätsels liegt hier, das spüre ich.«

»Wir sind gemeinsam gefahren. Wie wollen Sie nach Hause kommen?«

Ben zuckte mit den Schultern.

»Mein Rucksack liegt im Laderaum. Zurück kann ich laufen.«

Atwood machte ein ungläubiges Gesicht.

»Das sind über zwanzig Meilen.«

»Das gibt mir Zeit zum Nachdenken. Laut Karte liegen die alten heißen Quellen zwischen hier und zu Hause. Ich werde dort haltmachen und sie mir ansehen.«

Atwood machte aus seinen Befürchtungen kein Hehl.

»Das könnte gefährlich sein. In letzter Zeit war die Erde hier sehr unruhig. Es könnten dort giftige Gase ausströmen.«

Ben ging los zu der Stelle, wo sie den Wagen geparkt hatten.

»Ich werde auf der Hut sein.«

Atwood holte ihn ein.

»Soll ich mich in der Stadt auch umhören, wie das damals mit der Sprengung des Damms war?«

»Das überlassen Sie den anderen. Wir kommen heute Abend zusammen und besprechen, was wir herausgefunden haben.« Er blieb stehen und blickte zum Wald zurück.

»Mein Gefühl sagt mir, dass alles zusammenhängt. Ich weiß zwar noch nicht wie, aber ich glaube, Poulin hatte etwas mit Charlie Sands' und Kellys Verschwinden zu tun.«

Beim Wagen angekommen, zog Ben seinen Rucksack und das Schnellfeuergewehr heraus, das er sich am Morgen aus Emmas Waffenschrank geborgt hatte. Dann hob er den kleinen Käfig mit Homer heraus.

»Sie sind wohl ein richtiger Waldläufer geworden, wie?«, sagte Atwood mit leisem Lachen.

»Als ich zu Mike gesagt habe, ich wollte hier heraus fahren, hat er mich gebeten, Homer mitzunehmen und fliegen zu lassen. Er möchte wissen, ob der Vogel den Weg zurückfindet, auch wenn er nicht per Flugzeug hinausgeschafft wurde«, sagte Ben.

Die Wildnis übte auf ihn eine starke Anziehungskraft aus. Mehr noch, er fand hier allmählich zu einer Zufriedenheit, von der er gar nicht gewusst hatte, dass es sie gab.

Atwood zuckte mit den Schultern und stieg auf der Fahrerseite ein.

Ben hob den Rucksack auf den Rücken und griff sich sein Gewehr und den Käfig mit Homer.

»In der Stadt könnten Sie nachfragen, wann das neue Flugzeug geliefert wird. Machen Sie Druck, wenn nötig. Ich möchte die Maschine zu Thanksgiving haben.«

Atwood grinste.

»Ein Hochzeitsgeschenk?«

»So ist es. Das kann sie nicht ablehnen.«

»Nein, sie wird sogar eine sehr dankbare Braut sein. Neben dieser neuen Maschine mit ihren elektronischen Finessen sieht jeder Tarnkappenbomber alt aus.«

»Jeder Bräutigam verdient eine dankbare Braut, so ist es doch, oder?«, sagte Ben und schlug Atwood auf die Schulter.

»Ich rechne damit.«

Atwood startete den Wagen und fuhr los. Ben sah ihm nach, als er langsam den überwachsenen Weg entlangholperte. Er wartete, bis der Wagen außer Sicht war. Dann ging er zurück zu der einzigen Stelle in diesem riesigen, herrlichen Waldgebiet, die seelenlos zu sein schien.

Der Herbstmorgen war kristallklar, die Sonne tauchte das Land in Wärme. Doch als er in das Reich von Waynes Koordinaten eintrat, war es, als beträte er einen kalten, leblosen Kreis des Bösen.

18

»Beaker, ich werde noch auf dich treten, wenn du mir nicht aus dem Weg gehst«, warnte Emma ihn zum fünften Mal.

Aus einem unerfindlichen Grund war ihr der Hund den ganzen Morgen über nicht von der Seite gewichen. Sie hatte an das anlehnungsbedürftige Tier schon unzählige Cookies verfüttert, um es zu beruhigen, und nun war ihr übel von den vielen Schoko-Mittelteilen.

Mit einem Seufzer gab sie sich geschlagen, setzte sich auf die Couch und klopfte auf den Platz neben sich. Sofort sprang Beaker hinauf und legte den Kopf auf ihren Schoß.

»Was quält dich?«, fragte sie und kraulte sein Ohr.

Er zog nur seine Hundebrauen hoch und winselte.

Emma schenkte ihm die Aufmerksamkeit, die er brauchte, während sie in das knisternde Kaminfeuer starrte. Vielleicht hatte der Hund die Stimmung der anderen Bewohner des Hauses angenommen. Es war, als hinge eine unheilschwangere Wolke über Medicine Creek. Verdammt, sogar die Wälder hatten gegrollt.

Als das Telefon läutete, stand Emma auf und hob ab.

»Hallo.«

»Emmie? Bist du es?«

Emma erstarrte.

»Bis du da, Emmie? Hallo?«

»Kelly«, flüsterte sie, »Kelly? Bist du es?«

»Hallo, Schwester.«

Emma umfasste den Hörer mit beiden Händen.

»Wo bist du?«

»In Bangor. Wir müssen uns treffen, Emmie. Gleich jetzt. Bitte … ich muss mit dir reden.«

»Du bist in *Bangor?*«

»Im Einkaufszentrum. Dort werde ich in der Mitte auf dich warten. Beeile dich.«

»Warte, Kelly!«

Auf ihre drängende Bitte folgte das Freizeichen.

Emma starrte das Telefon an, bis es laut summte. Schließlich lege sie auf – in drei Anläufen, da ihre Hände so stark zitterten.

Und noch immer starrte sie vor sich hin, vor ihrem geistigen Auge Kellys Bild.

Kelly hatte gar nicht nach ihrem Sohn gefragt. Emmas Blick glitt zu dem Bild auf dem Kaminsims, das sie und Kelly und den fünfjährigen Michael an seinem ersten Schultag zeigte.

»Was für eine Mutter ist das, die nicht nach ihrem Sohn fragt?«, flüsterte sie in die totale Stille.

Beaker winselte und stieß gegen ihr Bein. Emma blickte auf den Hund hinunter, der sie mit großen braunen Augen anschaute.

»Vielleicht ist sie … ob sie Angst hat, Beaker? Zehn Jahre sind eine verdammt lange Zeit.«

Emma kniete nieder und umarmte den Hund mit einem bebenden Seufzer.

»Schon wieder ... ich versuche sie zu rechtfertigen. Aber als ich ihre Stimme gehört habe und sie mich ›Emmie‹ genannt hat ... ich sollte sie wohl eher bemitleiden als hassen.« Emma vergrub ihr Gesicht an Beakers Nacken.

»Sicher schmerzt es sie sehr, dass sie nicht hier sein und Michael heranwachsen sehen konnte.«

Emma überlegte, ob sie an der Highschool anhalten und Mikey abholen sollte, ehe sie nach Bangor fuhr. Er verdiente es, seine Mutter zu sehen, und um ehrlich zu sein, war sie nicht sicher, ob sie emotional stark genug war, um Kelly allein gegenüberzutreten.

»Nein, das wäre Mikey gegenüber nicht fair«, raunte sie an Beakers Nacken und unterdrückte ein Schluchzen.

»Er verdient es, dass dieses Wiedersehen hier stattfindet, in seinem Heim, wo er sich einigermaßen sicher und im Gleichgewicht fühlt.«

Schließlich stand Emma auf, wischte ihre Tränen ab und atmete tief durch. Kelly suchte also ein Gespräch. Und bei Gott, sie wollte dafür sorgen, dass Kelly mit *allen* sprach, auch mit Ben. Sie wollte ihre Schwester hierherschaffen, auch wenn diese sich mit Händen und Füßen wehren würde.

»Komm, Beaker. Wir fahren ein Stückchen.«

Ohne wirklich etwas zu sehen, ging sie zu ihrem Wagen, und Beaker sprang vor ihr auf den Fahrersitz. Dort blieb er winselnd stehen und wollte sie nicht einsteigen lassen.

»Ich weiß, dass du mich nicht wegfahren lassen möchtest, Beak, aber ich muss Kelly holen.«

Wieder winselte der Hund und wich nicht von der Stelle. Emma musste ihn schließlich mit aller Kraft wegschieben und sich trotz seiner Proteste hinters Steuer klemmen.

»Wenn du nicht möchtest, dass ich dich zurücklasse, bist du jetzt schön still und setzt dich hin. Wir fahren zwei Stunden.« Emma startete und ließ Kies aufspritzen, als sie rückwärts vom Hof fuhr und auf die Hauptstraße zuhielt.

Der Hund hielt sich nur mühsam aufrecht.

»Schon gut, Beak.« Sie drückte ihn in eine liegende Position nieder.

»So ist es brav. Du fährst doch so gern spazieren. Also beruhige dich und guck aus dem Fenster.«

Emma holte tief Luft, um ihr rasendes Herz zu beruhigen, und mäßigte ihr Tempo. Sie erwog verschiedene Möglichkeiten, wie sie Kelly gegenübertreten sollte, als sie um eine Kurve fuhr und jäh bremsen musste, um nicht Wayne Poulin zu überfahren.

Großartig. Nichts konnte ihr ungelegener sein.

Es sei denn, Kelly hatte auch ihn angerufen und er war auf dem Weg nach Medicine Creek, um es ihr zu sagen?

Sein Pick-up musste eine Panne haben. Die Motorhaube stand offen, er hatte den Wagen nicht an den Straßenrand gefahren. Er stand an der Tür der Fahrerseite, die Hände in die Hüften gestützt, seine Knopfaugen gegen den Staub zusammengekniffen.

Emma schaltete den Motor aus und starrte Wayne durch die Windschutzscheibe an. Aus den Tiefen von Beakers Brust drang ein Grollen.

Sie dachte nicht daran auszusteigen. Wayne Poulin hatte wie alle hier eine Sprechfunkanlage und konnte den Abschleppdienst anrufen.

Als er an ihre Tür kam, ließ Emma das Fenster nur so weit herunter, dass sie mit ihm sprechen konnte.

»Ich muss in die Stadt«, sagte er ohne Begrüßung.

Das klang nicht danach, als hätte Kelly ihn angerufen.

»Wayne, ich bin in Eile. Und ich fahre in die andere Richtung. Ich werde jemanden herausschicken …«

Da griff er in seine Jackentasche und zog einen Revolver heraus, den er auf ihr Gesicht richtete. Beakers leises Knurren steigerte sich zu wildem Grollen, während er versuchte, über Emmas Schoß zu kriechen und sich zwischen sie und die Gefahr zu stellen.

Wayne richtete die Waffe auf Beaker.

»Beruhige ihn, Emma, oder ich erschieße ihn. Ich steige jetzt hinten ein, und du fährst den Wagen rechts zwischen die Bäume. Erst losfahren, wenn ich sitze. Verstanden?«

Sie hielt Beaker am Halsband fest, drückte ihn auf dem Sitz neben sich nieder und nickte. Wayne stieg ein und hockte sich hinter sie. Beaker riss ihr fast die Hand ab, als er sich zu der Bedrohung umdrehen wollte.

»Schon gut, Beak. Immer mit der Ruhe«, sagte sie und beobachtete Wayne im Rückspiegel.

Er tippte mit dem Lauf seiner Waffe auf das Glas.

»Jetzt starten und langsam losfahren«, sagte er. »Keinen Unsinn, sonst drücke ich ab.«

Sie glaubte ihm. Sie hatte Wayne nie getraut, und sie zweifelte keinen Moment daran, dass er in seiner Niedertracht nicht zögern würde, sie oder ihren Hund zu erschießen.

Die Frage war nur, warum.

Sie zu entführen ergab keinen Sinn. Warum also zog er diese alberne Nummer ab?

Emma startete, legte den Gang ein und fuhr langsam in den Wald.

»Das reicht. Motor ausschalten«, befahl Wayne.

Sie gehorchte und saß geradeaus starrend da, eine Hand auf Beaker, um ihn ruhig zu halten. Sie hatte Angst, die Hölle würde losbrechen, sobald sie die Tür öffnete.

»Und jetzt aussteigen.«

Emma befahl Beaker, sich nicht von der Stelle zu rühren. Der Hund winselte protestierend mit gesträubtem Nackenhaar. Sein Blick ließ Wayne nicht los, als dieser an ihre Tür ging. Emma öffnete und versuchte herauszuschlüpfen und Beaker im Inneren zurückzuhalten.

Die Waffe im Anschlag zog Wayne die Tür ganz auf.

Beaker machte einen Satz.

Emma ebenso.

Der Schuss ging los, und sie hörte ein Jaulen, als alle

drei zu Boden gingen. Sie stürzte sich auf Wayne, als dieser wieder auf ihren Hund zielte.

»Lauf!«, rief sie und versetzte Beaker einen Tritt, während sie versuchte, die Waffe zu ergattern.

Wayne drückte wieder ab, diesmal so dicht neben ihrem Ohr, dass es schmerzte und der Schuss sie fast betäubte. Mit wütendem Kläffen rannte Beaker los, in die Deckung, die das Gebüsch bot. Wayne feuerte wieder. Ein Jaulen blieb aus, man hörte nur das Knacken der Zweige unter den Hundepfoten.

Emma lag auf dem Rücken und hielt mit einer Hand ihre linke Schulter. Sie wusste nicht, was mehr schmerzte, ihr Ohr oder ihre alte Wunde.

»Ich habe noch drei Kugeln, Emma. Machst du mir noch mehr Ärger, werde ich jede einzelne für dich verwenden. Steh auf«, befahl er und riss sie hoch.

Aus Angst, Beaker würde ihr zu Hilfe kommen, unterdrückte Emma einen Schmerzensschrei. Wayne warf ständig gehetzte Blicke zu den Büschen hin, während er sie zu seinem Truck schleppte.

»Schließ die Motorhaube«, befahl er und hielt sie an ihren Haaren fest.

Sie gehorchte, und er schleppte sie zum Beifahrersitz.

»Öffnen und einsteigen.«

Sie öffnete die Tür, aber noch ehe sie einsteigen konnte, drückte er sie auf den Sitz nieder und drehte sie um, indem er ihr Haar losließ und einen ihrer Arme packte.

»Hände nach vorne.« Wieder spähte er zu den Bäumen hin, dann steckte er den Revolver in den Gürtel. Er suchte auf dem Boden des Trucks und fand ein Stück Seil, mit dem er ihre Hände fesselte.

»Wayne, was ist in dich gefahren? Was soll das? Ich habe an der Stelle, die die Koordinaten zeigen, absolut nichts gefunden.«

Er machte den Knoten fest, dann sah er sie hasserfüllt an.

»Ich nehme dich aus der Gleichung heraus. Sobald alle glauben, du wärst wie deine Schwester ausgerissen, wird Sinclair seinen Jungen nehmen und nach New York verschwinden. Dann werde ich endlich frei sein.«

Sie aus der Gleichung …

»Bist du übergeschnappt? Niemand wird glauben, dass ich davongelaufen bin! Alle wissen, dass ich das nie tun würde. Mikey verlassen – niemals!«

Er benutzte ihre gefesselten Hände, um sie in eine sitzende Position hochzuziehen, schob ihre Füße hinein und drückte das Türschloss, machte die Tür aber nicht zu.

»Man wird es glauben, wenn ich das Gerücht in die Welt setze, dass Sinclair dir einen Haufen Geld gezahlt hat, damit du verschwindest und er den Jungen allein für sich hat. Und dass er dein Unternehmen ruiniert und sich seinen Sohn ohnehin genommen hätte, wenn du nicht darauf eingegangen wärst.«

»Du spinnst ja. Niemand würde das glauben.«

Er lachte irre.

»Alle anderen Gerüchte, die ich in den letzten zehn

Jahren verbreitet habe, hat man auch geschluckt. Man wird es glauben, weil alle Welt weiß, dass schlechtes Blut sich nicht verleugnen lässt.« Er trat mit einem verzerrten Grinsen zurück.

»Das Kleid, das du auf dem Tanzabend anhattest, hat allen gezeigt, dass du nicht besser bist als deine Schwester«, setzte er hinzu und knallte die Tür zu.

Emma atmete bebend ein und hob langsam die Hände an ihre wunde Schulter. Mit der Waffe im Anschlag ging Wayne zögernd einen Schritt in die Richtung, in der Beaker verschwunden war, wartete und horchte. Emma betete darum, dass ihr Hund so klug war, im Versteck zu bleiben. Wenn er getötet wurde, konnte er ihr nicht helfen, und sie würde Wayne noch hilfloser ausgeliefert sein.

Schließlich gab er es auf und ging zurück zum Auto. Wortlos stieg er ein und startete, um das Fahrzeug weg von der Straße und tiefer in den Wald zu lenken.

Emma duckte sich so tief, dass sie den Weg hinter ihnen im Seitenspiegel sehen konnte. Sie hoffte, Waynes erster Schuss hätte nicht so tief getroffen, dass Beaker verblutete. Sie sah keine Spur von dem Hund, auch nicht von ihrem Wagen – nichts war zu sehen, was darauf hingedeutet hätte, dass sie hier gewesen war.

19

Vierzig Minuten lang fuhr Emma in angstvoller, schmerzlicher Stille neben dem Mann dahin, den sie seit ihrer Kindheit kannte.

Es war, als hätte Wayne einen Knacks bekommen. Gemocht hatte sie ihn ja nie, nun aber schien er die Realität hinter sich gelassen zu haben und in totale Dunkelheit eingetreten zu sein.

Schwitzend und mit rotem Gesicht hielt er das Steuer so krampfhaft umklammert, dass seine Knöchel weiß hervortraten.

Emma war bald klar, wohin sie fuhren. Der holprige, überwachsene Weg führte zu der Stelle, den die Koordinaten anzeigten und von der sie wünschte, sie hätte sie nie gefunden.

Wayne mied die Golden Road, eine private, nicht asphaltierte Straße, die von den Sägemühlen für Holztransporte benutzt wurde. Da sie stark frequentiert wurde, wollte Wayne sie vermutlich nicht benutzen.

Deshalb fuhren sie die längere Stecke, die ein Labyrinth von Forstwegen beinhaltete, die die Fahrt langsam, mühsam und für ihre hämmernde Schulter schmerzhaft machten. Ihre ganze rechte Körperhälfte war voller blauer Flecken, da sie ständig gegen die Tür prallte und sich mit ihren gefesselten Händen nicht gegen das Geholper abstützen konnte.

Noch immer spähte sie in den Seitenspiegel und hielt nach Beaker Ausschau. Sie wusste nicht viel über Hunde, konnte sich aber nicht vorstellen, dass die Tiere imstande waren, große Entfernungen nonstop hinter sich zu bringen, zumal wenn sie verwundet waren. Beaker aber schien einer besonderen Kategorie anzugehören. Vielleicht ...

»Wer hat mich angerufen und sich als Kelly ausgegeben?«, fragte sie schließlich in die Stille hinein.

Hätte sie vorhin mit ihrem Verstand anstatt mit dem Herzen gedacht, wäre ihr sofort klar gewesen, dass die Stimme am Telefon nicht die von Kelly gewesen sein konnte.

»Eine Freundin aus Greenville.« Wayne sah sie mit höhnischem Lächeln an.

»Charlene hat geglaubt, es ginge um die Einladung zu einer Überraschungsparty.« Er streckte die Hand aus und riss grob an ihrem Haar.

»Überraschung, Emma.«

Sie wich aus und prallte wieder gegen die Tür.

»Was soll das alles, Wayne? Was hast du damit gemeint ›aus der Gleichung herausnehmen‹?«

Er blieb ihr die Antwort schuldig, da die holprige Straße seine Aufmerksamkeit voll und ganz beanspruchte. Sie schlug mit dem Kopf gegen das Gewehr auf dem Waffenständer hinter ihr. Ein paar Haarsträhnen verfingen sich darin, und sie konnte ein Wimmern kaum unterdrücken, als sie wieder in ein Loch rumpelten und ihr das Haar mit den Wurzeln ausgerissen wurde.

Schließlich war die Stelle am Weg erreicht, wo Emma und Mikey fast zwei Wochen zuvor die Reifenspuren gefunden hatten, und Wayne stieß wütend einen Fluch aus. Emma folgte seinem Blick und sah, dass der Boden um die Schlammpfützen nass war.

Das bedeutete, dass heute Morgen jemand hier gewesen war.

Wayne blickte abschätzend an ihr vorüber den Berg hoch, der über ihnen aufragte. Dann öffnete er die Tür, griff nach der Flinte im Ständer hinter ihrem Kopf und zog Emma an den gefesselten Händen durch seine Tür hinaus, wobei ihre wunde Schulter stark in Mitleidenschaft gezogen wurde und sie mit der Hüfte gegen das Lenkrad prallte.

Rücksichtslos zerrte er sie den Weg entlang, wobei er ständig die Bäume um sie herum im Auge behielt. Plötzlich blieb er stehen und ging neben einer Pfütze in die Knie, um die Spuren zu lesen.

»Sie sind schon fort«, sagte er, richtete sich auf und zerrte sie ins Dickicht.

Sie machte sich den Umstand zunutze, dass Waynes Aufmerksamkeit nun vor allem seiner Umgebung galt, und brachte ihn zum Stolpern, als er sich unter einem Ast duckte. Sofort riss sie sich los und rannte die ausgetretene Spur entlang, die sie hinterlassen hatten.

Das Knacken von Zweigen hinter Emma zeigte an,

dass er sich rasch aufgerafft hatte und die Verfolgung aufnahm. Ihre gefesselten Hände machten es ihr praktisch unmöglich, das Gleichgewicht zu halten, während sie sich durch dichtes Gebüsch durchkämpfte und über Wurzeln stolperte. Wayne erwischte sie, als sie es bis zum Weg geschafft hatte. Er warf sich schwer auf sie, stieß sie auf den Boden, und Emma schrie vor Schmerz auf. Mit frustriertem Knurren packte Wayne ihr Haar.

»Warum tust du das?!«, schrie sie.

Er stand auf und riss sie wieder am Haar hoch. Emma versetzte ihm einen Tritt, und er schlug sie mit dem Gewehrkolben in die Seite, dass sie vor Schmerz zusammenzuckte.

Noch immer wortlos schleppte er sie wieder tiefer in den Wald, schob sie vor sich her und benutzte sein Gewehr, um sie in den Rücken zu stoßen, wenn sie strauchelte.

Es dauerte eine Ewigkeit, bis er sie mit einem Ruck aufhielt. Emma sah sich um und erkannte, dass sie genau an der Stelle standen, die sie und Mikey gefunden hatten. Nur war der Boden jetzt zertrampelt, Laub und Tannennadeln stellenweise aufgewühlt. Auch Wayne blickte um sich und musste zur Kenntnis nehmen, dass sein geheimer Ort entdeckt worden war.

Er versetzte ihr einen festen Stoß, und Emma fiel mit einem Aufschrei rücklings zu Boden.

»Allein deine Schuld«, knurrte er.

»Ich hatte die Umweltschützer schon so weit aufgestachelt, dass das Abholzungsverbot durchgegangen wäre.«

Er deutete mit dem Gewehrlauf auf die Bäume.

»Hier wäre alles unberührt geblieben. Alles wäre sicher gewesen.« Er deutete mit der Waffe auf sie.

»Deine Schnüffelei hat alles ruiniert.«

Emma wich zurück, außerhalb seiner Reichweite. Was er da sagte, ergab keinen Sinn. Anstatt das Gesetz zu bekämpfen, hätte Wayne doch *gegen* das Abholzungsverbot auftreten müssen, da er für die Holzindustrie arbeitete.

»Du hast also die ganze Zeit über diesen Konflikt geschürt? Warum?«

Auf sein Gewehr gestützt, ging er vor ihr nieder in die Knie.

»In diesem Abschnitt war für kommenden Sommer praktisch Kahlschlag geplant. Das hätte bedeutet, dass hier in weitem Umkreis viele Menschen und schweres Arbeitsgerät zum Einsatz gekommen wären. Das war nicht in meinem Sinn.«

»Weil es deine Drogentransporte gestört hätte? Du hättest einen anderen Umschlagplatz finden können.«

Er schien verblüfft, dann brach er in Gelächter aus.

»Drogenhandel! Das glaubst du also?«

Emma nickte verwirrt.

Er lachte wieder.

»Du bist ja noch bescheuerter als deine Schlampe von Schwester. Mit Drogen habe ich nichts am Hut.«

Sein Lachen war Emma unheimlich. Wayne wollte

nicht nur seine Spuren verwischen. Er war völlig übergeschnappt.

»Worum geht es hier eigentlich?«

Er sprang auf, nahm den Hut ab und setzte ihn sofort wieder auf. Dieses Ritual wiederholte er einige Male und lief vor ihr auf und ab, ein schwitzendes, nervöses Energiebündel, in dessen Augen Wahnsinn lag. Er zog den Revolver aus dem Gürtel, während er in der anderen Faust sein Gewehr hielt.

»Auch Kelly hat so lange herumgeschnüffelt, bis sie auf mein Geheimnis gestoßen ist.« Er hielt inne und zeigte mit dem Gewehr auf sie.

»Als ich versucht habe, ihr zu erklären, dass es ein Unfall gewesen war, wollte sie mir noch immer nicht glauben. Sie ist richtig ausgeflippt und wollte zu Ramsey gehen und es ihm stecken.«

Emma spürte, wie ihr das Blut aus dem Gesicht wich.

»Was hast du versucht, ihr zu erklären?«

Er blieb stehen und starrte sie mit erstaunter Miene an.

»Dass ich Charlie umgebracht habe.«

Emma erstarrte vor Entsetzten.

»Was …?« In ihrem Kopf drehte sich alles … Bilder von den sterblichen Überresten ihres Vaters tauchten vor ihr auf; zerschmettert und zerschlagen von der Wucht des Wasser, das ihn durch das Tal unter dem Damm geschwemmt hatte. Und noch mehr Bilder: Kellys Melancholie in den Monaten der Schwangerschaft, die darauf folgten, Waynes öffentliche Erklärung, dass

Umweltschützer die Schuldigen wären und Benjamin Sinclair der verantwortliche Rädelsführer.

»*Du* hast den Damm gesprengt?« Emma erwiderte sein Starren, als ihr Zorn sich seinen Weg nach außen bahnte.

»Aber warum? Warum hast du meinen Vater getötet?«

Er fing wieder an, auf und ab zu laufen.

»Ich habe den Damm hochgehen lassen, damit es so aussah, als wäre Charlie von der Flut mitgerissen worden, aber er war da schon tot. Er hatte mich beschuldigt, ich hätte Kelly geschwängert.« Wieder blieb Wayne stehen. Der Revolver baumelte von seiner Hand.

»Als ich gesagt habe, seine verkommene Tochter hätte mit Sinclair geschlafen und das Kind wäre von ihm, ist Charlie explodiert, und wir haben miteinander gekämpft. Es war ein Unfall, das sage ich dir! Deshalb habe ich den Damm gesprengt … um meine Spuren zu verwischen.«

»Und dann hast du Ben zum Schuldigen gestempelt.«

In seinen Augen flammte Hass auf.

»Dieser Dreckskerl sollte im Knast verrotten.«

»Kelly ist nicht durchgebrannt, oder?«, sagte Emma, für die nun langsam alle Teile des Rätsels ihren Platz fanden.

»Emma Jean, das wirst du bald selbst herausfinden. Vorausgesetzt, es gibt ein Leben danach.« Er entsicherte den Revolver und zielte auf sie.

Emma raffte eine Hand voll Erde zusammen und

schleuderte sie ihm ins Gesicht, just als ein Blitz aus braunem Fell von links daherschoss und mit wütendem Knurren auf Wayne landete. Wayne schrie vor Überraschung auf. Beaker schnappte mit tödlicher Präzision nach seinem Arm, und beide wälzten sich am Boden.

Emma wartete nicht ab, wer die Oberhand gewann. Sie sprang auf und lief bergan, da die Schlüssel des Wagens für sie unerreichbar in seiner Tasche steckten. Sie hatte auch gesehen, dass die Sprechfunkanlage kein Mikro hatte. Wayne musste es versteckt haben, ehe er ihr den Hinterhalt gelegt hatte.

Ihre einzige Hoffnung lag im Wald.

Emma zuckte zusammen, als hinter ihr ein Schuss hallte, blickte sich aber nicht um. Sie durfte Beaker nicht enttäuschen und sich wieder einfangen lassen. Kein Wehlaut war zu hören, nur Waynes Flüche und das Knacken von Zweigen, als Beaker in die Gegenrichtung davonrannte.

Konnte ein Hund so klug sein? Konnte er tatsächlich versuchen, Waynes Aufmerksamkeit abzulenken?

Emma rannte weiter bergauf. Wayne konnte ihre Verfolgung nicht wirksam aufnehmen, während er vor Beaker auf der Hut sein musste. Ihre Überlebenschancen waren daher immens gestiegen. Doch der Aufstieg gestaltete sich sehr mühsam, und ihre gefesselten Hände zwangen sie zur Langsamkeit. Atemlos blieb Emma schließlich hinter einem Baum sehen, um die Schnur, die sie fesselte, mit den Zähnen zu lösen.

Wayne war ein erfahrener Holzarbeiter, dessen Knoten sich durch besondere Festigkeit auszeichneten. Als sie ein Geräusch hörte, das unaufhaltsam näher kam, beugte sie sich vor. Wayne stieg langsam bergauf, ihr nach. Immer wieder drehte er sich um. Emma lächelte. Beaker war entkommen, und Wayne hatte Angst vor ihm. Ja, sie hatte eine Chance.

Sie stieg höher, nun aber zielgerichteter. Zwischen ihrem Standpunkt und dem Bibersee, wo sie vor fast zwei Wochen die Maschine geparkt hatten, verlief ein tief in den Hang eingeschnittener Bergbach. Wenn sie es schaffte, diese Klamm zu überqueren und dann den Übergang zu zerstören, würde Wayne einen Umweg von zwei Meilen machen müssen, um sie einzuholen.

Mit jedem Schritt vergrößerte Emma die Distanz zwischen sich und Wayne. Trotz ihrer Schulterwunde war sie in ausgezeichneter Verfassung; ihre Wanderungen, die sie ihr Leben lang unternommen hatte, hatten ihre Beine gestärkt und ihren Verstand geschärft.

Wayne, der zwar auch in den Wäldern zu Hause war, wurde während seiner Jagd selbst von Beaker gejagt und hatte den Verstand verloren. Seine Augen hatten es ihr verraten, als er die entsicherte Waffe auf sie richtete. Wayne Poulin hatte jeden Realitätsbezug verloren, und das bedeutete, dass sein Wahrnehmungsvermögen gestört war.

Sie kam nun gut voran und vernahm bald das Tosen des Wassers, das sich in raschem Fall über Felsblöcke den Berghang hinunter ergoss. Mit einer aus Verzweiflung geborenen Eile eilte sie den östlichen Rand des

Grabens entlang, auf der Suche nach einem umgestürzten Baumstamm, der sich als Steg eignete.

Der einzige, den sie fand, war hoch oben auf einem Felsvorsprung festgeklemmt. Das bedeutete, dass sie ihre Hände von den Fesseln befreien musste. Emma fand eine scharfe Felskante und rieb das Seil daran, während sie den Wald hinter sich ununterbrochen im Auge behielt, da das Tosen des Wasserfalls Waynes Schritte übertönte und sie seine Annäherung nicht hören konnte.

Als die Schnur endlich nachgab und ihre Hände, wenn auch blutig und stark mitgenommen, frei waren, kletterte Emma ohne Zögern über den großen Felsblock zu dem umgestürzten Baum hinauf.

Tief unter ihr schäumte das eisige Wasser, und der Baumstamm sah dünn und nicht sehr tragfähig aus. Vorsichtig betrat Emma ihre Notbrücke.

Der Schuss ließ Ben jäh innehalten und zurücklaufen. Solche Schüsse stammten nicht von Jägern. Sie waren zu scharf, um aus einer Jagdflinte zu kommen, und für ein Schnellfeuergewehr waren sie zu gedämpft. Blieb also nur eine Handfeuerwaffe.

Mit einer Handfeuerwaffe ging man nicht auf Jagd, es sei denn, das Ziel war ein Mensch.

Ben blieb rutschend stehen, als er in der Ferne die Beute erspähte. Sein Herzschlag setzte aus. Auf einem Baumstamm balancierend, der die Klamm überspannte, versuchte Emma den tosenden Gebirgsbach zu überqueren.

Er spürte, wie ihm Angstschweiß auf die Stirn trat. Sie konnte es unmöglich schaffen. Der Baumstamm war zu unsicher, lag zu hoch und war zu verrottet. Doch er vermochte seinen Blick nicht von ihr abzuwenden, um zu sehen, wovor sie flüchtete. Auch konnte er ihr nicht zurufen, sie solle umkehren, da sie ihn nicht hören konnte.

Dann peitschte wieder ein Schuss durch die Luft, diesmal so scharf, dass er aus einem Schnellfeuergewehr stammen musste. Er sah, dass die Kugel in den Baumstamm genau unter Emmas Füßen einschlug.

Er hörte Emmas erstaunten Aufschrei und musste hilflos ansehen, wie sie stürzte.

Er lief den Wildbach entlang, bewegte sich mit der Strömung und wartete, dass Emma wieder auftauchte. Nachdem er Flinte und Ausrüstung abgelegt hatte, kletterte er rasch über die Steine hinunter. Er sah Emma auf sich zutreiben, sah, wie sie darum kämpfte, sich über der Gischt zu halten, während sie gegen Steine und Geschiebe geworfen wurde. Auf einem abgeflachten Stein legte er sich auf den Bauch, streckte beide Arme aus und stützte sich ab, um nicht das Gleichgewicht zu verlieren.

Er erwischte ihrem Hemdsärmel und zog fest daran, dann bekam er ihren Arm zu fassen. Fast hätte sie ihn ins Wasser gerissen, so stark war die Strömung. Er befürchtete schon, ihr die Schulter auszukugeln, ließ sie aber nicht los, auch nicht, als sie gegen den Stein prallte, auf dem er lag.

Er hörte ihren pfeifenden Atem, als sie vor Schmerzen aufschrie. Er griff nun mit der anderen Hand zu und fasste nach ihrem Gürtel. Dann veränderte er seine Position, um seine Kraft optimal einzusetzen, und zog sie mit einer einzigen raschen Bewegung aus dem eisigen Wasser.

Zappelnd kam sie hoch und traf ihn mit ihrer freien Hand seitlich am Kopf. Der Angriff war so unerwartet, dass Ben von seinem Stein polterte, nicht ohne Emma in seine Arme zu ziehen, um ihr weitere Verletzungen zu ersparen. Sie landeten wieder auf einem großen Felsblock, Emma auf ihm. Sie holte aus, um ihm den nächsten Hieb zu versetzen, hielt aber mitten in der Bewegung inne und starrte ihn mit aufgerissenen Augen an.

»Ben!«, japste sie und fasste nach seiner Jacke.

»Was machst du denn hier?« Ohne ihm Zeit für eine Antwort zu lassen, hievte sie sich an seiner Jacke hoch.

»Wir müssen schnell fort. Wayne ist hinter mir her … er will mich töten!«

Sie wollte das Steilufer hinaufklettern, blieb jedoch stehen, als sie merkte, dass er ihr nicht folgte.

»Komm – er führt ein kleines Waffenarsenal mit sich!«

Mit kaum verhohlener Wut hob Ben Rucksack und Flinte auf, ergriff ihre Hand und ging mit ihr los, den Bachlauf entlang aufwärts. Emma musste laufen, um mithalten zu können.

»Ach, da fällt mir ein … der Baumstamm. Wir müssen ihn ins Wasser werfen, damit er uns nicht folgen kann«, keuchte sie.

Der Schweiß auf seiner Stirn kühlte ab und erinnerte Ben daran, dass die Temperatur nur knapp über null lag. Emma musste halb erfroren sein. Unterhalb des Baumstammes angelangt, setzte Ben sie in eine geschützte Felsnische. Endlich schien sie von ihrem Adrenalin-Hoch herunterzukommen. Ihr Gesicht war eine Maske des Schmerzes und ihr Zittern so arg, dass ihr Zähneklappern das Brausen des Wasserfalls übertönte.

Er bettete sie zwischen zwei große Steine und stellte den Rucksack vor sie hin. Ihre Augen wurden groß, als er sich die Flinte über die Schulter hängte, doch war dies ihre einzige Reaktion darauf. Ihre Kraft war verbraucht, vom kalten Wasser aufgesogen. Prellungen auf ihrer Stirn färbten sich bereits purpurn, eine Platzwunde im Haar blutete.

Ben fehlten noch immer die Worte. Bei ihrem Anblick hatte es ihm die Rede verschlagen. Er zügelte seine Gefühle und sprang tief geduckt über die Steine auf die Baumstammbrücke zu. Oben angelangt, legt er mit der Flinte an und ließ den Blick über den Wald auf der anderen Seite der Klamm wandern.

Poulin suchte vermutlich flussabwärts nach Beweisen, dass Emma ihren Sturz nicht überlebt hatte. Da er nicht wusste, dass Ben zur Stelle war, hatte sich die Lage zu ihren Gunsten gewendet. Wayne erwartete nicht, dass sein Zielobjekt zurückschoss.

Schon im Begriff, den Baumstamm in den Wasserfall

zu stoßen, fiel ihm etwas ein, und er hielt inne. Mit ein paar Handgriffen ließ sich die Notbrücke in eine Falle verwandeln – für den Fall, dass Poulin versuchen würde, die Klamm zu überqueren.

Unter Zuhilfenahme seines Messers hackte er an der Unterseite des verrottenden Baumes einen Keil heraus und stützte die Stelle mit einem kleinen Stein ab. Er testete den Stamm auf seine Stabilität hin, überzeugt, dass Poulin, von der Suche nach Emma völlig in Anspruch genommen, nicht bemerken würde, dass der improvisierte Steg präpariert war. Dann widmete er sich wieder der Beobachtung des Waldes flussabwärts.

Ein kurzer Blick auf eine Bewegung, und Ben nahm Wayne ins Visier, den Finger am Abzug, aber er kam nicht in Schussposition. Wayne sprang von Stein zu Stein, wobei er ständig seine Position wechselte. Ben wollte es nicht riskieren, länger zu warten. Wayne befand sich noch immer auf der anderen Seite des Gebirgsbaches, und Ben wollte seine Anwesenheit nicht verraten.

Er kletterte hinunter zu Emma, die noch immer dort saß, wo er sie verlassen hatte, die Arme um sich geschlungen und nicht mehr zitternd. So sanft wie möglich zog er ihr die nasse Jacke aus und seinen Parka an, dann nahm er ihr Gesicht zwischen beide Hände, damit sie ihn ansehen musste.

»Emma, hör zu. Wir müssen weiter. Kannst du laufen?«

Sie nickte und umfasste seine Hände. Ben küsste sie auf die Stirn.

»Braves Mädchen. Welche Richtung schlägst du vor?«

»Nach Norden. Wir müssen nach Norden, bevor wir uns nach Osten wenden können.«

Ben blickte nordwärts und sah, dass es in diese Richtung nur bergauf ging.

»Gibt es unterwegs ein Versteck? Wir müssen rasten, bis dir wieder wärmer wird.«

»Da wären die Quellen des Medicine Creek und ein paar Höhlen genau darüber, auf der anderen Seite des Berges.«

Das bedeutete, dass sie keine andere Wahl hatten, als bergauf zu gehen. Sie sah nicht so aus, als ob sie abwärtsgehen konnte, geschweige denn aufwärts.

Er wollte sie stützen, bis sie sich erwärmt hatte.

»Komm, mein Schatz. Wir müssen uns bewegen«, sagte er und zog sie sanft hoch.

Er hob den Rucksack auf den Rücken, hängte die Flinte über die Schulter und schlang einen Arm um ihre Taille, um ihr Halt zu geben. So machten sie sich an den mühsamen Aufstieg, und Ben war verdammt stolz, dass sie sich so sehr bemühte, Schritt zu halten.

Es dauerte jedoch nicht lange, bis ihr ständiges Stolpern ein Weitergehen unmöglich machte. Er griff unter seinen Parka und stellte fest, dass ihre Haut trocken, aber kalt war. Sie produzierte zu wenig Körperwärme, um ihre Kerntemperatur aufrechtzuerhalten. Was sie an Energie noch besaß, verbrauchte sie nun für die Fortbewegung.

»Wie weit noch?«, fragte er und blieb stehen, damit sie zu Atem kommen konnte.

Sie blickte um sich und versuchte, sich im Wald zu orientieren.

»Noch ein paar hundert Meter, glaube ich.« Ihr Atem kam angestrengt, ihre Worte waren kaum hörbar.

Ben warf einen Blick zurück, ehe er nach unten fasste, seine Schulter in Höhe ihres Magens positionierte und sie über seinen Rücken legte wie ein Feuerwehrmann.

»Wenn wir es schaffen sollen, muss ich dich tragen.«

Als er seiner Schätzung nach weit genug gegangen war, stellte er Emma auf die Füße und hielt sie fest.

»Wo?«, fragte er.

»Dort«, sagte sie mit einem taumelnden Schritt.

»Noch ein Stückchen weiter oben.«

Großartig. Also weiter bergauf. Er leitete ihre Schritte mit einer Hand an der Taille, und sie führte ihn zu einem großen Felsen, der hinter herabgestürzten, an seinem Fuß aufgehäuften Steinen ein wenig verborgen war.

»Links hinter diesen Bäumen ist eine Öffnung«, sagte sie matt.

Ben hob sie hoch und bahnte sich den Weg über den verwitterten Schuttkegel. Er hörte das Wasser, ehe er es sah. Aus einem Felsspalt drang Dampf, während das Wasser direkt aus dem Berg sprang und in das Tal unter ihnen strömte. Als Erstes fiel ihm beim Näherkommen die Hitze auf, als Zweites der Geruch nach faulen Eiern.

Schwefel? Das bedeutete, dass man sich in der Höhle nicht aufhalten konnte.

Ben setzte Emma an einer nicht einsehbaren Stelle ab, ehe er seinen Rucksack abnahm und die Flinte an einen Stein neben ihr lehnte. Dann überprüfte er vorsichtig die Wassertemperatur.

Die Quelle war nicht heiß, aber so warm, dass sie bei diesem kalten Wetter dampfte. Er ging an den Eingang der Höhle, spähte hinein und sog die leicht nach Schwefel riechende Luft ein. Er wollte Emma gleich am Eingang hinsetzen, damit sie ausreichend frische Luft bekäme.

Er ging zu der Stelle zurück, wo er sie verlassen hatte. Sie saß da und starrte seinen Rucksack an.

»Ben? Aus deinem Rucksack kommen komische Geräusche.«

20

Ach, Mist! Der Vogel!« Ben fasste nach dem Segeltuchsack, zog den Reißverschluss auf und schlug die Klappe zurück. Er holte den kleinen, verbeulten Käfig heraus und lugte hinein.

Die Taube lugte heraus.

»Homer!«, rief Emma aus. Ihre schwache Stimme klang erfreulich belebt. Sie sah Ben an.

»Wieso hast du ihn mitgenommen?«

»Mike hat ihn mir mitgegeben. Ich habe ihn in den Sack gesteckt, damit er nicht friert.« Er stellte den Käfig hinter den Höhleneingang.

»Du solltest dich ausziehen«, sagte er, als er wieder zu ihr kam und sie auf die Füße stellte.

»Der Eingang ist gerade groß genug, um durchzukommen. Ich habe trockene Sachen dabei. Die ziehen wir dir an, und dann setzt du dich an den Eingang.«

»Aber es schließt sich ein kleiner Raum an«, sagte sie, neben ihm über die Steine humpelnd. Als sie Gefahr lief hinzufallen, lehnte sie sich Halt suchend an ihn.

»Hier gibt es viel seismische Aktivität. Man weiß nicht, ob es hier sicher ist oder ob giftige Gase austreten.«

Sie blieb stehen und sah ihn matt an.

»Was ist?«, fragte er.

»Du hast Homer in die Höhle gebracht.«

»Das war genau richtig. Er ist unser Kanarienvogel. Wenn er gurrt, heißt es nichts wie raus.«

Sie schnappte nach Luft, und Ben trug sie den Rest des Weges. Kaum im Inneren der Höhle angelangt, die sich tatsächlich in einen kleinen Raum öffnete, spürte er die Wärme. Es war kein Schwitzbad, aber genau das, was Emma brauchte. Als er sie auszog, saß sie da wie ein Kind.

Allmählich bekam er es wirklich mit der Angst zu tun. Das sah Emma gar nicht ähnlich. Sie war ein aktiver Typ, kein passiver. Und sie zitterte noch immer nicht.

Ben ließ den Sackinhalt auf den Höhlenboden fallen und kramte darin, bis er ein Sweatshirt gefunden hatte. Das zog er ihr über den Kopf, wobei er insgeheim Mike dankte, weil dieser ihm am Morgen beim Packen geholfen hatte.

Ben war erschrocken, worauf der Junge bestanden hatte: eine komplette Wäschegarnitur zum Wechseln, ein Erste-Hilfe-Set, eine Taschenlampe, ein Topf, Munition, vier verschiedene Karten und das GPS. Der Sack enthielt auch ein Überlebenspaket mit Streichhölzern, Angelleine, Sicherheitsnadeln, Alufolie, Kerze, Spiegel und Klebeband.

Ben fand die Socken und zog sie Emma über die Füße, dann folgte die Jogginghose. Sie gehörte ihm und reichte ihr vermutlich bis zu den Achselhöhlen. Ein Knie war geschwollen, beide Beine mit blauen Flecken übersät, wie er beim Anziehen sah. Ihre Haut fühlte sich eiskalt an.

Er spürte, wie ihm Schweiß auf die Stirn trat.

Er schüttelte seinen Parka aus, half Emma vorsichtig, sich daraufzulegen, dann kroch er hinter sie, umschlang sie mit den Armen und hüllte sie in seine Wärme ein wie in einen Kokon. Und dann begann Emma zu zittern.

Zehn Minuten vergingen, bis ihr Zittern nachließ. Zum ersten Mal, seit er sie gefunden hatte, konnte Ben aufatmen. Sie würde sich wieder erholen. Er hielt sie fest, bis das Zittern kaum mehr spürbar war und nach einiger Zeit völlig verebbte. Schließlich rührte sie sich stöhnend.

»Danke«, flüsterte sie und drehte sich zu ihm um. Sie umfasste seine Wangen.

»Du hast mir das Leben gerettet.«

»Bist du nun klar genug, um mir zu erklären, was du hier draußen treibst? Als ich dich verließ, hast du mit einem Buch vor dem lodernden Kamin gesessen.«

Sie senkte den Blick und zupfte an einem seiner Hemdenknöpfe.

»Kelly hat mich angerufen«, flüsterte sie.

Er erstarrte, dann hob er ihr Gesicht an.

»Kelly ist tot, Emma.«

»Das weiß ich jetzt. Wayne hat mich hereingelegt. Ich glaube, dass er sie getötet hat. Wieso … wieso weißt du, dass Kelly tot ist?«

Ben umfasste ihren Kopf und zog ihr Gesicht an seine Brust. Er konnte es nicht ertragen, ihren Schmerz zu sehen.

»Atwood und ich sind zu der Überzeugung gelangt, dass Waynes Koordinaten ihr Grab bezeichnen.«

Sie legte den Kopf in den Nacken, um zu ihm aufzublicken.

»Wann?«

»Vor ein paar Tagen, nachdem wir uns hier selbst umgesehen hatten. Die Ermittlungen, die ich in New York in die Wege geleitet habe, haben keine Spur von ihr geliefert; Kelly ist vor zehn Jahren praktisch vom Erdboden verschluckt worden. Und als ich hier an die bewusste Stelle gekommen bin, war es … als wenn sich nun alles zusammenfügen würde.«

Er strich durch ihr Haar, von dem Wunsch erfüllt, ihren Kummer lindern zu können.

»Wäre deine Schwester noch am Leben, hätte sie sich irgendwann bei dir gemeldet. Nie hätte sie dich und Mike für immer verlassen. Menschen werden mit der Zeit reifer, bereuen ihre Entscheidungen und stellen sich Fragen. Kelly wäre nicht für immer weggeblieben, also bleibt nur eine Möglichkeit übrig: Sie muss tot sein.«

Emma begrub schluchzend ihr Gesicht an seiner Brust.

»Und ich habe zehn Jahre lang meine Schwester gehasst, während sie schon die ganze Zeit über tot war!« Sie blickte zu ihm auf und fasste mit verzweifeltem Griff in sein Hemd.

»Sie hat uns nie verlassen. Sie hat Mikey nie verlassen. Aber … sie hat eine Nachricht hinterlassen. Sie hat geschrieben, dass sie gehen wollte und sich melden würde.«

»Gut möglich, dass Kelly tatsächlich fortgegangen ist. Ich denke, dass sie Angst vor Wayne hatte und geglaubt hat, es wäre für Mikes Sicherheit am besten, wenn sie ginge. Ich glaube auch, dass sie Verbindung mit dir aufnehmen wollte, sobald sie sich in Sicherheit gebracht hatte. Nur hat sie es niemals aus Medicine Gore herausgeschafft – Poulin hat sie vorher in seine Gewalt bekommen.«

Wieder suchte sie Deckung in seinem Hemd, und Ben drückte sie so fest an sich, wie er es wagen konnte, und wiegte sie in seinen Armen.

»Er hat auch meinen Vater auf dem Gewissen.« Wieder blickte Emma auf. Ben sah durch die Tränen ihre Empörung.

»Dann hat er es so eingerichtet, dass er dich als Schuldigen hinstellen konnte.«

Nicht wirklich erstaunt seufzte er, als er ihr die Tränen fortwischte.

»Ja. Und es hat funktioniert.«

»Bis Kelly es herausgefunden hat.«

»Und du in seinem Zimmer geschnüffelt hast.«

»Er ist es auch, der die Umweltschützer in die Sache hineingezogen hat. Er weiß, dass dieser Abschnitt hier nächsten Sommer abgeholzt werden soll. Während er scheinbar auf Seiten der Sägewerke steht, hetzt er heimlich die Öko-Freaks auf.«

»Bei Holzfällerarbeiten musste er damit rechnen, dass man auf Kellys Leichnam stoßen würde. Und Poulin wusste, dass er in diesem Fall als Hauptverdächtiger dastehen würde.«

»Wir müssen ihn aufhalten, ehe er flüchten kann«, sagte sie und versuchte, sich aufzusetzen.

Er drückte sie nieder.

»Erst müssen wir hier herauskommen. Poulin weiß nicht, dass ich da bin. Er glaubt, er hätte es mit einer verletzten, halb ertrunkenen Frau zu tun, deshalb wird er viel Zeit mit seiner Suche unten am Bach vertan haben. Kennt er diese Höhle?«

Sie lehnte sich an ihn.

»Er muss sie kennen. Im Auftrag der Sägewerke durchstreift er hier das ganze Gebiet, um geeignete Bestände zum Fällen zu suchen. Hier agiert er auf seinem ureigenen Terrain.«

Ben setzte sich auf und zog Emma mit sich.

»Dann müssen wir uns leider wieder in Bewegung setzen. Glaubst du, dass du dazu imstande bist?«

Sie starrte ihn erstaunt an.

»Wozu?«

Ganz plötzlich warf sie sich in seine Arme und küsste ihn auf sein Kinn.

»Ich liebe dich, Ben.«

»Ich bin so gut wie sicher, dass wir diese Tatsache vergangene Nacht geklärt haben«, sagte er auflachend. Er spürte, dass ihr Körper wieder eigene Wärme produzierte.

Sie hob den Kopf so jäh, dass sie gegen sein Kinn stieß.

»War es vergangene Nacht?«

Ben küsste sie leidenschaftlich und kostete ihre süße Lebendigkeit. Mit seiner Zunge drängte er ihre Lippen auseinander und drang ungeduldig und voller Verlangen ein, unendlich dankbar, dass er seine Geliebte lebendig und relativ unversehrt angetroffen hatte.

Sie erwiderte den Kuss mit ähnlicher Inbrunst. Binnen weniger Sekunden spürte Ben Schweiß über seine Stirn fließen, und daran war nicht die Wärme in der Höhle schuld.

Widerstrebend riss er sich los und hielt sie sanft auf Abstand.

»Emma, wir müssen rasch los.«

Ihr errötetes Gesicht erhellte sich plötzlich.

»Beaker ist irgendwo da draußen.«

»Was?!«

»Es ist erstaunlich – er ist Waynes Pick-up die ganze Strecke bis in den Wald gefolgt! Er hat mich gerettet, weil er Wayne in dem Moment angefallen hat, als dieser mich erschießen wollte.«

»Wo ist Beaker jetzt?«

»Vermutlich belauert er Wayne.«

Ben lächelte.

»Dann steht es drei zu eins. Poulin hat keine Chance mehr.«

»Er ist irrsinnig, Ben, aber zugleich ist er gerissen. Unterschätze ihn nicht.«

»Keine Angst, das tue ich nicht.« Er ging daran, seinen Rucksack wieder zu packen.

»Wie kommen wir am besten nach Hause?«

Als er keine Antwort bekam, blickte Ben auf und sah, dass Emma Homers Käfig mit nachdenklichem Blick in der Hand hielt.

»Wir könnten eine Nachricht schicken. Wenn Mikey aus der Schule nach Hause kommt, wird er die Taubenschläge kontrollieren. Wir können durch Homer Hilfe anfordern.«

Ben griff in seine Tasche und holte eine Nachrichtenkapsel und einen Stift hervor.

»Was sollen wir schreiben?« Er zog das Stück Papier aus der Kapsel.

»Schreib nur ›Schwierigkeiten. Medicine Creek. Poulin.‹ Unterschreib mit Emma und Ben«, riet sie ihm und nahm Homer aus dem Käfig.

Ben sah, dass sie den Vogel auf den Kopf küsste.

»Wie bin ich froh, dass die Dämpfe dir nichts anhaben konnten«, flüsterte sie und hielt ihm den Vogel hin, damit er die Kapsel anbringen konnte.

Dann ging Ben zum Höhleneingang und ließ den Vogel los.

Der Vogel erhob sich in die Lüfte, zog einen Kreis und landete in einiger Entfernung auf einem Baum.

Emma seufzte.

»Das macht er manchmal. Er ist noch in der Ausbildung.«

»Großartig.« Ben drehte sich um und ließ den Blick

über den Wald unter ihnen wandern, doch man konnte nicht weit sehen. Der dichte Baumbestand bedeckte den gesamten Berghang bis an den Fuß des Felsens. Er drehte sich wieder um und half Emma durch den kleinen Eingang.

»Kannst du laufen?«

Sie sah katastrophal aus. Ihr langes Haar war verfilzt und stellenweise noch ganz nass. Ihr Gesicht war das eines Preisboxers nach ein paar wüsten Runden im Ring. Die Kleidung schlotterte um ihren schmalen Körper und sammelte sich als Faltenwulst um ihre Fesseln. Ihre Hände konnte er nicht sehen; die Ärmel seines Sweatshirts waren so lang, dass sie leer herunterbaumelten.

»Ich schaffe es.«

Er runzelte die Stirn.

»Vielleicht solltest du hierbleiben. Ich könnte ja den Spieß umdrehen und Poulin jagen, da ich das Überraschungselement auf meiner Seite habe.«

»Nimm es mir nicht übel, Ben, aber dein Kampfplatz ist das Sitzungszimmer. Hier im Wald ist Waynes Revier. Und er ist völlig durchgeknallt.«

Sie ging bergab.

Es gab keinen verdammten Fleck an ihrem Körper, der nicht wehtat, und einige Stellen schmerzten richtig. Aber Emma ging weiter und konzentrierte sich darauf, einen Fuß vor den anderen zu setzen, entschlossen, Ben aus dem Wald herauszulotsen.

Sie steckten in einer scheußlichen Klemme, und es war allein ihre Schuld.

Wäre sie nicht auf Schnüffeltour gegangen, hätte sie jetzt zu Hause sitzen und Hochzeitspläne schmieden können. Stattdessen rannte sie mit Ben um ihr Leben, auf der Flucht vor dem Mann, der ihren Vater und ihre Schwester ermordet hatte.

»Langsamer, Emma«, sagte Ben, »du musst mit deiner Kraft haushalten.«

Sie hatten sechsundzwanzig Meilen vor sich, bis sie in Sicherheit waren, sie aber blieb immer wieder stehen und wartete auf ihn. Er konnte nicht mit ihr Schritt halten, da er sich häufig umdrehte und den Pfad, den sie gegangen waren, im Auge behielt.

»Wir schaffen es nicht vor Einbruch der Dunkelheit«, sagte sie, als er sie eingeholt hatte.

»Wir müssen eine sichere Stelle für ein Nachtlager suchen.«

»Hast du Vorschläge?«, fragte er und strich ihr das Haar aus dem Gesicht.

»Ich werde es dir sagen, wenn du den Proviant aus deinem Rucksack mit mir teilst«, zog sie ihn auf.

Der Ärmste sah so niedergeschlagen aus, dass Emma ihre Antwort sofort bereute.

»O Gott, Emma, du musst ja schon verhungert sein«, sagte er und ließ den Rucksack von den Schultern gleiten.

Sie nahm den Sack und schaute hinein. Eine Dose mit Schoko-Cookies war das Erste, was ihr ins Auge fiel.

»Nicht mehr als du«, sagte sie, klappte den Deckel auf und fasste hinein. Sie steckte das Cookie als Ganzes in den Mund. Dabei fiel ihr sofort Beaker ein. Jagte er noch immer Wayne nach?

»Wie sieht der Plan aus?«, fragte Ben ebenfalls kauend.

»Der Medicine Creek entspringt oben auf dem Berg und nimmt auf dem Weg zum Medicine Lake Wasser verschiedener Zuflüsse auf. Wir folgen einfach dem Flusslauf und gelangen zur Medicine Bay und meinen Camps.«

»Wie weit ist es?«

Emma griff in den Sack und suchte das Wasser, ehe sie sagte:

»Bis nach Hause sind es noch immer sechsundzwanzig Meilen, aber vier Meilen von hier haben Biber den Bach aufgestaut und einen hübschen kleinen See geschaffen. Dort gibt es Forellen von der Größe kleiner Wale.«

Ben vertilgte noch ein Cookie, während er seinen Blick den Pfad entlangwandern ließ, den sie eben hinter sich gebracht hatten.

»Dort habe ich ein Kanu versteckt«, sagte Emma und hatte nun wieder seine Aufmerksamkeit.

»Und unterhalb des Sees ist der Bach befahrbar … ein Stück jedenfalls.«

Seine hochgezogene Braue war eine Aufforderung zu näheren Erklärungen.

»Etwa acht Meilen vor unserem Ziel gibt es einen großen Wasserfall und anschließend ganz gemeine Stromschnellen. Hast du Übung im Wildwasserpaddeln?«

Wieder runzelte er die Stirn.

»Vorausgesetzt, das Kanu hält durch«, setzte sie hinzu und steckte das nächste Cookie in den Mund.

Ben warf einen Blick zu der an einem Baum lehnenden Flinte, dann zurück auf den Weg. Sein nächster Blick galt wieder ihr.

»Ich bin nicht sicher, ob du für eine solche Gewalttour schon fit genug bist. Auf den letzten Meilen hat sich dein Hinken verschlimmert. Vielleicht sollte ich wirklich den Spieß umdrehen und Poulin nachsetzen. Nachher könnten wir uns mit dem Rückweg Zeit lassen.«

»Nein, du wirst nicht Jagd auf Poulin machen. Es war mein Ernst, Ben. Der Bursche ist zu raffiniert.« Sie steckte die Keksdose in den Rucksack und hielt ihm den Sack hin, damit er ihn schultern konnte. Dann griff sie nach der Flinte und ging los, den Wildbach entlang.

»Emma, warte.«

»Los, Ben, wir gehen nach Hause. Das ist mein letztes Wort.« Dabei fragte sie sich, wie es um die Seetüchtigkeit des alten Kanus bestellt sein mochte.

»Ich muss mich entschuldigen«, sagte Emma zwei Stunden später, als sie am Seeufer auf einen Stein sank und Ben sich neben sie setzte und aus seinen Rucksackträgern schlüpfte.

»Ich habe wirklich gedacht, du wärst der Typ, der

gern das Sagen hat und in einer Krise nur seinen Willen gelten lässt.« An ihn gelehnt fuhr sie fort:

»Aber du warst mit meinem Plan einverstanden, obwohl ich weiß, dass es dich juckt, Poulin aufzuspüren.«

Er legte einen Arm um ihre Schultern und drückte sie an sich, wobei sein Kinn auf ihrem Kopf zu liegen kam.

»Ich bilde mir gern ein, ich wäre Manns genug, um auf eine Expertin zu hören. Tatsächlich möchte ich wetten, dass du dich hier besser auskennst als Poulin.«

Sie starrte zu dem Mann ihrer Jugendträume hoch, und ihr Herz schlug schneller. Er gehörte ihr. Er gehörte zu ihr, so wie sie zu ihm gehörte.

»Es wird doch klappen, oder?«, fragte sie und sah ihm in die Augen.

»Unsere Ehe, meine ich. Sie wird funktionieren.«

Er drehte sie noch mehr zu sich.

»Du bist dir jetzt sicher?«

Emma strich mit dem Finger über sein festes Kinn.

»Ich weiß, du hast gesagt, ich würde unabhängig bleiben, aber du kannst es mir nicht verargen, wenn ich Zweifel habe. Gelegentlich kannst du schon etwas herrisch sein.« Sie streckte sich und küsste ihn auf das Kinn.

»Aber heute bist du so ... demokratisch.«

Seine Miene verfinsterte sich.

»Lass gut sein, Emma. Hätte ich die Wahl gehabt, hätte ich dich heute Morgen an die Couch gekettet, nur damit dir nichts passiert. Ich richte mich einfach nach den Umständen. Nächstes Mal werde ich vielleicht nicht so kooperativ sein.«

Sie strich über seine verbissene Kinnlinie und drehte sich um, um auf die kleine Wasserfläche hinauszublicken.

»Mir ist jetzt nach Abendessen zumute. Hat dein Sohn dir Angelzeug in deinen tollen Rucksack gesteckt?«

Schweigen war die Antwort, und Emma wusste, dass es ihm nicht passte, wie ihr Gespräch geendet hatte. Lächelnd blickte sie über den Bibersee. Benjamin Sinclair war praktisch in Moos eingewickelt.

In stiller Zweisamkeit saßen sie da, ließen die Ruhe des Sees auf sich wirken und ruhten sich aus. Emmas Gelenke wurden aber bald steif und protestierten gegen die Beanspruchung, die der Tag für sie bedeutet hatte. Sie versuchte, sie zu entspannen, ohne Ben merken zu lassen, wie groß ihre Schmerzen waren. Ihr geschwollenes rechtes Knie streckte sie aus und verzichtete darauf, es zu massieren.

»Wie werden wir die Fische zubereiten, die wir fangen?«, fragte er.

»Ein Feuer können wir nicht riskieren.«

»Im Dickicht kann man ein kleines Feuer machen«, belehrte sie ihn.

»Man nimmt trockenes Holz, das nicht qualmt, und wartet, bis es dunkel ist, damit man den Rauch nicht sieht. Der Wind wird den Geruch verwehen, so dass

Wayne die Richtung nicht bestimmen kann, aus der er kommt.«

Sie wollte von seinem Schoß herunter.

»Ich muss nachsehen, wie es um das Kanu steht.«

Er half ihr aufzustehen, ließ sie aber nicht los.

»Ich denke, ich sollte erst den Weg kontrollieren, auf dem wir gekommen sind.« Er sah hinüber zu dem gut zehn Meter hohen Felsblock, der sich am anderen Ufer des kleinen Sees erhob.

»Wenn ich dort hinaufklettere, könnte ich sehen, ob Wayne uns gefolgt ist.«

Emma griff nach der Flinte.

»Bloß nicht … ach was, sei vorsichtig«, murmelte sie und reichte ihm die Waffe.

Sie konnte nicht sagen, er solle Wayne nicht erschießen; das war allein Bens Entscheidung. Angesichts der Tatsachen und der Lage, in der sie sich befanden, war sie nicht sicher, was sie selbst tun würde.

Er küsste sie viel zu flüchtig und zog hinten aus seinem Gürtel eine Pistole.

»Ich nehme an, du kannst damit umgehen?«

Emma nahm das Ding und nickte.

»Und ich nehme auch an, du würdest nicht zögern, dich zu verteidigen?«

Wieder nickte sie.

»Sieh zu, dass du die Forelle nicht zerkochst«, sagte er und ging auf den Waldrand zu.

Emma sah ihm nach, bis er außer Sicht war, dann ging sie zu einem riesigen Baum, der ins Wasser gefallen war.

Sie schob totes Geäst und Wasserpflanzen beiseite, die ein uraltes Kanu bedeckten. Unter Aufbietung ihrer gesamten noch vorhandenen Kraft drehte sie es um und trat rasch zurück, für den Fall, dass sich irgendwelches Getier darin eingenistet hatte. Nichts rührte sich, und Emma konnte nun das Boot auf Löcher untersuchen.

Es war in anständigem Zustand, trotz der Jahre, die es den Elementen ausgesetzt gewesen war. Sie zog die Ruder unter der Bank hervor, prüfte ihre Stärke und entschied, dass sie in Ordnung waren. Und jetzt hieß es fürs Dinner die Angel auszuwerfen.

Emma fand das Päckchen, das sich auf ihr Geheiß hin in jedem Rucksack befinden musste, der das Haus verließ. Sie zog Angelleine und Schwimmer heraus, dann drehte sie einen Stein um und suchte nach Würmern. Sie fand ein paar saftige Exemplare, bestückte den Haken damit und trat auf den umgestürzten Baumstamm. Dann schleuderte sie den Wurm weit hinaus. Der Schwimmer folgte und tanzte hübsch auf der Wasseroberfläche. Jetzt musste sie nur noch warten, bis sich ein hungriger Fisch in ihre Richtung verirrte. Sie vertrieb sich die Zeit mit Nascherei und der Beobachtung des Felsblocks am anderen Ufer. Von Ben war noch nichts zu sehen, deshalb wandte sie ihre Aufmerksamkeit der Pistole zu, die er ihr gegeben hatte. Es war eine hübsche kleine Kanone, ein Kaliber, mit dem man ein Loch in einen Elefanten schießen konnte.

Es war die Waffe eines Mannes, der keine halben Sachen machte.

Als sie Bens Pistole in der Hand hielt, wusste Emma, dass er jede Gelegenheit nutzen würde, die Wayne Poulin ihm bot.

Tränen fielen auf die Waffe auf ihrem Schoß, große Tropfen, schwer von der Bitterkeit zehn langer Jahre des Schmerzes. So viele Lügen und falsche Vermutungen, so viele Augenblicke der Verzweiflung, als sie insgeheim ihre Schwester verwünscht hatte, weil diese sie und Mikey verlassen hatte. So viel Energie für Hass vergeudet.

Und jetzt so viel Reue.

Mikey würde am Boden zerstört sein. Emma wusste, dass auch er viele Nächte im Bett gelegen und seine Mutter gehasst hatte. Was für ein Schuldgefühl würde er sich nun aufbürden?

Und was mochte Ben denken? Suchte er die Schuld an den Geschehnissen, am Tod ihres Vaters oder jenem Kellys irgendwie bei sich? Hätte er den Lauf der Ereignisse ändern können, wenn er geblieben wäre?

Sie wischte mit dem Handrücken über ihr Gesicht, doch nützte es nichts. Der Damm in ihrem Herzen brach, heftiges Schluchzen erschütterte sie, als sie ihr Gesicht an die Knie drückte.

21

»Sieh mal, wen ich gefunden habe«, sagte Ben, als er das provisorische Lager erreichte, das Emma geschaffen hatte.

»Beaker!«

»Vorsicht, er ist in ziemlich schlechter Verfassung«, warnte er und setzte den Hund neben ihr ab.

»Ach, armes Baby«, schmeichelte sie und ging daran, das Tier zu untersuchen.

Ben setzte sich neben Beaker.

»Er hat eine Brustwunde, die aber nicht mehr blutet. Und er hinkte, als ich ihn gefunden habe.«

»Kontrolliere seine Ballen an den Pfoten.« Sie streichelte den Hund unter dem Kinn und drückte ihm einen Kuss auf den Kopf.

»Ach, Ben ... er hat Waynes Wagen die ganze Strecke von meiner Straße an verfolgt. Er ist ein wahrer Held.«

»Allerdings, das ist er«, gab Ben ihr recht, der argwöhnte, dass es nicht das Training war, das den Hund an seine Grenzen trieb. Beaker war in Emma verliebt.

Aber waren das nicht alle?

Ihr gerötetes und verschwollenes Gesicht strahlte vor Freude über das Wiedersehen mit ihrem Hund. Schmutzstreifen verliefen über ihre Wangen. Und wenn es nicht so unwahrscheinlich gewesen wäre, hätte er geschworen, dass Emma geweint hatte.

»Ist das unser Abendessen?«, fragte er und deutete auf die Folie mit den fachmännisch ausgenommenen Forellen.

»Ja. Sie sind bratfertig. Bis du so gut und machst tiefer im Wald ein Feuer? Und nimm die Fische mit.« Sie musste sehr müde sein, weil sie um Hilfe bat … oder ihr Knie schmerzte zu stark. Ben nahm die Fische an sich.

»Zeige mir nur die richtige Richtung.«

»Dort drüben stehen die Bäume dicht genug. Halte das Feuer niedrig und lege die Fische auf, sobald es aufflammt. Zwanzig Minuten dürften reichen.«

Ben war keine halbe Stunde fort, und als er zurückkam, schliefen Beaker und Emma tief und fest aneinandergeschmiegt auf seinem Parka.

Es blieb ihm nichts anderes übrig, als alle drei Forellen selbst zu verzehren.

Sie schmeckten köstlich.

Er hatte deshalb nicht einmal einen Anflug von schlechtem Gewissen, da er entschlossen war, dass Emma am nächsten Morgen zum Frühstück zu Hause sein sollte. Er ließ die beiden schlafen, während er das Kanu über den Biberdamm schleppte, es mit ihren Vorräten belud und dann zurückging, um sie aufzuwecken.

»Komm jetzt, Em. Wir müssen los«, flüsterte er und schüttelte sie leicht.

»Es ist noch finster«, murmelte sie, schon im Aufsetzen begriffen.

»Deine Augen werden sich an die Dunkelheit gewöhnen. Komm jetzt. Das Kanu ist beladen und liegt schon im Fluss.«

Verwirrt starrte sie ihn an.

Ben seufzte.

»Ich kenne niemanden, der so fest schläft wie du.«

»Beaker hätte mich gewarnt, wenn Wayne aufgetaucht wäre«, sagte sie und versuchte aufzustehen.

Sie schnappte nach Luft, als ihre Knie ihr den Dienst versagten.

Ben fasste sie unter den Armen und hob sie auf die Füße. Dann bückte er sich nach seiner Pistole und steckte sie in den Gürtel, ehe er Emma den Parka um die Schultern legte.

»Meine Knie sind ganz steif.«

»Ich helfe dir. Es ist nicht weit. Komm, Beaker.«

»Traust du dir zu, den Fluss nachts zu befahren, Ben?«, fragte sie und humpelte neben ihm her.

»Ich halte es für den sichersten Weg.« Er führte sie zum Biberdamm.

»Wenn wir bis zum Morgen warten, bieten wir sichere Ziele. Solange Poulin nichts sieht, kann er nicht schießen.«

Als sie zu ihm aufblickte, lächelte sie so strahlend, dass Ben es in der Dunkelheit sehen konnte.

»Sieh mal an. Mr Sinclair, Sie haben das Zeug zu einem richtigen Waldläufer.«

»Gibt es zwischen hier und dem Wasserfall noch Überraschungen, von denen ich wissen sollte?«

Sie schüttelte den Kopf.

»Nein. Es ist größtenteils ruhiges Wasser. Wir werden fest paddeln müssen, obwohl ein paar Zuflüsse die Strömung etwas stärker werden lassen.«

Ben half Emma in den vorderen Teil des Kanus und setzte Beaker in die Mitte. Der Hund winselte und versuchte wieder herauszuspringen.

»Sitz, Beaker«, befahl Ben und stieß ab, ehe der Hund sie ins Wasser kippen konnte.

Emma ergriff ein Paddel und brachte sie in den Fluss, der knapp unterhalb des Biberdammes ganz schmal war, sich aber rasch zu einem gewundenen toten Gewässer öffnete.

Ben legte sich mit ganzer Kraft in jeden Paddelschlag, entschlossen, den Wasserfall bei Tagesanbruch zu erreichen.

Als sie dort ankamen, war es noch stockfinster.

Ben hörte das Tosen in dem Moment, als das Kanu an Geschwindigkeit gewann. Emma deutete mit ihrem Paddel auf das Ufer im Südosten. Ben steuerte das Kanu in diese Richtung und legte an.

»In der Dunkelheit kann der Kanutransport ziemlich tückisch werden«, sagte sie und kletterte unbeholfen an Land. Auch Beaker zeigte wenig Anmut, als er mit seinem Sprung das Ufer verfehlte und japsend wieder im Wasser landete. Ben packte ihn am Nackenfell und schleppte ihn ins Trockene. Der Hund schüttelte sich energisch und durchnässte alles innerhalb von drei Metern Entfernung.

Emma lachte erleichtert, wenn auch ziemlich matt.

»Glaubst du, dass Beaker lieber in der Stadt wäre?«

»Ehrlich gesagt wäre ich selbst gern dort.« Ben blickte den Bach entlang, der immer schmaler wurde und in einiger Entfernung in der Schwärze der Nacht verschwand.

Verdammt, wie müde er war. Seine Arme brannten so heftig, dass er wünschte, sie würden ihm abfallen. Sein Rücken schmerzte, in den Augen glaubte er Sand zu spüren, beide Handflächen zeigten Blasen.

Und vor ihnen lagen noch acht Meilen Wasser, von Stromschnellen durchsetzt.

»Kannst du laufen, Emma?«, fragte er und ging näher, um über dem Tosen des Wassers gehört zu werden.

»Ich schaffe es. Ich muss nur die Steifheit loswerden.«

»Soll ich dein Knie untersuchen und es bandagieren?«

Er glaubte ein Lächeln zu erkennen, ebenso gut aber konnte es ein schmerzliches Zusammenzucken sein. Im schwachen Mondschein war es schwer zu unterscheiden.

»Danke, aber ehe ich nicht etwas dagegen tun kann, ist es mir lieber, wenn ich nicht weiß, wie schlimm es ist.«

Er streckte die Hand aus und umfasste ihre Wange.

»Emma Sands, du bist ganz erstaunlich.« Er küsste sie auf ihre schmutzige Nase.

Emma fasste nach seiner Hand.

»Ich bin so froh, dass du da bist, Ben. Ohne dich hätte ich es wohl nicht geschafft.«

Nun küsste er sie voll auf die Lippen, und sie erwiderte seinen Kuss mit Leidenschaft, Wärme und ein wenig Verzweiflung.

»Du bist süßer als das süßeste Cookie«, flüsterte sie, dann schlang sie die Arme um seine Mitte und drückte ihn an sich.

»Du frierst ja! Da, nimm für eine Weile den Parka«, sagte sie und schlüpfte mit den Armen heraus.

Ben wehrte ab.

»Noch nicht. Wenn ich das Kanu am Wasserfall vorbeischaffe, werde ich vor Schweiß triefen. Behalte den Parka an«, befahl er liebevoll und zog den Reißverschluss wieder hoch.

Ganz plötzlich stand Beaker mit gesträubtem Nackenhaar neben ihnen. Ein leises Knurren drang aus seiner Brust. Ben erstarrte, die Pistole in der Hand, und versuchte, Beakers Blickrichtung folgend, in dem dichten Gestrüpp etwas zu erkennen.

»Wayne«, hauchte Emma atemlos und raffte sich auf.

»Er könnte auf unsere Spur gestoßen sein und weiß jetzt, dass ich auf dem Rückweg bin. Wir haben unsere Fährte ja nicht verwischt. Er wird versuchen, mir den Weg abzuschneiden, und quer durch den Wald gehen.« Sie starrte Ben entsetzt an.

»Und er weiß jetzt, dass ich nicht mehr allein bin.«

»Und warum gehen *wir* nicht quer durch den Wald?«

»Mit meinem kaputten Knie hätte ich das nie geschafft. Das Gelände ist zu schwierig.«

»Beaker könnte ja geknurrt haben, weil er ein Tier wittert.«

»Willst du warten und es herausfinden?«, fragte sie.

»Wir müssen das Boot jetzt hinter den Damm schaffen! Sobald wir wieder im Wasser sind, kann Wayne uns zu Fuß nicht mehr einholen.«

Er reichte ihr Flinte und Rucksack und steckte die Pistole in den Gürtel. Ungeachtet seiner brennenden Muskeln hob er das schwere Kanu aus dem Wasser und zerrte es über eine Geländekante auf der linken Seite des Wasserfalls.

Beaker verdrückte sich still in die Dunkelheit.

Plötzlich peitschte ein Flintenschuss durch die Nacht, eine Kugel schlug im Baum neben Emma ein, Rinde splitterte ab.

Ben sprang auf sie zu, warf sie zu Boden und bedeckte ihren Kopf mit seinen Armen.

»Das kam vom anderen Ufer«, sagte sie und wandte ihm ihr Gesicht zu.

»Ich habe sein Mündungsfeuer gesehen.«

»Er schießt blindlings. Er konnte nur Bewegung sehen. Gut möglich, dass er noch immer nicht weiß, dass ich hier bin«, sagte Ben und gab sie frei.

»Ich werde das Kanu im Schutz der Bäume weiterziehen. Der Wasserfall wird das Geräusch übertönen.« Er reichte ihr das Gewehr.

»Gib mir Feuerschutz.« Er fasste unter ihr Kinn und sah ihr direkt in die Augen. »Schaffst du es trotz der bescheidenen Sicht?«

Mit vor Angst geweiteten Augen versuchte sie die Dunkelheit zu durchdringen und nickte.

»Braves Mädchen. Und lass dir keine Dummheiten einfallen«, warnte er sie.

»Ich rechne fest damit, dich genau hier anzutreffen, wenn ich zurückkomme. Verstanden?«

»Versprochen. Ich rühre mich nicht von der Stelle. Bring das Kanu zu Wasser.«

»In zehn Minuten bin ich wieder da.«

»Wo ist Beaker?«

»Auf Pirschgang.« Er fasste an und zerrte das Kanu weiter.

Sein letzter Blick zurück zeigte ihm Emma, die auf dem Bauch liegend mit der Flinte auf die andere Seite des Wasserfalls zielte.

Er bezweifelte nicht, dass sie bereit war abzudrücken, aber er hoffte, dass es nicht so weit kommen würde. Trotz ihrer Stärke war Emma eine sanfte Seele mit weichem Herzen. Dass er sie jetzt zurückließ und sie in die Lage geraten konnte, einen Menschen – und sei er noch so schlecht und wertlos – zu töten, war ihm zutiefst zuwider.

Ben hatte das Felsband zur Hälfte hinter sich gebracht, als der nächste Schuss die Dunkelheit durchschnitt und von den Felsen auf der anderen Seite des Wasserfalls widerhallte.

Tatsächlich. Emma hatte abgedrückt.

Die Partie war eröffnet. Poulin wusste, dass sie bewaffnet war. Das bedeutete, dass sie nicht mehr auf ihren Überraschungsvorteil zählen durften.

Ben erreichte den unteren Rand des Wasserfalls und

sah sich einem schäumenden, aufgewühlten und von blankem Felsenufer umgebenen Becken gegenüber. Wenn sie hier ihr Kanu bestiegen, konnte Poulin sie abschießen wie Fische in einem Fass.

Verdammt. Ein anderer Plan musste her.

Als Ben aufblickte, sah er den ersten hellen Hauch der Morgendämmerung am Himmel. Er ließ das Kanu auf dem Felsband neben dem Becken des Wasserfalls liegen und zog seinen Revolver aus dem Gürtel. Er hatte versucht, nach Emmas Plan vorzugehen, nun aber war es Zeit, sich zu Beaker zu schlagen.

Zuerst aber musste er Emma von seinem Plan in Kenntnis setzten, damit sie ihn nicht irrtümlich erschoss. Kaum aber wollte er den Pfad zurückgehen, als ein tiefes, hallendes Grollen vom Berg herunterkam. Der Boden bebte, und Ben musste sich an einem Baum festhalten, um nicht das Gleichgewicht zu verlieren. Steine lösten sich vom Felsband als tödliche Geschosse, einige so groß wie Basketbälle. Der Baum, an dem er sich festhielt, schwankte, als wolle er ihn abschütteln, als das Tal mit gewaltiger Energie zum Leben erwachte.

Emma drückte sich an den Stamm einer Riesenfichte, um das Erdbeben auszusitzen. Der Medicine Creek brodelte zornig, als riesige Geröllblöcke ihren Halt verloren und ins Wasser stürzten. Die Absturzkante des Wasserfalls teilte sich mit einem explosiven, salvenähnlichen Knall und ließ den Granit unter ihr in mehreren Wellen erzittern.

Als der Boden sich beruhigte, galt ihr erster Gedanke Ben. Er befand sich unterhalb des Wasserfalls, in der Bahn eines tödlichen Erdrutsches aus stürzenden Felsbrocken und kleinen Bäumen, die noch immer mit todbringender Geschwindigkeit herabstürzten. Ihr zweiter Gedanke war, dass das Tosen des Wasserfalls einem leiseren Geräusch gewichen war, als wäre ein laufender Wasserhahn plötzlich zugedreht worden.

Der Medicine Creek war von herabstürzendem Geröll und Erdreich aufgestaut worden.

Emma entfernte sich vom rasch ansteigenden Wasser und ließ ihren Blick über das Ufer gegenüber wandern, das sie nun deutlich sehen konnte, da das erste Licht der Morgendämmerung den Wald erhellte. Wayne lauerte noch irgendwo dort drüben und wartete, dass sie sich rührte. Leise ging sie los, in die Richtung, die Ben eingeschlagen hatte.

Sie rutschte den Pfad hinunter, inständig hoffend und betend, sie würde ihn nicht unter dem Geröll finden.

Eine Baumwurzel, an der sie sich festgehalten hatte, entglitt ihr, und sie landete auf seinem Schoß.

Er fing sie mit unwilligem Brummen auf.

»Na, wie immer die Anweisungen befolgt?«

»Uns bleiben etwa zwei Minuten, ehe das steigende Wasser sich hier den schnellsten Weg ins Tal hinunter bahnt«, erklärte sie und fasste nach seiner Hand.

»Die Wasserfälle wurden durch das Erdbeben aufgestaut.«

Er fasste nun seinerseits nach ihrer Hand und zog sie den Pfad zurück hinauf.

»Das Kanu wurde zerstört. Wir könnten es ohnehin nicht benutzen, weil es schon zu hell ist«, sagte er und half ihr über eine steile Stelle.

»Dann wollen wir nach Osten, fort vom Wasserlauf.«

Er schüttelte den Kopf, ohne im Anstieg innezuhalten.

»Nein. Wenn deine Taube es gestern nach Hause geschafft hat, wird bald Hilfe eintreffen. Man wird uns entlang des Medicine Creek suchen.«

Emma zwang Ben stehen zu bleiben, indem sie einen Baumstamm umfasste und nicht losließ.

»Was ist?«, fragte er.

»Wayne wird sie kommen sehen! Er wird Mikey töten, wenn er ihn ins Visier bekommt.«

»Das wird nicht der Fall sein.« Ben zog sie wieder hinter sich her.

»Vorher bringe ich ihn um.«

Emma folgte ihm schweigend. Das Wasser strömte bereits in einem neuen Bachbett um den aufgestauten Wasserfall herum. Sie hoffte, dass der Bach auch auf der gegenüberliegenden Seite über die Ufer getreten war und Wayne gezwungen war, aus seinem Versteck hervorzukommen.

Am überschwemmten Bachufer angekommen, schlug Ben die Richtung zum Wasserfall ein. Es war nun so hell, dass man die riesigen Geröllblöcke und das geborstene Felsband sehen konnte, das ihn blockierte und eine Brücke bildete, die man benutzen konnte. Er blieb stehen, ehe er den Bach überquerte und drehte sich zu ihr um. Seine Miene war härter als der Granit, auf dem sie stand.

Michael hatte recht gehabt. Wenn Ben seine Fassade aufgab, war er zum Fürchten.

»Du bleibst hier.« Sein barscher Ton ließ keinen Raum für eine Debatte.

Emma widersprach nicht.

»Gib mir Feuerschutz, während ich den Bach überquere. Und dann halte Ausschau nach Atwood und Skyler. Wenn du siehst, dass sie flussaufwärts kommen, feuere zwei Schüsse in rascher Folge ab.«

»Was ist mit Beaker?«, fragte sie leise.

Er blickte über die natürliche Brücke.

»Der liegt dort draußen auf der Lauer und wartet.«

»Wirst du achtgeben?«

Er küsste sie sanft.

»Ich liebe dich, Emma. Und ich komme wieder. In zwei Wochen haben wir ein wichtiges Datum, und ich werde zur Stelle sein, weil ich sehen möchte, was du von meinem Hochzeitsgeschenk hältst.«

Wieder küsste er sie, dann zog er seine Pistole aus dem Gürtel und marschierte los.

Emma legte sich die Flinte über die Schulter und stützte sie auf den Felsblock, an dem sie lehnte, um das gegenüberliegende Ufer zu beobachten und zu warten, bis Wayne sich zeigte.

22

Immer wieder erbebte die Erde grollend, kleine Felsbrocken lösten sich und fielen in das rasch steigende Wasser, dessen Oberfläche nicht zur Ruhe kam. Der Medicine Creek bahnte sich einen neuen Weg um den Damm herum, ein neuer Wasserfall ergoss sich über den Pfad, den Ben zum Transport des Kanus benutzt hatte. Kleine Bäume wurden entwurzelt, Erde und Schlamm gaben mit verheerender Wirkung nach. Emma war der Rückzug abgeschnitten. Sie saß in der Falle. Einziger Ausweg war die Route, die Ben über den alten Wasserfall genommen hatte.

Emma wünschte, sie hätte dieses gewaltige Naturschauspiel unter anderen Umständen erleben können. Was sich da vor ihren Augen tat, war im Ablauf des Weltzeitalters nur ein Wimpernschlag, für sie aber besaß es geradezu mystische Dimensionen.

Michael würde fasziniert sein.

Sie dachte an ihren Neffen, der ihr zu Hilfe kommen würde. Sicher war Homer schon zu Hause angelangt, und Mikey hatte die Nachricht in der Kapsel gefunden. Sie wusste, dass nichts ihn daran hindern konnte, die zwei Menschen zu retten, die er liebte. Ebenso wusste sie, dass sie nicht zu befürchten brauchte, er würde in einen Hinterhalt geraten, da Mikey klug genug war, um mit äußerster Vorsicht vorzugehen.

Zuweilen wirkte er so rätselhaft wie das Land, in dem er aufgewachsen war. Gewisse Dinge wusste er einfach: wann Regen kommen würde, wann mit dem jahreszeitlichen Wechsel zu rechnen war und wann sich ein Unwetter zusammenbraute. Er konnte die Zeichen lesen wie ein Wahrsager und hatte Emma des Öfteren in Erstaunen versetzt, wenn er sie drängte, die Hütten und das Flugzeug vorzeitig zu sichern. Wurde ein Gewitter vorausgesagt, bestand er darauf, dass sie sich auf ein größeres Unwetter vorbereiteten, und er irrte sich selten.

Er würde wissen, dass Wayne in der Nähe war, und würde vorsichtig und planvoll vorgehen.

Und doch hatte sie Angst. So sehr sie sich wünschte, Waynes Blut würde nicht an Bens Händen kleben, wollte sie noch weniger, dass Michael hineingezogen wurde. Er war zu jung und unschuldig, um in diese Katastrophe verwickelt zu werden.

Urplötzlich explodierte der Wald hinter ihr in einem Gemisch brechender Zweige und schwerer, schnaufender Atemzüge. Emma drehte sich rasch um, nur um den Flintenlauf zu senken, als Pitiful auf den Bach zurannte. Die Augen des in Panik geratenen Tieres waren wie riesige braune Untertassen, umgeben von weißen Ringen. Mit geblähten Nüstern und heftig bebenden Flanken brach er zwischen den Bäumen hervor und riss mit seiner einzigen Geweihhälfte Zweige aus.

Unfähig zu begreifen, was in seinem Wald vor sich

ging, platschte der verängstigte Bulle in das zurückweichende Wasser des Medicine Creek und stieß ein Röhren aus, das wie der Hilferuf eines verzweifelten Kindes klang. Mitten im Bach stehend bebte er vor Angst und unter schweren Atemzügen.

»Pssst«, zischte Emma, bemüht seine Aufmerksamkeit auf sich zu ziehen, »Pitiful!«

Der junge Bulle legte den Schädel in ihre Richtung schräg. Eine laute Freudenfanfare ertönte, als er sie erspähte. Er rannte durch das Wasser auf den Damm zu. Emma suchte hinter ihrem Felsblock Schutz.

Wayne Poulin umfasste ihre Kehle mit einem Griff, der sie fast erstickte.

»Lass die Flinte fallen«, stieß er hervor und brachte sie beide außer Reichweite des verwirrten Elchs.

»Wer ist mit dir da?«

Sie gab keine Antwort, und sein Griff um ihre Kehle wurde fester.

»Es ... ist John«, keuchte sie und zerrte an seinem Arm, damit sie atmen konnte.

»John Lakes? Der alte Einsiedler?«

»Er hat mich gestern gefunden und wollte mir helfen, nach Hause zu kommen.«

»Wo ist er jetzt?«

»Unser Kanu wurde beschädigt, deshalb hat er mir seine Flinte überlassen und holt jetzt Hilfe.«

»Wenn du diesen Elch nicht verscheuchst, knalle ich ihn ab«, warnte er sie.

Pitiful mühte sich ab, das steile Ufer hinaufzuklettern, und wurde mit jedem vergeblichen Versuch verzweifelter.

»Wayne, ich kann ihn nicht bändigen. Er ist doch nur ein verängstigtes, dummes Tier.«

Wayne zielte mit seinem Revolver auf Pitiful. Emma biss ihm in den Arm. Er schrie auf und wollte ihr mit der Waffe auf den Kopf schlagen, sie aber duckte sich, so dass der Hieb sie an der Schulter traf. Mit aller Kraft stieß sie ihm den Ellbogen in die Rippen und versetzte ihm gleichzeitig einen Tritt gegen das Schienbein. Da gab ihr rechtes Knie nach, und beide fielen auf den Boden.

Mit einem zornigen Fluch packte Wayne sie fester, zog sie beide hoch und wollte sie über die Brücke schleppen, die das Erdbeben geschaffen hatte.

Röhrend drehte Pitiful sich im Wasser um und folgte ihnen.

Auf halbem Weg über den alten Wasserfall hörte Emma ein gefährlich klingendes Kläffen, dann stieß Wayne einen Schmerzensschrei aus. Sein Griff erschlaffte, als er sich zu der neuen Bedrohung umdrehte.

Emma riss sich los, aber sie stolperte über Waynes Füße, und beide fielen auf den Rand des Felsblockes. Sie sah, dass Beaker Waynes Arm mit der Waffe in einem tödlichen Griff festhielt … just, als sie über den Rand des Dammes taumelte.

Es kostete Ben einige kostbare Sekunden, um zu erfassen, dass er tatsächlich einen Kampf zwischen einem Mann, einer Frau, einem Elch und einem Hund vor sich sah. Und das alles spielte sich auf einer mehr als zehn Meter hohen Granitbrücke ab, die höchstens Platz für einen von ihnen bot.

Hilflos musste er zusehen, wie Emma fiel. Er wagte sich auf die Brücke, blieb aber stehen, als er sah, dass sie nur etwa drei Meter tief gefallen und auf einem Vorsprung gelandet war, breit genug, um ihr Sicherheit zu bieten. Sie war benommen, aber am Leben, so dass Ben nun freie Hand hatte und es mit Poulin aufnehmen konnte.

Beaker, der auf diesen Moment gewartet hatte, drohte den Mann zu zerfleischen, Wayne aber hielt noch immer seine Waffe in der Hand. Es gelang ihm, sie langsam zu senken und auf den Hund zu richten.

Ben hob seine Pistole, zielte auf Wayne und wartete auf die Chance zum sicheren Schuss.

Schließlich führte Emmas Lieblingselch den schicksalhaften Schlag aus. Der in Panik geratene Bulle fand festen Halt, stemmte sich aus dem Wasser hoch, den Schädel kampfbereit gesenkt, und rammte sein Einzelgeweih Wayne Poulin in die Rippen.

Poulin wurde mit so viel Kraft in die Luft gewirbelt, dass er über den Rand des Wasserfalls fiel. Er schlug auf mehreren Felsvorsprüngen auf und landete im unteren Becken. Ben rannte ans Ufer und sah Poulins zerschmetterten Körper mit dem Gesicht nach unten im Wasser treiben.

Dann erst sah er zu Emma hinüber.

Ihr Kopf lehnte am Granitsims, sie hielt die Augen geschlossen. Sie schlug sie auch nicht auf, als sie fragte: »Ben?«

»Ich bin da.«

»Hol mich herunter.«

Noch immer hielt sie die Augen geschlossen. Sie blickte nicht hinunter, und sie versuchte auch nicht, zu ihm aufzublicken.

»Hast du Höhenangst?«, fragte er, als ihm dämmerte, dass der Griff, mit dem sie sich so verzweifelt an das Felsband klammerte, schierer Todesangst entsprang.

»Ja!«

Ben konnte es nicht fassen.

»Du – als Pilotin?! Du bist doch die meiste Zeit in der Luft.«

»Sinclair, im Moment habe ich keine Flügel zur Verfügung. Hol mich herunter – sofort!«

»Ich muss meinen Rucksack suchen, Emma. Darin ist ein Seil.«

»Warte!« Endlich öffnete sie die Augen und versuchte nach oben zu blicken. Nach einem erschrockenen Atemzug schloss sie sie wieder.

»Was?«

»Ist … ist Beaker in Ordnung?«

»Ihm geht es gut. Er steht neben mir.«

»Und Pitiful?«

»Ich glaube, ihm geht es auch gut. Er ist davongerannt.«

»Ben, ich habe gehört, wie Wayne hinuntergefallen

ist. Ein grauenhaftes Geräusch.« Ihre Stimme bebte vor Entsetzen.

»Ist er tot?«

»Er ist tot.«

»Ich … ich wünschte, ich wäre nicht froh darüber.«

»Emma, hältst du so lange aus, bis ich unseren Rucksack finde?«

»Der ist inzwischen sicher schon im Medicine Lake. Steig herunter und hol mich.«

Noch immer hielt sie die Augen geschlossen und konnte daher nicht sehen, dass es bis zu dem Felssims, auf dem sie sich befand, drei Meter waren. Auch gut. Sie konnte zu ihrem Glück auch nicht sehen, dass es bis ganz unten noch einmal fast zehn Meter waren.

Zwei Schüsse knapp hintereinander peitschten weiter unten durch die Luft.

Ben sah Atwood, Skyler und Mike, die sich den Weg zum unteren Rand des Beckens bahnten, wo Poulin trieb.

»Was war das?«, rief Emma zu ihm hinauf.

»Mike ist mit Verstärkung gekommen. Ich wette, der Junge hat ein Seil dabei.«

Er hörte ihr Seufzen.

»Nem!«, rief Mike von unten, »alles klar?«

»Hol mich herunter, Mikey!«, schrie sie verzweifelt. Noch immer hielt sie die Augen geschlossen, ihr Kopf lehnte noch immer am Fels.

Mike blickte zu seinem Vater hinauf und winkte. Ben atmete auf, setzte sich auf die Brücke über Emma und legte den Arm um den leise winselnden Beaker. Der Hund litt unter ihrer Verzweiflung ebenso wie Ben.

»Nur noch ein paar Minuten«, beruhigte er das Tier. »Wir schaffen sie heil herauf.« Er tätschelte ihn. »Gut gemacht, Bursche. Ich könnte mir denken, dass deine Zukunft reich an Cookies sein wird.«

Noch immer erschüttert von ihrem Aufstieg über den Granitfelsen, war Emma in einem Wortwechsel mit vier entschlossenen männlichen Wesen begriffen. Das fünfte, vierbeinige männliche Wesen hatte nicht aufgehört, sie abzulecken, seitdem sie es bis nach oben geschafft hatte.

»Ich fliege hier nicht mit einem Helikopter aus«, sagte sie wieder zu den Männern.

»Der Heli ist schon unterwegs«, erklärte Atwood mit frustriertem Seufzen.

Mikey hätte ihr beistehen sollen, der Junge aber sah sie nur an und schüttelte mit besorgter Miene den Kopf.

»Nem, so geht es am schnellsten. Gehen kannst du nicht, und ein Flieger kann hier nirgends landen.«

Emma packte Beakers Schnauze, um ihn daran zu hindern, sie weiterhin abzulecken.

»In einen Helikopter steige ich nicht, und damit basta.«

»Warum denn nicht?«, fragte Ben.

»Weil Helikopter unnatürliche Flugmaschinen sind.«

Skyler schnaubte.

»Sie sind bemerkenswert beweglich«, sagte er, sichtlich gekränkt.

»Und wie geschaffen für Situationen wie diese.«

»Und wieso sind sie unnatürlich?«, fragte Ben interessiert.

»Sie haben keine Flügel. Und sämtliche beweglichen Teile bewegen sich voneinander weg. Kennst du etwas in der Natur, das ohne Flügel fliegt?«

Ihre Antwort schien sie zu schockieren. Bis auf Mikey. Er kannte die Gefühle, die sie Helikoptern entgegenbrachte. Obwohl er theoretisch mit ihr übereinstimmen mochte, lag ihm offenkundig so sehr daran, sie rasch aus dem Waldgebiet zu schaffen, dass er gewillt war, sie in einen Hubschrauber zu verfrachten.

Auch sie wollte weg. Aber am Stück.

Sie sah Mikey an.

»Ich schaffe es bis zu der Stelle, wo die Stromschnellen enden. Dort kann dann ein Wasserflugzeug landen.«

»Aber es gibt in Greenville keinen Piloten, der gewillt wäre, es zu versuchen«, gab er kopfschüttelnd zurück.

»Du bist die Einzige, die es wagen würde.«

Emma blickte auf, als vom Süden her das Geräusch eines Helikopters zu hören war.

»Das Ding ist älter als ich«, sagte sie, als die bejahrte Huey die Luft mit schweren, pulsierenden Schlägen peitschte.

Ben rückte ganz nahe an sie heran.

»Du steigst jetzt ein und fliegst ins Krankenhaus«, sagte er mit der Entschlossenheit eines Mannes, der mit seiner Geduld am Ende war.

»Jemand muss Pitiful nach Hause führen«, sagte sie. »Das Erdbeben hat ihn völlig verstört.«

»Das mache ich, Nem«, bot Mikey ihr an.

»Emma, der Heli kann hier nicht ewig schweben«, warf Ben ein.

»Wie also soll es gehen? Verschnürt wie ein Puter zu Thanksgiving oder in einem Korb sitzend, wie es sich für eine würdige Waldläuferin gehört?«

»Du fährst mit«, konterte sie und erwiderte seinen missbilligenden Blick.

Sein Lächeln war ganz Mann.

»Darauf kannst du wetten. Ich werde dafür sorgen, dass du von Kopf zu Fuß untersucht wirst.«

Emma schloss die Augen. Und sie öffnete sie nicht auf der haarsträubenden Fahrt mit Rettungskorb und Seilwinde, nicht während des Fluges über die Baumwipfel über Land und auch nicht während der sanften Fahrt im Krankenhauslift.

Weil sie in den warmen, sicheren, fähigen Armen des Mannes, den sie liebte, tief schlummerte.

23

Die Behörden benötigten fast eine Woche, um Kellys sterbliche Überreste zu finden, zu identifizieren und sie Emma und Mikey zu übergeben. Ihr Neffe war vor zwei Abenden zu ihr gekommen und hatte sie gebeten, ob er seine Mutter nach Hause nach Medicine Creek Camps bringen und dort aufbahren dürfe, damit die Leute ihr die letzte Ehre erweisen konnten.

Emma hatte an eine stille Beerdigung nur mit Ben und Greta gedacht. Bald aber wurde ihr klar, wie wichtig für Mikey die Aufbahrung dieser Frau war, der er den Großteil seines Lebens so viele widerstreitende Gefühle entgegengebracht hatte. Deshalb hatte sie zugestimmt, und sie hatten für Kellys geschlossenen Sarg im Wohnzimmer Platz geschaffen.

Und die Mitbürger, die nun bereuten, sie zu Unrecht verurteilt zu haben, waren gekommen.

Am Tag der Beerdigung war die Wagenprozession zum Friedhof, auf dem Charles und Miriam Sands begraben waren, sehr, sehr lang. Wagen und Pick-ups und sogar Holzlaster säumten die Straße neben dem kleinen Friedhof. Die Feier war nur kurz, die Mienen der Trauergäste reuig. Ganz Medicine Gore hatte sich schuldig gemacht und eine Frau verdammt, die ihr Bestes getan hatte, ihren Sohn vor dem Bösen zu bewahren, das sechzehn Jahre lang unter ihnen gelebt hatte.

Das Grab quoll über vor Blumen, bis zu den Gräbern von Emmas Mutter und Vater. Das Wetter war prächtig, warm und einladend.

Emmas Augen blieben trocken. Sie hatte sich schon nachmittags auf dem Berg ausgeweint, hoch über den heimatlichen Wäldern. Sie hatte ihren Frieden mit ihrer Schwester gemacht, hatte Kelly für Mikey gedankt und sie mit der Gewissheit, dass der Junge nichts mehr zu befürchten hatte, still zur ewigen Ruhe gebettet.

Was Mike betraf, war es, als wäre ihm plötzlich eine Bürde von den Schultern genommen. Die Last, von jemandem verlassen worden zu sein, der ihm Liebe hätte schenken sollen, bedrückte ihn nun nicht mehr. Wenngleich traurig und voller Bedauern, wirkte er größer und viel ruhiger.

So kam es, dass Emma nicht um ihre Schwester weinte, als der Geistliche seine Predigt beendete und die Leute ihr auf dem Weg zum Friedhofstor ihr Beileid ausdrückten. Sie weinte auch nicht, als Ben sie zum Wagen geleitete.

Sie vergoss keine Träne, bis sie sich nach Mikey umblickte und ihn allein dastehen sah, neben ihm auf dem Boden seine Jacke, die Hemdsärmel aufgerollt – so schaufelte er langsam Erde auf seine Mutter.

Da brach sie vor Schmerz zusammen.

Ben zog sie an sich und drückte ihr Gesicht an seine Brust.

»Pst, Emma. Schon gut.«

»Ich halte es nicht aus, dass er das tut, Ben. Er sollte nicht allein sein. Er sollte es nicht allein tun.«

»Er muss, Emma.« Er drückte sie fest an sich.

»Es ist das Letzte, was ein Sohn für seine Mutter, die er liebt, tun kann.«

»Hilf ihm.«

»Nein, mein Schatz. Er braucht mich nicht. Er muss mit Kelly allein sein. Komm«, sagte er und zog sie zu einem Wagen, »bei Greta warten schon alle.«

Die ganze Stadt war da, auf dem Rasen, auf der Veranda, in der riesigen Küche und im Salon, so wie damals, als Sable gestorben war.

Als sie eintrafen, hatte Emma ihre Emotionen wieder im Griff. Sie hatte das Gefühl, sich gut zu halten, auch als die Beileidsbekundungen in Fragen übergingen. Sie lächelte sogar, als die Fragen zu Entschuldigungen wurden, die Ben galten.

John LeBlanc führte die Bittprozession an.

»Sinclair, es tut uns leid, weil wir dachten, Sie hätten mit der Dammexplosion vor sechzehn Jahren etwas zu tun. Es war ein schöner Schock, als wir erfahren haben, dass es Poulin war.«

»Poulin schrie als Erster, Sinclair wäre es gewesen«, setzte Durham hinzu, der zu ihnen trat und Emma ein Glas Punsch reichte. Er sah Ben an.

»Also ... ich bedaure das kleine Missverständnis damals, Sinclair. Nichts für ungut.«

Ben ließ sich mit der Antwort Zeit.

»Darüber sprechen wir noch«, sagte er.

»Wie man hört, wollen Sie unsere Emma Jean heiraten.« John sah Ben abschätzend an.

»Stimmt das?«

»Nächste Woche«, bestätigte Ben, »am Tag nach Thanksgiving.«

Durham sah Emma an.

»Du bleibst uns hoffentlich erhalten, oder? Du wirst doch Medicine Creek Camps nicht verkaufen?«

Ben antwortete für sie.

»Nein, das wird sie nicht. Ich werde mein Büro nach Medicine Gore verlegen.«

Beide Männer rissen die Augen auf, Durham verschluckte sich an seinem Punsch.

»Aber ich dachte, Sie wären Boss einer großen Schifffahrtsgesellschaft. Wie wollen Sie die von hier aus, so weit vom Schuss, managen?«

»Mit Satelliten, Modems, Fax und Computer.« Er drückte Emmas Taille leicht.

»Und wenn ich einen guten Piloten finde, kann ich jederzeit nach New York pendeln.«

Durham und John hatte es die Rede verschlagen.

»Und was ist mit den vielen Leuten, die für Sie arbeiten?«, fragte John.

Emma sah Ben an. Es war das erste Mal, dass sie von seinem Plan hörte.

»In New York wird sich nichts ändern. Aber es gibt auch hier gute Arbeitskräfte.«

»Wir kommen aus der Holzbranche«, gab Durham zurück, »von Computern haben wir keine Ahnung.«

»Es wären Jobs für das ganze Jahr«, sagte Ben.

Durham und John legten die Stirnen in Falten und zogen die buschigen Brauen zusammen. Emma lachte laut auf.

»John, deine Frau wird noch Karriere machen. Und während der arbeitsfreien Jahreszeit übernimmst du das Kochen.«

Beide Männer drehten sich um und traten hastig den Rückzug an. Sie wollten etwas Stärkeres als Punsch, äußerten sie halblaut.

»Hätten Sie in Ihrer Firma auch Platz für eine agile Frau in den besten Jahren, Mr Sinclair?«, fragte Greta, die sich zu ihnen gesellte.

»Sicher lässt sich etwas finden.«

»Also, ich muss schon sagen, Emma Jean, als ich Ben diesen Brief geschickt habe, habe ich wirklich nicht mit diesen Folgen gerechnet«, sagte Greta.

»*Sie* haben den Brief geschickt!«, rief Ben erstaunt aus.

Greta nickte mit dem Lächeln einer gesättigten Katze.

»Und es war verdammt richtig. Ich dachte mir, es wäre Zeit, dass Sie zurückkommen und ein Unrecht korrigieren.« Sie sah ihn aus zusammengekniffenen Augen an.

»Mir war nicht klar, dass das größte Unrecht unter

meinem Dach gelebt hat. Danke, dass Sie alles in Ordnung gebracht haben, junger Mann.«

Lächelnd ergriff Ben die Hand der alten Dame und küsste sie.

»Freut mich, wenn ich mich nützlich machen konnte. Und ich danke *Ihnen*, dass Sie mir meinen Sohn und Emma gegeben haben.«

Bis zu den Wurzeln ihrer grauen Haare errötend wandte Greta sich augenzwinkernd an Emma.

»Das Brautkleid deiner Mutter lagert auf meinem Speicher. Charlie hat mich gebeten, es für euch Mädchen aufzubewahren.«

Alle drei drehten sich um, als die Küchentür aufging und Mikey endlich eintrat. Emma wollte auf ihn zu, hielt aber inne, als er ihr zulächelte.

Er sah erstaunlich … friedvoll aus. Die Jacke über eine Schulter geworfen, mit lose baumelnden Schlipsenden und Schmutzstreifen auf den Wangen machte er einen ruhigen und gelassenen Eindruck.

»Ich bin halb verhungert, Tante Greta«, sagte er und strebte schnurstracks zur Punschschüssel. Er trank zwei Tassen ohne abzusetzen.

»Was gibt es zu essen?«

Greta zog ihn an die Theke und schaufelte so viel auf einen Teller, dass ein Pferd daran erstickt wäre.

»Er wird doch wieder ganz in Ordnung kommen, ja?«, fragte Emma Ben.

»Er ist jetzt schon in Ordnung. Er hat sich gefunden.« Er lächelte ihr zu.

»Dank deiner betriebsamen alten Freundin haben wir alle einander gefunden.«

»Ich bin ja so froh«, flüsterte sie, schlang ihre Arme um ihn und drückte den Mann ihrer Träume an ihr Herz.

Epilog

Es lag in der Natur der Sache, dass es die schönste Hochzeit war, die Emma je erleben sollte.

Da spielte es keine Rolle, dass sie hinkte, als Mikey und Beaker sie zum Traualtar führten, und es war unwichtig, dass ein Fleck auf dem Kleid ihrer Mutter prangte, den sie darauf belassen hatte, auch kümmerte es niemanden, dass es draußen wie aus Kannen schüttete. Ebenso wenig war es von Bedeutung, dass Pitiful eines der Fenster der winzigen holzverkleideten Kirche zerbrochen und eine Blumenvase umgestoßen hatte, weil er sehen wollte, was die Liebe seines Lebens vorhatte.

Sie zuckte auch nicht mit der Wimper, als der Boden unter ihren Füßen leise grollend erbebte.

Es zählte nur, dass Ben vor dem Altar auf sie wartete.

Und erst, als sie sich das Jawort gegeben, die Ringe getauscht und sich geküsst hatten, fiel Emma Mikeys und Bens Knopflochschmuck auf, und sie lachte schallend.

Beide Herren trugen Mooszweiglein am Jackettaufschlag.

– ENDE –

Brief vom Lake Watch

Lieber Leser,

wenn ich meine Geschichten beginne, schreibe ich sie eigentlich nicht für Sie, sondern für mich. Knapp vor meinem vierzigsten Geburtstag wurde in meinem Gehirn buchstäblich ein Schalter umgelegt, und ich wurde von unsichtbaren Kräften an den Computer gedrängt, da die Fantasiecharaktere aus meinen Träumen lautstark forderten, ich solle ihre Geschichte erzählen. Meine ersten Bücher schrieb ich in seliger Unkenntnis in punkto Stil, Grammatik, Tempo, Dramatik oder Handlungsentwicklung mit dem alleinigen Ziel, die lästigen Typen zum Schweigen zu bringen.

Rückblickend erscheint es mir als Ironie, dass ich, die ich Bücher verschlinge, nicht auf die Idee kam, ein anderer wäre daran interessiert, *meine* Geschichten zu lesen. Ich schrieb sie nur, damit ich sie lesen konnte, legte sie in einem Schrankfach ab und begann die nächste. Schließlich aber wurde mir klar, dass meine Charaktere nicht wirklich existierten, wenn kein anderer Leser sie zum Leben erweckte.

Ein Gedanke ist nichts weiter als ein Hirngespinst, wenn man ihn nicht mit jemandem teilt. Erst dann wird er greifbar. Solange niemand meine Geschichten liest, handelt es sich um eine bloße Anhäufung von Wörtern. Schließlich ist die Sprache ein Mittel zum Gedankenaustausch zwischen den Menschen.

Richtig cool, finden Sie nicht? Wenn jemand meine Bücher liest, ist es einerlei, ob er sich in Europa, Afrika, Australien, Asien, Süd- oder Nordamerika oder gar auf dem Mond befindet. Wo immer jemand liest, erweckt er meine Charaktere zum Leben. Er sieht sie gemäß seiner eigenen, auf seiner Lebenserfahrung beruhenden Perspektive; er beurteilt sie nach seiner eigenen persönlichen Moral, seinen Hoffnungen, Träumen und emotionalen Bedürfnissen.

Deshalb danke ich meinen Lesern, weil sie diese Menschen aus meiner Gedankenwelt in ihre übertragen.

Und ich bin sicher, dass auch meine Buchcharaktere es Ihnen danken.

Wenn Sie mit ihnen in Verbindung treten – und ihnen Liebe oder Hass entgegenbringen –, habe ich gute Arbeit geleistet. Wenn Sie laut auflachen, verwirrt sind, Tränen vergießen, entsetzt oder richtig wütend sind, ist es mir gelungen, Ihnen eine echte Erfahrung zu verschaffen.

Nur wenn Sie gleichgültig bleiben, habe ich das Gefühl, versagt zu haben.

Nicht allen Menschen, denen ich begegne, bringe ich Sympathie entgegen. Ihnen geht es sicher ähnlich. Ich bin auch nicht mit allem einverstanden, was gesagt wird, und akzeptiere nicht alle Situationen, in die ich gerate. Und schon gar nicht gefallen mir die Wendungen, die das Leben zuweilen nimmt. Deshalb erwarte ich auch nicht, dass meinen Lesern alles an meinen Büchern gefällt, und ehrlich gesagt, hoffe ich, dass es so ist.

Wenn ich nach einem Buch greife – sei es von einem Lieblingsautor oder von einem mir bis dato unbekannten –, suche ich meist einen emotionalen Fixpunkt, der von meiner momentanen Stimmung abhängt. Persönlich stelle ich nur eine Bedingung: Eine Story soll mich nicht mit Verzweiflung und Hoffnungslosigkeit belasten. Ich lese gern romantische Romane, weil ich ein Happy End liebe, und allein aus diesem Grund schreibe ich sie.Und ich liege nicht weit daneben, wenn ich davon ausgehe, dass auch Sie Romane lesen, weil Sie glauben wollen, dass es immer Hoffnung gibt, mag alles noch so düster aussehen. Das Bedürfnis nach einem glücklichen Ende einer Geschichte ist nur menschlich und gilt für alle. Hoffnung ist die letzte menschliche Emotion. Sie ist so kraftvoll, dass sie uns immer wieder allmorgendlich aus dem Bett hilft, auch wenn ein glücklicher Ausgang unmöglich erscheint, und sie ist so unendlich und zeitlos wie der Ozean. Erst als mein erstes Buch *Das Herz des Highlanders* erschien, wurde mir klar, dass ich nicht nur für mich schrieb, sondern auch für Sie. Als ich anfing, mich mit Verlegern, Buchkritikern und Bestsellerlisten auseinanderzusetzen, sagte eine gute und sehr kluge Freundin zu mir, *niemand* dürfe sich in meine Arbeit einmischen. Es könne nicht sein, dass jemand auf meiner Schulter sitzt und meine Arbeit bewertet, meine Kreativität lenkt oder sogar fordert, ich solle eine Person oder eine Situation seinen oder ihren persönlichen Empfindlichkeiten anpassen.

Ich schreibe also in erster Linie, um mir selbst eine Freude zu machen, und solange eine Idee in meinem Kopf nicht zu meiner vollsten Zufriedenheit ausgeformt wurde, bekommt niemand meine Geschichte zu Gesicht – mein Verleger nicht und ganz sicher nicht *Sie*. Erst nachher setzt das delikate Vergnügen ein, wenn wir alle zusammenkommen und uns über Liebe und Hoffnung und eine immerwährend glückliche Zukunft austauschen.

Binnen weniger Tage nachdem mein erstes Buch herausgekommen war, trafen von Frauen aus aller Welt E-Mails auf meiner Website ein, aus denen ich erfuhr, wie etwas – eine Szene oder ein Charakter oder eine Situation – ihre Herzen anrührte. Ich fiel aus allen Wolken, da ich noch immer nicht auf den Gedanken gekommen war, dass meine Storys auf andere Menschen eine spürbare Wirkung haben könnten.

Nun ja ... sosehr ich mich auch bemühe, mein Schreibstudio von *irdischen* Stimmen frei zu halten, kann ich Sie – meine Leser – nicht davon abhalten, auf meiner Schulter zu sitzen. Aber anstatt mich zu kritisieren oder zu dirigieren, spüre ich, dass Sie mich beflügeln! Ich rufe Ihnen also zu: Danke für Ihre Briefe, danke dafür, dass Ihnen meine Geschichten gefallen und dass Sie es mich wissen lassen.

Das heißt natürlich nicht, dass ich nicht auch meine Kritiker habe, da mir aber klar ist, dass ich es nicht allen jederzeit recht machen kann, beschloss ich, meine Geschichten für diejenigen von Ihnen zu schreiben, die sie gern lesen. Wenn sie Ihnen gefallen, scheuen Sie sich nicht, es mir zu sagen; wenn nicht, dann sagen Sie es ebenso. Denken Sie daran: Es ist Gleichgültigkeit, die schmerzt. Wenn ich Ihnen keine Reaktion entlocke, habe ich keine Geschichte geschrieben, die von richtigen Menschen handelt, noch viel weniger habe ich realistische Situationen geschildert, die uns jeden Tag nach dem Erwachen begegnen.

Also, lesen Sie weiter, während ich weiterhin schreibe.

Bis dann, vom Lake Watch … weiterlesen!

Janet

»Eine bezaubernde Liebesgeschichte. Herrlich, um dem Alltag zu entfliehen!«

Romantic Times

400 Seiten. ISBN 978-3-442-37738-1

Was hat Sams Großvater, der reiche Schiffsmagnat Abram Sinclair, sich bloß dabei gedacht? In seinem Testament vermacht er sein gesamtes Vermögen demjenigen seiner drei Enkel, der Willa Kent heiratet – eine einfache, junge Frau aus den Wäldern von Maine. Die eigenwillige Willa ist ebenso entsetzt, und zusammen mit Sam Sinclair sucht sie nach einem Ausweg aus dem unseligen Testament. Denn eine Ehe kommt für sie niemals infrage – obgleich der attraktive Sam mehr als lustvolle Gefühle in ihr weckt …

Lesen Sie mehr unter: **www.blanvalet.de**